HEYNE <

ULRIKA ROLFSDOTTER

BEUTE TANZ

KRIMINALROMAN

Aus dem Schwedischen
von Sabine Thiele

WILHELM HEYNE VERLAG
MÜNCHEN

Die Originalausgabe *Syndabarn* erschien erstmals 2022
bei Bazar Förlag, Stockholm.

Der Verlag behält sich die Verwertung der urheberrechtlich
geschützten Inhalte dieses Werkes für Zwecke des Text- und
Data-Minings nach § 44b UrhG ausdrücklich vor.
Jegliche unbefugte Nutzung ist hiermit ausgeschlossen.

Penguin Random House Verlagsgruppe FSC® N001967

Deutsche Erstausgabe 09/2023
Copyright © 2022 by Ulrika Rolfsdotter
Published in Agreement with Ahlander Agency
Copyright © 2024 der deutschsprachigen Ausgabe by
Wilhelm Heyne Verlag, München,
in der Penguin Random House Verlagsgruppe GmbH,
Neumarkter Straße 28, 81673 München
Redaktion: Julie Hübner
Umschlaggestaltung: Nele Schütz Design
unter Verwendung von © Shutterstock.com
(Sterryk, TWIN DESIGN STUDIO)
Satz: GGP Media GmbH, Pößneck
Druck und Bindung: GGP Media GmbH, Pößneck
Printed in Germany
ISBN: 978-3-453-42903-1

www.heyne.de

Für meinen geliebten Vater Rolf
1943–2021

Prolog

Die Augustsonne geht über dem Bergkamm auf. Über dem braunen Wasser des Bålsjön tanzen bereits Insekten und Libellen im Licht des Morgens.

Ein Fuchsweibchen steht am Waldrand. Mit wachsamen Augen mustert es die Vögel und Fliegen, die über den drei Leichen am Ufer kreisen, wie sie sich auf die offen stehenden Augen stürzen, die Wunden. Der Geruch nach Blut mischt sich mit dem des Menschentieres, das sich in einem verlassenen Erdkeller in der Nähe versteckt, in dem sich normalerweise nur Mäuse aufhalten. Die Füchsin zuckt zurück und stößt einen warnenden Laut aus, bevor sie sich umdreht und Schutz im Wald sucht.

Der Junge im Erdkeller wacht von einem Geräusch auf. Am ganzen Körper zitternd, presst er sich an die kalte Wand, zieht die Knie unters Kinn und schlingt die Arme um die Beine. Er starrt zu der lilafarbenen Holztür, die auf der Innenseite kein Schloss hat und nur von einem Stein gehalten wird. Was ist das für ein Geräusch? Ist der Bär noch da, hat er die ganze Nacht da draußen gewartet? Es klang wie ein Schrei, aber Bären schreien doch nicht? Er schaudert. Und wenn es ein Myling ist? Er denkt an die Erzählungen seiner Großmutter von den Geistern ungetaufter Kinder, die von ihren Müttern umgebracht und im Wald vergraben worden waren. Er sieht geradezu vor sich, wie sich die Tür öffnet, wie ein erdverschmiertes Kind mit leeren Augenhöhlen, in denen sich Würmer winden, hereinkriecht und ihn holen will, ihn für seine Sünden bestrafen will.

Gänsehaut breitet sich auf seinen Armen aus, seine Hose ist nass. Er wagt es nicht, sich zu bewegen, will nicht nach draußen gehen, will nicht sehen, was da schreit. Egal, ob es tot oder lebendig ist.

Jetzt hört er den Schrei wieder. Der Junge schlägt die Hände vors Gesicht und kneift die Augen zu, wiegt sich vor und zurück. Bitte, vergebt mir, betet er. Vergebt mir, lieber Gott und Jesus. Doch er weiß, dass es sinnlos ist, denn was er getan hat, ist unverzeihlich.

1

Sie rannte wie im Nebel. Stimmen riefen nach ihr, doch sie sah niemanden, spürte sie nur um sich herum. Gesichtslose Schatten.

Annie Ljung schlug die Augen auf und schnappte nach Luft. Ihr Mund war ausgetrocknet, sie hatte hämmernde Kopfschmerzen. Sie blinzelte, und ihr Sichtfeld klärte sich. Die Decke lag neben ihr, und sie merkte, dass sie nackt war.

Sie drehte den Kopf. Neben ihr lag Thomas, er wandte ihr den Rücken zu. Seine Brust hob und senkte sich. Die Erinnerung an den Abend zuvor kehrte zurück. Ein Bild nach dem anderen, wie Blitzlichtaufnahmen. Das Abendessen. Der Wein. Das Sofa. Die Küsse. Thomas' nackter Oberkörper.

Verdammt. Das hätte nicht passieren dürfen. Es war ihre Schuld. Sie hatte einen Fehler gemacht, sie allein. Einen verfluchten Riesenfehler.

Thomas bewegte sich nicht.

Vorsichtig drehte sie sich zum Nachttisch und sah auf ihr Handy. Eine Minute vor sieben. Thomas' Wecker würde bestimmt gleich klingeln. Es war Freitag, und sie mussten beide zur Arbeit.

Annie holte tief und lautlos Atem und setzte sich langsam auf. Ihre Kleider lagen auf dem Teppich vor dem Bett verstreut.

Ja, sie hatte es gewollt, aber nicht so. Sie war fest entschlossen gewesen, es endlich hinter sich zu bringen. Hatte Thomas gemerkt, wie betrunken sie gewesen war? Vermutlich nicht. Sie war schwer zu lesen, man wusste selten, was sie dachte oder empfand. Das hatten ihr schon viele gesagt, nicht nur Thomas.

Eine Erinnerung blinkte auf dem Handy. Der Termin mit ihrer Psychologin, um halb acht. Mist.

Sie wickelte sich in die Decke und stand auf, raffte leise ihre Kleider zusammen und schlich sich nach draußen in die Diele. Sie schob die Schlafzimmertür zu und zog sich an, holte Jacke und Handtasche und entriegelte vorsichtig die Wohnungstür.

Vor dem Haus schlug ihr bereits die Hitze entgegen. Das Sonnenlicht blendete sie schmerzhaft, die Luft war stickig. In ihren Schläfen pochte es, der Boden schien zu schwanken.

Als sie sich umsah, fiel ihr ein, dass ihr Auto noch vor der Gemeindeverwaltung auf der anderen Stadtseite stand. Auch gut, denn sie sollte jetzt sowieso besser nicht fahren. Rasch sah sie nach oben zu Thomas' Küchenfenster, bevor sie die Straße überquerte und zum Marktplatz eilte.

Das kleine Wartezimmer war leer, die Tür zum Therapieraum der Psychologin zum Glück geschlossen. Das Radio lief. Vermutlich sollte es alle Gesprächsfetzen übertönen, die eventuell nach draußen dringen könnten.

Annie hastete auf die Toilette. Ein bleiches Gesicht blickte ihr aus dem Spiegel entgegen, schwarze Wimperntusche auf den Wangen, die blonden Haare zerzaust und ungewaschen. Der Blick eines gehetzten Tiers.

Sie wusch sich das Gesicht mit kaltem Wasser, holte den Kulturbeutel aus der Tasche, nahm zwei Schmerztabletten, bürstete sich die Zähne und trug frische Wimperntusche auf, bevor sie zurück ins Wartezimmer ging und sich in einen Sessel sinken ließ.

Die Uhr an der Wand zeigte zwanzig nach sieben. Ob Thomas mittlerweile aufgewacht war?

Sie nahm das Handy aus der Tasche, hatte jedoch keine verpassten Anrufe oder Nachrichten. Ich muss ihm etwas schreiben, muss mich irgendwie erklären, dachte Annie. So verhielt man sich nicht. Normale Menschen schlichen sich nicht einfach so davon.

Sie wollte gerade anfangen, eine Nachricht zu tippen, als die Tür zum Therapieraum geöffnet wurde und die Psychologin Ylva Persgård herauskam.

»Guten Morgen, Annie.«

Annie schob das Handy in die Handtasche und murmelte einen Gruß, dann schob sie sich an Ylva vorbei. Sie fürchtete, dass sie immer noch nach Alkohol roch, auch wenn sie sich die Zähne gebürstet hatte.

Sie setzte sich auf den Sessel in der Ecke bei der Stehlampe und legte die Jacke über die Armlehne. Sie versuchte, eine Haarsträhne aus der Stirn zu blasen, doch die klebte fest.

Aus dem Augenwinkel sah sie, wie Ylva einen Notizblock zur Hand nahm und sich mit überschlagenen Beinen in den anderen Sessel setzte. Wie immer war sie sorgfältig gekleidet, in dunkelblaue Hosen und eine weiße Bluse. Das braune Haar trug sie mit Seitenscheitel und zu einem Pferdeschwanz gebunden. Sie war diskret geschminkt. Bisher hatte die Psychologin immer irritierend ruhig und gelassen gewirkt. Sie war offensichtlich ein stabiler Mensch, das genaue Gegenteil von Annie.

Sie blinzelte in das Sonnenlicht, das durch das Fenster hereinfiel. Ylvas Blumen in den Töpfen sahen gesund aus und schienen über den Sommer nicht vertrocknet zu sein wie Annies. Die Psychologin kümmerte sich offenbar um ihre Pflanzen. Ob die ganze ausgeatmete Luft im Raum sie am Leben hielt? Alle unglücklichen Seelen, die hier saßen und ihre Angst ausatmeten, ihren Kummer, ihre Sorgen. Direkt in die Blumenerde.

»Willkommen zurück, Annie.« Ylva lächelte. »Sie haben sich die Haare wachsen lassen. Das steht Ihnen!«

Reflexhaft legte Annie den Kopf nach vorn, sodass ihr die Haare über die Schultern fielen und die Narbe am Hals verbargen.

»Danke«, murmelte sie. »Wie war Ihr Sommer?«

»Schön, danke. Ich war viel zu Hause, aber für ein paar Tage sind meine Kinder und ich zu meiner Familie nach Dalarna gefahren. Und Sie? Waren Sie zu Hause, oder sind Sie weggefahren?«

Annie verschränkte die Hände auf den Knien und schluckte gegen die Übelkeit an. Sie hatte immer noch Kopfschmerzen. Sollten die Tabletten nicht langsam wirken?

»Ich war die meiste Zeit zu Hause«, sagte sie. »Abgesehen von ein paar Tagesausflügen.«

»Das klingt nach einem ruhigen Sommer. Den haben Sie sicher gut brauchen können. Schade nur, dass das Wetter nicht besser war.«

Den ganzen Sommer über hatte es geregnet, doch ausgerechnet jetzt, da alle wieder arbeiten mussten, hatte eine Hitzewelle die Stadt erfasst.

»Wie ging es Ihnen in der letzten Zeit?« Ylva sah sie forschend an. »Sie wirken recht dünn, muss ich sagen.«

Annie nickte. »Ich hatte nicht viel Appetit.«

Es stimmte. Sie hatte abgenommen, das merkte sie an den Kleidern. Sicher hatte der Wein sie deshalb so unerwartet betrunken gemacht.

Ylva nickte.

»Ich verstehe. Und hatten Sie Angstattacken?«

»Ab und zu. Aber sie waren nicht schlimm.«

Annie sah zu dem Bild an der Wand, das aussah wie eine rosa Rose, deren Blätter sich nach außen auffalteten. Für Annie sah es wie ein weibliches Geschlechtsteil aus. Sie hatte aber nicht gewagt, Ylva zu fragen, was es eigentlich darstellte.

»Und sonst?«, fragte die Psychologin. »Schlafstörungen, Verdauungsbeschwerden, Schwindel?«

Annie wandte den Blick von dem Bild ab.

»Ich hatte viele Albträume. Immer denselben. Menschen, die mich jagen, Nebel, ich renne davon.«

»Das ist ganz normal, wir haben ja darüber gesprochen, wie Sie sich sicher erinnern«, antwortete Ylva. »Das wird mit der Zeit besser.«

Annie schluckte. Auf dem kleinen Tisch zwischen ihnen stand eine Karaffe mit Wasser, daneben zwei Gläser. Sie füllte eines mit Wasser und trank.

»Wie läuft es in der Arbeit? Sie sind doch noch beim Jugendamt?«, fragte Ylva.

Annie nickte. »Ich lasse es allerdings sehr ruhig angehen, versuche, mich nicht zu sehr in meine Fälle hineinziehen zu lassen. Nach den Geschehnissen im Frühjahr hat mein Chef ein Auge auf mich.«

Das Jugendamt in Kramfors war eine kleine Abteilung, nur sechs Sachbearbeiter und Sachbearbeiterinnen, von denen eine langfristig krankgeschrieben war. Die Gemeinde war klein, jeder wusste alles über jeden, es gab kaum Geheimnisse. Annie hatte bisher noch kein Wort über ihr Privatleben verloren, weshalb sie annahm, dass ihre Kollegen sie für verklemmt und komisch hielten. Doch das war es wert. Annie hatte ihre Gründe, die Kollegen auf Abstand zu halten, und die gingen nur sie etwas an.

Ylva nickte. Sie fand es auch gut, dass Annie sich mehr auf ihre Gesundheit konzentrierte. Die Arbeit mit hilfsbedürftigen Menschen war aufreibend, selbst für Leute, die nicht das erlebt hatten, was Annie durchgemacht hatte.

»Nachdem unsere letzte Sitzung schon eine ganze Weile zurückliegt, würde ich gern mit einer kurzen Zusammenfassung beginnen.« Ylva klappte ihren Notizblock auf.

In wenigen Sätzen rekapitulierte sie die Sitzungen aus dem Frühjahr. Sie hatten über Annies familiären Hintergrund gesprochen, die Vertretungsstelle beim Jugendamt, die Demenz ihrer Mutter, die traumatischen Ereignisse im Frühjahr. Das Verschwinden von Annies Cousine, ihr Tod, der Brand, in dem Annie beinahe umgekommen wäre.

»Wie geht es Ihrer Mutter? Zuletzt hatten Sie mit den Ärzten vereinbart, dass ihre Medikamente abgesetzt werden sollten. Habe ich das richtig in Erinnerung?«

Annie nickte. Nach diversen Gesprächen mit Birgittas Ärztin hatten sie sich darauf geeinigt, die Demenzmedikamente abzusetzen und zu sehen, ob Birgittas Verwirrung sich besserte. Annie hoffte, dadurch ein engeres Verhältnis zu ihrer Mutter aufbauen zu können.

Sie wusste nicht genau, wie die Psychologin es angestellt hatte, doch in der zweiten Sitzung hatte Ylva ihr entlockt, dass sie und ihre Mutter nicht mehr über die Vergangenheit hatten reden können. Über ihr angespanntes Verhältnis, das schon immer schwierig gewesen und nach allem, was im Gymnasium passiert war, noch komplizierter geworden war. Über die nie verheilten Wunden und die ganzen Fragen, die auf eine Antwort warteten. Zum Beispiel, dass Annie nicht wusste, was ihre Mutter eigentlich geglaubt und weshalb sie ihre Tochter damals mit 16 Jahren nach Stockholm geschickt hatte.

»Hat sich etwas verändert?«

Annie schüttelte den Kopf.

»Nein, aber es sind auch erst zwei Wochen.«

»Ich verstehe. Ich drücke Ihrer Mutter die Daumen. Was wollen Sie heute besprechen?«

»Ich weiß es nicht, es gibt so viel.« Annie seufzte.

Wieder sah sie Thomas' nackten Oberkörper vor sich und sein Gesicht, fühlte seine Umarmung. Sie roch seinen Geruch, spürte seinen Körper an ihrem, über ihr.

»Annie?«

Ylvas Stimme holte sie zurück in die Gegenwart.

»Entschuldigung, was haben Sie gesagt?«

Ylva lächelte.

»Sie waren ganz abwesend. Woran haben Sie gedacht?«

Annie trank einen Schluck Wasser, sah, wie ihre Hand um das Glas zitterte. Sie musste es Ylva erzählen. Sie würde sowieso über kurz oder lang fragen, wie es mit Thomas lief. Annie und er trafen sich seit Mai. Er kannte ihre Geschichte, ihre Probleme mit Nähe, und das respektierte er. Doch in letzter Zeit hatte Annie gemerkt, dass er gewisse Erwartungen hatte.

Und sie wollte sich ihm so gerne nähern, ihm vertrauen. Früher oder später würde er nicht mehr warten wollen, kein Mann hatte ewig Geduld. Sie hatte schon mit Männern geschlafen, mit jüngeren, die mehr oder weniger betrunken gewesen waren. So wie sie. Verliebt war sie in keinen gewesen.

Das alles hatte sie der Psychologin erzählt, die Annie ermutigt hatte, sich Thomas nüchtern zu nähern. *Sich ihren Ängsten zu stellen.* Darauf lief alles hinaus. Sie wusste, was eigentlich besser für sie war, und trotzdem hatte sie genau das Gegenteil getan.

Sie stellte das Glas ab und räusperte sich.

»Ich bin gestern über Nacht bei Thomas geblieben«, sagte sie leise.

Ylva lächelte erfreut.

»Ah ja? Und wie war es?«

Annie massierte sich die Schläfe. Was sollte sie darauf antworten? Sie wollte Ylva nicht enttäuschen, wollte ihr nicht erzählen, wie schlecht sie mit der Situation umgegangen war.

»Es gelingt einem meist nicht gleich beim ersten Versuch, sich seinen Ängsten zu stellen«, fuhr Ylva fort, als hätte sie ihre Gedanken gelesen. »Es ist ganz normal, dass man das Gefühl hat, gescheitert zu sein. Das Wichtige ist, dass wir erkennen, was Ihnen Schwierigkeiten bereitet, damit wir weiter daran arbeiten können.«

»Aber ich habe bestimmt schon alles kaputtgemacht!«, platzte Annie heraus. Ihre Kehle schnürte sich zu, und sie war den Tränen nah. »Ich habe alles falsch gemacht. Wir haben etwas gegessen und Wein getrunken, und ich war so nervös und ängstlich und wollte es nur hinter mich bringen. Ich habe zu viel getrunken und trotzdem weitergemacht. Und jetzt weiß ich nicht mal mehr, was eigentlich genau passiert ist. Es sollte doch so schön werden, und jetzt fühlt es sich ganz schrecklich an. Wie immer habe ich Mist gebaut und versagt. Es tut mir leid.«

Ylva schüttelte den Kopf und lächelte wieder. Immer dieses freundliche Lächeln, das Annie nur noch niedergeschlagener machte.

»Sie sollen sich nicht bei mir entschuldigen, Sie machen das hier ja nicht wegen mir. Und das ist kein Versagen, sondern einfach nur der erste Anlauf. Beim nächsten Mal versuchen Sie es ohne Alkohol.«

Annie schüttelte den Kopf.

»Das wird nichts mehr mit Thomas.«

»Warum?«

Annie biss sich fest auf die Unterlippe, um nicht in Tränen auszubrechen.

»Als ich heute Morgen aufgewacht bin, hat er noch geschlafen, und ich bin gegangen, ohne ihn zu wecken. Das macht doch kein normaler Mensch, oder? Ich schäme mich so. Ich habe das Gefühl, als hätte ich ihn im Stich gelassen, als hätte ich ihn wie jemanden behandelt, der mir nichts bedeutet, obwohl er doch so viel mehr verdient.«

Ylva legte den Stift beiseite und verschränkte die Hände über dem Notizblock.

»In unseren bisherigen Gesprächen haben Sie Thomas als aufmerksamen und anständigen Mann beschrieben. Er versteht es sicher, Sie müssen ihm nur erklären, was in Ihnen vorgeht.«

Annies Magen verkrampfte sich wieder. Bei Ylva klang alles so leicht. Verdammt, was stimmte nur nicht mit ihr? Thomas war doch nicht gefährlich, er wollte nur das Beste für sie.

Sie hörte Ylva wie durch eine Glocke. Hörte, wie sie davon sprach, dass ihr erster Kontakt mit Intimität gewaltsam, sie unterlegen, machtlos und ohne Kontrolle gewesen war. Dass sie ihre Einstellung zu Nähe umprogrammieren und ein Gefühl der Kontrolle über die Situation empfinden müsse, ein Gefühl der Sicherheit. Und dass sie in diesen Situationen keinen Alkohol trinken sollte. *Face your fears.*

Sie legte die Finger über die Narbe unter ihrem Ohr, die ewige Erinnerung an den Tag, an dem alles anders geworden war. Den Tag, der ihr Leben in ein Davor und ein Danach geteilt hatte.

»Annie?« Ylva lächelte vorsichtig. »Wollen Sie es noch einmal mit Thomas versuchen?«

Annie blinzelte und blickte zur Uhr an der Wand. Die Zeiger und Ziffern verzerrten sich, wie ein Kunstwerk von Salvador Dalí. War er nicht verrückt geworden und hatte sich ein Ohr abgeschnitten? Nein, das war van Gogh gewesen.

Sie nickte.

»Ja, das will ich«, murmelte sie. »Aber ich weiß nicht, woher ich den Mut nehmen soll.«

»Wir Menschen tun alles, um Dingen aus dem Weg zu gehen, die uns unangenehm sind«, erklärte Ylva. »Wir wollen keine Angst oder Unbehagen empfinden. Wenn wir lernen, die Angst auszuhalten und sie zu beherrschen, dann wird sie normalerweise kleiner. Sie hatten bereits Sex. Sie haben sich Thomas geöffnet, sich Ihrer Angst gestellt, auch wenn Sie dabei nicht nüchtern waren. Das war ein erster Schritt. Machen

Sie einen neuen Versuch, wenn Sie sich bereit dafür fühlen. Nüchtern, damit Sie die Kontrolle über die Situation haben, wenn es auf Sex hinauslaufen sollte. Wie klingt das? Okay?«

Annie nickte.

»Dann sehen wir uns nächsten Freitag, passen Sie auf sich auf.«

Annie sah wieder zur Uhr. Die fünfundvierzig Minuten waren schon vorbei.

»Bis nächsten Freitag. Wenn ich bis dahin nicht verrückt geworden bin und mir ein Ohr abgeschnitten habe.« Sie streckte sich nach ihrer Tasche und machte sich auf den Weg.

2

Auf dem Weg zurück zum Streifenwagen balancierte Sara Emilsson zwei Kaffeebecher übereinander. Ihr Kollege Hans Nording telefonierte gerade, nickte aber dankbar und nahm ihr einen Becher ab.

Sara nippte an dem heißen Kaffee und wartete darauf, dass Nording das Gespräch beendete. Ein paar Schulkinder gingen vorbei, und zu ihrem großen Entzücken schaltete Sara das Blaulicht ein. Sie jubelten und freuten sich, und Sara winkte ihnen zu. Sie lächelte ihrem älteren Kollegen zu, doch dieses Mal erwiderte er das Lächeln nicht, sondern lauschte konzentriert.

Hans Nording war ein erfahrener Ermittler und ihr zuverlässigster Kollege. Er war ruhig, sachlich und unglaublich geduldig. Während ihrer ersten Jahre bei der Polizei von Kramfors war er ihr Ausbilder gewesen, und sie hatte immer großes Vertrauen zu ihm gehabt. Für sie war er immer mehr als ein Kollege gewesen. Auf endlosen Fahrten durch die ganze Provinz hatten sie über alles zwischen Himmel und Erde geredet. Sie waren Freunde geworden, manchmal sogar eher wie Vater und Tochter und nicht wie Kollegen.

Nording hatte ihre Reaktion auf die unangenehmen Situationen gesehen, in die sie geraten waren. Er hatte sie in ihren besten und schlechtesten Momenten erlebt, war immer da gewesen, um sie zu beraten und zu trösten. Doch seit dem Ende der Ferien wirkte er abgelenkt. Vor dem Sommer hatte er erzählt, dass sein neunzigjähriger Vater krank geworden war und er deshalb vorzeitig in den Ruhestand gehen würde. Doch Sara vermutete, dass eher die Ereignisse im Frühjahr der Grund waren, als er in dem Fall eines verschwundenen Teenagers einen schwerwiegenden Fehler gemacht hatte. Eine lange Karriere mit einem Misserfolg zu beenden, war sicher nicht einfach.

Nording hatte bestimmt, dass Sara ihm als zuständige Beamtin für Vernehmungen von Kindern und Jugendlichen nachfolgen sollte, und ihr Vorgesetzter hatte dem zum Verdruss der anderen Kollegen nachgegeben. Nording hatte mehr als einmal betont, wie zufrieden er war und dass er dem Herbst des Lebens jetzt in Ruhe begegnen könne.

Sara sah ihrer neuen Position mit gemischten Gefühlen entgegen. Die einzige Frau unter lauter Männern zu sein, war schon nicht einfach, trotz aller Bemühungen um Gleichberechtigung. Es reichte ganz offensichtlich nicht, dass sie Talent für die Arbeit mit Kindern und Jugendlichen gezeigt hatte und meist schnell eine Verbindung zu ihnen aufbauen konnte, dass sie völlig auf die Arbeit konzentriert war und ihr oft Dinge gelangen, an denen die männlichen Kollegen scheiterten. Worauf diese wiederum mit Sticheleien reagierten und ihr unterstellten, sie hätte mit irgendwem geschlafen, um den Job zu bekommen, oder Nording sei in sie verknallt, in eine Kollegin, die seine Tochter sein könnte. Sie hätten nicht falscher liegen können. Außerdem war es eine Beleidigung Nordings, der sich ihr gegenüber oder im Dienst generell niemals unpassend verhalten hatte. Er hatte sie immer wie alle anderen behandelt, war ihr nie zu nahe getreten, hatte keine unpassenden Witze gerissen.

Nording beendete das Telefonat und seufzte.

»Eine Frau aus Bollsta hat zum hundertsten Mal beim Revier angerufen, sie hätte in der Nachbarwohnung ein Kind schreien gehört, tagelang. Jetzt sei es aber still, und sie hätte das Paar, das dort wohnt, schon länger nicht mehr gesehen. Sie fand das komisch, normalerweise sei dort immer die Hölle los. Ich weiß, wen sie meint, das sind bekannte Junkies. Wir müssen das übernehmen, alle anderen sind unterwegs.«

Die Farbe blätterte von der Fassade des dreistöckigen Miethauses. Die Haustür war unverschlossen, und Sara folgte Nording ins Treppenhaus. Die Nachbarin, die die Polizei gerufen hatte, hatte sie offenbar gehört, denn eine grauhaarige alte Frau sah aus der ersten Tür rechts.

»Da oben, die mittlere Wohnung«, sagte sie nur und schloss rasch wieder die Tür.

Sara ging voraus und klingelte. Sie hörten, wie der Ton in der Wohnung widerhallte und dann erstarb. Ein Klicken war aus dem Stockwerk unter ihnen zu hören, und Sara vermutete, dass die alte Frau immer noch lauschte.

Sie klingelte noch einmal. Nichts rührte sich. Vorsichtig spähte sie durch den Briefschlitz. In der Diele lag Reklame und Post auf einem Haufen. Es gab keinen Teppich, und sie sah Staub und Schmutz. Und dann nahm sie den unverkennbaren Geruch wahr.

Sara legte die Hand auf die Türklinke und drückte sie vorsichtig. Nicht abgesperrt. Sie nickte Nording zu und zog dann vorsichtig die Tür auf.

Der Gestank schlug ihnen mit voller Kraft entgegen. Was sich auch immer in der Wohnung befand, es lebte nicht mehr, so viel war klar. Trotzdem mussten sie die Räume durchsuchen. Nording zog seine Waffe und trat in die Diele. Er blieb an einer halb geöffneten Tür stehen, und Sara sah ein Beinpaar. Nording schob die Tür auf und verzog das Gesicht. Dann bedeutete er ihr, näher zu kommen.

Ein Mann in schmutzigen Jeans und weißem Unterhemd lehnte an einer Badewanne. Der Oberarm war noch mit einem gelben Plastikriemen abgebunden, die Spritze lag auf dem Boden. Im Mundwinkel stand Schaum, die Augen blickten starr ins Leere.

»Das ist Perra.« Nording seufzte ergeben und ging zu dem Toten, überprüfte vorschriftsmäßig Puls und Atmung, auch wenn der Mann offensichtlich tot war.

Sie gingen weiter in die Küche, Nording immer noch mit gezogener Waffe. Junkies hatten Freunde, und es konnte immer passieren, dass man auf weitere zugedröhnte oder gewalttätige Personen stieß. An der Wand lehnte ein brandneues Mountainbike, sicher gestohlen. Auf der Arbeitsfläche in der Küche standen Bierdosen und schmutziges Geschirr. Vor dem Fenster hing eine schiefe Gardine, und auf dem Küchentisch stand eine Pfanne mit eingetrockneten Wurstscheiben.

Sie gingen weiter ins Wohnzimmer. Auf dem braunen Ledersofa lag eine Frau in T-Shirt und Unterhose auf dem Rücken. Sie wandte ihnen den Kopf zu. Ganz offensichtlich war sie an ihrem eigenen Erbrochenen erstickt. Die Wangen waren eingefallen, die Augen leblos.

»Verdammt«, murmelte Nording und schüttelte den Kopf. »Das ist Lotten, Perras Freundin. Sie war erst kürzlich in der

Entzugsklinik Svanudden. So eine Scheiße.« Er überprüfte auch bei der Frau Puls und Atmung.

Sara betrachtete den mageren Körper der Toten. Solche Todesfälle waren leider nichts Ungewöhnliches, nachdem die Süchtigen einen Entzug gemacht hatten. Sie hatten einen Rückfall, und aus alter Gewohnheit spritzten sie sich dieselbe Menge wie vor dem Entzug. Die Menge war dann zu stark für den entgifteten Körper, und sie starben an einer Überdosis. Aus einem ersehnten Trip wurde die letzte Reise.

Sara riss den Blick von der Frau los und sah sich in der Wohnung um. Gegenüber dem Wohnzimmer befand sich noch ein Raum. Die Tür stand offen, und Sara sah ein ungemachtes Doppelbett. Sie betrat das Zimmer. Das Bett war leer. Da entdeckte sie ein blau gestrichenes Babybett am Fenster.

Ein eiskalter Schauer überlief ihren Rücken. Mit zwei raschen Schritten war sie bei dem Babybett, zuckte dann aber wieder zurück. In ein Laken gewickelt lag ein Baby. Sein Gesicht war von festen, roten Klumpen bedeckt. Die Augen waren geschlossen, die Haut bläulich-weiß. Auch das Bett war voller roter Flecken.

Sara spürte, wie ihre Kehle eng wurde. Sie schlug die Hand vor den Mund und kämpfte gegen die aufsteigende Panik an. Sie wollte sich bewegen, doch ihre Füße waren wie gelähmt. Als Nording an ihr vorbei an das Babybett trat, kehrte das Leben in ihre Beine zurück, und sie eilte aus der Wohnung.

Wieder im Freien kämpfte Sara gegen die Übelkeit. Ihr Herz schlug schnell und hart. Der Anblick des Babys, das in seinen eigenen Ausscheidungen lag, das einsam geweint und geschrien hatte, hatte sich auf ihrer Netzhaut eingebrannt.

Sie musste sich zusammenreißen. Nording wusste, dass sie mit toten kleinen Kindern nur schwer zurechtkam und diese sie noch lange verfolgten. Aber sie musste zeigen, dass sie einen besseren Umgang damit gefunden hatte. Sie atmete ein paarmal tief durch und sah zu dem Mietshaus. Hinter einer Gardine sah sie einen Schatten, vermutlich die alte Nachbarin. Sie musste zurück in die Wohnung. Nording und sie mussten den Vorfall bei der Leitstelle melden, die Abholung der Leichen organisieren und alles absperren. Man haute nicht einfach ab und ließ einen Kollegen zurück.

Ihr Handy klingelte, es war Nording. Sie wollte ihm gerade sagen, dass sie unterwegs war, doch er kam ihr zuvor.

»Das Baby lebt!«, rief er. »Der Krankenwagen ist unterwegs.«

Sara schloss die Augen.

Nachdem die Sanitäter das Kind geholt und abtransportiert hatten, legte Nording ihr eine Hand auf die Schulter. Sein Blick war mitfühlend, nicht vorwurfsvoll.

»Das Blut war schuld«, murmelte sie. »Das Blut und der weiße kleine Körper.«

Nording schüttelte den Kopf. »Das war kein Blut, Sara. Das hier lag unter dem Babybett auf dem Boden.«

Sara starrte auf den Gegenstand in Nordings Hand.

»Marmelade?«, sagte sie ungläubig.

Nording packte kameradschaftlich ihre Schulter.

»Der Schein kann trügen. Die Sachen sind nicht immer so, wie sie aussehen. Man muss immer genau hinsehen, egal, wie schlimm es ist. Vergiss das nie.« Er strich ihr über den Rücken. »Du musst einen Weg finden, damit klarzukommen. Sonst wirst du nicht mit Schwerverbrechen arbeiten können.«

3

Eddie Bylund saß im feuchten Gras und warf Steinchen ins Wasser. Plopp, plopp. Er schaute zu, wie sie auf den Grund des flachen Hummelbäcken sanken, der aus dem Wald in den Bålsjön floss. Ein niedliches kleines Eichhörnchen hatte ihm Gesellschaft geleistet. Es war so nahe gekommen, dass er es fast hätte streicheln können, und es hatte ihn mit seinen großen schwarzen Knopfaugen angesehen.

Als es davonsprang, fühlte Eddie sich wieder allein. Er wünschte, er wäre ein Eichhörnchen, würde im Wald wohnen, auf die höchsten Kiefern klettern und hoch über den Boden fliegen. Obwohl Eichhörnchen vielleicht auch Todesangst hatten im Wald, unter den ganzen wilden Tieren.

Die Sonne schien mittlerweile warm, er zog seinen Kapuzenpullover aus und band ihn um die Taille. Dann sah er auf sein Handy, auch wenn er wusste, dass er keine neuen Nachrichten bekommen hatte. Seine Mutter dachte, er wäre in der Schule, aber da war er schon die ganze Woche nicht gewesen, und in der Schule schien es niemanden zu kümmern. Vielleicht hatten sie gar nicht gemerkt, dass er nicht da war. Niemand vermisste Eddie Bylund, weder seine Mutter noch die Schule noch Isabella. Magdalena Enghed hatte ihn angerufen, aber er war nicht rangegangen. Er wusste, was sie wollte, aber er wollte nicht mit ihr reden. Nur mit Isabella wollte er sprechen. Deshalb war er hergefahren. Er hatte gehofft, dass sie nach ihm suchen würde, dass sie zu dem krummen Apfelbaum mit dem großen Loch im Stamm kommen würde. Es war ein richtiger Limonadenbaum. Ihr Baum, in dem sie früher immer Geschenke füreinander versteckt hatten. Ihr geheimer Platz, zu dem sie als Kinder immer mit dem Fahrrad gefahren waren. Und zu dem sie jetzt nicht mehr fuhren.

Mittlerweile war der Baum alt und verfault, doch man sah immer noch, was er und Isabella in die Rinde geritzt hatten. E Herz I. Jeden Tag hatte er seit dem Konfirmandenlager hier gesessen. Eine Woche war vergangen, seit alles so katastrophal schiefgelaufen war.

Jetzt war Freitag. Am Sonntag fand der Konfirmationsgottesdienst statt und morgen die Bibelabfrage. Man würde ihnen Unmengen Fragen stellen, und er wusste die Antwort auf keine einzige. Nichts, was man ihnen im letzten Jahr beigebracht hatte, hatte er sich merken können. Die ganze Kirche würde ihn für einen Idioten halten. Er würde vor dem Pfarrer stehen und stottern, und alle würden ihn auslachen.

Er suchte das letzte Bild von Isabella im Handy, bevor alles anders geworden war. Er sah Bellas lange, dunkle Haare, die ihr über die Schultern fielen, die langen Wimpern und die goldbraunen Augen, die ihn funkelnd ansahen. Und er konnte sich ihr Lachen vorstellen, das er so lange nicht mehr gehört hatte. Sie war so schön, und er so hässlich und eklig. Natürlich schämte sie sich wegen ihm, wollte nichts mehr mit ihm zu tun haben.

Sie war seine einzige Freundin gewesen. Sein erster Kuss, sein einziger, beim Baum. Zehn Jahre waren sie alt gewesen.

Er erinnerte sich an ihre weichen Lippen, wie sie sich auf seinen angefühlt hatten. Wie es im ganzen Körper gekribbelt hatte. Seit er nach Lugnvik gezogen war, waren sie befreundet, hatten jeden Tag miteinander gespielt, acht Jahre lang. Doch jetzt wollte sie nichts mehr von ihm wissen, tat so, als würde sie ihn nicht kennen. Wie konnte sie ihm das nur antun?

In der Siebten hatte alles angefangen. Da hatte sich Isabella verändert. Aber sie war kein gemeiner Mensch, nein, es war Vendela, die den Ton angab. Die anderen hatten sie ihm weggenommen. Wegen ihnen war er ihr egal geworden, wegen ihnen war sie jetzt gemein. Zum Beispiel, als er zu schwitzen und zu stinken anfing, sich aber kein Deo leisten konnte, weil Mama ja ihre verdammten Zigaretten kaufen musste. Oder als sie seine Tasche versteckten und seine Schuhe in den Schnee warfen, seinen Kopf in die Toilette tauchten. *Bis ganz nach unten.* Als er den Ball beim Brennball verfehlte, als er beim Orientierungslauf als Letzter ins Ziel kam, weil sie die Kontrollpunkte versteckt hatten. Als sie ihn auf dem Klo einschlossen, als sie Hundescheiße in seinem Rucksack versteckten. Isabella hatte dabei nicht mitgemacht, die anderen aber auch nicht aufgehalten.

Als er gehört hatte, dass Isabella sich konfirmieren lassen wollte, hatte er sich ebenfalls dafür entschieden. Nicht weil er an Gott glaubte, wer tat das schon? Sondern wegen Isabella. Aber er war so unglaublich dämlich gewesen zu glauben, dass sich dadurch irgendetwas verändern würde. Und im Sommerlager hatte er dann seine Strafe bekommen.

Die Pfarrersfrau hatte ihn an jenem Morgen im Wald gefunden. Alle hatten gesehen, dass er sich vollgepinkelt hatte. Vendela warf ihm ihr teuflisches Lächeln zu und flüsterte ihm ins Ohr, wie schade es doch sei, dass er es geschafft hätte, die Nacht zu überleben, denn beim nächsten Mal würde es noch schlimmer werden. Und da brannte eine Sicherung in seinem Kopf durch. Er musste sich rächen, er wusste nur noch nicht wie.

4

Als Annie ins Büro kam, war es fünf nach halb neun, die Morgenbesprechung hatte bereits begonnen. Vor der Tür zum Konferenzraum blieb sie stehen und warf einen raschen Blick in ihren Taschenspiegel, atmete tief durch und trat ein.

Ole, Putte, Tjorven und der Teamleiter Claes Nilsson saßen um den länglichen Konferenztisch. Sie entschuldigte sich murmelnd für die Verspätung und setzte sich auf ihren üblichen Platz. Ole lächelte sie an, und Annie merkte, dass sie den fröhlichen Mann aus Norrland über den Sommer vermisst hatte.

»Hallo, Annie«, sagte ihr Chef. »Wir haben gerade über das bevorstehende Wochenende gesprochen. Man hat uns wiederholt wegen der Jugendlichen angerufen, die im Park beim Pavillon herumhängen. Es ist eine weitere Hitzewelle angekündigt, und wir wissen ja, wie es dann wird. Könntet ihr, Putte, Ole und du, dort heute mal vorbeigehen und euch einen Überblick über die Lage verschaffen?« Er rollte die Ärmel seines hellblauen Hemdes hoch, das unter den Achseln bereits kleine Schweißflecke hatte, und sah in seine Unterlagen. »Die nächste Woche wird voll«, sagte er. »Wir haben Ausschusssitzungen, Teambesprechungen, Kooperationstreffen und Abstimmungsgespräche mit der Polizei. Dann werden wir unsere Sicherheitsabläufe überprüfen, damit sich alle bei der Arbeit gut und sicher fühlen. Am nächsten Donnerstag wird es für die ganze Kommunalverwaltung eine Fortbildung zum Thema *Bedrohung und Gewalt am Arbeitsplatz* geben. Die Veranstaltung ist obligatorisch, und ihr könnt jetzt schon anfangen, euch mit dem Thema Sicherheit in eurem Bereich zu beschäftigen. Wir wollen keine weiteren Vorfälle, nur weil jemand vergessen hat, den Notknopf zu einem Hausbesuch mitzunehmen. Man weiß nie, wann es kritisch wird.« Claes holte ein Taschentuch hervor und putzte seine angelaufenen Brillengläser.

Annie sah mit enger Kehle auf die Tischplatte. *Bedrohung und Gewalt.* Selbstverteidigungsübungen, bei denen man vielleicht festgehalten wurde.

»Ganz schön stickig hier drin, oder?«, sagte sie und stand auf. Claes sprach weiter, und sie hoffte, dass niemand sah, wie ungeschickt sie mit ihren verschwitzten Händen am Fenster hantierte. Sie stellte es auf Kipp, setzte sich wieder und wischte sich die Hände an den Hosenbeinen ab.

Rundum wurden die Aufgaben verteilt. Claes hielt ein Blatt Papier in die Höhe.

»Eine Meldung wegen Verdachts auf Vernachlässigung ist eingegangen. Aber wenn ihr ausgelastet seid, hat das vielleicht Zeit bis Montag, wenn wir die neu eingetroffenen Fälle verteilen?«

Annie streckte die Hand aus.

»Ich kann mich darum kümmern.«

Claes schob ihr das Formular zu.

»Es scheint, wie gesagt, nicht so dringend zu sein, nächste Woche reicht. Du kannst ja jetzt schon mal den Kontakt herstellen, wenn du möchtest. Beim Hausbesuch nimm aber einen von den anderen mit.«

Annie überflog das Formular. Magdalena Enghed, Pfarrerin, hatte sich wegen eines vierzehnjährigen Jungen gemeldet. Bisher hatte Annie sich in ihrer Laufbahn nur wenig um Fälle gekümmert, in denen es um Kinder gegangen war. Bei ihrer letzten Stelle in Stockholm hatte sie nur mit misshandelten Frauen zu tun gehabt, die oft drogensüchtig und psychisch krank gewesen waren. Doch sie hatte sich schnell auf die Arbeit beim Jugendamt eingestellt.

»Annie hat am Wochenende ihren ersten Bereitschaftsdienst, und ich bin im Hintergrund zur Stelle. Euch anderen wünsche ich schon mal ein schönes Wochenende. Morgen sollen es bis zu dreißig Grad werden«, beendete Claes die Besprechung und klappte seinen Laptop zu.

Annie ging in ihr Büro, schloss die Tür und holte das Handy aus der Tasche. Eine neue Nachricht, von Thomas. Natürlich hatte er zuerst geschrieben. Sie holte tief Luft und wollte die SMS gerade lesen, als es klopfte. Reflexartig schob sie das Handy wieder in die Tasche.

Claes steckte den Kopf durch die Tür.

»Hast du einen Moment?«

»Natürlich, komm rein.«

Claes schloss die Tür hinter sich, setzte sich auf den Stuhl neben dem Schreibtisch und wischte sich den Schweiß von der Stirn.

»Ich wollte nur mal nachfragen, wie du dich vor dem ersten Bereitschaftsdienst fühlst. Alles in Ordnung?«

»Ja, mach dir keine Gedanken.«

Claes wirkte nicht gänzlich überzeugt.

»Okay. Aber du weißt, dass du jederzeit anrufen kannst, ja? Mein Handy ist eingeschaltet.«

»Ja, danke, das weiß ich«, murmelte sie.

Claes wirkte, als wolle er aufstehen, blieb dann aber doch sitzen und räusperte sich.

»Ich habe irgendwie ein schlechtes Gewissen. Im Frühjahr haben wir dich hier ins kalte Wasser geworfen, und jetzt war Sommer und alle waren im Urlaub, und ich habe gar nicht nachgefragt ... Ich habe das Gefühl, mich nicht besonders gut um dich gekümmert zu haben. Du wurdest kaum eingearbeitet, es war so stressig im Frühjahr, und ich musste eine Vertretung für Helena finden und ...«

Annie schüttelte abwehrend den Kopf.

»Danke, Claes. Aber du musst kein schlechtes Gewissen haben, nicht wegen mir. Ich brauchte ja Arbeit, du hast mir also einen Gefallen getan.«

Claes wischte sich wieder die Stirn ab.

»Wie läuft es bei der Psychologin?«

»Gut.«

Claes nickte wohlwollend. Nachdem ihre Krankschreibung im Frühjahr ausgelaufen war, hatte er ihr mitgeteilt, dass er einige Psychologentermine für sie vereinbart hatte, und dass das über die Betriebskrankenversicherung lief. Zuerst hatte sie protestiert und gesagt, sie würde das aus eigener Tasche bezahlen, weil es sich ja auch um private Angelegenheiten handelte, doch Claes hatte nicht nachgegeben. Er kannte zwar nicht die ganze Wahrheit hinter Annies Krankschreibung, aber er hatte keine Fragen gestellt.

Ihr Chef stand auf und legte ihr eine Hand auf die Schulter.

»Ich hoffe, du merkst, dass du mir wichtig bist. Ich will wirklich für meine Leute da sein.«

Annie versteifte sich unter der Berührung, zwang sich

jedoch, die Hand nicht abzuschütteln. Claes meinte es gut mit ihr, im Unterschied zu anderen Männern, die sie als Machtdemonstration und nicht aus Fürsorge angefasst hatten.

Sie nickte ihm zu. »Danke, Claes. Ich weiß das sehr zu schätzen.«

»Gut. Ab Montag sitzt du in Lisbeths Büro, da Helena ja wieder zurückkommt. Im Abstellraum neben dem Archiv sind noch ein paar leere Umzugskartons.«

»Ich muss nicht so viel umziehen, das meiste hier gehört Helena. Ich bin ja quasi mit leeren Händen gekommen.«

»Stimmt.« Claes lächelte.

Nachdem er gegangen war, holte Annie das Handy wieder hervor. Ihre Finger zitterten, als sie die Nachricht öffnete.

Danke für den schönen Abend! Ich habe dich heute Morgen vermisst. Heute Abend kommen die Mädchen, aber wir können am Wochenende ja mal telefonieren? Kuss, T.

Annie biss sich auf die Unterlippe. Sie wusste nicht, was sie erwartet hatte, die Nachricht war kurz und schwer zu interpretieren. Kein Kommentar dazu, dass sie einfach gegangen war. Nichts zu der gemeinsamen Nacht. Aber wenigstens auch keine Vorwürfe. Was sollte sie ihm antworten? Thomas' Töchter waren jede zweite Woche von Freitag bis Freitag bei ihm. Sie waren schon im Teenageralter, hatten die Scheidung der Eltern einigermaßen verkraftet, und jetzt war Thomas in den Wochen, in denen die Mädchen bei ihm waren, voll und ganz für sie da. Über das, was gestern passiert war, konnten sie definitiv nicht reden, wenn seine Kinder bei ihm waren. Annie hatte sie noch nicht kennengelernt, das hatte bisher noch nicht einmal zur Debatte gestanden. Als ob sie und Thomas sich unausgesprochen einig wären, dass es dafür noch zu früh war. Und wäre jemals der richtige Zeitpunkt, wenn sie sich weiterhin so distanziert verhielt? Annie lehnte sich zurück und schloss die Augen. Atme, ermahnte sie sich.

Nach ein paar langsamen Atemzügen öffnete sie die Augen und tippte eine Antwort.

Tut mir leid, dass ich einfach gegangen bin, ich wollte dich nicht wecken. Bis bald! Kuss, A.

Annie las noch einmal, was sie geschrieben hatte. Das musste reichen, den Rest sollten sie unter vier Augen besprechen. Bevor sie es sich anders überlegen konnte, schickte sie die Nachricht ab und legte das Handy weg.

Während der Rechner hochfuhr, las sie die Meldung wegen Kindesvernachlässigung, die sie aus der Besprechung mitgenommen hatte. Sie hatte sich geirrt, Magdalena Enghed war nicht selbst Pfarrerin, sondern die Frau des neuen Pfarrers in Bjärtrå, Jakob Enghed. Die Meldung betraf ein Mitglied der Konfirmandengruppe, den vierzehnjährigen Eddie Bylund. Sie beinhaltete den Verdacht auf Vernachlässigung und mangelnde Fürsorge durch die Mutter. Der Vater war unbekannt.

Die Meldung enthielt nur die ersten sechs Ziffern der Personennummer des Jungen, darüber hinaus aber wenigstens die Telefonnummer seiner Mutter Tina Bylund. Sie wohnten im Tornvägen in Lugnvik, das ein paar Kilometer südlich von Lockne am Fluss lag.

Annie loggte sich in die Datenbank ein und suchte nach der Personennummer. Sie fand einen drei Jahre alten Eintrag und klickte darauf. Eine Nachbarin hatte gemeldet, dass Eddie eine Katze aus der Nachbarschaft gequält hatte. Annie wusste nur zu gut, was das bedeuten konnte und wie das in einer Ermittlung klang. Kinder, die vor dem zwölften Lebensjahr gewalttätig waren, mangelnde Empathie oder anderweitig abweichendes Verhalten zeigten, musste man immer im Auge behalten. Das konnten Indikatoren für beginnendes antisoziales Verhalten sein. Aber ihr war auch klar, dass sie auf vieles hindeuten konnten. Man durfte sich nicht allein auf das Verhalten des Kindes beschränken, das ein Hinweis darauf sein konnte, dass zu Hause etwas nicht in Ordnung war. Gewalt, Drogen, sexueller Missbrauch. Da ging es oft um Kinder, die zu Hause schlimme Dinge erlebt hatten.

Magdalena Enghed hatte nur eine Festnetznummer angegeben, was heutzutage sehr selten vorkam. Und was machte eine Pfarrersfrau eigentlich den ganzen Tag? Hatte sie irgendwo einen eigenen Job, oder war sie auch bei der Kirche angestellt? Das Jugendamt arbeitete oft mit der Kirche zusammen, doch bisher war Annie noch nicht an einem gemeinsamen Fall beteiligt gewesen.

Sie wählte die Nummer der Pfarrersfrau. Es läutete, dann schaltete sich ein Anrufbeantworter ein. Annie hinterließ keine Nachricht, sie würde es später noch einmal versuchen.

5

Sara schloss die Tür auf und trat in die Diele ihrer Zweizimmerwohnung in der Hällgumsgatan. Die Luft war stickig. Sie zog die Schuhe aus und ging in die Küche, um das Fenster zu öffnen. Das Thermometer zeigte zweiundzwanzig Grad für draußen und fünfundzwanzig für drinnen an. Die Wohnungen waren erst kürzlich renoviert worden, doch an der Lüftung hatte man offenbar nichts gemacht. Musste sie etwa schon wieder anrufen und sich beschweren?

Sie ging zur Spüle und drehte den Wasserhahn auf, spritzte sich kaltes Wasser auf den Hals, spürte, wie müde sie war. Den halben Tag hatte sie mit dem Bericht zu dem Einsatz in der Wohnung mit dem toten Junkiepärchen verbracht. Sie hatte lange dafür gebraucht, und der Anblick des Säuglings im Babybett verfolgte sie immer noch.

Von einem seiner Kontakte im Krankenhaus hatte Nording erfahren, dass das Kind, ein Mädchen, überleben würde. Sein Zustand sei immer noch kritisch, aber stabil. In Blaulichtkreisen wusste man, wie wichtig ein Abschluss war. Alle kannten das Gefühl, ein Kind zu finden, das weggelaufen war, oder einen dementen alten Menschen, der sich im Wald verirrt hatte. Und wie es sich anfühlte, beim Warten auf den Krankenwagen jemandes Hand zu halten und hinterher zu erfahren, wie es den Menschen ging, die beinahe gestorben wären.

Ihr Magen knurrte. Sara verdrängte alle Gedanken an die Arbeit und öffnete den Kühlschrank. Bis auf einen alten Käse, der bereits schimmelte, und ein halbes, in Plastik verpacktes Sandwich, das auch nicht besonders appetitlich aussah, war er leer. Im obersten Fach stand ein Proteindrink. Sara schraubte den Verschluss ab und trank alles in einem Zug aus, während sie aus dem Fenster auf das gelbe Hochhaus gegenüber sah, und auf den Beton, der in der Wärme flimmerte. Morgen würde sie nach Lockne fahren und das Sommerhaus für den Herbst vorbereiten, ein paar Würstchen über dem Lagerfeuer grillen und vielleicht sogar im Fluss baden. Sie war keine Winterschwimmerin, weshalb es bei den warmen Temperaturen am Wochenende sicher für dieses Jahr ihr letzter Ausflug ins Wasser sein würde.

Die Hütte gehörte ihr erst seit ein paar Wochen, doch sie hatte sie direkt ins Herz geschlossen. Nicht so sehr das Haus an sich – das alt und baufällig war –, sondern die Vorstellung, ein Sommerhäuschen zu besitzen. Die Freiheit. Das Gefühl, auf dem Land zu sein, raus aus der Stadt und dem ganzen Mist. Das Elend nicht sehen zu müssen, wenn sie frei hatte.

In Saltviken kannte niemand sie oder ihre Eltern, zumindest soweit sie wusste. Als sie die Anzeige gesehen hatte, hatte ihr Bauchgefühl ihr gesagt, sie solle sofort zuschlagen. Erst als sie bei der Besichtigung den bisherigen Besitzer traf, wurde ihr klar, dass dort im Frühjahr fürchterliche Dinge geschehen waren. Manche Menschen würden nicht mal im Traum daran denken, ein Haus zu kaufen, in dem jemand gestorben war. Sara ließ sich davor jedoch nicht abschrecken. Und nachdem es nur wenige Interessenten gab, hatte sie das Haus zu einem sehr guten Preis bekommen.

Im Wald und in der Natur ging es ihr am besten. Die Stille und die Erholung, der Kontrast zu ihrer Arbeit, bei der man nie wusste, was der Tag bringen würde, bei der man immer angespannt war, all das tat ihr gut. Sie musste jederzeit wach und bereit sein, Entscheidungen zu treffen, die nicht rückgängig gemacht werden konnten. Hoffentlich wird das Wochenende ruhig, dachte Sara. Hoffentlich benahmen sich die Leute trotz der Hitzewelle, gab es keine Prügeleien von Betrunkenen und, Himmel hilf, bitte keine Ertrunkenen. Keine kleinen Kinder, die ins Wasser gingen, wenn die Eltern eine Sekunde nicht aufpassten. Hoffentlich gab es nichts, was ihre Ruhe stören könnte.

Sie ging ins Schlafzimmer, um sich Trainingskleidung anzuziehen. Sie würde eine lange Runde über den Fluss hinaus zu ihren Eltern in Grössjö fahren, sich den Kopf freistrampeln, die Milchsäure in den Beinen spüren und nicht an den Tod denken.

6

Die Hitze schlug Annie entgegen, als sie die Autotür öffnete. Der Asphalt am Bahnübergang beim Hotel Kramm sah aus, als würde er in der glühenden Sonne kochen. Kein Mensch war zu sehen. Sie startete den Motor und ließ die Fenster herunter, um zu lüften, bevor sie vom Parkplatz fuhr. An diesem Freitagnachmittag herrschte kaum Verkehr. Vielleicht waren alle schon zu Hause und feuerten ein letztes Mal vor dem Herbst den Grill an.

Der Tag war schnell vergangen, sie hatte sich in ihre Fälle vertieft und alle Gedanken an Thomas verdrängt. Dreimal hatte sie versucht, Magdalena Enghed zu erreichen, vergeblich. Was konnte sie jetzt noch tun? Wenn es richtig dringend gewesen wäre, hätte sie sich noch einmal gemeldet. Annie hatte ihre Versuche, die Frau zu erreichen, die die Meldung gemacht hatte, dokumentiert, auch wenn sie nicht glaubte, dass es gerade mit diesem Fall Probleme geben würde. Ihr Chef hatte ihn als nicht eilig eingestuft, sie hatte das Protokoll befolgt, und am Montag würde sie noch einmal versuchen, die Pfarrersfrau zu erreichen.

Als sie über die Sandöbrücke fuhr, blickte sie hinaus auf den Fluss, der ruhig unter dem klarblauen Himmel dalag. Gerade als sie über die Gålåbrücke gefahren war und nach Lugnvik abbiegen wollte, klingelte das Bereitschaftshandy. Unterdrückte Nummer. Annie hielt in der Einfahrt zu einem alten Campingplatz, der seit Ende der Neunzigerjahre geschlossen war und stellte den Motor aus.

Eine Frau stellte sich als Beratungslehrerin der Herrskogsschule vor, die die Schülerinnen und Schüler der Mittelstufe und aus dem nördlichen Teil der Gemeinde besuchten. Sie rief wegen eines Schülers an, Eddie Bylund, der die ganze Woche nicht zum Unterricht erschienen war, deshalb wolle man jetzt beim Jugendamt eine Meldung wegen Verdachts auf Vernachlässigung machen. Laut Aussage der Lehrer war der Junge auch vor den Sommerferien einige Zeit unentschuldigt dem Unterricht ferngeblieben. Ob Annie einmal prüfen könnte, ob das aufgenommen worden war?

Annie erklärte, dass sie sich gerade nicht im Büro befände, und bat die Beratungslehrerin, ihre Kontaktdaten zu mailen, damit sie sich am Montag bei ihr melden könne.

Nach dem Gespräch blickte Annie über den Ångermanälven, der wie Bernstein hinter dem Schilf am zugewucherten Badestrand leuchtete. Jetzt gab es schon zwei Meldungen, vielleicht sogar noch eine dritte von vor ein paar Monaten. Zu Hause würde sie sich in die Datenbank des Jugendamtes einloggen und überprüfen, ob im Frühsommer tatsächlich etwas eingegangen war. Es war nicht ungewöhnlich, dass Lehrer ihr Gewissen vor den Sommerferien erleichtern wollten, doch falls eine Meldung vorlag, war diese im schlimmsten Fall liegen geblieben, weil man sie nicht priorisiert behandelt hatte oder dann Ferien gewesen waren. Wenn Annie jetzt eine weitere Meldung entgegennahm, ohne zu handeln, und sich herausstellte, dass eine akute Kindeswohlgefährdung vorlag, konnte es nicht nur für das Kind gefährlich werden, sondern auch dazu führen, dass das Jugendamt in die Kritik geriet. Auf der anderen Seite war die Meldung nur wegen Schwänzens und allgemeinen Verdachts auf Vernachlässigung eingegangen. Das waren keine Gründe, die normalerweise eine sofortige Inobhutnahme zur Folge hatten.

Außerdem sollte man Hausbesuche nur in Ausnahmefällen allein machen, wenn es drängte und man fürchtete, dass jemandes Leben und Gesundheit in akuter Gefahr waren, also bei Verdacht auf Missbrauch und Misshandlung. Aber Lugnvik lag auf dem Heimweg. Sie konnte bei Eddie Bylunds Haus vorbeifahren, und wenn ihr etwas Beunruhigendes auffiel, konnte sie ihren Chef anrufen und sich mit ihm besprechen. Sie würde nichts Überhastetes tun, nahm sie sich vor, als sie den Wagen anließ.

Annie fuhr, den Fluss zu ihrer Linken, über die gewundenen Straßen durch Gålån und merkte, dass sie mehr Gas gab, als sie an der Felswand vorbeikam, an der ein Schild vor Steinschlag warnte. Als Kind hatte sie gehört, dass ein Auto von einem Felsbrocken getroffen worden war. Zum Glück war er nicht so groß gewesen, und der Fahrer und sein Wagen waren mit schweren Blechschäden davongekommen. Annie mit ihrer lebhaften Fantasie hatte sich ein Trollkind ausgemalt, das zum Spaß Felsbrocken auf Autos hinabwarf.

Sie erreichte den Kamm und bog nach links ab. Lugnvik war, wie der Name schon sagte, eine ruhige Bucht am Ångermanälven. Hier hatte es früher einmal einen großen Sägewerksbetrieb gegeben, doch heute existierten nur noch eine Schule, ein Lebensmittelladen und eine Tankstelle mit Kiosk.

Annie fuhr Lugnviksbacken hinunter, den Hügel, der von

großen Einfamilienhäusern gesäumt war, die freie Aussicht auf den Fluss hatten. Dort wohnte altes Geld, sagte man.

An der Tankstelle bog Annie nach links ab in den Ort. Früher hatte es dort eine Bank und eine Eishalle gegeben, deren Dach jedoch eines Morgens nach einem starken Schneesturm eingestürzt war. Danach hatte man das Gebäude nicht wieder aufgebaut.

Nach ein paar hundert Metern fuhr Annie nach rechts und dann nach links in den Tornväg. Sie hielt ein Stück von dem blau gestrichenen Bungalow entfernt, in dem Eddie mit seiner Mutter Tina wohnte. Ein rostiger silberner Golf stand in der Garageneinfahrt, durch Risse im Asphalt wucherte Gras.

Eine wilde Fliederhecke umgab das kleine Grundstück. Auf dem ungemähten Rasen standen weiße Plastikgartenmöbel mit geblümten Kissen und ein blauer Sonnenschirm. An der Veranda blätterte die Farbe ab. Man sah auf den ersten Blick, dass Haus und Garten ungepflegt waren, aber das musste noch nichts heißen.

Annie wollte gerade wieder fahren, als ein grauer, rostiger Kastenwagen auf das Grundstück einbog und neben dem Golf hielt. Ein Mann mit Spitzbart und dickem Bauch stieg aus. Er nahm ein Sixpack Bier aus dem Kofferraum und klingelte an der Tür. Eine Frau ließ ihn herein und sah sich etwas unruhig um, bevor sie die Tür wieder schloss.

Annie umklammerte das Lenkrad und dachte nach. Ein unangemeldeter Hausbesuch, noch dazu allein und bei einer Familie, die sie nicht kannte, die außerdem Besuch von einem unbekannten Mann mit unklarem Hintergrund hatte, wäre unklug. Alles Mögliche könnte passieren. Sie hatte sich und Thomas versprochen, keine Risiken einzugehen. Und wie sollte sie vor ihrem Chef rechtfertigen, dass sie alle Prinzipien ignoriert hatte, die er ständig betonte? Nein, dieses Mal würde sie alles richtig machen. Sie würde sich am Montag darum kümmern, nicht heute. Sie wartete noch eine Weile, doch als nichts weiter passierte, fuhr sie langsam davon.

Ihr Magen knurrte. Als sie an Ödstjärn vorbeikam, sah sie ein kleines Ruderboot auf dem See, in dem jemand angelte. Die Sonne glitzerte auf dem Wasser und blendete sie. Als würde der Sommer ein letztes Mal zitternd Luft holen, bevor er sich dem Herbst ergab. In wenigen Tagen begann der September. Morgens würde es neblig sein, das tiefblaue Wasser des Flusses schwarz werden.

In Lockne sah sie, dass Bergstens Livs noch geöffnet hatte. Sven und Lillemor hatten den Lebensmittelladen nach dem Tod ihrer Tochter Saga nicht lange geschlossen. Annies Meinung nach hätten sie sich krankschreiben lassen sollen, aber sie hatten nicht auf sie gehört und wie gewohnt weitergemacht. Ihre Verwandten standen beide kurz vor der Rente, und nachdem es niemanden mehr gab, der den Laden übernehmen konnte, würde das Familienunternehmen mit ihnen sterben. Vielleicht hielt gerade die Arbeit sie jetzt aufrecht.

Nach Sagas Tod war Annie ihre nächste Angehörige. Doch der Pfarrer war für sie da gewesen, und das hatte Annie als Vorwand für ihre Abwesenheit genommen. Sie hatte Sven und Lillemor im Sommer gemieden, weil sie deren Schmerz nicht ertragen konnte.

Sie sollte sie wirklich besuchen. Sven war immerhin der Cousin ihres Vaters, und sie hatten Annie viel geholfen, als ihre Mutter Birgitta krank geworden war. Sie schämte sich. Ihr Vater würde sich im Grab umdrehen, wenn er wüsste, wie sie sich verhielt. Aber wenn sie jetzt hineinging, würde Lillemor sie garantiert zum Abendessen einladen, und das schaffte Annie nicht. Nicht heute. Morgen, dachte sie. Zuerst der obligatorische Besuch bei ihrer Mutter im Pflegeheim, und danach würde sie bei Sven und Lillemor vorbeifahren.

Da war es wieder. Das Fluchtverhalten. Und man sollte nicht vor seinen Gefühlen fliehen, sondern sich ihnen stellen, hatte Ylva ihr beigebracht. Sie hat leicht reden, dachte Annie und beschleunigte.

7

Sara bog in die Einfahrt zum Haus ihrer Eltern ein und stieg von ihrem Mountainbike. Der Schweiß rann unter ihrem Tanktop hinab. Über zwanzig Kilometer war sie geradelt, und trotzdem sah sie das kleine Baby immer noch vor sich.

Ihre Mutter Elisabeth kam lächelnd aus dem Haus. Sie war gerade sechzig geworden, aber immer noch schlank und schick gekleidet.

Sara stellte das Fahrrad an die Garagenwand und ging ihr entgegen.

»Du bist ja ganz verschwitzt«, rief Elisabeth und blieb stehen. Es gab keine Umarmung, aber die gab es auch sonst meist nicht. Ihre Mutter ließ sich zwar umarmen, ergriff aber selbst viel seltener die Initiative. So war es schon immer gewesen, auch wenn Sara den Grund dafür nicht kannte.

»Wo ist Benke?«, fragte sie.

»Dein Vater ist beim Angeln«, antwortete Elisabeth. »Komm, lass uns einen Kaffee trinken.«

Sie setzten sich in den Garten, auf das frisch gestrichene Holzsofa in der Laube. Der Flieder blühte noch einmal, duftete aber weniger intensiv, dachte Sara, als sie nach ihrer Kaffeetasse griff.

Elisabeth redete über das Wetter, den Garten und alles, worum man sich vor dem Herbst noch kümmern musste, während Sara stumm eine Fliege beobachtete, die auf dem Tisch gelandet war.

»Wie geht es dir, Mama?«, fragte sie schließlich. »Du wirkst ein bisschen müde.«

»Es geht mir gut.« Elisabeth seufzte schwer, während sie zu den gepflegten Blumenbeeten hinübersah. »Aber ich mache mir etwas Sorgen um Benke«, fügte sie nach einer Weile hinzu und presste die Lippen aufeinander, als würde sie ihre Worte schon wieder bereuen.

»Inwiefern?«

»Er ist die ganze Zeit so mürrisch und schlecht gelaunt. Ich glaube, er schläft schlecht, und er läuft die ganze Nacht durchs Haus.« Sie warf Sara einen raschen Blick zu. »Das hat angefangen, als er krank wurde. Ungefähr gleichzeitig hat er auch mit dem Whiskytrinken angefangen. Glaubst du, er hat ein Alkoholproblem?«

»Nein. Er findet nur keine Ruhe, weil er zu früh als Polizist aufhören musste.«

Elisabeth sah sie erleichtert an.

»Du hast recht. Natürlich, warum habe ich das nicht erkannt?«

Vor bald drei Jahren hatte sich in Benkes rechtem Auge ein Blutgerinnsel gebildet, durch das er nicht mehr am aktiven Dienst teilnehmen konnte. Ein Jahr hatte er es mit Schreibtischarbeit versucht, doch da sich seine Sehkraft zunehmend verschlechterte, war auch das keine dauerhafte Lösung. Mit gerade mal achtundfünfzig Jahren bot man ihm an, in Frühpension zu gehen. Dabei war auch die kleine Verbindung, die sie zueinander gehabt hatten, zerbrochen. Ihr Vater hatte nicht verbergen können, wie verbittert und enttäuscht er wegen seiner viel zu früh beendeten Laufbahn war. Die größte Enttäuschung war jedoch gewesen, als Sara ihren Nachnamen von Norman auf den Mädchennamen ihrer Mutter geändert hatte.

Sie wollte nicht mit ihrem Vater verglichen werden und auf eigenen Füßen stehen, wollte nicht bevorzugt werden, weil irgendjemand wusste, wessen Tochter sie war. Benke hingegen hatte überhaupt nicht verstanden, warum sie sich seinen Namen nicht zunutze machen wollte, und war zutiefst verletzt gewesen. Ihm war nicht klar, dass man ihr als junger Frau im Dienst das Leben zur Hölle machen würde, falls die Kollegen glaubten, dass sie wegen ihres Vaters bevorteilt wurde.

Benke war das nicht bewusst, und ihm war auch nicht bewusst, dass sein Ruf nicht uneingeschränkt gut war. Ihr Vater war seinen eigenen Fehlern und Schwächen gegenüber völlig blind. Kurz nach der Namensänderung zu Emilsson hatte Benke sie auf einmal immer Emil genannt, als hätte sie ihm einen Vorwand geliefert, sie als Jungen zu behandeln.

Sie hatte ihren Vater schon immer beim Vornamen genannt, nie »Papa«, nicht einmal als Kind. Den Grund dafür wusste sie nicht mehr, und jetzt konnte sie sich nicht mehr vorstellen, ihn auf einmal anders zu nennen. Obwohl sie einiges zusammen unternommen hatten, hatten sie wenig gemeinsam. Seit ihrer Kindheit hatte er versucht, sie nach seinen Vorstellungen zu formen, hatte ihr Jungenkleider angezogen und sie mit auf die Elchjagd genommen. Er hatte sie zum Fußballtraining gefahren und ihr beigebracht, mit dem Luftgewehr zu schießen. Er war in ihrer Kindheit präsenter gewesen als die meisten anderen Väter, die sie kannte. Trotzdem hatte sie nie das Gefühl gehabt, dass er aus Liebe Zeit mit ihr verbrachte, sondern aus einer Erwartungshaltung heraus. Benke förderte die Sachen, die ihm selbst auch gefielen, wie Fußballspielen oder das Absolvieren des Jagdscheins. Als sie zwei Jahre hintereinander zur besten Verteidigerin der Mannschaft gekürt wurde, platzte er fast vor Stolz. Genauso stolz war er, als sie beim ersten Anlauf an der Polizeihochschule in Umeå aufgenommen wurde. Sie hatte die Stadt der Birken geliebt und dort bleiben wollen, doch nur ein halbes Jahr nach dem Abschluss hatte Benke sie überredet, nach Kramfors, in ihren Heimatort zurückzuziehen. Dort sollte sie zur Ruhe kommen, Karriere machen und ihm Enkelkinder schenken. Es war ein Schock für ihn gewesen, als sie ihm erzählt hatte, dass sie Frauen lieber mochte, und seither hatten sie nicht mehr über das Thema gesprochen.

»Wie läuft es in der Arbeit?«, fragte Elisabeth. »Du erzählst ja nie was.«

Sara sah in ihre Tasse. Ja, was sollte sie schon sagen? So sehr sie auch merkte, dass es eigentlich besser für sie wäre, darüber zu sprechen, wusste sie, dass sie nichts von der täglichen Polizeiarbeit erzählen durfte oder wollte. Außerdem hörte ihre Mutter unangenehme Sachen gar nicht gern.

»Viel zu tun. Aber es ist alles in Ordnung.« Sie atmete tief durch die Nase ein und versuchte, das Bild des Babys im Gitterbettchen zu verdrängen.

Ihre Mutter tätschelte vorsichtig ihren Arm. »Ist etwas Schlimmes passiert?«

Sara seufzte.

»Nur ein Baby, das … Es kommt durch, aber es war knapp. Das war nicht schön.«

Jetzt wandte Elisabeth den Blick ab, wie immer. »Oje«, murmelte sie. »Ich verstehe wirklich nicht, warum du unbedingt diese Arbeit machen willst, das habe ich ja schon oft gesagt.«

Sara sah sie an.

»Ich hatte Albträume, die deutlich schlimmer waren, das weißt du. Schon als Kind. Erinnerst du dich nicht mehr, dass ich immer von einem blutigen Kind geträumt habe? Meine Fantasie war schon immer lebhafter als alles, was ich in der Realität erlebt habe.«

Wie immer, wenn Sara die Albträume erwähnte, verzog ihre Mutter das Gesicht und wedelte abwehrend mit der Hand.

»Mama, warum hast du so große Probleme damit, über Gefühle zu sprechen? Wegen Papa?«

»Ich bin einfach so erzogen worden. Alles andere ist ungewohnt für mich. Zu meiner Zeit hat man nicht über Gefühle gesprochen, man hat gearbeitet. Man hatte keine Zeit zu jammern. Wenn man zu sehr darüber nachgedacht hätte, wäre man vielleicht nicht mehr aufgestanden. Man hat die Zähne zusammengebissen und weitergemacht.«

Was für ein Minenfeld, dachte Sara. Überall konnte es knallen. Es war doch viel besser, ein für alle Mal reinen Tisch zu machen, alles aus der Welt zu schaffen. Es musste so ermüdend sein, die ganze Zeit aufzupassen, ständig Angst zu haben, einen falschen Schritt zu machen.

»Lass uns über etwas Angenehmeres reden«, sagte Elisabeth rasch und stand auf. »Was machst du am Wochenende? Hast du frei?«

Sara stellte die Kaffeetasse ab.

»Ja. Ich werde im Sommerhaus aufräumen.«

»Brauchst du Hilfe? Wir können ...«

»Danke, Mama, aber ich muss mich erst mal ein wenig einwohnen.«

Elisabeth streckte sich nach der Kaffeekanne.

»Natürlich, das verstehe ich. Aber du weißt ja, wir wollen gern helfen.«

Helfen, dachte Sara. Eher das Kommando übernehmen. Kommentare zur Einrichtung abgeben und was renoviert werden musste. Aus genau dem Grund hatte Sara erst einige Wochen, nachdem sie es gekauft hatte, von dem Sommerhaus erzählt. Ihre Eltern hatten sie dort auch noch nicht besuchen dürfen, sie hatte gesagt, sie wolle erst alles putzen. Doch wenn sie ihren Vater richtig einschätzte, war er sicher bereits am Haus vorbeigefahren, hatte alles begutachtet und sich eine Meinung gebildet.

Elisabeth räusperte sich.

»Benke behauptet, dass der vorherige Besitzer kriminell ist. Stimmt das, Sara? Du hast doch keine Geschäfte mit einem Gangster gemacht?«

Sara unterdrückte einen Seufzer.

»Ich weiß davon, und alles ist mit rechten Dingen zugegangen, du musst dir keine Sorgen machen.«

»Aber wenn irgendetwas daran faul ist?«, sagte Elisabeth besorgt. »Weißt du, warum er das Haus verkaufen wollte? Du hast es doch vorher besichtigt?«

Sara schloss die Augen. Ganz ruhig, sagte sie sich. Deine Mutter ist einfach ein ängstlicher Mensch.

»Ja, ich habe mir vorher alles angesehen. Das Haus ist in Ordnung. Der Verkäufer brauchte einfach Geld. Sag Benke, dass ich auf mich selbst aufpassen kann.«

»Er meint es doch nur gut, Sara.« Ihre Mutter sah sie traurig an.

»Du solltest dir mehr Sorgen um ihn als um mich machen. Ich bin dreißig Jahre alt. Man muss mich nicht länger beschützen.«

Als ob man das je hätte tun müssen. Sie hatte sich immer gegen die Klassenkameraden verteidigen können, wenn die sie aufzogen, oder auf dem Fußballfeld. Sie hatte sich nie jemandem ergeben müssen, sich immer für die Schwachen eingesetzt, war immer diejenige gewesen, zu der man mit Problemen gehen konnte. Polizistin schon als Kind, aber jemand, die immer mit Fürsorge und Wärme handelte. Sie war stark und furchtlos. Warum hatte ihr Vater das nicht begriffen?

»Er will, dass ich Erfolg habe, denn das ist dann sein Erfolg. So war er doch schon immer, Mama, das weißt du. Er fand immer, dass ich mich zusammenreißen sollte, nicht so zimperlich sein durfte, mir ein dickeres Fell zulegen sollte.«

»Er will dich doch nur beschützen«, wandte ihre Mutter ein. »Väter und Töchter, du weißt schon.«

Sara seufzte schwer.

»Er hat nie ein Geheimnis daraus gemacht, dass er eigentlich einen Sohn wollte. Und außerdem hat er nie akzeptiert, dass ich Frauen mag und er also nicht einmal einen Schwiegersohn bekommen wird.«

Ein paarmal hatte sie es mit Männern versucht, während des ganzen Gymnasiums war sie zum Beispiel mit demselben Jungen zusammen gewesen. Er war zwei Jahre älter gewesen als sie und ihr völlig ergeben. Er hatte sie zum Training gebracht und wieder abgeholt, hatte Essen gekocht und sie bedient. Sie hatte ihn schuften lassen, wollte sehen, wie weit sie ihn treiben konnte. Er hatte sie wirklich verehrt, hatte sie nach dem Sex immer ganz verliebt angesehen. Er bewunderte ihren Körper, ihre kleinen Brüste und die Oberschenkelmuskeln, die kräftiger als seine waren. Sie gewann beim Armdrücken, doch das machte ihm nichts aus, er lachte nur darüber. Drei Jahre waren sie zusammen gewesen, bevor ihr klar wurde, dass sie Frauen lieber mochte.

Das erste Mal mit einer Frau im Bett gelandet war sie während des Studiums in Umeå. Im zweiten Semester an der Polizeihochschule war sie auf derselben Party wie eine Soziologin namens Lisa gewesen. Sie war blond, kleiner als Sara, mit vollen Lippen und großen Augen. Nach ein paar Stunden auf der Party war sie richtig betrunken gewesen, und Sara war mit ihr um den Block gegangen. Der Spaziergang hatte sie in einen Park geführt, wo sie sich über alles Mögliche unterhalten hatten. Nach einer Weile dachte Sara, dass sie wieder zurück zur Party gehen könnten, doch Lisa hatte es nicht eilig. Sie schämte sich, weil sie so viel getrunken hatte und wollte lieber nach Hause gehen. Sie bat Sara, sie bis zur Haustür zu begleiten, da zu der Zeit ein Vergewaltiger die Stadt unsicher machte.

An der Tür bedankte sie sich bei Sara, dass diese sich um sie gekümmert hatte, machte ihr fast schon übertrieben Komplimente und schwärmte davon, was für eine fantastische Polizistin Sara werden würde. Sie lud sie noch auf eine Tasse Tee ein, aus der ein Kuss und schließlich die ganze Nacht wurde.

Sara sah auf die Uhr und stand auf.

»Ich muss wieder los«, sagte sie und breitete die Arme aus.

Elisabeth umarmte sie leicht und setzte sich dann wieder. »Willst du am Sonntagabend zum Essen kommen?«, fragte sie zögernd. »Papa macht den Elcheintopf, den du so magst.«

Sara sah den flehenden Blick ihrer Mutter und seufzte innerlich.

»Na klar komme ich«, antwortete sie.

Würde es jetzt so weitergehen?, dachte Sara, als sie davonradelte. Sie als ewige Junggesellin, eine verbitterte und einsame Polizistin, verurteilt zu lebenslangen Familienessen mit den Eltern am Wochenende. Was für ein armseliges Klischee.

So konnte es nicht weitergehen. Sie musste etwas tun, das Leben mit mehr als nur ihrer Arbeit füllen, neue Freunde finden, nicht nur Polizisten. Und sich vielleicht verlieben. Egal was, nur nicht das hier. Irgendetwas musste passieren, sonst würde sie verrückt werden.

Oben auf einem Hügel blieb sie stehen und stieg vom Fahrrad. Vor ihr breitete sich die wogende Landschaft aus, der blaugrüne Wald und der See erstreckten sich nach Norden. Es war still, sie fühlte sich wie Ronja Räubertochter, die über ihr Räuberland blickte. Allein mit den Tieren, in ihrem Wald.

»Her mit den Gefahren«, schrie sie. »Es wird Zeit.«

Die Worte prallten vom Berg ab und hallten übers Tal.

8

Als Eddie zur Tür hereinkam, sah er sofort den Bademantelgürtel an der Türklinke zum Schlafzimmer seiner Mutter. Er hörte sie durch die Wand. Ihr eintöniges Keuchen, das Stöhnen des Mannes, wie ein Schwein.

Mama waren die Typen, die sie anschleppte, wichtiger als er. Es war egal, was er machte, sie schien ihn nie zu sehen.

Er ging in die Küche. Auf dem Tisch standen zwei offene Bierdosen, und er hob sie an. Eine war nur halb ausgetrunken, und er nahm sie mit in sein Zimmer, wo er sich, wie so oft, in den Schrank setzte, zwischen seine Schuhe. Er trank die Dose in einem Zug aus und verzog das Gesicht. Das Bier war schal und lauwarm und überhaupt nicht so gut wie das, was er früher schon heimlich getrunken hatte.

Im Nebenzimmer stieß das Bettgestell rhythmisch gegen die Wand, aber wenigstens hörte er so nicht mehr das Aufeinanderklatschen der Körper. Klatsch. Klatsch. Es klang so verdammt eklig. Einmal war der Typ mittendrin aufs Klo gegangen und hatte danach die Schlafzimmertür nicht ganz geschlossen. Obwohl Eddie wusste, dass er es lassen sollte, hatte er durch den Spalt gespäht. Ihm war übel geworden von dem, was er da gesehen hatte, aber er hatte auch nicht wegsehen können. Der nackte, haarige Hintern des Mannes, und wie er Mama an den Haaren riss. Ihre großen, schweren Brüste, die vor und zurück schwangen, ihr verhangener Blick.

Er schaltete die Taschenlampe ein, klappte den Block auf und starrte auf die Bilder. Er konnte gut zeichnen, doch davon wusste seine Mutter nichts. Sie fragte nie, was er machte, wie es ihm ging oder wie es in der Schule lief. Ihr war nur das Vögeln wichtig.

Fest drückte er die Bleistiftspitze auf das Papier, versuchte zu zeichnen, doch die Geräusche hörte er immer noch. Verdammt. Leicht stieß er mit dem Hinterkopf gegen die Wand, um das rhythmische Klopfen zu übertönen.

Isabella

Ein Jahr ist es her, seit mein Leben zerstört wurde. Zuerst dachte ich, ich hätte alles nur geträumt, aber er kam gestern Nacht wieder rein, und da fiel mir alles wieder ein. Es ist passiert, es ist wahr.
Mitten in der Nacht wachte ich auf und hörte sie streiten. Sie dachten, ich schlafe, aber ich konnte alles hören. Dann kam Papa rein und setzte sich auf die Bettkante. Er roch nach Alkohol und weinte. Ich tat so, als würde ich schlafen, aber ich spürte, wie er mich anstarrte.
Lange hielt ich es für einen Albtraum und verdrängte es.
Ich will, dass es nur ein Traum ist, aus dem ich noch nicht aufgewacht bin. Doch es tut so weh. Wie soll ich das ertragen? Niemand weiß von dem Geheimnis, doch viel länger kann ich es nicht für mich behalten. Ich habe das Gefühl, als würde ich platzen, als würde ich innerlich in tausend Stücke zerspringen.

9

Annie nahm die Kaffeetasse mit nach draußen auf die Veranda. Auch wenn es erst halb zehn Uhr morgens war, war es bereits warm. Sie setzte sich auf die oberste Stufe der Treppe und sah den Abhang hinunter zum Ångermanälven. Es war völlig ruhig und windstill, nur ein paar Fliegen surrten um sie herum. Die Sonne brannte auf die Hauswand, es versprach, ein schöner Spätsommertag zu werden, ein letztes bisschen Wärme vor dem Herbst. Vor ein paar Nächten hatte sie das vertraute Rascheln in den Wänden gehört, die Mäuse hatten sich wieder eingenistet, ein sicheres Zeichen, dass der Herbst vor der Tür stand.

Sie gähnte. Die Wärme und die Gedanken an Thomas hatten sie wach gehalten, und sie war erst spät eingeschlafen. Das Bereitschaftshandy hatte nicht geklingelt, und Thomas hatte sich ebenfalls nicht gemeldet. Seine Kinder waren bei ihm, und sie musste sich auf ihre Angelegenheiten konzentrieren. Heute würde sie erst ihre Mutter im Pflegeheim besuchen und dann zu Sven und Lillemor fahren. Selbst wenn man Bereitschaft hatte, durfte man sein Wochenende nach seinen Wünschen gestalten, solange man sich in angemessener Entfernung aufhielt, falls man zu einem Einsatz gerufen wurde.

Sie saß da und lauschte dem Vogelzwitschern, bis sie ihren Kaffee getrunken hatte. Dann verschloss sie das Haus, holte das Rad aus der Garage und rollte den Hügel hinunter. Die Fahrradreifen knirschten im Schotter. Annie sah über die brachliegenden Äcker und die eingestürzten Schuppen, die an die Landwirtschaft erinnerten, die in ihrer Kindheit dort betrieben worden war. Früher war sie zum Surren der Heutrockner aufgewacht und eingeschlafen, mit dem Geruch nach Dung in der Nase, der sich in der Wäsche festsetzte, die ihre Mutter unbedingt auf einer Wäschespinne im Garten trocknen wollte, anstatt wie alle anderen einen Trockner zu kaufen.

Der Weg lag verlassen vor ihr. Niemand war bei den Höfen zu sehen, an denen sie vorbeikam. In ihrer Kindheit hatte es hier zwei Lebensmittelgeschäfte, eine Post und eine Tankstelle gegeben, einen Kindergarten und eine Schule. Die wenigen Kinder, die jetzt noch im Ort wohnten, mussten ein paar Kilometer nach Süden in die Schule fahren. Lockne war zu einem vergessenen Nest geworden, einem Ort, durch den man auf dem Weg nach Saltviken zu den Sommerhäusern fuhr.

Sie wusste nicht mehr, wer immer noch hier wohnte oder nach einigen Jahren wieder hergezogen war. Manche, so hatte sie gehört, kamen wieder in die Heimat zurück, kauften ein altes Haus für wenig oder gar kein Geld und renovierten es, ohne auch nur ansatzweise in die Nähe der Immobilienpreise in Stockholm oder anderen Großstädten zu kommen. Und jetzt war sie eine von ihnen. Eine Rückkehrerin. Obwohl ich ja nur zu Besuch bin, korrigierte sie sich. Wegen Mama.

Das Pflegeheim Fridebo lag nur wenige hundert Meter von der stillgelegten Grund- und weiterführenden Schule entfernt, die Annie als Kind besucht hatte. Sie stellte das Fahrrad vor dem Eingang ab und klingelte. Die Türen des Heims waren verschlossen, trotzdem war es ihrer Mutter im eiskalten

Spätwinter gelungen davonzulaufen. Das Heim hatte Annie immer noch keine Erklärung geliefert, wie das hatte passieren können, aber nachdem ihre Mutter keinen Schaden davongetragen hatte, hatte sie es auf sich beruhen lassen. Hätte sie den Vorfall melden sollen, oder hatte Fridebo sich darum gekümmert? Lex Maria oder wie das Gesetz zur Patientensicherheit hieß. Sie konnte sich nicht erinnern. Sagas Verschwinden und die darauffolgenden Ereignisse hatten Birgittas Ausbruch in den Hintergrund treten lassen.

Die Tür summte, und eine Annie unbekannte Frau mit weiß blondierten Haaren und stark nachgezogenen Augenbrauen öffnete. Linn, Pflegeassistentin stand auf dem Schild an ihrer Bluse.

Annie stellte sich vor und erklärte, Birgitta Ljung sei ihre Mutter. Die Pflegeassistentin ließ sie herein und ging vor Annie den Gang entlang zu Birgittas Zimmer.

»Wie geht es ihr?«

»Heute ist sie munter und hat gefrühstückt. Mehr weiß ich nicht.«

»Die Ärztin hätte mich unter der Woche anrufen sollen. Wissen Sie, ob ...«

Die Pflegeassistentin schüttelte den Kopf.

»Fragen Sie da bitte eine der Festangestellten«, sagte sie und zuckte entschuldigend mit den Schultern. »Ich bin nur eine Aushilfskraft und wurde heute Morgen hergerufen.«

Ein Surren ertönte, und die Frau eilte davon.

Annie zog die Tür zum Zimmer ihrer Mutter auf. Birgitta saß in ihrem Sessel am Fenstertisch. Ihre Haare waren ordentlich mit einer Haarspange frisiert. Als sie Annie erblickte, strahlte sie.

»Annie, bist du es wirklich? Wo warst du denn so lange?«, sagte sie. Das waren mehr zusammenhängende Worte, als Birgitta den ganzen Sommer über von sich gegeben hatte. War das die Folge der abgesetzten Medikamente oder nur eine vorübergehende Verbesserung?

Annie legte ihrer Mutter eine Hand auf die Schulter.

»Ich war zu Hause. Wie geht es dir heute, Mama?«

»Danke, gut.« Ihre Mutter tätschelte die Hand ihrer Tochter.

Annie setzte sich auf einen Stuhl ihr gegenüber. Birgitta sah traurig zur Tür, als erwarte sie noch jemanden.

»Åke war heute hier«, sagte sie ernst.

Annie zögerte. Sollte sie mitspielen oder ihre Mutter wieder einmal daran erinnern, dass ihr Mann seit vielen Jahren tot war?

Birgitta nickte zu Annies Stuhl.

»Da saß er, als ich heute Morgen aufgewacht bin. Dann weiß ich nicht, wohin er gegangen ist. Hast du ihn draußen gesehen?«

»Nein.«

Hatte Birgitta sich getäuscht, oder war wirklich jemand hier gewesen?

»Bist du sicher, dass es Åke war?«, fragte Annie und drückte leicht die Hand ihrer Mutter.

Birgitta sah sie irritiert an.

»Aber was redest du denn? Ich werde doch wohl meinen eigenen Mann erkennen.« Sie schnaubte und sah wieder zur Tür. »Wo ist denn eigentlich Saga?«

Annie holte tief Luft. Seit Sagas Tod erwähnte ihre Mutter sie zum ersten Mal, und Annie wusste nicht, wie viel Birgitta von den Ereignissen wusste.

»Was willst du denn von Saga?«, fragte Annie vorsichtig. Birgitta runzelte die Stirn.

»Ich wollte sie etwas fragen, aber jetzt habe ich es vergessen. Vielleicht habe ich geträumt? Sie war in jemanden verliebt, aber sie kamen nicht zusammen. Eine tragische Geschichte. Was ist mit ihr passiert?«

Annie holte noch einmal tief Luft. Sie sollte sich an die Wahrheit halten, hatte das Personal gesagt.

»Sie lebt nicht mehr.«

Birgitta schlug die Hände vor die Brust.

»Was sagst du da? Nein ... Was für ein Albtraum!«

Annie konnte nur nicken. Ihre Mutter hatte recht. Was Saga zugestoßen war, war wirklich ein Albtraum.

Birgitta massierte sich die Stirn, beugte sich vor und packte Annies Arm.

»Du musst es deinen Eltern erzählen. Versprich mir das! Sprich mit ihnen. Sie können dir helfen, verstehst du.«

»Ich verspreche es«, sagte Annie. Jetzt hielt ihre Mutter sie wieder für Saga. Sie und ihre junge Verwandte hatten sich sehr ähnlich gesehen, sie hätten Schwestern sein können. Beide hatten viel von ihren Vätern geerbt, die Cousins gewesen waren. Die hohen Wangenknochen, die blauen Augen, die blonden Haare.

»Ich fühle mich so komisch«, sagte Birgitta nach einer Weile. »Ich kenne mich überhaupt nicht mehr aus. Vielleicht kommt das von den Medikamenten, die mich ganz verrückt machen?« Sie lachte.

»Die Ärztin hat die Medikamente abgesetzt.«

»Ach ja? Warum?«

»Weil wir sehen wollen, ob es dir dann besser geht.«

»Pustekuchen.« Ihre Mutter schürzte die Lippen.

Annie unterdrückte einen Seufzer. Geduld, sagte sie sich. Keine unrealistischen Erwartungen, nur auf das Beste hoffen. Es musste funktionieren, es musste eine Chance geben, zu ihr durchzudringen. Sie musste versuchen, mit Birgitta über das zu reden, was Annie als Teenager zugestoßen war, darüber, dass sie Annie nie wirklich verstanden hatte und dass sie ihre Tochter weggeschickt hatte. Dass ihr wichtiger gewesen war, was die Leute im Ort redeten.

Annie beugte sich vor. »Vielleicht hilft es dir ja, wenn wir ein bisschen über uns sprechen, Mama?« Sie lächelte.

»Worüber sollen wir denn reden?«, fragte ihre Mutter überrascht.

Ganz vorsichtig jetzt, ermahnte sich Annie. Nicht zu schnell vorgehen. Fang mit etwas Allgemeinem an. Einer schönen Erinnerung. Welche gab es da?

»Erinnerst du dich an die Bibliothek, Mama?«, fragte sie.

»Natürlich.« Ihre Mutter strahlte und hörte aufmerksam zu, wie Annie von Birgittas Arbeit in der kleinen Bibliothek des Ortes erzählte, von allen Märchenstunden, die sie veranstaltet hatte, also von all den schöneren Erinnerungen, an die sie sich klammerte, statt von all dem, was danach geschehen war.

»Weißt du noch, wie ich in die Schule gekommen bin, Mama?«

Birgitta nickte.

»Du hattest eine blau-gelbe Schultasche und Rattenschwänze.«

Annie lächelte. Ihr Bauch kribbelte vor Aufregung.

»Das stimmt.«

Sie sprach einige Anekdoten an, die Namen verschiedener Lehrer und Lehrerinnen, und ihre Mutter nickte bestätigend. Annie zögerte. Sollte sie weitermachen? Falls es eine Chance gab, Licht ins Dunkel der Vergangenheit zu bringen und endlich Antworten auf ihre Fragen zu bekommen, wollte sie sie ergreifen.

»Weißt du noch, als ich mit dem Gymnasium fertig war? Dass ich weggezogen bin?«

Birgitta runzelte die Stirn.

»Jaa«, antwortete sie unsicher.

»Weißt du noch, *warum* ich weggezogen bin?«

Birgitta zupfte an der Tischdecke.

»Ich will nicht«, murmelte sie. »Ich kann nicht mehr reden.«

»Schon gut«, beeilte Annie sich zu sagen. »Wir können auch einfach nur hier sitzen.«

Sie wollte nicht, dass ihre Mutter sich aufregte, wollte kein Personal rufen müssen, weil Birgitta aggressiv wurde, was schon vorgekommen war, manchmal ganz ohne Vorwarnung. Es gehörte zum Krankheitsbild, war aber trotzdem jedes Mal erschreckend.

Eine Stunde wartete Annie und hoffte, dass die Erinnerung ihrer Mutter wieder zurückkommen, sich ihr Gedächtnis etwas klären würde. Doch Birgitta saß nur stumm da, versunken in ihre eigene innere Welt, und als eine Schwester kam, um sie zur Fußpflege zu bringen, verließ Annie das Heim.

Geduld, ermahnte sie sich. Ein Tag nach dem anderen.

10

Eddie saß in der ersten Bankreihe und wartete. Er hatte sich schon eine Stunde vor den anderen in die Kirche geschlichen. Inzwischen hatten sich die Bänke gefüllt. Heute fand die Bibelabfrage statt, morgen würden sie weiße Konfirmationsgewänder mit einer Rose an der Brust tragen. Seine Mutter hatte garantiert keine Rose gekauft, darum musste er sich selbst kümmern.

Der Schweiß lief ihm über den Rücken. Alle außer ihm trugen Sonntagskleidung. Er dagegen hatte mit viel Glück ein sauberes dunkelblaues T-Shirt gefunden. Vielleicht sah man die Schweißflecke durch den Stoff nicht. Seine einzige Hose, die keine Jogginghose war, war ungebügelt und etwas zu klein. Sie saß an den falschen Stellen zu eng, und er hatte kaum den Reißverschluss schließen können. Eddie wollte einfach nur weg, sich in Luft auflösen. Die anderen konnten ihm im Moment nichts tun, doch es reichte sicher, dass sie wussten, dass er da vorn saß und Angst hatte, immer auf der Hut war, nie entspannt.

Der Teufel sollte sie holen. Isabella hatte sich nicht gemeldet. Er verfluchte sich selbst, dass er überhaupt geglaubt hatte, dass sie es tun würde. Sie pfiff natürlich auf ihn.

Eddie sah zu dem Bild über dem Altar hinauf, das Jesus im weißen Gewand zeigte, wie er zwischen den Wolken in den

Himmel auffuhr, umringt von Unmengen höhnisch lächelnder Engel.

Das bin ich, dachte er. Ich bin Jesus, an ein Kreuz genagelt wie ein verdammtes Opfer. Und wo war eigentlich dieser Gott, der angeblich alle Kinder liebte und von dem der Pfarrer ständig redete? Tränen brannten in seinen Augen. Fang jetzt bloß nicht an zu heulen, dachte er.

Der Organist stimmte ein Lied an. Eddie sah zum Mittelgang und zu den Bankreihen auf der anderen Seite. Minna und Vendela saßen ganz vorn, dahinter ihre Eltern. Alle Väter und Mütter waren da, außer seiner natürlich. Sie müsse arbeiten, hatte sie gesagt, aber Eddie wusste den eigentlichen Grund. Sie traute sich nicht in die Kirche. Alle redeten über sie.

Er beobachtete die anderen Eltern. Minna saß vor ihren Brüdern, ihrer Mutter und ihrem Vater Jimmy. Alle wussten, wer Jimmy Lantto war. Ein widerlicher Scheißkerl, vor allem, wenn er betrunken war. Nicht nur Eddie hatte ein bisschen Angst vor ihm, viele Erwachsene auch. Außerdem hieß es, dass er hinter Teenagermädchen her war und sie begrapschte, auch wenn er selbst schon fast vierzig war.

Minna sah zu Eddie und sagte dann etwas zu Vendela. Er wollte sie nicht einmal anschauen, musste es jedoch tun. Sie hatte die Augen mit schwarzem Kajal geschminkt, was sie noch böser als sonst aussehen ließ. Als Eddie den Blick abwandte, sah er aus dem Augenwinkel ihr abfälliges Grinsen.

Neben Vendela saß Adam, und hinter ihm ein Mann, der ihm die Hand auf die Schulter gelegt hatte und sein Vater sein musste. Adam sah niedergeschlagen aus. Vielleicht dachte er an seine Mutter, die sich zu Beginn der siebten Klasse das

Leben genommen hatte. Er tat Eddie leid. Adam war nie gemein zu ihm gewesen, hatte ihn immer nur ignoriert. Er war groß und sah gut aus, hatte immer schicke Klamotten an und frisch geschnittene Haare. Alle Mädchen waren in ihn verknallt. Isabella auch. Sie rannte ihm die ganze Zeit in der Schule nach. Einmal hatte Eddie gesehen, wie die beiden hinunter zum Bach gegangen waren, und war ihnen hinterhergeschlichen. Sie hatten die ganze Pause im Gras gesessen und geredet. Hatten sie sich dann geküsst? Waren sie vielleicht noch weiter gegangen? Nein, das durfte nicht sein.

Im Mittelgang wurden Schritte laut, und Eddie drehte sich um. Sein Magen machte einen Satz, als er Isabella entdeckte. Ihre langen dunklen Haare hatte sie zum Pferdeschwanz gebunden, und sie war so schön wie immer.

Isabellas Eltern setzten sich in die Reihe hinter ihr. Eddies Herz schlug schneller, er hielt den Atem an und wagte es nicht, in Isabellas Richtung zu sehen. Würde sie sich zu ihm setzen? Nein, natürlich nicht. Sie ließ sich neben Minna nieder.

Eddie sah, wie Vendela mit Minna den Platz tauschte, um neben Isabella sitzen zu können. Sie beugte sich zu ihr und flüsterte ihr etwas zu. Isabella drehte den Kopf zu ihm, sah dann aber wieder nach vorn. Sprachen sie über ihn? Minna beugte sich zu den beiden, und sowohl sie als auch Vendela wirkten aufgebracht. Was hatten sie nur? Was flüsterten sie? Er versuchte, aus ihren Gesichtsausdrücken schlau zu werden.

Die Kirchenglocken läuteten, und alle standen auf. Der Pfarrer kam Hand in Hand mit seiner Frau Magdalena herein und stellte sich vor den Altar. Magdalena lächelte Eddie zu.

Dann ging sie zu ihm und blieb bei seiner Bankreihe stehen. Er traute sich nicht, zu den anderen zu sehen, wusste auch so, dass sie alle zusahen, wie Magdalena ihm bedeutete, ein wenig zu rutschen, damit sie sich neben ihn setzen konnte. Wie ein blödes Kindermädchen oder so. Sie kapierte es nicht. Damit half sie ihm überhaupt nicht, im Gegenteil.

11

Vor Bergstens Livs stieg Annie vom Rad. Die Tür stand offen, und Sven sortierte vor dem Eingang ein paar Zeitungen. Wieder fiel ihr die Ähnlichkeit mit ihrem Vater Åke auf, der nicht so alt geworden war wie sein Cousin. Einen Moment wurde ihre Kehle eng.

Sven blickte auf und lächelte breit.

»Annie!«, rief er, und seine Augen wurden feucht. »Wie schön, dich zu sehen.«

Er zog sie in eine lange, feste Umarmung. Sven fühlte sich noch magerer an als bei ihrem letzten Treffen, falls das überhaupt möglich war.

»Komme ich ungelegen?«, fragte sie, als er sie freigab.

»Überhaupt nicht. Ich wollte gerade schließen.«

»Jetzt schon?« Annie sah auf die Uhr. Es war erst halb eins, und seit sie sich erinnern konnte, hatte Bergstens Livs samstags immer bis zwei offen gehabt.

»Bei der Hitze kommen sowieso keine Kunden«, sagte Sven und zog einen Schlüsselbund aus der Tasche. Er verschloss die Ladentür und drängte Annie vor sich her zum Treppenhaus und hinauf in die Wohnung im Obergeschoss.

Lillemor stand in der Küche und hatte gerade den Kaffeetisch gedeckt.

»Annie!« Ihre Stimme brach.

Annie umarmte sie. Lange blieben sie so stehen, bis Lillemor sie schließlich freigab und sich über die Augen wischte.

»Wir haben dich vermisst. Wie geht es dir denn?«

»Ganz gut«, murmelte Annie. »Ich komme gerade aus Fridebo. Ihr wollt bestimmt wissen, wie es Mama geht.«

»Ja, wir haben uns schon gefragt, wollten dich aber nicht stören. Komm, lass uns Kaffee trinken.«

Sie setzten sich an den Küchentisch, und Annie schilderte Birgittas Befinden in der letzten Zeit. Und dass sie heute einen Versuch gemacht hatte, sich ihren Erinnerungen und der Vergangenheit zu nähern.

Sie seufzte.

»Sie sagen, dass ich Geduld haben muss, aber das ist nicht leicht. Ich habe einfach so Angst, dass sie stirbt, bevor wir ordentlich reden konnten.«

Sven tätschelte Annies Schulter, und sie hätte sich am liebsten auf die Zunge gebissen. Birgitta war über sechzig, Svens und Lillemors Tochter war nicht einmal achtzehn geworden.

»Und wie geht es euch?«, fragte sie rasch, um ihre unbedachten Worte zu überspielen.

Sven zuckte ergeben mit den Schultern.

»Die Tage vergehen«, sagte er.

Lillemor seufzte wieder schwer.

»Es ist so schrecklich leer ohne sie. Sagas Zimmer ist unverändert, wir gehen manchmal hinein und riechen an ihren Kleidern. Dann haben wir das Gefühl, als sei sie noch da.«

Annie wusste, dass keine Worte ihren Schmerz lindern konnten. Sie erinnerte sich, wie es sich angefühlt hatte, als ihr Vater auf einmal nicht mehr da gewesen war, wie unbegreiflich, auch wenn Åke an einem Herzinfarkt gestorben war.

Sagas Tod war etwas völlig anderes. Ein Elternteil zu verlieren, das war irgendwann unausweichlich. Nicht aber, sein Kind zu verlieren.

Sven schenkte ihnen Kaffee nach, und Annie ließ Lillemor weiterreden. Wie sie sich jeden Tag mit der Arbeit im Laden beschäftigten, außer sonntags, wenn geschlossen war. Es war gut, eine Aufgabe zu haben, wieder Menschen zu treffen. Sich abzulenken.

»Jeden Sonntag besuchen wir Sagas Grab, aber morgen müssen wir ein wenig später gehen. Es ist Konfirmation«, erklärte sie. »Heute und morgen.«

Der alte Pfarrer war Sven und Lillemor nach dem Tod ihrer Tochter eine große Stütze gewesen, doch Ende Mai war er selbst gestorben. Vor dem Sommer war sein Nachfolger ins Pfarrhaus eingezogen.

»Genau, das hatte ich euch fragen wollen«, sagte Annie. »Trefft ihr euch auch mit dem neuen Pfarrer?«

Lillemor und Sven sahen sich an, dann schüttelte Lillemor den Kopf.

»Er ist so jung, das müssen wir uns noch überlegen. Aber wie geht es dir denn eigentlich, Annie? Wir haben dich ja kaum mehr gesehen. Du arbeitest doch wohl nicht nur?«

»Nein, nein, nicht nur. Ich gehe einen Tag nach dem anderen an.«

»Läuft es gut mit der Psychologin?«, fragte Sven.

Annie nickte.

»Und mit der Liebe?« Lillemor lächelte.

Die Frage überrumpelte Annie, auch wenn sie nicht völlig unerwartet kam. Sven und Lillemor hatten sich gefreut, dass Annie bei allem Unglück einen Mann kennengelernt hatte.

Noch dazu Sagas Klassenlehrer. Thomas stellte eine Art Verbindung zu ihrer Tochter dar, war jemand, der sie gekannt hatte. Annie hatte lange in Stockholm gelebt und Saga nur ein paarmal getroffen.

Sie trank langsam ihren Kaffee, antwortete knapp, dass sie es langsam angehen ließen. Dass sie zuerst alles verarbeiten müsse, was geschehen war, und sich nicht in eine Beziehung stürzen wolle.

Lillemor drückte nur stumm ihre Hand. Vielleicht hofften sie, dass sie sich dauerhaft in Lockne niederlassen, eine Familie gründen und die Leere in ihrer beider Leben füllen würde. Bei der Vorstellung schnürte sich ihr der Hals zu.

»Denkst du viel an Johan?«, fragte Lillemor.

Annie zuckte zusammen. Ihre Jugendliebe Johan Hoffner war im Frühjahr umgekommen, und es war ein Schock gewesen. Noch schockierender aber war das gewesen, was sie zuvor über ihn erfahren hatte. Er hatte sich als ein völlig anderer Mensch herausgestellt als der, den zu kennen sie geglaubt hatte. Seine Geheimnisse hatten alles infrage gestellt, was sie von ihm gehalten hatte.

»Nein, ich denke an euch«, sagte Annie schließlich und tätschelte Lillemors Hand.

»Wir sind so froh, dass wir dich haben«, antwortete Sven.

»Und wir sind für dich da, das weißt du hoffentlich«, sagte Lillemor. »Aber du verdienst auch ein bisschen Liebe im Leben. Und dieser Thomas scheint ein guter Mann zu sein.« Sie blinzelte Annie zu, die schwach lächelte.

Ja, dachte sie, das ist er. Aber ich bin nicht gut für ihn.

12

Sara zog die Arbeitshandschuhe aus, legte sie auf den Hackklotz und schloss den Schuppen ab. Sie roch nach Rauch und Benzin, ihr T-Shirt war verschwitzt, und ihr Kreuz schmerzte, doch das war ihre eigene Schuld. Sie hatte das ganze Sommerhaus gescheuert und danach den Holzschuppen aufgeräumt, in dem der Vorbesitzer alles aufbewahrt hatte, nur kein Brennholz. Zwischen dem ganzen Gerümpel hatte sie eine alte Motorsäge gefunden, und nachdem sie sie zum Laufen gebracht hatte, hatte sie ein paar Schubkarren voll mit Birkenscheiten zurechtgeschnitten.

Einige Autos waren vorbeigefahren, doch bisher hatte niemand angehalten und sie begrüßt. Vielleicht wussten sie nicht, dass Gunnar Edholm das Haus verkauft hatte. Die Leute im Ort hielten Abstand, hatte er erklärt. Obwohl man ihn vom Mordverdacht freigesprochen hatte, waren die Einwohner ihm gegenüber feindselig eingestellt. Vielleicht hatten sie von seinen anderen krummen Geschäften gehört.

Sara sah hinunter zum ruhigen Wasser, auf dem das Abendlicht glitzerte. Ein paar Elstern lärmten in einem Baum, sonst herrschte Stille. Die Luft war immer noch mild, das Wasser sah einladend aus.

Während sie hinunter zum Steg ging, zog sie T-Shirt und Shorts aus, behielt aber Sport-BH und Unterhose an.

Entschlossen stieg sie in das kalte Wasser, das schon nach wenigen Metern tief wurde, machte ein paar Schwimmzüge, bevor sie wieder umdrehte und die Shampooflasche holte. Nachdem sie sich die Haare gewaschen hatte, setzte sie sich auf den Steg und betrachtete das zum Wasser hin abfallende Grundstück. Ein Häuschen mit Terrasse, ein Schuppen voller Brennholz und ein kleines Boot, mit dem sie hinausrudern konnte. Falls sie eines Tages etwas Geld übrig haben sollte, würde sie sich eine Sauna bauen, aber dafür würde ihr Polizeigehalt noch einige Jahre nicht reichen. Die Miete für ihre Wohnung war zwar erschwinglich, und sie hatte auch keine Studienschulden mehr, trotzdem blieb nicht viel übrig. Mit einer Partnerin sähe das ganz anders aus.

Sie legte sich auf den Rücken und streckte sich, spürte die wohlige Schwere nach anstrengender körperlicher Arbeit. Das leise Knarzen des Stegs war einschläfernd. Wenn ihr Magen nicht so geknurrt hätte, hätte sie einschlafen können.

Langsam stand sie auf, nahm ihre Sachen und ging zum Haus hinauf. Während sie das mitgebrachte Essen in der Mikrowelle aufwärmte, zog sie sich trockene Kleider an und nahm dann den Teller mit hinaus auf die Terrasse.

Gerade als sie den ersten Bissen gegessen hatte, klingelte das Handy. *Mama* stand auf dem Display.

Sara legte das Besteck beiseite und nahm das Gespräch an.

»Hallo, Mama.«

»Ich habe schon ein paarmal angerufen«, sagte Elisabeth. »Warum gehst du denn nicht ran, ich habe mir schon Sorgen gemacht.«

Sara seufzte stumm.

»Ich habe den ganzen Tag geputzt und herumgeräumt. Ich

wollte gerade etwas essen, vielleicht können wir morgen reden? Hier ist alles in Ordnung.«

»Na gut, aber willst du wirklich allein dort schlafen? Ist das nicht sehr einsam? Oder hast du vielleicht Gesellschaft? Du weißt ja, dass du es mir erzählen kannst, niemand würde sich mehr freuen als ich.«

»Ich bin allein und habe es sehr gemütlich. Aber jetzt muss ich was essen, Mama, ich habe einen Bärenhunger. Wir sehen uns morgen Abend.«

Sie beendeten das Gespräch, und Sara sah beim Essen hinaus auf die Bucht. Allmählich wurde es dunkel, und rund um den See leuchteten Lichter auf. Das letzte Augustwochenende in den Sommerhütten wurde »stugsista« genannt, ein Lichterabend zum Zeichen, dass der Sommer vorbei war und die Hütten bereitstanden für den Winter.

Sie sah zu den flackernden Lichtern. Wie sollte sie im kleinen Kramfors je jemanden kennenlernen, wo jeder jeden kannte? Sollte sie wirklich so eine Dating-App ausprobieren müssen? Sie fand sich eigentlich ganz hübsch und glaubte, dass sich bestimmt die eine oder andere Frau für sie interessieren dürfte. Einen festen Job hatte sie, Geld auch, dazu ein eigenes Sommerhaus. Sie war ein richtig guter Fang. Eine unentdeckte Perle.

13

Eddie legte das Messer weg und befühlte mit den Fingern die Holzspitze, die er gerade geschnitzt hatte. Das Messer war viel zu stumpf gewesen, weshalb er lange gebraucht hatte, aber jetzt müsste es doch reichen? Zu spitz durften sie auch nicht werden, sie sollten keine ernsthaften Verletzungen verursachen, nur wehtun. Jetzt musste ihm nur noch etwas einfallen, wie die Pflöcke fest stehen blieben und nicht nachgaben.

Er sah aufs Handy. Erst Viertel vor sechs, die Mädchen würden erst in ein bis zwei Stunden kommen. Sie ahnten nicht, was er vorhatte. Wie er sich an ihnen rächen würde. Sie glaubten, er wüsste es nicht, doch er hatte alles gehört. Nach der Bibelabfrage hatte er bis zum Schluss gewartet, bis alle die Kirche verlassen hatten. Nur er hatte gesehen, wie die Mädchen sich auf die Empore geschlichen hatten. Er war ihnen gefolgt und hatte sie belauscht. Sie hatten zwar leise gesprochen, doch er hatte gehört, dass sie wegen etwas wütend waren. Um acht wollten sie sich am Bålsjön treffen und irgendetwas machen, was er nicht genau verstand. Es klang wie eine Mutprobe. Jedenfalls irgendetwas Gefährliches am See. Vendela war unerbittlich und beharrte darauf, dass Isabella es wagen müsse.

Vendela gab nicht nach, sagte, dass sie selbst es auch tun würde, wenn Isabella mutig genug war. Da war ihm die Idee gekommen, wie er sich rächen würde. Vendela, die damit prahlte, dass sie alles schaffte, würde ihre eigene Medizin zu schmecken bekommen. Er würde ihr alles heimzahlen, was sie ihm angetan hatte. Jetzt sollte sie mal leiden.

Eddie stand auf und ging hinaus auf den Steg. Die hohen Fichten um das Ufer herum duckten sich wie Gespenster über den See. Seerosen bedeckten das Wasser. Als sie noch klein gewesen waren, war der Bålsjön so schön gewesen, doch jetzt war er voller Blutegel, und der Grund war ganz breiig und voller ekliger Schlingpflanzen. Doch das durfte ihn nicht abschrecken. Jetzt bloß nicht kneifen, dachte er.

Er zog T-Shirt und Hose aus, behielt aber die Unterhose an und glitt vorsichtig ins Wasser. Es war kalt, aber auch angenehm erfrischend. Die Härchen an seinen Unterarmen stellten sich auf.

Es war tiefer, als er in Erinnerung hatte. Der erste Pflock war am schwierigsten, seine Schwimmbrille war undicht, und er schluckte Wasser. Er musste zurück an die Oberfläche schwimmen und ein paarmal Luft holen, doch es war einfacher als befürchtet, die Pflöcke in den lehmigen Grund zu rammen. Es schien fast, als würden sie sich von selbst festsaugen, oder als ob unsichtbare Hände sie festhalten würden. Panik stieg in ihm auf, und er schwamm hastig zum Steg und hievte sich hinauf. Dort lag er eine Weile und starrte auf das Wasser, doch nichts passierte. Die Pflöcke blieben stehen.

Dann nahm er das Messer, das noch auf dem Steg lag, wog es in der Hand und warf es so weit wie möglich hinaus in den See. Er zog sich wieder an und stopfte die nasse Unterhose in den Rucksack. Nun gab es keine Spuren mehr von ihm auf dem Steg. Das Fahrrad hatte er oben an der Kiesgrube versteckt. Dorthin würde er danach gehen und dann den alten Traktorweg durch den Wald nehmen, den niemand mehr benutzte, über den Berg zurück nach Lugnvik.

Ein Motorengeräusch erklang, und Eddie duckte sich. Ein Auto kam den Schotterweg aus Strinne entlang. Noch war es zu weit weg, als dass der Fahrer ihn sehen könnte, doch er musste sich beeilen. Rasch sammelte er seine Sachen ein und rannte zum Wald hinter den alten Umkleidekabinen, die Anhöhe hinauf, zwischen Felsen und umgestürzten Bäumen hindurch.

Bei einem Geräusch blieb er stehen. Es musste von der Kiesgrube gekommen sein. Da war es wieder, eine Autotür schlug zu.

Eddie schlich näher heran. Etwas blitzte zwischen den Bäumen auf. Ja, ein Auto. Ein schwarzer Volvo XC60, den er nicht kannte. Die Kofferraumklappe stand offen. Ein Wilderer, dachte Eddie, bevor er die Frau entdeckte, die vor einem Mann kniete, der sich gegen den Kofferraum lehnte. Natürlich. Die Kiesgrube war der perfekte Ort für heimliche Treffen und von der Straße aus nicht einzusehen. Eddie streckte sich, doch er konnte die beiden nicht erkennen. Der Mann trug ein T-Shirt und eine Baseballkappe, die das Gesicht verdeckte.

Vorsichtig schlich er näher heran. Er sah, wie der Mann der Frau in die Haare fasste und sie hochzog. Die Frau beugte sich vor und stützte sich auf das Auto, während der Mann ihren Rock hob und von hinten in sie eindrang. Er zog das Oberteil der Frau hoch und entblößte die vollen Brüste, während er hart in sie hineinstieß.

Jetzt erkannte Eddie den Mann. Dieser Arsch, dachte er. Natürlich ging er fremd. Aber mit wem?

Eddie beugte sich vor, stützte sich dabei aber auf einem Ast ab, der abbrach. Der Mann hielt in der Bewegung inne und drehte den Kopf zum Wald. Er schien Eddie direkt anzusehen. Verdammt. Sah er ihn wirklich?

Auch die Frau drehte den Kopf, und jetzt konnte Eddie ihr Gesicht deutlich erkennen. Der Anblick war wie ein Faustschlag in den Magen. Was zum Teufel machte *sie* da? Mit *ihm*? Er war lebensgefährlich, er könnte jemanden umbringen, wenn er die Chance dazu bekäme.

Der Mann zog seine Shorts hoch und ging in Eddies Richtung. Stolpernd kam Eddie auf die Füße und rannte so schnell er konnte den Abhang hinunter.

14

Drei ganze Stunden blieb Annie bei Sven und Lillemor. Sie unterhielten sich über das Frühjahr, doch nicht nur über die traurigen Dinge. Sie konnten sogar über ein paar alte Geschichten lachen. Das Bereitschaftshandy hatte geschwiegen. Thomas hatte sich auch nicht gemeldet, und auch wenn sie wusste, dass er mit seinen Kindern beschäftigt war, war sie ein wenig unruhig. Je mehr Zeit verging, desto schwieriger würde es werden, über das zu reden, was passiert war.

Als sie nach Hause kam, war es fast noch wärmer als tagsüber. Sie schloss das Fahrrad vor der Garage ab. Dann sah sie hinüber zum Hügel. Ein paar hundert Meter weiter oben, direkt vor der Kreuzung nach Saltviken, lagen der Hof der Hoffners und die Reste des abgebrannten Gebäudes, in dem sie beinahe umgekommen wäre. Nur ein Schornstein stand noch. Den ganzen Sommer über war sie nicht dort gewesen. Ihre Psychologin hatte gesagt, es reichte, beim ersten Mal nur vorbeizugehen. Vielleicht war es an der Zeit, und dort würde ihr auch niemand begegnen. Der Hof stand leer, und wie ein Geisterhaus starrte das Gebäude mit seinen schwarzen Fenstern hinunter zum Ort. Vor wenigen Stunden hatte sie erst mit Sven und Lillemor über das gesprochen, was da oben geschehen war. Sie hatte es ganz gut gemeistert. Sie war zwar nicht ganz entspannt, aber es war okay gewesen, darüber zu sprechen. Warum nicht weitermachen, wenn sie sich schon an die Erinnerungen herangewagt hatte? Warum nicht den ganzen Schritt machen, sich einem weiteren der Hindernisse stellen, die verhinderten, dass sie normal sein konnte. Atme und geh einfach, dachte sie, bring es hinter dich, für Thomas.

Langsam ging sie den Hügel hinauf. Bei den letzten fünfzig Metern glaubte sie, einen leichten Geruch nach Rauch wahrzunehmen, und schon setzte der vertraute Schwindel ein. Das Feuer, die Panik. Das Gefühl, keine Luft zu bekommen. Ihre Kehle schnürte sich zu, die Füße wollten umkehren. Bleib stehen. Lauf nicht weg. Wovor du Angst hast, ist schon passiert. Ruhig atmen, ermahnte sie sich. Durch die Nase ein, durch den Mund aus. Der Körper reagiert instinktiv, und wenn du einfach abwartest, werden die Symptome abklingen.

Nachdem sich ihr Herzschlag wieder beruhigt hatte, ging sie langsam weiter, einen Fuß vor den anderen.

Bei der Hofeinfahrt wehte ihr der Geruch nach Dung aus der Mistgrube entgegen, die zwar seit dem Frühjahr nicht mehr aufgefüllt worden war, aber jetzt in der Wärme dampfte. Sie blieb stehen und sah zum Haus, spürte, wie ihr Herz schneller schlug und sich wieder beruhigte. Sie atmete tief durch und ging weiter.

Auf dem Hofplatz blieb sie vor der verglasten Veranda stehen. Sie musterte die prächtigen geschnitzten Verzierungen am Haus, die Leisten über den Fenstern, die Sprossen, die mal stehenden, mal liegenden Holzpaneele. Das altehrwürdige Haus schien grau geworden zu sein, wie Haare, die nach einem Schock über Nacht ihre Farbe verlieren konnten. Was sollte jetzt daraus werden? Das Haus war zu schön, um einfach zu verfallen, aber wer würde darin wohnen wollen, nach all den schrecklichen Dingen, die hier geschehen waren. Vielleicht jemand, der nicht aus der Gegend war und nichts von den Ereignissen wusste.

Annie kamen die Tränen. Warum hatte es so kommen müssen? Wenn sie die Zeit doch nur bis in die Neunzigerjahre zurückdrehen könnte, als sie und Johan noch ineinander verliebt gewesen waren. Wenn sie den Streit verhindern könnte, nach dem sie davongelaufen war. Wenn *es* doch nie passiert wäre. Der Übergriff. Die Verleumdungen. Die Flucht aus Lockne.

Sie überquerte den Hofplatz Richtung Waldrand. Bei einer Bewegung im Augenwinkel blieb sie stehen. Eine dunkelgraue Katze rannte fauchend an ihr vorbei. Måns, dachte Annie noch, bevor sie etwas hinter sich hörte und herumwirbelte.

Eine alte Frau mit langen grauen Haaren kam aus dem Wald. Trotz der Hitze trug sie einen knöchellangen Mantel mit Kapuze. Aus kleinen Augen starrte sie Annie an.

»Verschwinde«, sagte sie. »Schnüffel hier nicht herum, sonst hetze ich die Katzen auf dich.«

Annies Herz stockte, sie brachte keinen Ton heraus und ging rasch davon.

Zu Hause angekommen, pulsierte das Blut immer noch in den Schläfen. Wer war die alte Frau, und warum hatte sie Annie so erschreckt? Was machte sie da im Wald, beim Hof der Hoffners?

Sven und Lillemor kannten alle in Lockne, sie wussten bestimmt, wer die Frau war.

Sie rief Sven an, der sich nach dem ersten Läuten meldete.

»Danke, dass du vorbeigekommen bist, Annie«, sagte er. »Das hat uns den Tag versüßt. Was hast du denn auf dem Herzen?«

Annie erzählte ihm, wo sie gewesen war, und beschrieb die alte Frau.

»Aber was um alles in der Welt hast du denn da gemacht?«, rief Sven, nachdem sie fertig war.

Sie antwortete rasch, dass der Besuch Teil der Therapie war, und Sven begnügte sich damit.

»Aber vielleicht weißt du ja, wer die Frau ist?«, fragte Annie.

»Ach so, ja.« Sven seufzte. »Das ist Back-Hanna. Eigentlich heißt sie Hanna Backebo. Sie wohnt oben im Wald bei Ponderosa. In einem Haus ohne Wasser oder Strom. Sie ist nicht besonders gesprächig, grüßt nicht mal, wenn sie hier etwas einkauft.«

Annie hörte Lillemors Stimme im Hintergrund.

»Einen Moment.« Sven schien die Hand über den Hörer zu legen und murmelte etwas.

»Ach, das ist doch jetzt nicht wichtig«, hörte sie ihn leise sagen, dann war er wieder da.

»Kümmer dich nicht um sie, sie war schon immer etwas wunderlich«, sagte er und wünschte Annie einen guten Abend.

Nach dem Gespräch schaute Annie aus dem Fenster, sah Back-Hannas schwarze Augen vor sich und hörte ihre zischende Stimme. Warum wollte sie nicht, dass sich jemand auf dem Hof aufhielt?

15

Eddie schlug die Augen auf und sah sich um. Die Sonne ging gerade unter, der Vollmond stand bereits wie ein weißer Teller am Himmel. Es war immer noch warm, kleine Mücken schwirrten um seine Stirn herum. Er hatte sich unter Fichtenzweigen versteckt, flach auf den Boden gedrückt, um nicht von dem Mann entdeckt zu werden.

Von der Straße ertönte ein Geräusch. Ein Motorroller. Er holte das Handy aus der Tasche. Es war halb acht. Er rappelte sich auf und huschte durch das Unterholz zum Ufer, wo er sich hinter einen Busch duckte. Eine weiße Vespa bog auf den Parkplatz ein. Die Fahrerin trug einen knielangen Rock, ein Top und einen Rucksack auf dem Rücken. Sie parkte die Vespa beim Kiosk, nahm den Helm ab und fuhr sich mit den Fingern durch die weißblonden Haare. Instinktiv duckte er sich tiefer hinter das Gebüsch, damit sie ihn nicht entdeckte.

Vendela sah sich um, bevor sie zum Strand ging. Dort breitete sie eine Decke auf dem Sand aus und holte etwas aus dem Rucksack, das Eddie nur allzu gut kannte. Er schauderte. Dieses verdammte Brett.

Nach ein paar Minuten näherte sich ein rostiger, abgesenkter alter Volvo mit Eichhörnchenschwänzen an den Antennen in hoher Geschwindigkeit über den Schotterweg. Steinchen prasselten gegen die Karosserie, Staub wirbelte auf. Ein Mädchen stieg aus, dann fuhr der Wagen genauso schnell wieder davon. Minna hob grüßend die Hand und lief auf Vendela zu.

Isabella war also noch nicht da, und er hoffte, dass sie auch nicht mehr kommen würde. Dass sie ein für alle Mal nein zu Vendela Brink gesagt hatte.

Die Mädchen setzten sich auf die Decke. Auch Minna hatte einen Rucksack dabei, aus dem sie zwei Schnapsflaschen holte. Dann nahm sie noch etwas heraus und hielt es Vendela hin, doch Eddie konnte nicht erkennen, was es war.

Minna öffnete eine Flasche, und beide tranken. Dann zog Vendela sich bis auf BH und Unterhose aus. Minna schien erst ihr hellgelbes Top abstreifen zu wollen, fröstelte dann aber und ließ es an. Eddie hatte die beiden noch nie so leicht bekleidet gesehen und wurde hart. Zum Kotzen, dass sie diese Reaktion in ihm hervorriefen. Er hasste die beiden doch.

Sie gingen zum Steg, und Eddies Mund wurde trocken. Würden sie es tun? Sein Magen verkrampfte sich, er spürte Reue. Er könnte sie aufhalten, sagen, dass sie nicht springen sollten. Aber nein, Vendela würde komplett ausflippen, wenn ihr klar wurde, was er getan hatte. Sie würde ihn zwingen, selbst hineinzuspringen. Es war zu spät, um noch etwas zu tun.

Er sah, wie die Mädchen neben dem Steg in den See gingen und sich Wasser auf die Beine spritzten. Vendela war dürr, ihre Hüftknochen stachen unter der Haut hervor, ihr Hintern war klein und flach. Minnas war länglicher und platt. Langsam gingen sie ins Wasser, bis sie schließlich mit dem ganzen Körper darin waren.

Minna machte ein paar Schwimmzüge. Als sie aus dem Wasser kam, klebte ihr Top an der Haut, die Brustwarzen zeichneten sich unter dem Stoff ab. Ihre Brüste wippten auf und ab, als sie zur Decke zurücklief.

Mit einer Hand massierte Eddie die Beule in seiner Hose, schob die Finger unter den Saum. Die Jogginghose saß locker, er musste sie aber trotzdem ein Stück hinunterziehen, außerdem wollte er nicht in die Hose kommen. Er schloss die Augen, versuchte, sich Isabella vorzustellen, vergaß sich und stöhnte. Als er die Augen wieder öffnete, sah Vendela in seine Richtung und wollte gerade auf ihn zugehen. Verdammt, hatte sie ihn entdeckt? Eddie nestelte an seiner Hose.

Da rief Minna Vendela etwas zu und winkte mit ihrem Handy. Die beiden Mädchen gingen zu dem Weg, der am Ufer vorbei durch den Wald nach Strinne führte, vorbei an dem verlassenen Hof und dem Limonadenbaum. Isabellas und seinem Baum. Jemand näherte sich, und die Mädchen winkten.

Da war sie. Die langen Haare, das lange Kleid, der vertraute Gang. Sie war so schön, dass es wehtat, aber sie sah traurig aus, als hätte sie geweint.

Die anderen gingen ihr entgegen, und sie umarmten sich. Eddie konnte immer noch nicht hören, was sie sagten. Sie gingen zurück zur Decke, und Vendela gab Isabella die Flasche.

Kein Windhauch wehte, es herrschte Totenstille, als würde der Wald ebenfalls lauschen. Er war den Mädchen so nahe, dass er kaum zu atmen wagte. Sie durften ihn nicht entdecken, Vendela würde so wütend werden, und Isabella würde seinen Blick meiden.

Lange saßen sie da, die Handys in den Händen, und auch wenn Eddie nicht verstand, was sie sagten, wirkte es, als würde Vendela Isabella antreiben. War sie jetzt an der Reihe, eine dieser Mutproben auszuführen?

Die Minuten vergingen. Die Mädchen starrten auf ihre Handys. Worauf warteten sie?

Dann war es zu dunkel, um noch viel zu sehen, er hörte nur ihre leisen Stimmen. Er bekam einen Krampf in einem Bein, wagte aber nicht, sich zu bewegen. Würde sein Plan platzen, würden sie überhaupt nicht ins Wasser springen? Irgendwie war er erleichtert.

Sie tranken immer mehr. Plötzlich schien Vendela Isabella an den Schultern zu packen und sie zu schütteln, und beinahe wäre er aus seinem Versteck gestürzt, um sie zu schlagen. Etwas blitzte auf, und er war sich nicht sicher, ob es ein Messer war. Ja, Isabella schnitt sich in den Arm, und Vendela hielt das Handy hoch. Filmte sie etwa? Wie krank.

Kurz darauf näherte sich ein Auto, und Eddie zuckte zusammen. Ein dunkler Wagen fuhr schnell über den Schotterweg. Die Mädchen sprangen auf. Der Wagen bremste und bog auf den Parkplatz ein. Wenn Eddie sich näher heranschleichen wollte, wäre jetzt seine Chance.

Geduckt huschte er zwischen den Bäumen hindurch. Er wollte sehen, wer da gekommen war, ohne aber selbst entdeckt zu werden.

Er blinzelte zu dem Wagen. Das Kennzeichen konnte er nicht erkennen, aber wenn der Fahrer ausstieg und näher kam ... Etwas knackte, und bei der Bewegung im Augenwinkel hätte er beinahe das Gleichgewicht verloren. Ein dunkler Umriss zeichnete sich ein Stück weiter oben auf der Böschung ab. Dunkelbraunes Fell. Das riesige Tier starrte mit seinen kleinen Augen direkt auf ihn hinab, stellte sich auf die Hinterbeine und witterte. Eddie stand wie erstarrt da und spürte, wie etwas Warmes sein Bein hinunterlief. Man sollte sich tot stellen, das wusste er, aber als der Bär sich wieder auf die Vorderpfoten fallen ließ, rannten seine Beine von selbst los.

Er preschte durch das Unterholz, Zweige peitschten in sein Gesicht, er schmeckte Blut. Du wirst es nicht schaffen, schrie eine Stimme in ihm. Der Bär wird dich einholen, du wirst gleich sterben, und es ist ganz allein deine eigene Schuld.

16

Die Morgensonne schob sich über den Bergkamm und über das trübbraune Wasser der Bucht, das flach und still dalag. Gelegentlich kräuselte sich die Oberfläche, wenn ein kleiner Fisch nach einem Insekt schnappte. Von Norden zogen dunkle Wolken auf.

Sara setzte sich auf die Terrasse und sah aufs Wasser, während sie ihren Kaffee trank. Heute würde sie es etwas ruhiger angehen lassen, sie spürte die schwere körperliche Arbeit des Vortages. Es war Sonntag, und den Ruhetag sollte man schließlich ehren, befand sie und dachte an ihre geliebte Großmutter väterlicherseits, die nie auch nur eine Minute still gesessen hatte. Sie war nie in die Kirche gegangen, hatte immer nur gearbeitet, auch am Wochenende. Beide Großmütter waren Arbeitsbienen gewesen. Starke Frauen, wenn auch auf unterschiedliche Weise. Ihre Großmutter mütterlicherseits war bereits mit Mitte vierzig Witwe geworden und hatte danach allein zurechtkommen müssen. Ein wahres Vorbild.

Das Handy vibrierte in ihrer Tasche. Nicht schon wieder Mama, betete sie stumm und sah erleichtert Hans Nordings Nummer auf dem Display.

»Wo bist du?«, fragte er, sobald sie sich gemeldet hatte. »Ich habe schon ein paarmal angerufen.« So hatte Sara die normalerweise weiche Stimme des Kollegen noch nie gehört.

»In meinem Sommerhaus. Ist etwas passiert?« Sara schloss die Augen, wieder sah sie das Baby in seinem Bett vor sich.
»Drei tote Mädchen am Bålsjön in Bjärtrå. Verdacht auf ein Kapitalverbrechen. Sundsvall ist unterwegs, aber weil wir am nächsten dran sind und über Ortskenntnisse verfügen, mach dich bitte so schnell wie möglich auf den Weg. Die Spurensicherung ist wohl schon vor Ort.«

Sara schluckte. Drei tote Mädchen, tote Kinder. Nicht eins, sondern mehrere. War sie dafür bereit?

»Wie alt sind sie, sagtest du?«

»Teenager, soweit ich es verstanden habe, etwa vierzehn Jahre alt.«

Zum Glück keine kleinen Kinder, immerhin, dachte Sara.

»Okay«, antwortete sie. »Aber du kommst dann nach, oder wie?«

Nording räusperte sich.

»Ich weiß es nicht, ich bin gerade im Krankenhaus. Mein Vater wurde gestern Abend eingeliefert, und wir wissen nicht, ob er den Tag überlebt. Du musst erst mal allein klarkommen, Sara. Du kannst das, das weißt du. Melde dich später und fahr vorsichtig.« Nording legte auf, bevor sie noch etwas erwidern konnte.

Sie ging ins Haus, um sich umzuziehen. Fünf Minuten später saß sie im Wagen und fuhr zum Bålsjön. Drei tote Teenagermädchen, verdammt. Sie verstand, warum ihr Kollege so angespannt geklungen hatte, zusätzlich zu den Sorgen um seinen Vater. Denn das war der wahre Grund, warum er schon jetzt in den Ruhestand gehen wollte. Erst vor ein paar Monaten war ein siebzehnjähriges Mädchen nicht weit von dort, wo sie jetzt hinfuhr, ums Leben gekommen. Sie war ermordet worden, doch die Person, die dafür verantwortlich war, war tot, dieser Fall konnte also nichts damit zu tun haben. Der Mord hatte keinen im Ort unberührt gelassen. Nording hatte die Ermittlungen geleitet, und allen waren einige Fehler unterlaufen. Sie waren zuerst davon ausgegangen, dass das Mädchen freiwillig verschwunden war, auch wenn vieles dagegengesprochen hatte. Als man schließlich die Leiche gefunden hatte, hatten sie jemanden verdächtigt, den man am Ende mit dem Verbrechen nicht hatte in Verbindung bringen können. Gleichzeitig hatten sich in Sundsvall einige größere Gewalttaten ereignet, weshalb man den Fall nicht priorisiert hatte. Der Zuständigkeitsbereich für Kramfors war groß, die Polizei musste viele Quadratkilometer abdecken, mit immer weniger Ressourcen. Man hatte nicht direkt bestimmen können, ob das Mädchen durch einen Unfall oder Selbstmord umgekommen war, und sie hatten übersehen, dass in Wahrheit ein schweres Verbrechen vorlag. Das hatte noch mehr schreckliche Ereignisse zur Folge gehabt sowie den Tod der für alles verantwortlichen Person, bevor die Wahrheit über den Tod des Mädchens ans Licht kam.

Nach außen hin hatte man die Fehler unter den Teppich gekehrt, doch innerhalb der Truppe gaben immer noch viele Nording die Schuld und redeten hinter seinem Rücken abfällig über ihn. Sara wusste, dass ihr Kollege sich Vorwürfe machte, auch wenn er nie darüber sprach. Und jetzt hatten sie vielleicht drei neue Morde auf dem Tisch. Sie konnte sich nicht vorstellen, wie es Hans Nording gerade gehen musste. Noch dazu lag sein Vater womöglich im Sterben.

Mit einer Hand nahm sie zwei Kaugummis aus der Tüte und schob sie sich in den Mund. Die Landstraße wurde zu einem schmalen Schotterweg, und Sara fuhr langsamer. Die kleinen Steinchen prasselten gegen den Unterboden. Die Sonne stand noch tief am Himmel, und sie klappte die Sonnenblende herunter. Ein Licht blinkte zwischen all dem Laub, wie eine Taschenlampe.

In einer Kurve rannte plötzlich ein Fuchs auf die Straße, und sie bremste abrupt. Das Tier verschwand auf der anderen Seite im Graben. Ganz ruhig, dachte sie. Komm jetzt bloß nicht von der Straße ab.

Das Handy klingelte wieder, sie warf einen Blick aufs Display. Benke. Nach kurzem Zögern nahm sie das Gespräch an.

»Hallo«, meldete sie sich knapp.

»Ich habe gerade von ein paar toten Jugendlichen draußen am Bålsjön gehört«, sagte ihr Vater mit diesem speziellen Unterton in der Stimme, wenn sich etwas Großes ereignete.

»Ich bin gerade unterwegs dorthin.«

»Gut. Enttäusch mich jetzt nicht, Emil.«

Sara warf das Handy auf den Beifahrersitz und konzentrierte sich auf die Straße.

Enttäusch mich jetzt nicht.

Drei junge Mädchen waren tot, und ihr Vater dachte nur an sein eigenes Ansehen. Er musste es gar nicht laut aussprechen, sie wusste auch so, dass Benke sich einen Dreifachmord wünschte. Einen großen Fall, den seine Tochter lösen und mit dem sie brillieren konnte. Sie hatte gehofft, dass etwas passieren würde, aber nicht das. Keine Kinder. Egal was, aber nicht das. Hoffentlich schaffte es Nordings Vater, betete sie stumm. Nicht nur wegen ihres Kollegen, sondern auch ganz egoistisch wegen sich selbst. Sie brauchte ihn jetzt.

Sie gab mehr Gas. Nach einer geraden Strecke durch Weideland auf der einen und einer steilen Bergwand auf der anderen Seite kam inmitten eines dunklen Waldes in einem schmalen Tal zwischen zwei Bergrücken der See in Sicht. Wie ein Gemälde von John Bauer. Verzaubert und lockend und zugleich unheilverkündend.

Sara bog auf den kleinen Parkplatz ein und stellte das Auto vor der ersten Absperrung neben einem Streifenwagen ab. Beim Aussteigen hämmerte ihr Herz in der Brust.

Zögernd ging sie zu den Kollegen, wollte nicht zu eifrig erscheinen.

Willy Åkesson, ein Kriminaltechniker aus Sundsvall, kam ihr entgegen.

»Emilsson«, sagte sie und streckte ihm die Hand hin.

Åkesson zog seinen Handschuh aus und schüttelte ihr fest die Hand.

»Benkes Tochter, was?«

»So sagt man, ja. Was haben wir?« Sie sah Richtung Ufer, konnte aber nur zwei Leichen entdecken. »Ich dachte, wir hätten es mit drei toten Mädchen zu tun?«

»Zwei sind tot. Eines hat mit Müh und Not überlebt. Man hat sie nach Sundsvall oder Örnsköldsvik gefahren, genau weiß ich es noch nicht. Jetzt ist fast alles abgesperrt, aber vorher sind einige Leute vorbeigefahren, und die Medien kommen sicher auch jeden Moment.«

»Wer hat sie gefunden?«

»Eine ältere Frau, die baden wollte.« Er deutete zum Parkplatz.

Die hintere Tür eines Streifenwagens stand offen, und eine Frau saß mit einer Decke über den Schultern auf dem Rücksitz und starrte vor sich hin.

»Wollen wir es uns anschauen?«, fragte Åkesson.

Sara nickte.

»Der kommt aber raus, klar?«, sagte der Kollege und wedelte mahnend mit dem Zeigefinger.

Der Kaugummi. Verdammt. Eine gerechtfertigte Rüge, aber so unnötig. Sie wusste es besser, um mutwillig eine Kontaminierung des Tatorts zu riskieren.

Schnell schluckte sie den Kaugummi und folgte Åkesson ans Ufer.

Du schaffst das, redete sie sich gut zu. Du kriegst das hin, du musst einfach.

17

Die beiden Mädchen lagen auf dem Rücken, ein Stück voneinander entfernt. Eine Technikerin der Spurensicherung saß in einem weißen Schutzanzug in der Hocke neben den Leichen.

Ein Stück entfernt lag eine Decke im Sand, bemerkte Sara. Kleider auf einem Haufen. Drei Rucksäcke. Ein paar Meter weiter eine Feuerstelle aus einem Betonring und einem Gitter. Die Überreste eines Feuers.

Willy Åkesson bedeutete ihr, näher zu kommen.

Ein Mädchen mit hellroten, nicht gefärbten Haaren hatte nur ein Top und Unterhosen an. Das andere Mädchen hatte lange dunkle Haare und trug ein langes Kleid mit Blumenmuster, das hochgerutscht war und ihr nacktes Bein entblößte. Bei beiden standen die Augen offen und starrten leblos in den Himmel. Überall war Blut, auf ihren Kleidern, den Körpern, dem Boden. Die Hände der Mädchen steckten in braunen Papiertüten, und die Technikerin befestigte gerade blaue Plastikbänder um ihre Handgelenke, was bedeutete, dass sie schon identifiziert waren.

Die Frau stand auf und nickte ihnen zu.

»Ihr wisst also schon, mit wem wir es hier zu tun haben?«

»Ja«, antwortete die Technikerin. »Sie hatten Ausweise und Bankkarten in den Rucksäcken. Isabella Mohlin und Minna

Lantto. Ein drittes Mädchen war auch dabei, es ist schwer verletzt, aber am Leben. Eine gewisse Vendela Brink.«

»Sie hat überlebt? War sie ansprechbar?«

Die Kriminaltechnikerin schüttelte den Kopf.

»Soweit ich weiß, nicht.«

Sara ließ den Blick über den Sand schweifen.

»Konntet ihr euch schon ein Bild machen?«

»In Anbetracht der Blutmenge würde ich sagen, dass sie sehr wahrscheinlich hier am Strand gestorben sind. Es hat noch keine Verwesung eingesetzt, sie können also noch nicht lange hier liegen. Die wahrscheinliche Todesursache ist starker Blutverlust infolge mehrerer Messerstiche in Bauch und Beine. Wie ihr seht, weisen die Leichen diverse Wunden auf.«

Sara zwang sich, sich die Mädchen noch einmal anzusehen. Sie sah die Stichwunden, aber auch blassrosa Linien auf den Armen und Beinen, die dicht nebeneinander auf der ganzen Innenseite der Unterarme und der Oberschenkel verliefen. Der Narbenbildung nach zu urteilen, handelte es sich sowohl um alte als auch um frischere Wunden.

»Habt ihr ein Messer gefunden?«

»Noch nicht. Aber hier sind viele Fußspuren, im Sand, auf dem Schotterweg und dem Parkplatz. Das wird dauern. Wir wollten gerade das Zelt aufbauen.«

Sara wusste, was jetzt kam. Ein Tatortzelt schützte die Leichen sowohl vor Blicken als auch vor Wind und Wetter, sodass die Techniker in Ruhe arbeiten konnten. Außer einer ersten Sicherung von Spuren an den Leichen würde der ganze Strand genauestens abgesucht werden, alle Schuhabdrücke genommen, alle Zigarettenstummel, Flaschen, Dosen und Eispapiere aufgesammelt werden. Es war, wie nach der Nadel im Heuhaufen zu suchen, dachte Sara und sah sich um.

»Da drüben lag das Mädchen, das überlebt hat«, sagte Åkesson und deutete zu dem Betonring. »Sie hat eine Verletzung am Hinterkopf, wahrscheinlich ist sie gestolpert und hat sich angeschlagen.«

»Habt ihr einen Arzt erreicht? Wir müssen den Familien die Todesnachricht überbringen, bevor uns die Medien zuvorkommen.«

»Ja, ist auf dem Weg«, bestätigte die Kriminaltechnikerin.

Sara sah zu der Decke, ging über die Trittplatten, die man ausgelegt hatte, hinüber, ließ sich in die Hocke sinken und zog sich Gummihandschuhe an. Neben den Rucksäcken lag ein rundes Holzbrett auf der Decke, das man noch nicht in einen Beweismittelbeutel verpackt hatte. Vorsichtig nahm sie das seltsame Objekt hoch und betrachtete es.

Das Brett war in Tortenstücke mit Symbolen eingeteilt, und in der Mitte war ein Pfeil angebracht, den man wie einen Uhrzeiger drehen konnte. So etwas hatte Sara noch nie gesehen. Die Kollegen von der Spurensicherung auch nicht.

Sara legte das Brett wieder hin und stand auf. Der Bålsjön war ein idyllischer Badeort, gesäumt von Bergen und abseits gelegen, ein paar Kilometer vom Ort und größeren Straßen entfernt. Neben dem Steg mündete ein klarer Bach, der aus dem Wald herunterfloss, in den See. An der Mündung hatte sich ein Sandhügel gebildet, an dem das Wasser klar und durchsichtig war, im Gegensatz zu den schwarzen Untiefen weiter draußen im See.

»Wissen wir, ob von den dreien eine oder mehrere vermisst gemeldet wurden?«, fragte Sara.

»Soweit ich weiß, nicht«, antwortete Åkesson.

Hatten die Eltern nicht bemerkt, dass ihre Kinder nachts nicht zu Hause waren?, dachte Sara.

»Habt ihr eine Ahnung, wie sie hergekommen sind?«

Åkesson deutete zum Kiosk und dem Parkplatz, wo gerade einige Wagen mit Logos von Fernsehsendern an den Absperrungen hielten.

»Da drüben steht eine Vespa, die wahrscheinlich einem der Mädchen gehört. Und auf dem Parkplatz sind einige Reifenspuren, aber wir haben keine Fahrräder gefunden.«

Sie mussten herausfinden, welche Autos hier gewesen waren. Bei dem Kiosk gab es keine Überwachungskameras, wie Sara bemerkt hatte, aber die Nachbarschaftswache von Strinne fuhr nachts herum und hielt die Augen offen und hatte der Polizei schon oft geholfen.

Sara sah sich um.

Eine große Libelle flog vorbei und landete auf dem Stegrand. Ein Vorbote von Veränderungen, pflegte ihre Mutter immer zu sagen.

»Das ist eine Zierliche Moosjungfer«, sagte Åkesson. Er lächelte bei Saras verwunderter Miene. »Ich bin Fliegenfischer«, erklärte er.

Sara wusste nicht viel über Willy Åkessons Privatleben, hatte nur gehört, dass er an einem Tatort plötzlich über irgendetwas völlig Abseitiges reden konnte, während die anderen sich voll und ganz auf ihre Aufgaben konzentrierten. Sara war sich noch unsicher, ob sie es für einen Vorteil oder ein Ärgernis hielt.

Sie ging ans Ufer und sah über das trübbraune Wasser. Sie dachte daran, wie sie als Kind im Urlaub in Südschweden einmal in einem See getaucht war und plötzlich einen Mann gesehen hatte, der leblos auf dem Grund lag. Jemand hatte am Strand eine Herz-Lungen-Massage durchgeführt, und der Mann hatte überlebt. Danach wurden sie von der Lokalzeitung interviewt, sogar *Aftonbladet* meldete sich. Benke war mächtig stolz gewesen.

»Wir brauchen Taucher«, sagte sie zu Åkesson. »Im Wasser könnten noch mehr sein.«

18

Sara kehrte zum Parkplatz zurück, wo die Frau, die die Mädchen gefunden hatte, noch auf dem Rücksitz des Streifenwagens saß und mittlerweile einen Becher Tee in Händen hielt. Jonas Hagman, den alle den Schönling nannten, kam ihr entgegen.

»Wir haben schon mit ihr gesprochen«, sagte er und lächelte sein freundliches Lächeln, bei dem seine weißen Zähne mit den blauen Augen um die Wette blitzten. Jonas Hagman hatte mit Sara geflirtet, seit sie auf dem Revier angefangen hatte, und schien nicht zu begreifen, dass sie kein Interesse hatte. Er sah gut aus, das fand sogar sie, aber das wusste er auch und war es gewohnt, das zu bekommen, was er wollte. Vielleicht war er eingebildet genug, dass er glaubte, sie würde wegen ihm wieder das Ufer wechseln. Damit er sich vergnügen konnte, bevor er zur nächsten Blume weiterflatterte.

»Hier habe ich alle Angaben.« Er las laut von seinem Handy ab, während Sara weiter Richtung Auto ging.

»Sie heißt Hanna Backebo und wohnt ein paar Kilometer von hier entfernt. Sie hat kein Handy, weshalb sie zum nächsten Haus geradelt ist und die Leute dort die Polizei informiert haben.«

»Sehr gut, danke, aber ich möchte trotzdem noch selbst mit ihr reden.«

Sie trat zu der Frau und streckte ihr die Hand hin.

»Ich heiße Sara Emilsson und würde Ihnen gern noch ein paar Fragen stellen.« Die Frau ergriff die angebotene Hand nicht, sie saß nur da und starrte vor sich hin.

Sie hatte lange graue Haare, ihre Haut war braun gebrannt und faltig, fast wie altes Leder. Ein Augenlid hing ein wenig herab, was ihr ein leicht wirres Aussehen verlieh.

»Sie haben also die Mädchen gefunden?«, fuhr Sara fort, während sie aus dem Augenwinkel sah, dass Jonas Hagman in Hörweite blieb. Vielleicht aus reiner Neugierde, vielleicht aber auch aus Sorge, dass Sara eine Frage stellen könnte, an die er selbst nicht gedacht hatte. Er und Sara waren etwa gleichrangig, und als bekannt geworden war, dass Nording in Pension gehen würde, hatte Hagman deutlich vermittelt, dass er seine Nachfolge antreten wolle. Gleichzeitig hatte er sich einen Bart wachsen lassen, wahrscheinlich um nicht mehr so jung und welpenhaft auszusehen. Hagman hatte offenbar fest damit gerechnet, die Stelle zu bekommen, und als klar war, dass Sara Nording nachfolgen würde, hatte er zwar nichts dazu gesagt, doch seinen ständigen Sticheleien nach zu schließen, war er ganz und gar nicht begeistert.

Die Frau hustete.

»Das stimmt«, sagte sie dann mit rauer Stimme.

»Wohnen Sie hier in der Nähe?«

»In Lockne. Aber das habe ich Ihrem Kollegen schon alles erzählt«, sagte Hanna Backebo und nickte zu Hagman hinüber.

»Ich weiß. Ich möchte nur sichergehen, dass wir nichts übersehen.«

Sie fragte, wie und wann die Frau zum Bålsjön gekommen war, und erfuhr, dass Hanna Backebo mit dem Fahrrad gefahren und um kurz nach sieben beim See angekommen war.

»Warum waren Sie so früh hier?«

Die Frau seufzte und zog die Decke fester um den Körper.

»Ich bade jeden Morgen, das ganze Jahr über.«

Eine Winterschwimmerin also, dachte Sara, die ohne zu zögern in eiskaltes Seewasser tauchte. Dem Organismus einen Riesenschock versetzte. Konnte das wirklich gesund sein?

»Gut. Bitte beschreiben Sie, was Sie bei Ihrer Ankunft vorgefunden haben«, bat Sara.

»Ich bin zum Strand gegangen, und da habe ich sie gesehen.«

»Kannten Sie die Mädchen?«

»Nein.«

»Ist Ihnen am Strand etwas Besonderes aufgefallen?«, fuhr Sara fort. »Irgendetwas, das nicht dorthin gehörte?«

Hanna Backebo schüttelte den Kopf. »Nein. Nur die Mädchen.« Sie schauderte wieder, und Sara bemerkte die Füße der Frau.

»Hatten Sie Schuhe an, oder sind Sie barfuß gekommen?«

»Ich ziehe die Schuhe erst auf dem Steg aus. Einmal habe ich mir den Fuß an Glasscherben aufgeschnitten. Hier treffen sich oft Jugendliche. Die meisten sind recht ruhig, aber ein paar schlagen über die Stränge und randalieren. Einmal haben sie eine Bank angezündet und den Kiosk und die Umkleidekabinen beschmiert. Früher war das mal ein schöner Strand, bevor hier nur noch gefeiert wurde. Sie hätten das Wasser sehen sollen, kristallklar. Und jetzt ist alles kaputt.« Langsam schüttelte sie den Kopf.

Sara bat sie, ihre Schuhe auszuziehen, und winkte einen Techniker heran, der die Sohlen fotografieren sollte. Wenn es noch mehr Schuhabdrücke im Sand gab, konnten sie zumindest Hanna Backebos ausschließen.

»Was haben Sie dann gemacht? Haben Sie etwas angefasst?«

»Nein, ich habe ja gesehen, dass sie tot waren, deshalb bin ich zum nächsten Haus geradelt, damit die dort die Polizei anrufen.«

»Sie hatten kein Handy dabei?«

»Nein, so etwas besitze ich nicht.«

»Warum nicht?«

Hanna Backebo sah sie forschend an.

»Ich brauche keins.«

Aus dem Wald auf der anderen Seite des Bachs ertönte lautes Hundebellen. Jonas Hagman sah zu Sara.

»Warten Sie hier«, bat Sara und eilte mit dem Kollegen davon.

Der Hundeführer stand mit seinem Schäferhund auf dem Waldweg ein paar Meter vor einem braunen Haufen, in dem rote Preiselbeeren zu sehen waren. Fliegen surrten um den Bärenkot, der aussah, als hätte er schon eine Weile auf dem Weg gelegen.

»Was glaubst du, wie frisch?«, fragte sie den Hundeführer.

»Schwer zu sagen bei der Hitze. Älter als ein paar Stunden auf jeden Fall.«

Sara sah zum Wald. Konnte ein Bär die Mädchen angegriffen haben? Müssten dann die Verletzungen nicht anders aussehen? Die Spurensicherung vermutete Messerstiche, doch zum jetzigen Zeitpunkt war alles noch Spekulation.

»Sonst nichts?«

»Bisher nicht. Wir machen bald weiter. Griff braucht Wasser, es ist so schrecklich warm«, sagte der Hundeführer und sah zu seinem vierbeinigen Freund, der laut hechelte. »Sind die anderen unterwegs?«

Sie brauchten einen Hund, der auf Tatorte abgerichtet war und nach Blut, Speichel und Haarsträhnen suchen konnte, sowie einen, der nach Sperma schnüffeln sollte. Ersteren hatte die Dienststelle Sundsvall, Letzteren nur die in Östersund.

Normalerweise waren sie schnell, doch Sara wusste, dass es im schlimmsten Fall mehrere Stunden dauern konnte, bis sie da waren.

»Ich erkundige mich mal«, sagte sie und ging zurück zum Parkplatz. Der Rücksitz des Streifenwagens war leer, die Frau war nirgends zu sehen.

Sara ging zu den Kollegen, die an der Absperrung standen und mit Willy Åkesson redeten.

»Wo ist die Frau, die die Mädchen gefunden hat?«

Åkesson sah sie fragend an.

»Sie ist mit ihrem Fahrrad davongefahren. Wir dachten, ihr wärt fertig.«

»Das waren wir nicht.«

Sara sah sich um, die Frau war jedoch nirgends mehr zu entdecken. Hatte sie alle relevanten Fragen gestellt, oder hatten sie etwas übersehen?

Ihr Handy klingelte. Sie warf einen Blick aufs Display. Nording.

Hoffentlich kommen jetzt nicht noch mehr schlechte Neuigkeiten, dachte sie, bevor sie das Gespräch annahm.

19

Annie war bereits um halb sieben aufgewacht und konnte nicht mehr einschlafen.

Ihr Kopf schmerzte, und sie hatte das Gefühl, als hätte sie nur ein paar Minuten geschlafen. Bis in die frühen Morgenstunden hatte sie wach gelegen, ohne zur Ruhe zu kommen. Die Frau auf dem Hof der Hoffners hatte sie auf eine Art erschreckt, die sie sich nicht erklären konnte. Außerdem war Vollmond und die Nacht stickig und warm. Als sie schließlich eingeschlafen war, hatte sie von dunklem Seewasser und einem bleichen Mädchenkörper mit langen dunklen Haaren geträumt, der auf dem Wasser trieb. Und von einer Frau, die sie verfolgte.

Sie streckte sich nach dem Handy auf dem Nachttisch. Zum Glück hatte sie keine verpassten Anrufe.

Langsam setzte Annie sich auf und schwang die Beine über die Bettkante, schob die Füße in die Pantoffeln und zog den Morgenmantel an. Bei jedem Schritt die Treppe hinunter pulsierte der Schmerz in ihrem Kopf. Das Brett auf der letzten Stufe knarzte, und sie lächelte bei der Erinnerung, wie Birgitta immer darauf getreten war, und wie Åke seine Tochter am Küchentisch beim Frühstück angesehen und den Kopf geschüttelt hatte. Das Brett war nie repariert worden, und Annie hatte sich gefragt, ob Åke dies bewusst nicht getan hatte, um weiter den Kopf über seine Frau schütteln zu können.

Die Sonne fiel durch das ungeputzte Küchenfenster auf die schlaffen Topfpflanzen auf dem Fensterbrett. Drei Fliegen machten sich auf der Arbeitsfläche über die Reste der Filmjölk in ihrer Schüssel von gestern her. Im Kühlschrank fand sie noch etwas Joghurt, den sie in einen tiefen Teller goss. Sie schnitt eine Banane hinein und setzte sich an den Küchentisch.

Das Handy klingelte. Svens Name stand auf dem Display. Annie aß rasch noch einen Löffel Joghurt, bevor sie das Gespräch annahm.

»Wir haben gesehen, wie mehrere Autos zum Bålsjön gefahren sind, zivile Fahrzeuge und Streifenwagen. Außerdem Journalisten, ein Wagen mit dem Logo von *Sveriges Television*«, sagte Sven, sobald sie ihn begrüßt hatte.

Im Hintergrund hörte sie Lillemors besorgte Stimme.

»Es muss nicht gleich etwas Schlimmes passiert sein«, beeilte sich Annie zu sagen. »Soll ich zu euch kommen?«

»Das ist nicht nötig«, antwortete Sven, und sie beendeten das Gespräch gleich darauf.

Bålsjön, dachte Annie. Vielleicht ist jemand ertrunken. Hoffentlich wenigstens kein Kind, falls es so gewesen war.

Ein lauter Knall gegen das Fenster ließ sie aufschrecken. An der Scheibe war ein Fleck zu sehen, an dem ein paar Federn klebten. Ein Vogel, der nicht rechtzeitig ausgewichen war. Als sie klein gewesen war, war das immer wieder passiert, und es war jedes Mal schrecklich gewesen. Meistens überlebten die Vögel, doch manchmal waren sie so klein, dass sie es nicht schafften. Sie hatte ihren Vater dann immer gezwungen, eine

Schuhschachtel zu holen und sie zu begraben, anstatt sie einfach auf den Acker zu werfen.

Sie erhob sich, hakte eine Fensterhälfte auf und öffnete sie. Da unten lag eine Blaumeise im Gras, mit unnatürlich abgewinkeltem Hals.

Annie wurde übel, und mit der Hand vor dem Mund rannte sie zur Toilette.

20

Sara wischte sich die Stirn mit einer Serviette ab und wedelte eine Fliege weg, die sich ins Auto verirrt hatte und ihr Gesicht attackierte. Daraufhin flog das Insekt starrsinnig gegen die Windschutzscheibe und merkte nicht, dass die Freiheit nur ein paar Zentimeter weiter links winkte. Sara stand mit heruntergelassenem Fenster auf einem Seitenweg am Fluss, am Rand von Strinne, ein paar hundert Meter von Minna Lanttos Haus entfernt. Sie wartete auf Nording, der unterwegs war. Sein Vater war etwas stabiler, und die Ärzte hatten gesagt, er könne das Krankenhaus eine Weile verlassen, solle aber darauf vorbereitet sein, dass sich die Lage jederzeit wieder verschlechtern könne. Sara war erleichtert, um Nordings willen, aber auch wegen sich selbst. Sie hatte schon Todesnachrichten überbracht, doch noch nie bei einem mutmaßlichen Mord. Nur bei Selbstmord oder Unfällen am Arbeitsplatz. Man wusste nie, wie die Angehörigen reagieren würden. Manche brachen in Gelächter aus, andere wurden ohnmächtig, viele wurden aggressiv. Als Polizist musste man auf alles gefasst sein, und sie wollte Nording unbedingt an ihrer Seite haben.

Ein Auto näherte sich von Süden. Nording fuhr neben sie und ließ ein Fenster herunter.

»Wie geht es dir?«, fragte er. »Das muss ein schrecklicher

Anblick gewesen sein, Åkesson hat mir alle Informationen weitergeleitet. Bist du in Ordnung?«

Sara nickte knapp.

»Wir sprechen nachher über alles, jetzt müssen wir das hier schnell hinter uns bringen. Am Nachmittag findet eine Pressekonferenz statt, doch das übernehmen andere, du und ich bleiben verschont. Aber die Medien werden ordentlich Druck machen.«

Nording fuhr vor ihr auf den Hof und parkte vor der Veranda. Ein Norwegischer Elchhund rannte bellend auf sie zu, und eine Gestalt tauchte in einem Fenster auf. Da sie in Zivilfahrzeugen unterwegs waren, verriet nichts, dass sie von der Polizei kamen, doch unbekannte Wagen so früh an einem Sonntagmorgen fielen einfach auf.

Das Haus war nicht besonders groß, aus Holz und gelb gestrichen, mit weißen Kanten und einem von der Sonne ausgebleichten schwarzen Blechdach. Neben dem Wohnhaus stand eine Garage, am Waldrand befand sich ein Hundegehege.

Ein Baumhaus in einer Birke sah aus, als hätte es bereits einige Jahre hinter sich. Aus der kleinen Fensteröffnung wehte eine zerfetzte Gardine, an den Baumstamm waren ein paar Trittstufen genagelt.

Der Hund bellte immer noch, als Sara ausstieg, verstummte jedoch, als sie ihn ansah. Das Tier blieb stehen und blickte betrübt zurück, als wüsste es, dass sie traurige Neuigkeiten brachten. Wenn Tiere Angst an Menschen riechen konnten, dann Trauer doch sicher auch, dachte Sara, als sie zur Tür gingen.

Nording sah sie an.

»Bereit?«

Sara nickte.

Sie klingelten, und sofort wurde die Tür aufgerissen. Eine Frau sah sie blinzelnd an, während sie ihren Morgenmantel vor der Brust zusammenraffte.

»Susanne Lantto?«, fragte Nording.

»Die meisten sagen einfach Sussie, aber ja. Worum geht es denn?«

Saras Herz schlug schnell, doch Nording wirkte gefasst.

»Heißt Ihre Tochter Minna Lantto?«, fragte er ruhig.

Die Frau seufzte und verschränkte die Arme.

»Was hat sie denn jetzt wieder angestellt? Hat sie wieder geklaut?«

»Dürfen wir reinkommen?«, fragte Sara.

Sie wurden in eine enge Diele gebeten, die voller Jacken und Schuhe war. Eine graue, kahle Katze rannte an ihnen vorbei und die Treppe hinauf.

»Ist Ihr Mann zu Hause?«

»Jimmy!«, rief die Frau nach oben.

Ein dünner Mann in weiten Jogginghosen und grauem T-Shirt kam aus dem Obergeschoss nach unten. Seine Haare waren millimeterkurz geschoren, beide Unterarme bis zu den Ellbogen von Tätowierungen bedeckt. Die Namen der Kinder, Geburtsdaten. Sara hatte so etwas schon unzählige Male gesehen und immer dasselbe gedacht: Die Tätowierungen waren wie ein Spickzettel, als hätte man Angst, sich nicht an diese Details zu erinnern, sollte man danach gefragt werden.

Jimmy Lantto blieb auf der untersten Stufe stehen.

»Worum geht es denn?«

»Ich heiße Hans Nording, und das ist meine Kollegin Sara Emilsson«, stellte Nording sie beide vor. »Wir kommen von der Polizei. Können wir uns irgendwo hinsetzen?«

Sussie führte sie in die Küche, wo sie sich an den Tisch setzten. Jimmy blieb in der Tür stehen.

»Jetzt setz dich doch«, fuhr ihn seine Frau an.

»Ich stehe hier gut. Worum geht es denn nun?«, erwiderte Jimmy und sah Sara an.

Vorsichtig, dachte sie. Nur das Wichtigste, keine Einzelheiten. Beobachte ihre Reaktionen.

»Wir haben leider keine guten Nachrichten. Ihre Tochter wurde tot am Badestrand vom Bålsjön gefunden.«

»Was?« Sussie schnappte nach Luft und zuckte nach hinten. Jimmy schüttelte den Kopf.

»Nein, verdammt, das kann nicht sein. Sie ist nicht tot, sie ist hier.«

Er ging in den Flur und die Treppe hinauf. Kurz darauf kam er wieder nach unten und sah kopfschüttelnd seine Frau an.

»Nur die Jungen sind da«, sagte er.

Sussies Nasenflügel weiteten sich, als ob sie nach Atem ringen müsse.

»Sie haben also noch mehr Kinder?«, fragte Sara.

Sussie nickte mit Tränen in den Augen.

»Zwei Söhne«, flüsterte sie. »Sie sind neun ... Zwillinge.«

Jimmy zog sein Handy aus der Hosentasche und wählte eine Nummer. Er presste das Telefon ans Ohr, brach den Anruf aber nach ein paar Sekunden ab und schüttelte den Kopf.

»Ihr Handy ist ausgeschaltet«, sagte er leise.

»Aber woher wissen Sie denn, dass ... es Minna ist? Sind Sie sich sicher?«, fragte Sussie, eine Hand am Hals.

»Wir haben ihren Ausweis bei ihr gefunden.«

Sussie schlug die Hände vors Gesicht und brach in Tränen aus. Ihr Mann ging aufgebracht hin und her.

»Sie sagten, am Bålsjön?«, fragte er.

»Ja«, antwortete Nording.

»Aber was ist denn überhaupt passiert? Wie ist sie gestorben?«

Sara schluckte und holte tief Luft. Es war immer gleich schwierig, nicht alles erzählen zu dürfen, was man wusste, nachdem man jemandem eine Todesnachricht überbracht hatte und die Person unzählige Fragen hatte.

»Das wissen wir noch nicht«, erklärte sie so ruhig wie möglich.

»Aber irgendetwas müssen Sie doch wissen, Teufel noch mal!«, brüllte Jimmy.

Sara warf Nording einen raschen Blick zu, der ihr zunickte.

»Zum jetzigen Zeitpunkt können wir nicht mehr sagen, als dass Minna verstorben ist und wir den genauen Hergang noch ermitteln«, erklärte sie. »Leider können wir noch nichts zur Todesursache sagen, bevor wir nicht den vorläufigen Obduktionsbericht vorliegen haben.«

»Aber verdammt noch mal«, knurrte Lantto. »Sie ... müssen doch wissen ... Wer hat sie gefunden?«

»Dazu können wir im Moment leider auch nichts sagen. Wissen Sie, wann Ihre Tochter das Haus verlassen hat?«

»Sie wollte zu einer Freundin, mehr hat sie nicht gesagt. Ich weiß auch nicht, wen sie treffen wollte«, antwortete Sussie mit erstickter Stimme. »Da war es ungefähr sieben.«

»Mit wem hat sie am meisten Kontakt? Könnten wir die Namen bekommen?«, fragte Nording.

Weder Sussie noch Jimmy antworteten.

»Das sind so viele, die können wir uns nicht alle merken«, sagte Jimmy schließlich.

Oder es ist euch ganz einfach egal, dachte Sara, während sie Jimmys geschorenen Kopf betrachtete.

Er sah zu ihr hin, und bei dem Blick aus seinen hellblauen Augen spannte sich ihr Kiefer unbewusst an. Auch wenn Jimmy gerade sein Kind verloren hatte, war er ihr nicht im Geringsten sympathisch. Er wirkte wie der leicht erregbare Typ, ein Mann, der viele Frauen gehabt und vielleicht auch die eine oder andere geschlagen hatte. Der Schusswaffen liebte und gerne mit seinen Eroberungen prahlte, bei der Jagd und bei den Frauen. Vor allem bei jungen Frauen, die zu ihm aufsahen und von seiner Aufmerksamkeit geschmeichelt waren, bis sie erkannten, dass er sie austauschte, sobald er ihrer überdrüssig geworden war. Männer wie ihn hatte sie schon oft getroffen, und sie wusste genau, was man von ihm erwarten konnte.

»Könnten Sie uns sagen, was Sie gestern gemacht haben?«, bat Nording.

»Wir waren gemeinsam in der Kirche, dort fand die Bibelabfrage vor der Konfirmation statt«, sagte Sussie leise. »Etwa um zwei waren wir wieder zu Hause. Es war so warm, dass wir zum See nach Dämsta zum Baden gefahren sind, aber Minna wollte nicht mit. Um etwa fünf haben wir zu Abend gegessen, und dann waren wir den restlichen Abend zu Hause.«

»Und wann sind Sie ins Bett gegangen?«

»Um elf vielleicht?«

»Und Sie sind eingeschlafen, bevor Minna wieder zu Hause sein sollte?«, fragte Sara.

»Ja, Minna ist oft spät mit ihren Freundinnen unterwegs. Aber sie kommt immer nach Hause.« Sussie schniefte.

Nording bot ihnen die Kontaktdaten von Pfarrer und Psychologe an, doch Jimmy betonte gleich, dass sie nicht mit irgendeinem verdammten Seelenklempner reden wollten. Dann ging er aus der Küche, und eine Tür wurde zugeschlagen. Klirren war zu hören, etwas zerbrach auf dem Fliesenboden.

»Sie müssen jetzt gehen«, sagte Sussie und sah sie nervös an. Sara hatte Frauen wie sie schon oft erlebt. Die unterdrückten, die dabei sein und mit den starken Typen Snus konsumieren und Bier trinken durften, solange sie ihnen Essen kochten, ihr erlegtes Elchfleisch zerteilten und einfroren und sie von vorne bis hinten bedienten, dabei aber nichts zu sagen hatten. Die grün und blau geschlagen wurden, wenn sie widersprachen, die die Polizei riefen, die Anzeige dann aber wieder zurückzogen.

»Wird er Ihnen gegenüber gewalttätig?«, fragte Sara leise. Wenn Sussie nach einer Möglichkeit suchte, um von ihrem Mann wegzukommen, war jetzt die Gelegenheit.

Sussie schüttelte entschieden den Kopf.

»Nein, nein, nie, das schwöre ich«, sagte sie. Sara hatte schon viele lügen sehen, doch Sussie wirkte aufrichtig.

An der Tür drehte Sara sich noch einmal um.

»Wir kommen morgen wieder«, sagte sie. »Und wenn die Medien sich melden, verweisen Sie sie an uns. Sie müssen auf keine Fragen antworten.«

Sussie nickte und schloss schweigend die Tür.

21

»Gut gemacht«, sagte Nording bei den Autos. »Ach, übrigens, das habe ich vorhin vergessen, dir zu erzählen: Ich habe Lantto überprüft, keine Hinweise auf häusliche Gewalt. Allerdings ist er seit einem Vorfall vor ein paar Jahren wegen Verdachts auf Belästigung im System. Er hat ein Mädchenfußballteam trainiert und wurde bei einigen seiner Schützlinge zudringlich.«

Wie ich es vermutet hatte, dachte Sara. Ein Widerling.

»Morgen können wir uns weiter darin vertiefen. Jetzt müssen wir zur Familie Mohlin.«

Sie sah Nording nach, während er zu seinem Wagen ging. Verdammt, ich werde ihn vermissen, dachte sie. Ihre Kehle wurde eng. Nein, reiß dich zusammen, ermahnte sie sich und fuhr hinter dem Kollegen her.

Isabella Mohlins Familie wohnte mitten im Ort Strinne, in einem roten, ebenerdigen Haus, zu dem eine lange asphaltierte Auffahrt führte und das von einem niedrigen weißen Zaun umgeben war. Ein silberner Volvo, ein neueres Modell, stand vor der Garage, die ans Haus angebaut war. Eine andere Familie, dieselbe Tragödie, dachte Sara und holte tief Luft, bevor sie klingelte.

Der Ton hallte im Haus wider. Sie läutete noch einmal, dann ertönten Schritte.

»Ich kann anfangen«, murmelte sie an Nording gewandt, der nickte.

Eine hübsche dunkelhaarige Frau mit den gleichen großen braunen Augen wie Isabella Mohlin öffnete die Tür und sah sie fragend an.

»Sind Sie Sofie Mohlin, Isabellas Mutter?«, fragte Sara.

»Ja?«

Sara hielt ihre Polizeimarke hoch. »Dürfen wir reinkommen?«

»Worum geht es denn?«, fragte Sofie sichtlich beunruhigt.

Sara wiederholte ihre Bitte, und da ließ die Frau sie ins Haus.

»Ist Ihr Mann zu Hause?«, fragte Nording, während er sich die Schuhe auszog und Sara es ihm gleichtat. Im Gegensatz zum Haus der Lanttos war die Diele der Mohlins sauber und aufgeräumt. Die Schuhe standen in ordentlichen Reihen in Regalen, Taschen hingen an Haken an den Wänden. An einer Wand etwas weiter hinten bemerkte Sara gerahmte Fotos von einem dunkelhaarigen Mädchen und einem kleinen Jungen. Das Mädchen war eine jüngere Version der Isabella, die sie am See gesehen hatte. Ein fröhliches Kind, am Leben.

»Patrik!«, rief Sofie.

Ein blonder Mann kam aus einem Zimmer.

»Die beiden sind von der Polizei«, sagte Sofie.

Patrik Mohlin sah Sara und Nording verwundert an.

»Ah ja?«

»Wir würden gern mit Ihnen beiden reden«, erklärte Sara. »Können wir uns irgendwo hinsetzen?«

»Natürlich«, erwiderte Patrik und bedeutete ihnen, in das Wohnzimmer links von der Diele zu gehen. Sie setzten sich aufs Sofa.

Fass dich kurz und knapp, wiederholte Sara im Stillen. Nur die Fakten. Und nicht zu schnell.

»Es tut mir leid, Ihnen diese Nachricht überbringen zu müssen, aber man hat Ihre Tochter Isabella tot am Badeplatz am Bålsjön aufgefunden.«

Das Ehepaar Mohlin starrte sie an. Sofie wollte etwas sagen, schlug dann jedoch die Hände vor den Mund.

»Wie bitte?«, sagte Patrik verwirrt.

»Ihre Tochter ist tot«, verdeutlichte Nording.

Stille legte sich über den Raum, als würden alle den Atem anhalten. Sara wollte noch mehr sagen, hielt sich aber zurück. Die Nachricht musste erst durchdringen.

Dann schluchzte Sofie auf, es kamen jedoch keine Tränen.

»Aber ... Ich verstehe nicht ...«, fing sie an. »Was ist denn passiert?«

Patrik hob eine Hand.

»Am Bålsjön, haben Sie gesagt? Ist sie ertrunken?«

»Wir können noch keine genaueren Angaben zur Todesursache machen, aber wir tun unser Bestes, um herauszufinden, was geschehen ist«, erklärte Nording. »Die Spurensicherung ist vor Ort, und wir warten auf deren Bericht. Alles, was Sie uns sagen können, könnte hilfreich sein.«

Beinahe gleichzeitig lehnte das Ehepaar Mohlin sich auf dem Sofa zurück. Patriks Gesicht verzerrte sich zu einer Grimasse, er hickste und begann dann stumm und krampfartig zu weinen.

»Himmel«, brachte er mühsam hervor. »Himmel.«

Sofie streckte die Hand nach ihm aus, doch er schlug sie weg, drehte sich zur Seite, die Hände vor dem Gesicht.

»Wann haben Sie Isabella zuletzt gesehen?«, fragte Nording nach einer Weile.

»Gestern Abend«, antwortete Sofie.

Mechanisch berichtete sie, wie sie Isabellas kleinen Bruder ins Bett gebracht hatte und dabei selbst eingeschlafen war. Um zwei Uhr nachts war sie neben ihrem Sohn aufgewacht, auf die Toilette gegangen und hatte sich zu ihrem Mann ins Bett gelegt.

Sofie wandte sich an Patrik.

»Wann hast du Isabella zuletzt gesehen?«

Ihr Mann runzelte die Stirn und kratzte sich am Kopf.

»Wir haben alle auf der Terrasse Abend gegessen, weil es so warm war«, sagte er nach einer Weile. »Während Sofie Olle ins Bett gebracht hat, habe ich ferngesehen.«

Sara dachte an die Fotos an der Wand, auf denen der Junge etwa vier oder fünf Jahre alt sein musste.

»Wo war Isabella zu der Zeit?«

Oben in ihrem Zimmer, glaubte Patrik, er wusste es aber nicht sicher, da er vor dem Fernseher eingeschlafen war. Als er um Mitternacht aufgewacht war, war er direkt ins Bett gegangen.

Beide wussten also nicht, wann Isabella das Haus verlassen hatte oder wie sie zum Bålsjön gekommen war, dachte Sara.

»Wissen Sie, ob Isabella bei einer Freundin übernachten wollte?«

»Nein, am nächsten Tag sollte ja die Konfirmation stattfinden«, sagte Sofie. Dann erstarrte sie und sah ihren Mann an. »Himmel, wir müssen den Pfarrer anrufen!«, rief sie und sprang vom Sofa auf, doch Sara hielt sie zurück.

»Darum können wir uns kümmern.« Sie sah auf die Uhr.

»Um wie viel Uhr findet die Konfirmation statt?«

Sofie schluchzte wieder.

»Um zwölf.«
»Wir erledigen das.«
Sofie ließ sich schwer zurück aufs Sofa fallen.
Patrik räusperte sich.
»Hat sie ... sich selbst verletzt?«, fragte er leise.
Sara sah, wie seine Frau zusammenzuckte und ihm einen raschen Blick zuwarf, als hätte er etwas Verbotenes gesagt. Sie dachte an die Narben auf den Armen und Beinen der Mädchen.
»Wie meinen Sie das?«, fragte sie.
»Sie hat sich früher geschnitten, aber letztes Jahr war sie in Behandlung, und wir dachten, sie hätte damit aufgehört.«
Warum hatte das Ehepaar Mohlin dann nicht besser darauf geachtet, wo sich die Tochter aufhielt, vor allem wenn Isabella offenbar selbstverletzendes Verhalten an den Tag gelegt hatte, dachte Sara.
Das Handy vibrierte in ihrer Tasche. Willy Åkessons Name stand auf dem Display, doch Sara drückte das Gespräch weg. Jetzt war nicht der richtige Zeitpunkt.
Sie wollte die Mohlins gerade nach Isabellas selbstverletzendem Verhalten fragen, als sie aus dem Augenwinkel eine Bewegung wahrnahm.
Ein kleiner Junge in einem Spiderman-T-Shirt und mit einem Teddybär unter dem Arm stand in der Tür und sah die Erwachsenen schüchtern an.
»Na, mein Kleiner?« Sofie stand hastig auf und nahm ihren Sohn auf den Arm. Der Junge musterte Sara und Nording misstrauisch.
»Hallo, Olle«, sagte Nording. »Wie alt bist du denn?«
Der Junge hielt vier Finger in die Luft.

Nording nickte und lächelte dem Jungen zu, bevor er sich an Patrik Mohlin wandte.

»Haben Sie Verwandte, die Sie anrufen können? Jemand, der kommen und Ihnen ein wenig beistehen kann?« Er sah vielsagend zu dem kleinen Jungen.

»Meine Eltern wohnen in der Nähe. Sie sind Rentner«, antwortete Patrik. »Ich rufe sie an.«

»Gut, dann reden wir morgen weiter.« Nording nickte Sara zu. Sie standen auf, und Nording gab Patrik seine Visitenkarte.

»Melden Sie sich bitte, wenn Ihnen heute noch etwas einfallen sollte. Wie gesagt, wir kommen morgen noch einmal vorbei. Wir können auch für den Kontakt zu einem Psychologen oder einem Pfarrer sorgen.«

Patrik nickte.

»Danke«, murmelte er.

Als Sara im Auto saß, klingelte ihr Handy wieder. Willy Åkessons Stimme klang hörbar angespannt. »Kommt her«, sagte er. »Die Spezialhunde sind hier, und sie haben etwas gefunden.«

22

Es war kein leichtes Durchkommen zum Parkplatz am Bålsjön. Wie Nording vorausgesagt hatte, hatten die Medien Wind von den Ereignissen bekommen. Der schmale Schotterweg von Strinne zum See war von diversen Wagen mit Logos von Fernseh- und Radiosendern gesäumt. Man hatte die Absperrungen noch etwas weiter um den See gezogen, bemerkte Sara, doch die Fotografen hatten große Teleobjektive und würden vermutlich mehr Details einfangen können als wünschenswert.

Willy Åkesson wartete auf dem Parkplatz auf sie. Die Hunde hatten noch keine Waffe gefunden, erklärte er. »Aber wir haben etwas anderes Schönes.«

Er lächelte zufrieden und führte sie zu einem Gebüsch bei den Umkleidekabinen.

»Hier haben die Hunde angeschlagen«, sagte er und deutete auf niedergetretenes Gras. Die Stelle war mit einem gelben Plastikaufsteller markiert.

Sara ging in die Hocke und musterte den Bereich.

»Ist es das, was ich glaube, dass es ist?«

»Kommt darauf an, was du glaubst«, entgegnete der Kriminaltechniker amüsiert und hob die Augenbrauen.

Sara richtete sich auf und sah sich um. In dem Gebüsch konnte man ungesehen eine Weile stehen und hatte den ganzen Strand im Blick. Hatte jemand von hier aus die Mädchen beobachtet? Sich befriedigt, während sie badeten? Erst mit dem Obduktionsbericht würden sie erfahren, ob die Leichen Spuren von sexueller Aktivität aufwiesen.

»Da drüben haben sie einen Rucksack gefunden«, sagte Åkesson und deutete nach links.

»Wissen wir, wem er gehört?«, fragte Sara, doch bevor der Techniker antworten konnte, ertönte Hundegebell hinter den Umkleidekabinen.

Sie gingen zu dem Schotterweg. Ein Stück davon entfernt standen zwei Hundeführer vor etwas, das wie ein Erdkeller aussah. Die Tür war gerade mal einen Meter hoch. Was könnte sich darin verbergen? Jemand mit einem Messer, der die drei Mädchen angegriffen hatte und sich jetzt in dem Keller versteckte? Oder ein Tier? Hatte ein Bär darin Platz?

Die Hunde bellten und zerrten an den Leinen. Sara zog ihre Pistole, entsicherte sie und nickte einem Hundeführer zu, er solle die Tür öffnen. Sie richtete die Pistole auf die pechschwarze Öffnung. Nichts passierte. Kein Tier stürzte heraus, doch die Hunde bellten weiter. Irgendetwas befand sich darin.

Langsam näherte sich Sara dem Eingang und sah hinein. Das Sonnenlicht erhellte von Spinnweben bedeckte Regale, darin braune, alte Glasflaschen und eine Holzkiste.

Die Hunde winselten hinter ihr. Sara beschattete die Augen mit der Hand und blinzelte ins Dunkel. Ganz hinten bewegte sich etwas.

Sie trat einen Schritt näher, die Pistole immer noch im Anschlag. Mit der linken Hand löste sie die Taschenlampe vom Gürtel und leuchtete ins Dunkel.

Der Lichtstrahl traf einen Jungen im Teenageralter.

»Polizei, sofort rauskommen«, sagte sie laut.

Der Junge hob einen Arm über das Gesicht und wich zurück.

»Rauskommen!«, befahl Sara erneut.

»Bitte nehmen Sie die Hunde weg«, sagte der Junge ängstlich.

Sara bedeutete den Kollegen, sich mit den Tieren zurückzuziehen, und hörte, wie sie über Funk durchgaben, etwas gefunden zu haben.

Der Junge kam geduckt aus dem Keller, mit den Händen über dem Kopf. Er blinzelte ins grelle Sonnenlicht. Langsam richtete er sich auf und hielt die Hände vor den Schritt, als wolle er sich bedecken, und jetzt sah Sara den dunklen Fleck auf der schmutzigen Hose.

»Wie heißt du?«, fragte sie.

»Eddie Bylund.«

»Ich heiße Sara Emilsson. Das hier ist ein Tatort, du musst mitkommen«, sagte sie und schob ihn sanft vor sich her. Der Gestank nach Schweiß und Urin schlug ihr entgegen.

Ein paar Meter vom Streifenwagen entfernt riss sich der Junge plötzlich los und rannte davon.

»Stehen bleiben!«, schrie sie und setzte ihm nach.

Der Junge war überraschend schnell, als er über den Strand bis zum Zelt der Spurensicherung rannte. Niemand stand im Weg, die Kriminaltechniker befanden sich alle im Zelt, und als Sara ihn eingeholt hatte, hatte Eddie bereits hineinsehen können. Sie warf den Kollegen einen beschämten Blick zu, bevor sie ihn herauszog. Ihr war völlig klar, dass der Junge wegen ihrer Unachtsamkeit den Tatort kontaminiert hatte.

»Wo ist Vendela?«, fragte Eddie. »Lebt sie?«

Er weiß also, dass sie zu dritt gewesen sind, dachte Sara. Aber das musste nicht bedeuten, dass er ein Verbrechen begangen hatte. Vielleicht war er nur ein Zeuge.

Sie antwortete nicht, brachte den Jungen nur mit hämmerndem Puls und seinem Schweißgeruch in der Nase zum Parkplatz. Aus dem Augenwinkel sah sie, wie die Journalisten sich an der Absperrung drängten. Einer war sogar auf ein Autodach geklettert und richtete sein riesiges Objektiv auf sie. Verdammte Aasgeier, dachte sie.

23

Annie bog in die Viktoriagatan ein und fuhr auf das Polizeigebäude von Kramfors zu. Vor einer knappen halben Stunde hatte man sie zur Vernehmung eines minderjährigen Jungen gerufen. Mehr Informationen hatte man ihr nicht gegeben, nur dass sie so schnell wie möglich kommen solle, doch Annie vermutete, dass es irgendetwas mit dem, was am Bålsjön passiert war, zu tun hatte. Im Radio hatten sie von einem Gewaltverbrechen gesprochen, und die Polizei wollte nicht damit herausrücken, um was es sich handelte.

Wie erwartet, war die Tür zum Polizeigebäude verschlossen, und Annie klingelte am Seiteneingang. Nach einer Weile surrte es, und die Tür wurde geöffnet. Ein beinahe glatzköpfiger Mann mit rechteckiger Brille sah sie freundlich an. Es war Hans Nording, der die Ermittlungen nach Sagas Verschwinden geleitet hatte. Seit ihrem Krankenhausaufenthalt nach dem Brand hatte sie ihn nicht mehr gesehen.

»Haben Sie Bereitschaftsdienst?«, fragte er überrascht und hielt ihr die Tür auf. »Wie geht es Ihnen?« Er musterte sie aufmerksam.

»Ganz okay.«

»Ist der Fuß gut verheilt?«

»Er funktioniert.« Annie war von der Frage überrascht. Bei dem Brand auf dem Hof der Hoffners war ihr Fuß von einer

Mistgabel durchbohrt worden. Manchmal tat es noch weh, und wenn der Fuß kalt war, brauchte er länger, um wieder warm zu werden, doch das war alles. Laut der Ärzte hatte sie Glück gehabt, keine Nerven oder andere wichtige Bestandteile waren beschädigt worden.

»Ich habe öfter an Sie gedacht«, fuhr er fort. »Sie haben nie auf meine SMS geantwortet, die ich im Sommer geschickt hatte. Haben Sie sie überhaupt bekommen?«

Annie stieg die Hitze ins Gesicht. An einem Junimorgen kurz vor Mittsommer hatte ihr Handy eine Nachricht gemeldet. Hans Nordings unerwartete Fürsorge hatte sie gerührt, doch sie hatte nicht gewusst, wie sie darauf antworten sollte, und nach ein paar Tagen war sie sich dumm vorgekommen und hatte nicht mehr zurückgeschrieben.

»Doch, doch, die habe ich bekommen. Bitte entschuldigen Sie, ich hatte nur so viel um die Ohren«, sagte sie und sah zu Boden.

»Das verstehe ich. Und wie geht es den Bergstens?«

Annie zwang sich, ihm in die Augen zu sehen.

»Sie wissen ja, ein Tag nach dem anderen. Wie geht es Ihnen?«

Nording bedeutete ihr, ihm nach rechts in einen Gang zu folgen.

»Im Dezember gehe ich in den Ruhestand. Sara Emilsson wird meine Nachfolgerin, erinnern Sie sich an sie?«

Annie nickte. Sara Emilsson war die Polizistin mit den rabenschwarzen, kurzen Haaren, die das eine Mal, als Annie mitgefahren war, ebenfalls im Wagen gesessen hatte. Zusammen mit Hans Nording hatte sie die Anzeige wegen Sagas Verschwinden aufgenommen, und Sven sprach oft von den freundlichen Augen der Polizistin, und dass sie ihm Vertrauen eingeflößt hatten.

Nording öffnete die Tür zu einem Raum, in dem Sara bereits wartete. Sie strahlte bei Annies Anblick und streckte ihr die Hand entgegen. »Hallo, wir kennen uns ja schon. Toll, dass Sie so schnell kommen konnten.«

Sara hatte sich nicht verändert, dachte Annie erfreut, als sie die kurzen, schwarzen Locken sah und die Stupsnase, das Grübchen im Kinn und die Oberlippe, die die Polizistin ein bisschen verschmitzt aussehen ließ.

»Sara wird die Vernehmung leiten, und ich höre von nebenan zu«, sagte Nording. »Vielleicht haben wir danach ja noch Gelegenheit, ein wenig zu reden. Ansonsten war es schön, Sie zu sehen. Passen Sie auf sich auf.«

Sara öffnete eine Tür, die in einen anderen Gang führte, und ging voraus, während sie Annie darüber informierte, dass sie einen vierzehnjährigen Jungen befragen würden, den man in einem Erdkeller in der Nähe des Ortes gefunden hatte, an dem zwei gleichaltrige Mädchen am selben Morgen tot aufgefunden worden waren. Ein weiteres lag mit schweren Verletzungen im Krankenhaus.

Annie blieb stehen.

»Himmel, zwei tote Mädchen? Was ist passiert?«

»Das ist noch unklar«, antwortete Sara. »Wir müssen abwarten, was der Junge erzählt, aber wir gehen von einem Gewaltverbrechen aus. Wir haben einen Arzt angefordert, der ihn untersuchen und eventuelle Verletzungen dokumentieren soll.«

Man hatte Eddie eine Speichelprobe entnommen und seine Kleidung und das Handy beschlagnahmt. Die Polizei bereitete eine Hausdurchsuchung vor.

»Wir haben vergeblich versucht, seine Mutter zu erreichen«, fuhr Sara fort. »Deshalb müssen wir ihn ohne sie befragen. Der Rechtsbeistand ist auf dem Weg, aber stark verspätet, weshalb wir so anfangen müssen.«

»Ich verstehe.« Annie schluckte.

»Der Junge heißt Eddie Bylund. Ist er bei euch schon bekannt?«

»Letzte Woche sind zwei Meldungen wegen ihm bei uns eingegangen, eine von Magdalena Enghed, der Pfarrersfrau, und eine von seiner Schule.«

»Sie haben ihn also schon getroffen?«

»Nein, wir hatten noch keine Zeit, dem nachzugehen.«

Annies Magen verkrampfte sich. Der Hausbesuch, den sie am Freitag erwogen hatte. Hätte sie das hier verhindern können, wenn sie die Sicherheitsvorschriften in den Wind geschlagen und unangemeldet bei ihm aufgetaucht wäre?

»Wisst ihr etwas über seine Eltern?«, fragte Sara.

»Nur, dass er bei seiner Mutter wohnt, und dass der Vater unbekannt ist.«

»Okay. Haben Sie Fragen, bevor wir anfangen?«

»Wessen wird er verdächtigt?«

»Im schlimmsten Fall des Mordes«, antwortete Sara und zog die Tür auf.

Eddie Bylund saß in grauer Gefängniskleidung auf einem Stuhl. Der Junge riss den Kopf hoch, als sie hereinkamen, und sah Annie ängstlich an. Er hatte rotblonde Haare, ein rundes Gesicht voller Sommersprossen und kleine, blaugrüne Augen.

Annie nickte ihm zu und stellte sich vor.

»Annie ist wegen dir hier«, erklärte Sara. »Sie wird sich nach der Vernehmung noch mit dir unterhalten.«

Sie bedeutete Annie, sich auf einen Stuhl schräg hinter Eddie zu setzen. Dann schaltete sie die Videokamera ein, setzte sich Eddie gegenüber an den Tisch und verkündete, dass die Vernehmung gefilmt werden würde, weil der Junge unter fünfzehn war und damit nicht verpflichtet, als Zeuge in einer Hauptverhandlung auszusagen. Dann ermahnte sie Eddie, wahrheitsgemäß auf ihre Fragen zu antworten, und erklärte, wenn er etwas nicht verstand, sollte er es sagen, und wenn er unsicher war, sollte er das lieber zugeben und nicht irgendetwas antworten.

»Hast du das verstanden?«

Eddie sah auf die Tischplatte und nickte.

Sara bat ihn, seinen vollständigen Namen und sein Alter anzugeben. Dann begann sie mit der Befragung.

»Du bist hier, weil du an einem Tatort angetroffen wurdest, am Bålsjön ...«

»Sind sie tot?«, fiel Eddie ihr ins Wort.

»Leider kann ich auf keine Fragen eingehen«, entgegnete Sara. »Bitte erzähl uns, was geschehen ist, und was du am Samstag gemacht hast, von morgens bis abends.«

Eddie blinzelte ein paarmal. Leise berichtete er, wie er morgens aufgestanden und sich für die Bibelabfrage fertig gemacht hatte. Dass er in der Kirche gewesen und danach nach Hause zurückgekehrt war, zusammen mit seiner Mutter zu Abend gegessen hatte und dann zum Bålsjön gefahren war.

»Wie bist du dorthin gekommen?«

»Mit dem Fahrrad. Aber das letzte Stück bin ich gelaufen.«

Sara fragte, wo er sein Fahrrad zurückgelassen hatte, und Eddie antwortete, es läge sicher noch bei dem Schotterweg oberhalb des Sees, der über den Berg hinunter nach Lugnvik führte.

Während er sprach, fiel Annie auf, dass er nervös mit einem Bein auf und ab wippte.

»Warum warst du am See?«

»Die Mädchen wollten dorthin«, murmelte Eddie.

»Welche Mädchen?«

»Isabella, Vendela und Minna.«

»Woher kennst du sie?«

»Von der Herrskogsschule.«

Auf diese Schule in dem kleinen Ort Skog etwas weiter nördlich gingen die Schülerinnen und Schüler der Mittelstufe. Annie hatte sie damals ebenfalls besucht.

»Woher wusstest du, dass sie sich am See treffen wollten?«

»Ich habe gehört, wie sie in der Kirche nach der Bibelabfrage darüber geredet haben.«

»Seid ihr zusammen dorthin gefahren?«

»Nein.«

»Weißt du, wie die Mädchen dorthin gekommen sind?«

Annie sah, wie Sara das Gewicht verlagerte und einen Schluck Wasser trank. In dem kleinen Vernehmungsraum stand die Luft still.

»Ja. Vendela kam mit ihrer Vespa. Minna wurde von einem Auto abgesetzt. Und Isabella kam zu Fuß.«

»Weißt du, wer Minna gefahren hat?«

»Nein.«

»Denk nach, Eddie«, forderte Sara ihn scharf auf.

Eddie sah schüchtern zur Kamera, bevor er antwortete.

»Ich weiß nicht, wer es war. Das Auto war ein alter Volvo 240, mit Eichhörnchenschwänzen an den Antennen.«

Sara notierte sich etwas auf ihrem Block.

»Du bist also zum See gefahren, weil sich die Mädchen dort treffen wollten, richtig?«, fuhr sie fort.

»Ja.« Eddie senkte den Blick.

»Und wie bist du dann in dem Erdkeller gelandet?«

»Ich habe mich versteckt.«

»Warum musstest du dich verstecken?«

Eddie schwieg lange und rieb seine Hände an den Hosenbeinen.

»Weil ein Bär aufgetaucht ist«, sagte er leise.

»Ein Bär?«

Eddie nickte.

Sara bat ihn, genau zu beschreiben, was passiert war. Eddie erzählte leise, dass er sich zwischen den Bäumen versteckt hatte und ein Auto auf den Parkplatz gefahren war, als plötzlich ein großer Braunbär aufgetaucht war. Dass er Panik bekommen und sich in dem Erdkeller versteckt hatte.

Sara warf einen raschen Blick zu dem Einwegspiegel an der Wand und fuhr fort.

»Bevor der Bär auftauchte, hast du also ein Auto gesehen. Weißt du, wer am Steuer saß? Oder hast du den Wagen erkannt?«

Eddie schüttelte den Kopf.

»Wie lange warst du in dem Erdkeller, weißt du das noch?«

»Mehrere Stunden. Der Akku meines Handys war irgendwann leer, ich weiß also nicht, wie spät es war.«

Sara notierte wieder etwas. Dann nickte sie zu Eddies linker Hand und fragte: »Was ist da passiert?«

Annie beugte sich vor. Von ihrem Platz aus sah sie etwas, das nach einer Schnittwunde mit geronnenem Blut aussah. Die Härchen an ihren Armen richteten sich auf. Waren die Mädchen mit einem Messer getötet worden? Fragte Sara aus dem Grund?

Annie hielt den Atem an und beobachtete den Jungen, dessen rotes Gesicht vor Schweiß glänzte und dem die Haare an der Stirn klebten.

»Was hast du mit deiner Hand gemacht?«, fragte Sara erneut.

»Ich habe mich mit dem Messer geschnitten, als ich geschnitzt habe«, antwortete er schließlich leise.

»Was hast du geschnitzt?«

Eddie bebte am ganzen Leib.

»Das war doch keine Absicht«, jammerte er.

Sara sah zu Annie, beugte sich vor und befeuchtete ihre Lippen.

»Was meinst du damit, es war keine Absicht?«, fragte sie geduldig.

Eddie presste die Lippen aufeinander. Sein Knie schlug gegen die Tischplatte.

»Wir werden alles über den letzten Tag der Mädchen herausfinden«, sagte Sara sanft. »Werden die Nachbarn befragen, nach Spuren suchen, jeden Stein umdrehen. Was werden wir da finden, was glaubst du?«

Eddie schüttelte wieder den Kopf und wiegte den Oberkörper leicht vor und zurück.

Sara wartete kurz, bevor sie ihre Frage wiederholte. Eddie starrte nur leer vor sich hin, als hätte er sich völlig in sich zurückgezogen.

Ein paar Minuten vergingen. Sara stellte noch ein paar Fragen und verließ schließlich den Raum. Annie vermutete, dass sie sich mit ihren Kollegen beriet.

Nach kurzer Zeit kam die Polizistin wieder und zeigte dem Jungen etwas auf einem Handy.

»Weißt du, was das ist?«

Eddie warf einen Blick auf das Foto auf dem Display.

»Das gehört Vendela«, murmelte er.

»Weißt du, wofür man es benutzt?«

»Fragen Sie Vendela«, erwiderte er.

»Ich frage aber dich«, wies ihn Sara zurecht.

Eddies Kopf zuckte hoch, er starrte sie an.

»Warum, ist sie jetzt auch tot?«

»Ich kann nur sagen, dass sie am Leben ist. Was hat es mit dem Brett auf sich?«

Eddie seufzte schwer.

»Jedes Feld bedeutet eine Challenge. Also eine Mutprobe. Man muss das tun, was das Symbol bedeutet.«

»Und weißt du, was die Symbole bedeuten?«

Der Junge schüttelte den Kopf.

»Könnte eines heißen, dass man jemand anderen verletzen soll?«

Sara erhielt keine Antwort. Eddie ließ sich nur tiefer in den Stuhl sinken und schloss die Augen.

Die Ermittlerin wiederholte die Frage.

»Kann sein, keine Ahnung«, antwortete er.

»Die Befragung von Eddie Bylund ist beendet«, sagte Sara und schaltete die Kamera aus. Da schien Eddie wieder zum Leben zu erwachen.

»Darf ich jetzt nach Hause?«, fragte er verwundert.

»Ein Arzt wird dich noch untersuchen, dann darfst du heimfahren«, sagte Sara. »Wir werden noch einmal mit dir reden müssen, und Annie wird dich als Vertreterin des Jugendamtes befragen. Da du minderjährig bist und eines Verbrechens verdächtigt wirst, hat die Staatsanwaltschaft eine Ermittlung nach Paragraf 31 eingeleitet.«

Sie erklärte, dass eine solche Ermittlung in Kraft trat, wenn Kinder unter fünfzehn Jahren eines Verbrechens verdächtigt wurden, das mit einem Jahr Gefängnis oder mehr bestraft werden konnte. Annie wusste, dass dieser Schritt schnell erfolgen musste, da das betreffende Kind meistens weitreichende Maßnahmen nötig hatte. Unabhängig davon, ob ein Verbrechen begangen wurde, war die Arbeit des Jugendamtes in solchen Situationen entscheidend. Nach dem Gesetz konnten Kinder unter fünfzehn Jahren gegen ihren Willen in Obhut genommen werden, doch wenn ein solcher Beschluss erfolgte, waren oft die soziale Situation des Kindes oder destruktive Verhaltensmuster der Grund, nicht ein einzelnes Verbrechen.

Sara öffnete die Tür und ließ Annie und Eddie vorausgehen.

»Ihr könnt hier drüben warten«, sagte sie und deutete auf eine Bank. »Wir haben einen Automaten mit Kaffee und Süßigkeiten, falls ihr etwas braucht. Wir geben euch Bescheid, wenn der Arzt da ist.«

Nording kam auf sie zu.

»Ich habe gerade Tina Bylund erreicht«, sagte er. »Sie kann leider nicht kommen.«

»Das habe ich doch gesagt«, murmelte Eddie. »Es ist ihr egal.«

»Ich kann bei ihm bleiben, bis sie kommt«, sagte Annie.

Sara warf ihr einen dankbaren Blick zu, bevor sie davonging.

24

Sara wusch sich das Gesicht, stützte die Hände auf den Waschbeckenrand und wartete, dass sich ihr Puls beruhigte. Sie wollte gerade die Personaltoilette verlassen, als ihr Handy klingelte. Sie zog es aus der Tasche. *Benke* stand auf dem Display. Er würde keine Ruhe geben, bevor sie nicht mit ihm gesprochen hatte.

»Was willst du?«, fragte sie, nachdem sie den Anruf angenommen hatte.

Benke wollte ein Update. Der Vorfall am Bålsjön war in allen Medien, und er wollte sich versichern, dass die Polizei mehr wusste, als sie den Journalisten mitgeteilt hatte.

»Ich darf mit dir nicht über die Ermittlungen sprechen, das weißt du doch.«

»Ich weiß bereits, dass sich ein Verdächtiger am Tatort befand. Habt ihr die Tatwaffe?«, fragte Benke und ließ sich nicht abbringen.

»Dazu darf ich auch nichts sagen.«

»Himmel noch mal, Emil. Du weißt, dass ich nur ein paar alte Kollegen anrufen muss.«

Das stimmte. Benke bekam immer, was er wollte, und er gab nie auf.

»Nein, wir haben noch keine Waffe gefunden, aber Taucher suchen den See ab. Wie du weißt, dauert das seine Zeit. Ich habe alles im Griff.«

»Dann sorg dafür, dass du den Fall schnell löst. Alle wissen, dass du meine Tochter bist. Wir versagen nicht.«

Benke legte auf, und Sara ging in die Hocke.

Alle wissen, dass du meine Tochter bist. Wir versagen nicht. Sie schloss die Augen und lehnte den Kopf gegen die Wand. Das ist doch krank, dachte sie. Ihr Vater hoffte auf eine Mordermittlung. Zwei junge Mädchen waren tot, und für Benke war das ein verdammter Wettbewerb. Hoffentlich werde ich nie so wie er, dachte Sara. So zynisch, so gefühllos.

Wir müssen Vendela Brink bald befragen, dachte sie weiter. Hoffentlich kann sie uns erzählen, was am Strand geschehen ist. Ob ein unbekannter Verrückter sie angegriffen hat, ob Eddie Bylund beteiligt war, oder ob die Mädchen sich in einer Art Selbstmordpakt hatten umbringen wollen. So oder so, es war eine Tragödie. Aber wenn Vendela ihnen Erklärungen liefern könnte, wäre der Fall gelöst.

Die Toilettentür wurde geöffnet, und sie stand auf.

»Da bist du ja«, sagte Nording und klopfte ihr auf die Schulter. »Gute Arbeit da drin. Ich habe Vendela Brinks Eltern erreicht«, fuhr er fort. »Vendela liegt in Örnsköldsvik im Krankenhaus, auf der Intensivstation. Sie ist nicht bei Bewusstsein, weshalb wir sie noch nicht befragen können. Doch die Eltern sind dort, wir können mit ihnen anfangen. Im Auto können wir über Eddies Vernehmung sprechen.«

Sara packte die Türklinke und gab Nording ein Zeichen, vorauszugehen. Er sah sie besorgt an.

»Alles in Ordnung«, beruhigte sie ihn, und zusammen gingen sie in die Tiefgarage.

»Um vier Uhr findet eine Pressekonferenz statt«, fuhr er fort und berichtete, dass neben dem ermittelnden Staatsanwalt auch die Bereichsleiterin und Chefin der Abteilung für Schwerverbrechen in Sundsvall, Petra Josefsson, daran teilnehmen würde. Weder Sara noch Hans Nording würden vor die Presse treten müssen. In der ersten Ermittlungswoche würden täglich Pressekonferenzen mit den aktuellen Informationen abgehalten und dazwischen nichts nach draußen gegeben werden.

»Ich fahre besser, du siehst ein bisschen müde aus«, sagte er.

25

Annie hatte zwei Tassen Kaffee getrunken und zwei Gebäckstücke gegessen, bis Eddies Untersuchung endlich beendet war. Doch dann wurde er von einem jungen uniformierten Beamten zurückgebracht, der Annie mitteilte, dass die Erziehungsberechtigte ihren Sohn nicht abholen konnte. Tina Bylund hatte stattdessen darum gebeten, den Jungen in den nächstbesten Bus zu setzen oder ihm das Taxi nach Hause zu bezahlen. Der Polizist sagte, sie hätten keine Mittel dafür, aber vielleicht könnte sich das Jugendamt darum kümmern. Annie sah Eddie an, der immer noch die graue Gefängniskleidung trug. Welcher Vierzehnjährige würde sich so in einen Bus setzen?

»Das lösen wir irgendwie«, meinte Annie zu dem Polizisten und bat ihn, sie hinauszubringen.

Auf dem Parkplatz wandte sie sich an Eddie.

»Ich bin mit dem Auto da, ich kann dich nach Hause fahren.«

Eddie zögerte, folgte ihr dann jedoch und setzte sich auf den Beifahrersitz. Während der ganzen Fahrt aus Kramfors starrte er schweigend aus dem Seitenfenster. Natürlich ist er auf der Hut, dachte Annie. Man redete nicht freiwillig mit einer vom Jugendamt. Und was sie gerade tat, war unglaublich unpassend, und Claes würde richtig wütend werden, wenn er es herausfände. Man durfte sich niemals mit einem jugendlichen Verdächtigen in ein Auto setzen, das wusste Annie nur zu gut. Wenn Eddie Bylund zu Gewalt neigte und sich von der Polizei in die Enge getrieben fühlte, könnte er seine Wut sehr wohl gegen Annie richten oder versuchen zu entkommen. Aber sie hatte im Lauf der Jahre viele gefährliche, unberechenbare Menschen kennengelernt, und sie spürte, dass Eddie nicht so war. Außerdem war er minderjährig und hatte keine Möglichkeit, allein nach Hause zu kommen. Es war die Aufgabe des Jugendamtes, seinen Fürsorgebedarf zu ermitteln und diesen zu erfüllen. Und ein Kind ohne Aufsicht sich selbst zu überlassen, wäre doch wohl ein noch schwerwiegenderer Fehler?

Sie wollte mit dem Jungen reden, versuchen, Vertrauen zu ihm aufzubauen, und ihm zeigen, dass sie es gut mit ihm meinte, auch wenn sie die Vertreterin einer Behörde war.

»Bist du in Lugnvik aufgewachsen?«, tastete sie sich vor.

»Quasi. Wir sind dorthin gezogen, als ich fünf war. Warum?«

»So etwas muss ich wissen, das gehört zu meiner Ermittlung.«

»Was ermitteln Sie denn?« Eddie runzelte die Stirn.

Annie schluckte. Ganz ruhig jetzt, dachte sie. Ein falsches Wort, und du könntest ihn verlieren.

»Wir sorgen dafür, dass du die Unterstützung bekommst, die du brauchst.«

»Das bringt nichts«, murmelte Eddie und schaute wieder aus dem Beifahrerfenster, sodass Annie nicht sehen konnte, was in ihm vorgehen mochte.

Sie näherten sich der Ausfahrt nach Lunde, jetzt waren es nur noch gute zehn Kilometer bis Lugnvik.

»Könnten Sie mal anhalten?«, bat Eddie plötzlich.
»Hier?«, rief Annie erstaunt.
»Ja, da drüben«, sagte Eddie und zeigte auf die Tankstelle an der Kreuzung zur Sandöbron. »Ich muss noch was zu essen kaufen«, fügte er hinzu.

Will er jetzt hier abhauen?, fragte sich Annie, bevor sie links blinkte und zu dem Shop einbog.

Eddie sah sie schüchtern an.

»Könnte ich wohl sowas wie einen Zuschuss bekommen?«, fragte er und blinzelte wieder angestrengt.

Jetzt verstand Annie. Natürlich. Er hatte kein Geld, kein Handy, alles war von der Polizei beschlagnahmt worden. Aber wie lief das jetzt? Konnte man etwas aus eigener Tasche für einen Klienten bezahlen und sich die Ausgabe dann über die Fahrtkostenabrechnung zurückholen? Egal, dachte sie, es war ja keine große Summe. Dafür würde es schon eine Lösung geben.

Eddie verschlang den Hamburger und trank seine Cola, als hätte er noch nie vorher etwas zu essen oder zu trinken gesehen. Annie schwieg, während er aß, bis sie sich Lugnvik näherten.

»Hast du Freunde hier im Ort?«, fragte sie schließlich.

Langes Schweigen.

»Nicht mehr«, sagte Eddie dann.

Er zerknüllte das Hamburgerpapier zu einer kleinen Kugel und warf sie auf den Boden. Dann verschränkte er die Arme und lehnte sich nach hinten.

»Mit wem warst du früher befreundet?«

»Nur mit Isabella.«

Er setzte sich wieder auf und sah Annie an.

»Wissen Sie, ob Vendela auch tot ist?«

Annie zuckte bei dieser unerwarteten Frage zusammen. Wir wissen nicht, was er getan oder nicht getan hat, rief sie sich in Erinnerung. Vielleicht war er überhaupt nicht daran beteiligt. Vielleicht war es wirklich so, wie er bei der Vernehmung angegeben hat, dass er einfach nur vor Ort war.

»Nein«, sagte sie. »Ich weiß nichts über die Mädchen. Ist Isabella eine von den beiden, die ... gestorben sind?«

Eddie nickte.

Wieder herrschte Schweigen. Annie wagte es nicht, den Jungen anzuschauen, fürchtete, er würde sich wieder verschließen.

»Wie lange hast du sie gekannt?«

»Bella und ich waren fast Nachbarn, als wir klein waren«, murmelte er. »Mit sechs Jahren waren wir in derselben Vorschulgruppe, und wir haben fast jeden Tag zusammen gespielt. Die anderen habe ich erst in der siebten Klasse kennengelernt. Wir waren nicht befreundet.«

»Aber du und Isabella schon? Was habt ihr früher so gemacht?«, fragte Annie und warf ihm einen Blick zu.

»Einfach rumgehangen. Wir sind runter zum Fluss gegangen. Sie mochte Sonnenuntergänge. Wir sind da rumgelaufen und haben davon geträumt, von hier abzuhauen. Raus aus diesem verdammten Kaff«, sagte Eddie, als sie in die Straße einbogen, in der er wohnte.

Annie sah eine Bewegung in einem der Fenster, bevor die Eingangstür aufgestoßen wurde. Eine Frau in weißen Shorts und einem tief ausgeschnittenen Top kam auf die Veranda und ging auf das Auto zu. Tina Bylund war ungeschminkt, und ihr kurzes, rot gefärbtes Haar stand zerzaust ab, als wäre sie gerade erst aufgestanden.

»Was zum Teufel hast du angestellt?«, fragte sie und starrte Eddie an, als er ausstieg. »Die Polizei war hier und hat das ganze verdammte Haus auf den Kopf gestellt, aber sie haben nicht einmal gesagt, warum!«, zischte sie.

Eddie ging einfach an ihr vorbei. Tina starrte Annie an.

»Und wer sind Sie?«

»Mein Name ist Annie Ljung, und ich bin vom Jugendamt. Darf ich reinkommen? Die Nachbarn müssen ja nicht alles hören, was wir zu besprechen haben«, sagte sie und lächelte.

Sie ging auf die Verandatreppe zu, doch Tina eilte an ihr vorbei vor die Haustür.

»Die Polizei wird sich mit Ihnen in Verbindung setzen«, argumentierte Annie. »Und ich werde auch noch mal mit Ihnen wegen der Meldungen sprechen müssen, die ...«

»Verschwinden Sie!«, fiel Tina ihr ins Wort und schlug die Tür mit einem lauten Knall zu.

Annie blieb noch eine Weile stehen, setzte sich dann aber wieder ins Auto und sah zum Haus. Das alte Schreckgespenst, dass das Jugendamt den Eltern die Kinder wegnehmen wollte, war wohl immer noch aktuell, auch wenn das Jugendamt nichts lieber wollte, als dass Familien zusammenbleiben konnten.

War das eine Form von Selbstquälerei? Sich mit Menschen auseinanderzusetzen, die sich immer wieder selbst schadeten? Oder war sie selbst eine von ihnen?

26

Das Krankenhaus von Örnsköldsvik war ein schon etwas älteres Gebäude auf einer Anhöhe nordwestlich des Zentrums. Es erinnerte an das Overlook Hotel aus dem Film *Shining*, in dem Jack Nicholson einen Schriftsteller spielt, der verrückt wird und versucht, seine ganze Familie umzubringen. Im Lauf der Jahre war Sara unzählige Male dort gewesen und durch die trostlosen Korridore mit den flackernden Neonröhren gegangen.

Nording erklärte ihr Anliegen einer Pflegeassistentin, die daraufhin davonging und nach ein paar Minuten zurückkehrte. Auf die Intensivstation dürften sie nicht, sagte sie, aber es gäbe ein Angehörigenzimmer, in dem sie mit Vendelas Eltern sprechen könnten.

Sie folgten ihr ein Stück den Korridor entlang zu einem Zimmer und setzten sich. Kurz darauf brachte die Pflegeassistentin einen Mann und eine Frau zu ihnen. Sie schloss die Tür hinter sich, als sie ging, und das Ehepaar Brink setzte sich gegenüber von Sara und Nording auf das Sofa.

Auf dem Weg nach Örnsköldsvik hatte Nording erzählt, dass Vendelas Eltern Louise und Marcus Brink hießen und die Familie in Lugnvik wohnte, auf der Anhöhe über dem alten Sägewerk. Louise Brink war Hausfrau und handelte mit Aktien. Ihr Mann war Finanzvorstand der Papierfabrik bei

Kramfors. Eine sehr gut situierte Familie, hatte Nording bemerkt. Louise Brink saß auf der Sofakante, die Hände fest auf den Knien verschränkt. Ihre Fingernägel waren korallenrot lackiert, und an ihrem Ringfinger steckte ein breiter, rotgoldener Ring mit dem größten Diamanten, den Sara je gesehen hatte. Louise war schlank, dezent geschminkt und trug ein weißes Kleid. Sie hatte große grünblaue Augen, das blond gefärbte Haar war zu einem schulterlangen Pagenkopf geschnitten und glänzte. Sie war auf eine kühle und distanzierte Art hübsch.

Marcus Brink sah genau so aus, wie man sich jemanden aus dem Finanzwesen vorstellt, dachte Sara. Dunkelblonde Locken mit Seitenscheitel, markante Wangenknochen und in Form gezupfte Augenbrauen. Wie Barbie und Ken. Sara vermutete, dass sie einen Swimmingpool hatten und wahrscheinlich einen Tesla fuhren. Vielleicht hatte sie Vorurteile, aber normalerweise konnte sie Menschen ziemlich gut einschätzen. Ein klarer Vorteil in ihrem Beruf.

Nording stellte sich und Sara vor und dankte dem Ehepaar, dass es sich in dieser schweren Stunde mit ihnen traf. Man sollte ja eigentlich erwarten, dass Eltern mit der Polizei zusammenarbeiten wollten, wenn dem eigenen Kind etwas zugestoßen war, doch Hans Nordings vorsichtige Herangehensweise bewirkte oft den entscheidenden Unterschied bei einer Befragung. Er vermittelte Respekt und strahlte Vertrauen aus, Eigenschaften, die nach seiner Aussage auch Sara hatte, die sie selbst aber nicht bei sich sah. Sie hatte versucht, sich einiges von Nording abzuschauen, außerdem hatte sie sich bei Vernehmungen Notizen gemacht und das aufzuspüren versucht, was zwischen den Zeilen gesagt wurde.

»Uns ist klar, dass Sie bei Ihrer Tochter sein möchten, und wir werden Sie auch nicht länger als notwendig aufhalten«, fuhr Nording fort. »Wie geht es ihr?«

»Ihr Zustand ist kritisch«, antwortete Marcus. Sein Gesicht war wie eine Maske, völlig ohne Mimik. Keine geröteten Augen, keine Spuren von Tränen, bei beiden.

»Hierbei handelt es sich um eine offizielle Befragung, und wir werden einzeln mit Ihnen beiden sprechen«, erklärte Nording und fügte hinzu, dass die Gespräche aufgezeichnet werden würden.

»Was heißt *offizielle Befragung*, stehen wir unter irgendeinem Verdacht?«, begehrte Marcus auf.

»Nein, zum jetzigen Zeitpunkt nicht.«

»Dann erzählen Sie uns um Himmels willen endlich, was passiert ist!«, sagte Marcus und spannte die Kiefer an.

»Wir wissen bisher nur, dass Ihre Tochter heute früh am Ufer des Bålsjön gefunden wurde. Die Kollegen von der Spurensicherung sind vor Ort, und wenn sie fertig sind, können wir mehr sagen«, antwortete Sara.

»Wir haben gehört, dass die anderen beiden Mädchen tot sind. Und es heißt, Sie hätten jemanden festgenommen. Stimmt das?«, fragte Louise.

»Wo haben Sie das gehört?«, fragte Nording ruhig.

Marcus schnaubte. »Alle, die wir kennen, haben angerufen, Reporter haben sich gemeldet. Die Namen der Mädchen wurden noch nicht bekannt gegeben, aber die Leute reden ja.«

Die Medien. Sara seufzte stumm. Manchmal halfen sie einem, manchmal kippten sie eine ganze Ermittlung, weil sie Informationen an die Allgemeinheit weitergaben, die diese erst sehr viel später hätte erhalten sollen.

»Aus ermittlungstechnischen Gründen können wir gerade nicht mehr sagen«, erklärte Nording. »Im Moment versuchen wir selbst noch herauszufinden, was passiert ist.«

»Aber Sie müssen doch irgendeine Ahnung haben, was da vorgefallen sein könnte, Teufel noch mal?« Marcus massierte sich die Stirn.

»Wir versuchen, uns nicht in Spekulationen zu ergehen«, erwiderte Sara. »Wir hoffen, dass Sie uns weiterhelfen können, damit wir ein klareres Bild davon bekommen, was Ihre Tochter gestern gemacht hat.«

Nording stand auf und bedeutete Louise, ihm zu folgen. Als sich die Tür hinter ihnen schloss, holte Sara ihren Notizblock hervor und schaltete das Aufnahmegerät ein.

»Fangen Sie bitte beim Samstag an«, forderte sie Marcus auf, der von der Vernehmung sichtlich nicht begeistert war. Er seufzte übertrieben, als er zu sprechen begann.

Tagsüber sei er in der Kirche gewesen und abends zu Hause, berichtete er. Er habe sich gesonnt und sei im Pool geschwommen. Um sechs habe er mit einem Kollegen Tennis gespielt und dann mit Frau und Tochter zu Abend gegessen.

»Und nach dem Essen?«, fragte Sara.

Sie hätten eine Flasche Wein getrunken und eine Serie auf Netflix angesehen.

»War Vendela da zu Hause?«

Marcus überlegte.

»Nein. Sie ist kurz nach sieben mit ihrer Vespa weggefahren.«

»Wissen Sie, wohin sie wollte?«

Marcus seufzte, legte eine Hand an die Stirn und schloss die Augen.

»Sie wollte ein paar Freundinnen treffen, aber ich weiß nicht mehr, welche.«

»Kam sie im Lauf des Abends nach Hause?«

Marcus glaubte das nicht, und Sara fragte, ob er sich sicher war.

»Sie wohnt im Anbau«, erklärte er. »Wir haben ihn für sie hergerichtet, und den Sommer über durfte sie dort wohnen, weshalb ich nicht genau weiß, wann sie kommt und geht.«

»Und wann sind Sie ins Bett gegangen?«, fragte Sara weiter.

»Um Mitternacht. Heute Morgen hat man uns wegen Vendela angerufen, und wir sind sofort hergefahren.«

»Hatten Sie gestern Abend oder in der Nacht Kontakt zu Ihrer Tochter?«

Marcus Augen verengten sich.

»Nein. Mir ist klar, wie das klingt, aber wir vertrauen ihr. Vendela ist ein reifes und verantwortungsbewusstes Mädchen. Wir haben keinen Grund, ihr zu misstrauen.«

»Okay. Eine letzte Frage noch. Trinkt Vendela Alkohol?«

»Ganz bestimmt nicht«, antwortete Marcus rasch.

Sara fragte ihn, wie es Vendela in letzter Zeit gegangen war. Ob es ein Selbstmordversuch gewesen sein könnte.

»Nein!«, rief er aufgebracht und schnaubte. »Vendela ging es gut. Ich verstehe nicht, inwiefern das relevant sein soll. Warum stellen Sie so viele Fragen über Vendela, sie ist doch das Opfer?«

Sara musterte Marcus' hochrotes Gesicht. War ihm klar, dass Vendela, die kürzlich fünfzehn geworden war, damit strafmündig war? Dass sie trotz ihrer eigenen Verletzungen ein Verbrechen begangen haben könnte? Dass sie trotz allem vielleicht nicht nur ein Opfer war?

»Ihre Tochter hat überlebt, die anderen beiden sind gestorben«, sagte sie. »Wir wollen klären, was genau passiert ist, und warum Vendela als Einzige überlebt hat.«

Es klopfte, und die Tür wurde geöffnet. Die Pflegeassistentin, die sie hereingelassen hatte, stand mit einem glatzköpfigen Mann im Arztkittel in der Tür. Er stellte sich als Vendelas Arzt vor und sagte, er müsse mit den Eltern sprechen, die Vernehmung müsse daher jetzt beendet werden.

Sara schaltete das Aufnahmegerät aus und stand widerwillig auf. Sie war noch längst nicht fertig, hatte auch noch nicht fragen können, was es mit den Narben an Armen und Beinen des Mädchens auf sich hatte.

»Wann können wir mit Vendela sprechen?«, fragte sie.

Der Arzt sah sie irritiert an.

»Im Moment liegt sie wegen Verdacht auf Hirnblutung im künstlichen Koma, und Sie können erst mit ihr reden, wenn ich ihren Zustand für ausreichend stabil halte.«

Sie gingen auf den Gang, wo Nording mit Louise Brink wartete. Der Arzt bedeutete den Eltern, ihn zu begleiten, und ohne ein Abschiedswort gingen die drei davon.

»Hoffentlich geht es dem Mädchen bald besser«, murmelte Nording im Aufzug hinunter auf dem Weg zum Auto, und informierte Sara, dass sie Vendela bewachen ließen. Wenn die Polizei von Örnsköldsvik niemanden abstellen konnte, sollte sich eine Sicherheitsfirma darum kümmern. Denn wenn die Mädchen Opfer eines Täters geworden waren, der alle drei hatte töten wollen, und derjenige erfuhr, dass Vendela überlebt hatte, befand sie sich möglicherweise in Gefahr.

Sara wusste das alles, sagte aber nichts. Hauptsache, sie sorgten für Vendelas Sicherheit.

Im Wagen sprachen sie über die Vernehmungen des Ehepaars Brink. Bevor sie die Mitschnitte des jeweils anderen nicht gehört hatten, konnten sie noch nichts Definitives sagen, doch ihrem Eindruck nach hatten Marcus und Louise Brink übereinstimmende Aussagen zum Samstag gemacht.

»Alle drei Familien schienen wenig Ahnung zu haben, was ihre Töchter so getrieben haben«, bemerkte Nording.

Sara fuhr vom Krankenhausgelände zur E4, während Nording die Ermittlungsleiterin Petra Josefsson in Sundsvall anrief und das Gespräch auf Lautsprecher stellte.

Josefsson erzählte, dass die Pressekonferenz stattgefunden habe und das Team am nächsten Morgen zu einer Videokonferenz zusammenfinden würde. Kriminaltechniker, Hundeführer, Ermittler, alle Spezialermittler im Bereich Schwerverbrechen sowie die drei Kollegen aus Kramfors, Nording, Sara und Jonas Hagman.

»Morgen früh knallen wir alles auf den Tisch, was wir haben«, sagte Nording, nachdem er das Gespräch beendet hatte. »Wir werden ihnen zeigen, was das kleine Kramfors kann.«

Sara lächelte, wandte den Blick dann aber wieder von ihm ab und sah auf die Straße, die die Landschaft vor ihnen teilte. Sie war nervös. War sie hierfür bereit?

27

Annie setzte sich langsam auf dem Sofa auf und zog das Handy zu sich, das auf dem Tisch lag. Es war fünf nach sieben, und es dämmerte. Sie fühlte sich schwer und taub. Ihr war immer noch seltsam zumute. Nachdem sie Eddie Bylund nach Hause gefahren hatte, hatte sie ihren Chef angerufen und von ihrer Teilnahme an dem Verhör erzählt. Claes hatte selbst noch nicht erlebt, dass ein so junger Mensch eines Mordes verdächtigt werden konnte und musste sich auch erst einlesen. Annie würde bei der Besprechung am Montag jemand an die Seite gestellt werden, und sie würden eine Gefährdungseinschätzung vornehmen. Möglicherweise käme eine Inobhutnahme infrage, doch frühestens am Montag. Claes würde sich mit dem Vorstand beraten, und falls Schritte eingeleitet werden sollten, würde er sich darum kümmern. Er meinte, Annie solle nach Hause fahren und nur das Bereitschaftshandy übernehmen.

Annie war der Aufforderung gefolgt, doch erst nachdem sie bei Sven und Lillemor vorbeigefahren war, die sie dreimal angerufen hatten. Sie musste ihnen nichts sagen, sie hatten schon alles in den Nachrichten gesehen und waren bestürzt. Erst nach fast einer Stunde konnte Annie wieder fahren.

Zu Hause übermannte sie die Müdigkeit, und sie hatte sich im Wohnzimmer aufs Sofa gelegt, um für ein paar Minuten die Augen zu schließen. Dann war sie eingeschlafen. Sie sollte etwas essen, hatte aber keinen Appetit.

Stattdessen nahm sie die Fernbedienung und schaltete den Fernseher ein. Die Ereignisse am Bålsjön waren immer noch die Hauptnachrichten auf allen Kanälen.

Eine Reporterin mit zerzaustem Haar und einem Mikrofon in der Hand stand neben einer Kuhweide auf dem Weg, der zum See führte. Zwischen den Bäumen waren der Bålsjön und die Absperrungen zu sehen. Die Kamera schwenkte über das Ufer, wo Kriminaltechniker in weißen Overalls langsam hin und her gingen, bevor die Reporterin wieder ins Bild kam.

»Hier am Bålsjön, ein paar Kilometer außerhalb von Kramfors, wurden heute früh zwei vierzehnjährige Mädchen tot aufgefunden«, sagte die Reporterin. »Ein weiteres Mädchen etwa im gleichen Alter war ebenfalls am Tatort und wurde mit lebensbedrohlichen Verletzungen ins Krankenhaus gebracht. Die Abteilung für Gewaltverbrechen ermittelt wegen Mord. Die Polizei hält die genauen Umstände unter Verschluss und wird nun Befragungen und kriminaltechnische Untersuchungen durchführen. Die Angehörigen der Mädchen sind informiert.«

Ein Interview mit zwei Anwohnern wurde eingeblendet, danach ein paar weinende junge Menschen, die in einem Kreis standen. Es folgte ein Bericht über die Kirche, in der ein Krisenzentrum eingerichtet worden war. Den Familien hatte die Polizei Unterstützung durch den Pfarrer angeboten. Jakob Enghed und seine Frau wurden interviewt. Sie waren sichtlich betroffen von den Ereignissen.

Jakob Enghed sah jung aus, Annie schätzte ihn auf um die dreißig. Er war breitschultrig und hochgewachsen, wahrscheinlich etwa einen Meter neunzig, und trug sein helles Haar nach hinten gekämmt. Er hatte eine hohe Stirn, seine Oberlippe die Form eines Amorbogens.

Die Reporterin verkündete, dass sowohl der Pfarrer als auch die Krisengruppe der Gemeinde auf dem alten Museumshof in Bjärtrå für Gespräche mit Angehörigen und Bekannten der Verstorbenen bereitstanden, und auch alle anderen waren willkommen, die Trost und Unterstützung brauchten.

Als Pfarrer war man immer im Dienst Gottes, dachte Annie. Musste man seine Pflicht als Seelsorger immer erfüllen, unabhängig davon, ob man selbst trauerte?

Die Tragödie vom Bålsjön, so wurden die Vorkommnisse genannt. Ein weiterer Albtraum in dieser Region, weitere Familien mit toten Töchtern. Zwei, vielleicht drei tote junge Mädchen, die ihr ganzes Leben noch vor sich gehabt hatten und nun nie erwachsen werden würden.

Annie spürte, wie ihr die Tränen kamen. Was war ihnen nur zugestoßen, dort am Strand? Hoffentlich überlebte das dritte Mädchen, damit die Familien Antworten auf ihre Fragen erhielten und nicht ewig grübeln mussten, was mit ihren Kindern passiert war.

Sie musste an Eddie denken. War er fähig, jemanden zu töten? Sie erinnerte sich an die Verletzungen an seinen Händen. Hatten sie eine Mordwaffe gehalten? Sie hätte wohl Angst empfinden sollen, doch Eddie Bylund löste nur mütterliche Gefühle in ihr aus. Aber sie hatte sich schon früher in Menschen geirrt. Täuschte sie sich jetzt wieder?

Und wann würden die Journalisten herausfinden, dass es einen Verdächtigen gab? Was würde passieren, wenn die Schule oder die Frau des Pfarrers von den Meldungen beim

Jugendamt erzählte, die eingegangen waren, noch bevor man Eddie verdächtigte, zwei, vielleicht drei Gleichaltrige umgebracht zu haben? Und was, wenn sich herausstellte, dass das Jugendamt nicht schnell genug gehandelt hatte ... Dass man die grausame Tat vielleicht hätte verhindern können?

Annie fluchte laut. Sie hatte die Vorschriften befolgt, sie durften Hausbesuche nicht allein durchführen. Und sie hatte alles dokumentiert. Aber sie hätte auf ihr Bauchgefühl hören und mehr tun sollen. Sie hätte Eddie Bylunds Fall so gründlich wie möglich untersuchen und dafür sorgen sollen, dass er die richtige Unterstützung bekam, unabhängig davon, ob er sich eines Verbrechens schuldig gemacht hatte oder nicht.

Annie schaltete den Fernseher aus, schaute aus dem Fenster und wischte sich die Tränen von den Wangen. Beim Klingeln ihres Handys zuckte sie zusammen. Es war Thomas. Sie musste rangehen, sonst würde er sich Sorgen machen.

Sie holte tief Luft und nahm das Gespräch an.

»Hallo«, sagte sie.

»Hallo, wo bist du?«, fragte Thomas leise.

»Zu Hause.«

Sie hörte, wie Thomas eine Tür schloss.

»Ich habe die Nachrichten gesehen«, sagte er etwas lauter. »Wie schrecklich, alle reden darüber. Ich verstehe, dass du nichts über deine Arbeit erzählen darfst, aber ich wollte nur wissen, ob du involviert bist, und wie es dir geht.«

»Ja, ich bin involviert, aber mehr kann ich dazu nicht sagen. Mir geht es gut, mach dir keine Gedanken.«

Thomas schwieg.

»Du bist doch vorsichtig, nicht wahr?«, sagte er dann.

Ärgere dich nicht über ihn, dachte Annie. Er sagt das aus Fürsorge, er weiß, dass du leichtsinnig sein kannst.

»Ich passe auf, keine Angst«, murmelte sie. »Du musst dir keine Sorgen machen.«

»Okay. Aber wir telefonieren unter der Woche mal?«

»Ja, das machen wir.«

»Pass gut auf dich auf. Kuss.«

»Kuss.«

Sie legten auf, und Annie warf das Handy auf das Sofa. Thomas war einfach nur nett gewesen und sie selbst so kurz angebunden. Warum war es ihr so unangenehm, wenn er sich um sie sorgte?

Wie lange würde Thomas das mitmachen? Sie wollte niemand sein, um den man sich Sorgen machen musste, niemand, um den man sich kümmern musste.

28

Ganz hinten im Schrank saß er. Endlich war es still im Haus. Seine Mutter brüllte nicht mehr herum, wie schrecklich er doch war, und dass sie sich seinetwegen schämen musste.

Er hatte nicht gewollt, dass sie starben, er hatte nur gewollt, dass sie sich wehtaten. Dass sie spürten, wie es sich anfühlte, Angst zu haben. Wie es war, Eddie Bylund zu sein.

Wie würde es jetzt weitergehen? Die Polizei hatte das ganze Haus auf den Kopf gestellt, Sachen aus seinem Zimmer mitgenommen, sogar seine Zeichnungen. Hatten sie mittlerweile das Messer im See gefunden? Die Pflöcke? Hatten sie erkannt, wie gestört er war, was für ein Monster, was für ein verdammter Freak? Vielleicht war sein Vater das auch, und seine Mutter war ja sowieso auf ihre Art verrückt.

Sollte er dieser Annie das alles erzählen? Wenn sie erfuhr, wie schlecht er es zu Hause hatte, würde er dann zu einer anderen Familie ziehen dürfen? Es wäre schön, alles hinter sich lassen zu können. Aber wer würde schon so eine Missgeburt wie ihn haben wollen?

Vielleicht war es am sichersten, wenn sie ihn irgendwo einsperrten. Er war krank im Kopf, und jetzt wussten alle, wie durchgeknallt er wirklich war. Vendela würde ihn umbringen, ihn zu Tode quälen und irgendwo im Wald festbinden, wo ihn niemand finden würde, damit ihn die Tiere fraßen. Der Bär würde ihn in Stücke reißen. Dann würden ihm die Vögel die Augäpfel aushacken.

Er rieb sich die Augen, doch das Bild von Bella in dem Zelt am See wollte nicht verschwinden. Das Blut. Die Wunden. Die Augen. So anders. So *leblos*. So viel Blut. Was war eigentlich passiert? Waren sie auf die Pflöcke gesprungen? War Bella seinetwegen tot? Was hätte ihnen sonst solche Wunden zufügen können?

Der Bär. Hatte er die Mädchen angegriffen?

Sein Herz hämmerte wild. Er hatte das Gefühl zu ersticken, und ihm war übel. Würde er jetzt sterben? Oder würde es ihm für den Rest seines Lebens so gehen?

Er schlug sich mit den Fäusten gegen die Stirn, bis er das Gefühl hatte, sein Schädel würde zerspringen.

29

Zurück in Kramfors fuhr Nording zu seinem Vater ins Krankenhaus, während Sara auf dem Revier blieb, um die Vernehmung des Ehepaars Brink zu protokollieren.

Als sie gerade nach Hause gehen wollte, klingelte ihr Handy. *Benke* stand auf dem Display. Sie zögerte, wollte nicht rangehen, aber er würde ja doch keine Ruhe geben.

»Ich bin beschäftigt, ist es wichtig?«

»Habt ihr den Jungen verhört?«, fragte ihr Vater ohne Begrüßung.

Sara seufzte stumm. Wer von den alten Kollegen hatte ihn über Eddie Bylund informiert? Benke sollte keinen Zugang zu Informationen mehr haben, die eine aktive Ermittlung betrafen.

»Er wurde vernommen, ja«, antwortete sie knapp.

»Und?«

Sara biss sich fest auf die Lippe. Wie sie diesen Ton hasste. Ungeduldig. Uneinsichtig. *My way or the highway.*

»Wir haben einiges von ihm erfahren.«

»Du hast ihn doch wohl unter Druck gesetzt? Früher oder später spuckt er es aus. Bloß nicht aufgeben, Sara.«

»Wir konnten ihn nicht länger festhalten, das weißt du ganz genau.«

Benke seufzte laut.

»Er war am Tatort. Der Junge ist sozial benachteiligt, wird gemobbt. Der Vater ist unbekannt, vielleicht psychisch krank oder kriminell, wer weiß das schon. Natürlich ist er schuldig. Bring ihn mit dem Tatort in Verbindung. Finde die Mordwaffe.«

Sara spürte die Wut in sich aufsteigen. Wer zum Teufel hatte das alles durchsickern lassen? Sie räusperte sich.

»Kinder, die schwere Verbrechen begehen, tun das meistens zusammen mit anderen«, erwiderte sie. »Wenn es zu Misshandlung, Raub und so weiter kommt. Sie arbeiten als Gruppe. Kinder als Einzeltäter kommen sehr viel seltener vor, das solltest du eigentlich wissen.«

Es wurde still am anderen Ende. Ihr Vater hatte aufgelegt.

Sara warf das Handy beiseite und fuhr sich mit den Fingern durch die kurzen Haare. Jetzt hatte sie zwei alte Männer am Hals, die wollten, dass sie es schaffte. Um jeden Preis. Nicht für sich selbst, sondern um ihrer beider Ehre und Ansehen willen, und um es den Kollegen aus Sundsvall zu zeigen.

Sie loggte sich in den Computer ein. Nach kurzer Suche fand sie den Mitschnitt der Befragung von Eddie Bylund. Er war nicht ganz ehrlich gewesen, so viel war klar. Aber was hatte er verheimlicht? Warum hatte er sich in dem Erdkeller versteckt, wenn er unschuldig war? Vielleicht war seine Geschichte wahr. Die Hunde hatten Bärenkot gefunden, und es war allgemein bekannt, dass es heutzutage viele Bären in der Gegend gab.

Jede weitere Frage machte deutlich, wie unwohl Eddie sich fühlte. Und wenn gerade seine Freundinnen gestorben waren und er nichts damit zu tun hatte, warum weinte er dann nicht? Eddie Bylund zeigte keinerlei Anzeichen von Trauer.

Sie spulte vor. Da. *Es war keine Absicht,* hatte er gesagt. Sie hatte nicht begriffen, was er damit meinte. War sie zu schnell vorgegangen? Hatte sie ihn erschreckt?

Eddie hatte keine Waffe bei sich gehabt, als sie ihn fanden, kein Blut an der Kleidung, nur eine Verletzung an der Hand. Wenn er in der Nähe der Mädchen gewesen war, als sie erstochen wurden, hätte er über und über mit Blut bespritzt sein müssen, es sei denn, er hatte sich danach umgezogen. Außer der Kleidung der Mädchen hatte man keine blutigen Sachen am Tatort gefunden. Die Wunde an der Hand hätte er sich beim Schnitzen zugezogen, behauptete er, aber er hatte nicht beantwortet, an was er gearbeitet hatte. Und wo war das Messer, das er dafür benutzt hatte? Wahrscheinlich im See, der noch nicht durchsucht worden war.

Sara sah auf die Uhr. Wahrscheinlich war die Spurensicherung noch am Bålsjön, und sie würde sowieso nicht zur Ruhe kommen.

Also schaltete sie den Computer aus und stand auf.

Die Sonne war hinter dem Strinneberget untergegangen, und über dem Bålsjön lag die Dämmerung, als Sara auf den leeren Parkplatz fuhr. Der Himmel war voller dunkler Wolken, ein Gewitter zog auf.

Sie parkte den Wagen an dem niedrigen, braunen Holzzaun und stieg aus. Es herrschte gespenstische Stille. Niemand war zu sehen, niemand bewachte den Tatort. Das Zelt war abgebaut, Vendela Brinks Vespa ins Labor gebracht worden. Ein zerrissenes Absperrband flatterte im Wind. Sonst war nichts mehr von dem zu sehen, was sich hier den ganzen Tag über abgespielt hatte.

Der Bärenkot fiel ihr wieder ein. War der Bär noch da oder nach Ullånger weitergewandert? Bären bewegten sich im Umkreis von vielen Kilometern. Ohne den Wald aus den Augen zu lassen, holte sie eine Taschenlampe aus dem Kofferraum. Vorsicht war besser als Nachsicht.

Sie hielt sich am Wegrand, ein gutes Stück vom Wald entfernt, leuchtete den Strand und den See ab und ging auf den Steg. Das dunkelbraune Wasser war spiegelglatt. Nebelschwaden zogen über die Oberfläche, und im Halbdunkel sah es aus, als tanzten Elfen auf dem Wasser, wie die Menschen früher geglaubt hatten.

Ein lautes Platschen ließ Sara zusammenzucken. Sie drehte sich um und sah einen Fisch wegschwimmen. Wahrscheinlich ein großer Hecht, dem Geräusch nach zu urteilen.

Sara ließ den Lichtstrahl wieder über den See schweifen. Sie wusste nicht genau, wonach sie suchte, nur, dass sie keine Ruhe fand und besser denken konnte, wenn sie vor Ort war. Warum hatten sich die Mädchen am See getroffen? Es war ein heißer Spätsommertag gewesen, vielleicht hatten sie nur feiern und schwimmen wollen. Und was für ein Messer suchten sie eigentlich?

In diesem Moment wurde der Himmel von einem Blitz erhellt, und bei dem darauffolgenden Donner schrie Sara auf und legte sich flach auf den Steg. Das Gewitter war genau über dem See, und sie war der höchste Punkt.

Gerade wollte sie zum Auto zurückeilen, als ihr etwas im Wasser auffiel. Ein Fisch, dachte sie zuerst, doch der Fleck bewegte sich nicht. Sie sah drei identische Silhouetten. Sara kniff die Augen zusammen, ging in die Hocke und leuchtete aus verschiedenen Winkeln. Sie blinzelte, zögerte, fragte sich, ob sie sich das nur einbildete, aber nein, sie sah richtig. Waren sie die ganze Zeit über da gewesen? Wie hatten sie sie übersehen können? Das grelle Sonnenlicht hatte natürlich vieles verdeckt. Drei spitze Pflöcke steckten im Wasser. Und dort waren sie nicht zufällig gelandet, jemand hatte sie dort platziert. Eine vorsätzliche, hinterhältige Tat. Mein Gott, dachte sie. Wer könnte so grausam sein?

Isabella

Niemand hat etwas gemerkt. Niemand hat gesehen, wie schlecht es mir ging. Ich traf keine Freunde mehr, konnte mich in der Schule nicht konzentrieren, lachte fast nicht mehr. Ich saß nur in meinem Zimmer und hörte Musik, konnte nichts essen, kaum schlafen. Aber niemand konnte mir helfen, niemand schien es zu bemerken. Und das tat immer mehr weh. Durch Zufall fand ich etwas, das half.

Das erste Mal schnitt ich mich aus Versehen, doch ich konnte nicht aufhören, das Blut anzustarren. Es tat weh, und dabei spürte ich den anderen Schmerz nicht mehr. Für eine Weile vergaß ich das Geheimnis, fühlte mich wieder lebendig. Es tut immer noch weh, aber anders. Jetzt geht mein Körper kaputt und nicht meine Seele. Niemand versteht, warum ich mich so verhalte. Sie wollen es nicht verstehen. Glauben sie, dass ich das hier ihnen antue, dass ich ein großes Drama veranstalten will und es nur um Aufmerksamkeit geht? Sie glauben, dass ich mir schaden will, aber der Schaden ist ja schon passiert. Alle glauben, dass ich sterben will, aber ich will nur nicht leben, wenn es so wehtut.

30

Es war Montagmorgen um halb acht, und die gesamte Abteilung für Schwerverbrechen war im großen Konferenzraum in Sundsvall für eine Videobesprechung mit dem Team in Kramfors zusammengekommen. Außerdem waren die Kriminaltechniker und die IT-Forensiker aus Sundsvall anwesend. Auf dem Revier in Kramfors waren sie nur zu dritt, Sara Emilsson, Hans Nording und Jonas Hagman.

Nording war rechtzeitig auf dem Revier gewesen und hatte sich um die Technik gekümmert. Jetzt hatten sie eine so gute Videoverbindung, dass man glauben konnte, sie säßen im selben Raum. Zwei Besprechungen pro Tag würden sie in den nächsten Tagen abhalten, und Sara empfand es als große Erleichterung, dafür nicht mehr hundert Kilometer pro Strecke fahren zu müssen. Sie hatte kaum fünf Stunden geschlafen. Die Gedanken in ihrem Kopf und die Entdeckung im See hatten ihr einen so starken Adrenalinschub beschert, dass sie kaum Ruhe gefunden hatte. Nording hatte ihr angesehen, dass sie angespannt war, und hatte sein Bestes getan, um sie zu beruhigen. Der Reihe nach würden sie sachlich und methodisch alles besprechen. Der Fund am Bootssteg war Saras Ass im Ärmel, wie Nording es nannte. Er ahnte wahrscheinlich, wie wichtig das für sie war. Es war ihr erster eigener Mordfall, und die Erwartungen ihres Vaters, ihre eigenen Ansprüche an sich selbst und ihr Eifer, den Fall zu lösen, übten großen Druck auf sie aus. Vielleicht war es Nording auch wichtig, eine Art Wiedergutmachung für das zu bekommen, was im Fall Saga Bergsten schiefgelaufen war.

Sara warf einen Blick auf das Whiteboard an der Wand hinter ihnen. Obwohl sie alle Informationen auf den Computern hatten, hatte Nording wie früher ein Whiteboard als Ermittlungswand eingerichtet. Fotos der Mädchen klebten ganz oben, darüber standen die Namen. Minna Lantto ganz links, mit ihren roten Haaren, den graugrünen Augen, mit Sommersprossen und schmalen Lippen. Sie hatte einen frechen, verschmitzten Blick. Daneben Isabella Mohlin, die auf dem Foto lächelte. Sie hatte Grübchen, sah aufgeweckt und hübsch aus. Bei Vendela Brink musste Sara an eine Märchenfigur denken. Das Mädchen hatte eine gerade Nase, lange schmale Ohren, dünne Lippen und mandelförmige hellblaue Augen. Ihre Haare waren hellblond, fast weiß. Sie war groß und schlank. Wie eine Elfe, dachte Sara.

Petra Josefsson begann die Besprechung mit einer Vorstellungsrunde der Kollegen um den Tisch in Sundsvall. Hans Nording stellte danach Sara und Jonas vor und verkündete, dass ihm Sara ab dem neuen Jahr als Spezialistin für die Vernehmung von Kindern und Jugendlichen nachfolgen würde und dass sie die vielversprechendste Ermittlerin in Kramfors war.

Sara versuchte, eine neutrale Miene zu bewahren, aber innerlich glühte sie vor Stolz, als Nording ihr das Wort übergab und sie bat, den Fundort zu beschreiben. Sie räusperte sich und spürte, wie ihr Puls schneller schlug. Diskret wischte sie sich die verschwitzten Handflächen an der Hose ab.

»Kurz nach sieben Uhr am Sonntagmorgen wurden drei junge Mädchen am Strand des Bålsjön gefunden, einem See etwa zwanzig Kilometer nördlich von Kramfors«, begann sie und erklärte, wer die drei Körper entdeckt hatte. »Sie hatten mehrere Stichwunden, und es lag ein starker Blutverlust vor. Der vorläufige Obduktionsbericht der beiden toten Mädchen sollte Mitte der Woche eintreffen. Die Berichte der Spurensicherung bekommen wir fortlaufend, am Donnerstag sollte alles vollständig sein.«

»In Sachen Vendela Brink warten wir auf Nachricht vom Krankenhaus«, fügte Nording hinzu. »Eine Sicherheitsfirma bewacht ihr Zimmer, aber bisher haben nur ein paar Journalisten versucht hineinzukommen.«

»Und was wissen wir über die Familien der Mädchen?«, fragte Josefsson.

»Sie kennen sich, sind aber nicht miteinander befreundet«, sagte Sara. »Es handelt sich um drei Familien mit sehr unterschiedlichen Hintergründen und sozialen Bedingungen.«

Nording berichtete, was sie über die Tage vor dem Auffinden der Mädchen in Erfahrung gebracht hatten. Der Freitag war ein normaler Schultag gewesen. Das Herbsthalbjahr hatte gerade begonnen, und die Mädchen besuchten dieselbe Mittelstufe, waren aber in unterschiedlichen Klassen.

»Am Samstag befanden sich alle drei mit ihren Familien bei einer Bibelabfrage in der Kirche, am Sonntag sollte die Konfirmation stattfinden.«

Nording hielt einen Moment inne, bevor er von dem vierzehnjährigen Jungen erzählte, Eddie Bylund, den sie in einem Erdkeller gefunden hatten. Allerdings ohne Blut an der

Kleidung, ohne Waffe am Körper oder in dem Rucksack, den man im Wald gefunden hatte und der ihm gehörte.

Nording übergab das Wort an Kriminaltechniker Willy Åkesson, der die vorläufige Einschätzung der Verletzungen präsentierte. Er beschrieb die Gegenstände, die man am Tatort gefunden hatte, darunter die Habseligkeiten der Mädchen, die drei Handys, die noch untersucht werden mussten, die Flaschen mit Alkohol und schließlich das Brett mit den Symbolen.

Das gesamte Team in Sundsvall beugte sich vor, um das Foto zu betrachten.

»So etwas habe ich noch nie zuvor gesehen«, sagte Josefsson. »Und ihr?«

Alle schüttelten den Kopf.

»Wir werden heute die Eltern fragen, wem das Brett gehört und was es damit auf sich hat«, fügte Sara hinzu.

»Sara hat gestern Abend noch etwas gefunden«, warf Willy Åkesson mit einem zufriedenen Lächeln ein. Er zeigte die ersten Bilder der Holzpflöcke, die am frühen Morgen aufgenommen worden waren, und erklärte, dass sie inzwischen im Labor waren, dass die Tauchgänge im See in Kürze beginnen würden und dass beim Abendmeeting mehr Informationen vorliegen würden.

»Scheiße, ist das krank«, sagte einer der Kollegen in Sundsvall.

Josefsson wandte sich an Åkesson.

»Wurden am Tatort keine Messer gefunden?«

»Nein, bisher nicht.«

»Die Verletzungen könnten also von den Pflöcken stammen?«

»Nicht ausgeschlossen«, sagte Åkesson, »aber nicht sehr wahrscheinlich. Übrigens fand die Hundestaffel frischen Bärenkot. Die Verletzungen der Mädchen sind allerdings überhaupt nicht typisch für einen Bärenangriff, das können wir also ausschließen.«

Josefsson nahm ihre Brille ab.

»Irgendwelche Anzeichen von sexueller Gewalt?«

»Es sieht nicht danach aus, aber wir müssen abwarten, was die Obduktion ergibt«, sagte Åkesson.

»Wurden am Tatort Drogen gefunden?«, fuhr Josefsson fort.

»Nur Alkohol. Und die Spurensicherung hat auch keine offensichtlichen Einstichstellen gefunden, aber wegen der vielen Narben ist das schwierig. Die beiden Toten hatten Narben an Armen und Beinen, wie nach selbstverletzendem Verhalten.«

»Ein gemeinsamer Selbstmordversuch?«, fragte einer der Ermittler in Sundsvall, der sich vorbeugte, um besser sehen zu können.

»Wir haben keine Abschiedsbriefe gefunden«, erwiderte Åkesson.

»Und keine der Familien hat angegeben, dass ihre Tochter Selbstmordtendenzen hatte, obwohl wir noch ausführlicher mit ihnen über das selbstverletzende Verhalten der Mädchen sprechen müssen«, fügte Sara hinzu.

»Okay, wir haben also drei Mädchen, von denen zwei tot sind«, fasste Petra Josefsson zusammen. »Keine Abschiedsbriefe.«

Sara beobachtete, wie Josefsson zu dem Whiteboard ging, das auch hinter dem Konferenztisch der Sundsvaller Kollegen an der Wand hing. Sie nahm einen Stift und zeichnete vier Kreise.

»Meinem Verständnis nach haben wir vier mögliche Szenarien«, sagte sie und schrieb in den ersten Kreis. »Szenario eins ist, dass die Mädchen sich das selbst und vorsätzlich angetan haben. Alternativ haben sie sich gegenseitig verletzt, oder möglicherweise hat Vendela die anderen beiden umgebracht.«

Selbstverletzung oder ein außer Kontrolle geratener Streit, dachte Sara. Mit einem ausreichend scharfen Messer brauchte man nicht viel Kraft, um einen anderen Menschen zu verletzen. Man schnitt wie durch Butter, so hatte es mal jemand beschrieben.

Sara betrachtete wieder das Whiteboard in ihrem Konferenzraum und die Fotos. Hatten eines oder mehrere Mädchen das Zeug zu einem Mord gehabt? Oder dazu, sich selbst umzubringen? Wenn Vendela nicht bald vernehmungsfähig war, würden wahrscheinlich die Obduktionsberichte die Verletzungen erklären und wie sie zustande gekommen waren, ob sie selbst zugefügt waren oder durch fremde Hand.

»Pflöcke«, schrieb Josefsson in den nächsten Kreis. In diesem Szenario waren die Mädchen vom Steg gesprungen und hatten sich an den Pflöcken schwer verletzt, es aber zurück ans Ufer geschafft und waren dort gestorben. Das erklärte allerdings nicht Vendela Brinks Kopfverletzung.

»In Szenario drei spielt der Junge, der am Tatort war, Eddie Bylund, die entscheidende Rolle«, fuhr Josefsson fort, und Sara setzte sich aufrechter hin. »Entweder ist er für die Pflöcke verantwortlich und kann daher wegen Totschlags verurteilt werden. Oder er hat die Mädchen mit dem Messer umgebracht und sich dann im Erdkeller versteckt. Dagegen spricht, dass seine Kleidung nicht blutig war und er sich weiter in der Nähe des Tatorts aufhielt.«

Sara sah Eddie Bylunds Hände vor sich. Wenn er die Mädchen erstochen hatte, wieso hatte er dann kein Blut an sich? War er nackt gewesen? Hatte er sich im See gewaschen? Hatte er sie im Wasser angegriffen?

»Wir haben das Handy des Jungen«, fuhr Josefsson fort und blätterte in ihren Unterlagen, »doch bei der Hausdurchsuchung haben die Kollegen keinen Computer und auch keine anderen elektronischen Geräte gefunden. Dafür aber einen Block mit Zeichnungen, die einen nachdenklich machen.«

Sie zeigte einige mit Bleistift gezeichnete Bilder, die dunkle Figuren darstellten und von Talent zeugten. Keine Körper, nur eine Reihe von Gesichtern mit großen Augen, voller Verzweiflung und Aggression. Einige waren mit so festen Strichen skizziert, dass das Papier fast zerrissen war. Sollten das Schulkameraden sein? Selbstporträts? Auf jeden Fall konnte Eddie Bylund zeichnen, auch wenn die Motive beängstigend waren, bemerkte Sara.

»Im vierten Szenario haben wir einen unbekannten Täter, der sie am Strand überfallen hat«, schloss Josefsson. »Wir werden sehen, was die Obduktionen ergeben. Ob jemand die Mädchen tatsächlich umbringen wollte, oder ob jemand im Sinn hatte, sie von ihrem Leben zu erlösen.«

Sara verzog den Mund bei der Formulierung ihrer Kollegin. *Von ihrem Leben erlösen.* Ein seltsamer Ausdruck, der fast klang, als würde man demjenigen einen Dienst erweisen. Viele Mörder sahen es tatsächlich so, dass sie ihren Opfern einen Gefallen erwiesen, ihr Leiden verkürzten.

Sara sah den Bålsjön vor sich, den abgelegenen Badeplatz an einem Spätsommerabend. Ein Auto fährt vorbei. Der Fahrer sieht drei leicht bekleidete junge Mädchen, die vielleicht betrunken am Strand liegen. Steigt aus. Spricht mit ihnen. Sie trinken noch mehr Alkohol. Der Mann macht sich an sie heran, bedroht sie vielleicht. Die Mädchen zücken ein Messer, es kommt zum Handgemenge. Die Mädchen werden schwer verletzt, und der Mann fährt mit dem Messer weg.

Die Gedanken wirbelten durch Saras Kopf. Falls es sich um einen vorsätzlichen Mord handelte, war das Motiv das Wichtigste. Warum wollte jemand drei junge Mädchen umbringen? Menschen, die andere töteten, hatten dafür meist einen Grund, und oft fand sich der Täter im näheren Umfeld. Alles war möglich, und Sara musste sich von gängiger Logik und gesundem Menschenverstand lösen. Täter dachten anders und handelten nach ihrer eigenen Logik, nicht wie ein Polizist.

Sie verteilte die Aufgaben im Team. Kramfors sollte Akteneinsicht beim Jugendamt beantragen, noch einmal mit den Familien reden und das Pfarrerehepaar besuchen. Sara grinste innerlich, als Jonas Hagman weiter die Nachbarn befragen und Hinweisen der Öffentlichkeit nachgehen sollte. Hagman ließ sich nichts anmerken und sah auch nicht zu Sara, doch sie vermutete, dass er viel lieber mit Nording zusammengearbeitet hätte. Ihr Kollege würde zum jetzigen Zeitpunkt nichts dazu sagen, das wusste sie, sondern bis zum nächsten Indoorhockeymatch warten, wo er sie dann seinen Schläger spüren lassen würde.

»Okay, gute Arbeit bisher«, sagte Josefsson und hob grüßend die Hand. »Dann legen wir mal los. Vergesst nicht, alle Augen sind auf uns gerichtet.«

31

Das Gewitter vom Abend zuvor hatte die Hitze vertrieben, und jetzt war die Luft kalt und feucht. Die Hitzewelle des Wochenendes schien weit zurückzuliegen.

Annie ging langsam die Treppe hinauf zum Personaleingang. Das Bereitschaftshandy hatte gestern ein paarmal geklingelt. Am anderen Ende der Leitung waren Eltern gewesen, die sich darüber Sorgen machten, dass ihre Kinder sich irgendwo in großen Cliquen trafen und Gott weiß was trieben. Nach den Geschehnissen am Bålsjön war die Stimmung in den Dörfern aufgeheizt. Keiner dieser Anrufe hatte ein Eingreifen des Jugendamtes erfordert, nur in einem Fall hatte Annie den Frauennotruf eingeschaltet.

Aus alter Gewohnheit ging sie in Helenas Büro und traf da auf ihren Chef.

»Schön, was?«, sagte er und deutete auf einen Blumentopf mit einer Orchidee mit großen Blüten auf dem Schreibtisch.

Stimmt ja, Helena kam heute aus der Elternzeit zurück, fiel Annie ein. Hätte sie auch eine Blume kaufen sollen? Oder ein Geschenk? Helena hatte ihr immerhin im Frühjahr die Vertretungsstelle organisiert, als sie weiter in Kramfors bleiben wollte. Und sie hatte überhaupt nicht daran gedacht, ihr etwas zur Rückkehr zu besorgen.

»Sehr schön«, antwortete sie.

»Und, alles okay nach dem Wochenende?«

»Ja«, murmelte Annie mit einem Nicken und nahm den Karton mit ihren Sachen.

»Hat der Junge die Mädchen umgebracht, was glaubst du?«

»Schwer zu sagen. Er hat ein paar seltsame Sachen gesagt, aber das muss ja nicht gleich heißen, dass er schuldig ist. Ich fange heute mit der Ermittlung an.«

»Gut. Helena soll dir helfen, sie hat ja noch keine anderen Fälle.«

»Ich dachte an Putte oder Ole, es könnte ganz gut sein, wenn ein Mann dabei ist«, antwortete Annie rasch. Claes dachte, sie und Helena würden sich vom Studium kennen. Niemand im Büro wusste, dass sie in ihrer Kindheit eng befreundet gewesen waren, und das sollte auch niemand erfahren. Annie fürchtete, dass sie herausfinden würden, dass sie ihren Nachnamen geändert hatte und aus welchem Grund. Es war ein Wunder, dass sie es bis jetzt hatte geheim halten können, wenn man bedachte, wie neugierig und geschwätzig ihre Kollegin Miriam war. Wenn ihre Vergangenheit und ihre frühere Nähe zu Helena bekannt wurde, würde sie hier nicht mehr arbeiten können. Arbeit und Privatleben musste man auseinanderhalten, private Kontakte durften die Arbeit nicht beeinflussen. Liebesbeziehungen unter Kollegen waren nicht erlaubt, und es war genauso unangemessen, Fälle zusammen mit seiner Kindheitsfreundin zu bearbeiten, vor allem, nachdem ihr Verhältnis inzwischen etwas angespannt war.

»Guter Punkt«, sagte Claes. »Dann sehen wir uns gleich bei der Besprechung. Es gibt übrigens was zu essen!«

Annie ging zu Lisbeths Büro, das genauso aussah wie Helenas, nur spiegelverkehrt. Der Schreibtisch und die Pinnwand über dem Computer waren leer, im Bücherregal standen noch die Ordner und Bücher der Kollegin. Die großen Topfpflanzen in den Fenstern hatte Miriam den Sommer über am Leben erhalten.

Helenas Stimme ertönte im Gang, und Annie erhob sich. Die alte Freundin stand vor ihrem Büro. Die braunen Haare mit den kleinen Locken waren feucht vom Regen und gingen ihr nur noch bis zu den Schultern. Sie sieht erwachsen aus, dachte Annie. Sie war Mutter von zwei Kindern, hatte einen Ehemann und ein Haus. Alles, was Helena bereits als Kind hatte haben wollen.

Annie umarmte sie.

»Hallo, liebe Kollegin«, sagte sie und hörte selbst, wie bemüht das klang. Bevor Helena antworten konnte, drängte Claes sie schon in ihr Büro, um ihr die Orchidee zu präsentieren. Dann verkündete er fröhlich, dass im Besprechungsraum belegte Brötchen und Kaffee bereitstanden.

»Aus eigener Tasche bezahlt«, erklärte er. »Offenbar hat die Gemeinde kein Geld für einen kleinen Willkommensimbiss.« Er lachte.

Sie gingen zum Konferenzraum, wo die anderen Helena umarmten und begrüßten und sich an den Tisch setzten.

»Na, wie sieht's aus, Helena?«, fragte Claes, nachdem sich alle etwas zu essen genommen hatten. »Schön, wieder hier zu sein, oder? Du hast uns doch bestimmt vermisst?«

Helena schluckte einen Bissen hinunter, dann antwortete sie.

»Es ist großartig, endlich mal wieder keine Windeln zu wechseln und klebrige Hände abzuwaschen. Ich weiß nicht, wie oft ich jeden Tag gestaubsaugt habe«, meinte sie lachend. »Obwohl ich zugeben muss, dass ich schon zweimal zu Hause angerufen habe. So albern. Wenn man mittendrin steckt, will man nur noch weg, und jetzt vermisse ich sie schon.« Sie verdrehte die Augen.

Annie hörte zu, wie die Kolleginnen und Kollegen sich angeregt unterhielten, und verspürte leise Eifersucht. Sie und Helena hatten ihre Kindheit zusammen verbracht, doch ihr Leben als Erwachsene könnte kaum unterschiedlicher sein. Helenas Eltern waren beide noch am Leben, alle im Büro mochten sie, sie war verheiratet, hatte zwei Kinder und keine Narben am Körper.

Als sie beide nach dem Gymnasium aus Lockne weggezogen waren, hatten sie den Kontakt verloren. Im Spätwinter dieses Jahres, als Annie wieder in ihre alte Heimat gekommen war, hatte Helena mehrere Versuche unternommen, die alte Freundschaft wieder aufleben zu lassen, doch Annie hatte alles abgeblockt. Genau wie bei Thomas. Genau wie immer, sagte eine Stimme in ihr.

»Auf jeden Fall wurdest du hier vermisst«, sagte Claes. Er stellte die Kaffeetasse ab und begann die Morgenbesprechung. Neue Fälle mussten verteilt, die bestehenden besprochen werden.

»Habt ihr in den Nachrichten das mit den Morden am Bålsjön gesehen?«, fragte Tjorven und trank ihren Kaffee aus. »Annie, du hattest doch Bereitschaft, weißt du mehr?«

Alle Blicke richteten sich auf Annie. Den Vorschriften gemäß hatte sie ihren Chef über die Ereignisse informiert, aber es gab keinen Grund, den Kollegen von der Vernehmung zu erzählen.

»Ich weiß nicht, wovon die Polizei ausgeht und was in den Zeitungen steht«, antwortete sie knapp. »Allerdings werde ich eine Ermittlung im Fall eines vierzehnjährigen Jungen einleiten, dessen Betreuung ich am Freitag angenommen habe, und ich brauche noch einen zweiten Jugendamtsvertreter.«

»Ich schlage Ole oder Putte vor«, sagte Claes. »Wer hat Zeit? Putte?«

»Klar.« Putte hob die Hand. Natürlich hat er Zeit, dachte Annie. Er war faul und versuchte oft, anderen Arbeit zuzuschieben. Sie würde die Hauptlast tragen, und später würde Putte sich dafür feiern lassen. Doch das war ihr egal. Besser so, als dass Helena alles infrage stellen würde, was sie unternahm.

Claes verteilte neue Fälle. Ein Baby war in Obhut genommen worden, nachdem man es zusammen mit seinen an einer Überdosis Heroin gestorbenen Eltern in einer Wohnung gefunden hatte.

»Wie schrecklich«, sagte Tjorven.

»Wer übernimmt das?« Claes sah sich am Tisch um.

»Wenn möglich, möchte ich das nicht machen«, antwortete Helena. »Das ist im Moment zu persönlich.«

»Ich auch nicht«, stimmte Tjorven ein.

Ole streckte die Hand aus.

»Gib her.«

Nach der Besprechung kam Helena zu Annie ins Büro.

»Wie geht es dir denn, läuft es gut?«, fragte sie.

Annie bedeutete ihr, die Tür zu schließen.

»Am Wochenende war es etwas hart«, sagte sie und wich Helenas Blick aus. Seit ein paar Wochen hatten sie nicht mehr miteinander gesprochen. Helena hatte Annie angerufen, doch die hatte nur eine SMS als Antwort geschickt. Vielleicht fühlte Helena sich zurückgewiesen, oder ihr war klar, dass Annie sie mied, weil sie befürchtete, dass Helena sie wieder verurteilen würde, weil sie fand, dass Annie sich unnötigen Risiken aussetzte.

»Henrik und ich würden uns freuen, wenn du und Thomas am Freitag zum Abendessen zu uns kämt. Habt ihr Zeit?«, fragte Helena.

»Ich glaube, er hat am Wochenende die Mädchen«, log Annie.

»Die wären natürlich auch herzlich willkommen.«

»Vielen Dank, aber ich selbst habe sie auch noch nicht kennengelernt. Aber ich frage Thomas mal.«

Da klingelte Annies Handy. Unterdrückte Nummer.

»Das muss ich annehmen«, sagte sie. »Wir sehen uns später, okay?«

Helena nickte, verließ das Büro und zog die Tür hinter sich zu.

»Hallo, Annie«, ertönte eine vertraute Stimme. »Hier spricht Sara Emilsson. Sind Sie bei der Arbeit?«

»Ja.«

Sara wollte wissen, ob es in der Datenbank des Jugendamtes etwas über die drei Mädchen vom Bålsjön gab.

»Könnten Sie mal nachsehen, dann komme ich in einer halben Stunde vorbei?«

Annie sah auf die Uhr.

»Ja, das passt.«

Sie notierte sich die Personennummern, beendete das Gespräch und setzte sich an den Rechner. Alle drei Mädchen hatten Akten, die vor einem Jahr nahezu gleichzeitig aktualisiert worden waren. Sämtliche Meldungen waren von einer Lehrkraft eingegangen.

Annie hinterließ eine kurze Notiz zur Anfrage der Polizei, damit klar war, warum sie auf Daten von Klienten zugegriffen hatte, die sie nicht betreute, und druckte dann alles aus.

32

Sara betrat den leeren Wartebereich des Jugendamtes und ging zum Empfang, hinter dessen Schutzglas eine rothaarige Frau an einem Schreibtisch saß.

Sie hielt ihre Polizeimarke hoch und erklärte, sie hätte eine Verabredung mit Annie Ljung. Die Frau verschwand in einem Gang.

Hoffentlich hat das Jugendamt etwas, dachte sie. Oft ließ sich die Lösung in der Vergangenheit finden, in den Fragen, die schon jemand anders gestellt hatte.

Nach ein paar Minuten klickte die Tür neben der Glasscheibe, und Annie kam mit einem Umschlag in der Hand heraus.

»Wir haben eine ganze Menge«, sagte sie. »Wollen Sie reinkommen und mit mir alles durchgehen, oder haben Sie es eilig?«

»Nording wartet im Wagen. Ist Ihnen etwas Besonderes aufgefallen?«

Annie sah zu der Rezeptionistin, die wieder an ihrem Platz saß, und sprach leiser.

»Alle drei waren im letzten Jahr zwölf Wochen zur Behandlung in der Klinik Älvhagen. Nicht ganz genau zur gleichen Zeit, aber sie kannten sich.«

»Interessant, vielen Dank, Annie. Wir müssen uns auch

über Eddie Bylund austauschen, kann ich Sie später dazu anrufen? Und wollen wir nicht du sagen?«

»Klar, ruf einfach an«, sagte Annie und lächelte.

Sara lief die Treppe hinunter und zurück zu Nording. Auf der Fahrt zur Familie Lantto las sie laut aus den Akten der Mädchen vor. Der Sportlehrer der drei, ein gewisser Lars Nygren, hatte die Narben und Schnittwunden an Armen und Beinen der Mädchen zuerst bemerkt und in Absprache mit dem Rektor Meldung beim Jugendamt gemacht.

Sie fuhren an Bollstabruk vorbei und hatten noch über zehn Kilometer vor sich, weshalb Sara Petra Josefsson in Sundsvall anrief und die Erlaubnis einholte, den Sportlehrer zu kontaktieren. Sie wählte die Nummer, die auf dem Formular angegeben war, erreichte aber nur die Mailbox. Sie hinterließ eine Nachricht und bat die Schule, so schnell wie möglich Kontakt mit ihr aufzunehmen. Doch als sie in die Einfahrt der Familie Lantto einbogen, hatte noch niemand zurückgerufen.

Der Norwegische Elchhund bellte sie schon an, noch bevor sie ausgestiegen waren. Sussie Lantto erwartete sie an der Tür und führte sie in die Küche. Jimmy Lantto stand an der Spüle und starrte ihnen mit verschränkten Armen entgegen. Nording hielt ihm die Hand hin, Sara jedoch begnügte sich mit einem Nicken als Gruß.

Sie setzten sich an den Küchentisch.

»Wie geht es Ihnen heute?«, fing Nording an und legte den Kopf wie ein freundlicher Onkel zur Seite.

Sussie biss sich mit Tränen in den Augen auf die Unterlippe.

»Heute Nacht habe ich kein Auge zugemacht.«

»Ich auch nicht«, fügte Jimmy hinzu. »Wir wollen jetzt wissen, was zum Teufel los ist. Gestern haben den ganzen Tag Leute angerufen, Journalisten und was weiß ich, und wir wissen gar nichts!«

Sara schluckte und verschränkte die Hände vor sich auf dem Küchentisch. Alles an Jimmy Lantto verursachte ihr Juckreiz, doch sie ermahnte sich, dass er, egal wie unangenehm er war, gerade sein Kind verloren hatte.

Sie räusperte sich.

»Wie gesagt, zu laufenden Ermittlungen können wir keine Auskünfte geben. Wir sind hier, um so viele Informationen wie möglich zu sammeln und zu überprüfen, ob Sie die Unterstützung haben, die Sie gerade brauchen und die Ihnen zusteht. Je mehr Sie uns sagen können, desto schneller finden wir hoffentlich heraus, was passiert ist.«

»Wir wissen, dass Sie einen Jungen verhaftet haben«, fiel Jimmy ihr ins Wort. »Jetzt sagen Sie schon, dass er es war!«

»Wie meine Kollegin schon gesagt hat, wir können gerade nur über Minna sprechen«, erwiderte Nording. »Am besten beruhigen wir uns ein wenig und fangen noch mal von vorne an, in Ordnung?«

Sussie sah ihren Mann flehend an, der schnaubte und sich mit der Hand über den kahlen Schädel strich. Nording erklärte, dass sie einen Opferbeistand bekommen würden und dass das Angebot, psychologische Unterstützung in Anspruch zu nehmen, weiter bestand, falls sie es sich anders überlegen sollten. Auch bei einem raschen Arzttermin konnten sie helfen, falls die Familie ein Attest oder etwas anderes benötigte.

»Ich habe mich krankschreiben lassen«, antwortete Sussie und erzählte, dass sie beim ICA-Supermarkt in Nyland arbeitete. Ihr Chef hatte am Abend zuvor angerufen, nachdem er von den Ereignissen am Bålsjön in den Nachrichten gehört und erfahren hatte, dass Sussies Tochter eine der Toten war.

Sie verzog das Gesicht und begann zu weinen, krampfhafte, stumme Schluchzer. Ihr Mann tätschelte ihren Rücken, was allerdings ziemlich mechanisch aussah, dachte Sara. Sie räusperte sich.

»Minna hat also dieses Jahr eine Konfirmandengruppe besucht?«, fragte sie.

Jimmy nickte.

»Sind Sie gläubig?«, fragte Nording. Sein Tonfall ließ nicht erkennen, dass er die Antwort eigentlich wusste, doch Sara kannte seine Vorgehensweise. Er war geschickt. Ein Pokerface.

Jimmy schnaubte.

»Nicht wirklich. Minna wollte nur viele Geschenke, um damit angeben zu können.«

»Jimmy, sag so etwas nicht«, ermahnte ihn Sussie resigniert.

Er warf ihr einen wütenden Blick zu.

»Was spielt das denn jetzt für eine Rolle?«, zischte er. »Sie ist tot.«

Es wurde still.

»Wie ging es ihr in den letzten Monaten, was hatten Sie für einen Eindruck?«, fragte Sara nach einer Weile.

Sussie seufzte.

»Sie hatte ein paar Probleme in der Schule. Wegen ihrer Dyslexie.«

»Woher kannten sie und die anderen Mädchen sich?«

Jimmy deutete auf sein Handgelenk. »Die drei waren alle total zerschnitten, das haben Sie doch bestimmt gesehen, als Sie sie gefunden haben.«

181

Sussie schnäuzte sich.

»Sie war deshalb in Behandlung«, murmelte sie. »In einer Klinik in Lugnvik. Älvhagen. Dort haben sie sich angefreundet.«

»Hatte Minna eine Diagnose?«

»Ihre kleinen Brüder haben ADHS, sie hat bestimmt ... hatte bestimmt auch irgendetwas mit einer Großbuchstabenabkürzung. Sie war impulsiv und nachlässig. Und dann die Dyslexie.«

»Erkennen Sie das hier wieder?«, fragte Nording und hielt den Eltern sein Handy hin, auf dessen Display ein Foto des Spielbrettes, das sie am Tatort gefunden hatten, zu sehen war.

»Nein, was ist das?« Sussie beugte sich vor.

»Das fragen wir uns auch.« Nording zeigte Jimmy das Bild. Auch er betrachtete es verständnislos.

»Wissen Sie wie Minna zum Bålsjön gekommen ist?«, fragte Sara.

»Nein.«

Sie war erst vierzehn, dachte Sara. Zu jung für einen Vespa-Führerschein.

»Kann sie mit dem Fahrrad gefahren sein?«, erkundigte sich Nording.

»Ihr Fahrrad wurde gestohlen, und wir haben kein neues gekauft. Sie ist seither mit Sussies gefahren, doch das steht in der Garage. Also nein.«

Jimmy schüttelte entschieden den Kopf.

»Man hat uns gesagt, dass ein Auto sie mitgenommen haben könnte.«

»Was für ein Auto?«, fragte Sussie mit schriller Stimme.

Sie könnten keine Einzelheiten preisgeben, erklärte Nording erneut. Sara wusste, dass Jimmy den Eigentümer wahrscheinlich kennen würde, wenn sie ihm von der Marke und den Eichhörnchenschwänzen an den Antennen erzählten. Und dann würde er vor ihnen bei ihm sein.

»Wir müssten uns mal ihr Zimmer ansehen«, sagte Nording stattdessen.

»Warum?«, erwiderte Jimmy.

Sussie warf ihm einen müden Blick zu und stand auf.

»Ich zeige es Ihnen.«

Das Zimmer war klein und war nur mit einem Bett, einem Schreibtisch, einem Sessel voller Kleidung und einem Bücherregal möbliert. Sara zog die oberste Schublade des Nachttisches auf. Sie fand Haargummis, einen Lippenpflegestift, Kaugummi, aber keinen Notizblock, kein Tagebuch. Vielleicht war das angesichts der Dyslexie aber auch nicht so überraschend.

»Hatte Minna einen Computer?«, fragte sie.

»Ja, aber der Laptop gehört der Schule, und nach den Sommerferien hat sie ihn nicht wieder mit nach Hause gebracht.«

Sara wechselte einen Blick mit Nording, der sich daraufhin eine Notiz machte. Sie würden den Laptop in der Schule holen müssen, vielleicht befand sich darauf etwas, was ihnen weiterhelfen könnte.

Während Nording den Schreibtisch überprüfte, öffnete Sara den Schrank und ging davor in die Hocke, um zu sehen, ob Minna darin noch etwas anderes als Kleidung und Schuhe aufbewahrt hatte, fand jedoch nichts Ungewöhnliches.

Im Bücherregal standen Kinderbücher, die sicher seit vielen Jahren nicht mehr gelesen worden waren. Daneben gab es aber auch andere Bücher über Okkultismus und Hexen. Sara machte mit dem Handy ein paar Bilder von den Buchrücken.

Nording signalisierte ihr mit einem Nicken, dass er fertig war.

»Also dann«, sagte er zu Sussie. »Das wär's für heute.« Jimmy folgte ihnen in die Diele.

»Schnappen Sie den Scheißkerl, der das getan hat, sonst kümmern wir uns selbst darum, nur dass Sie es wissen!«, sagte er und schlug die Tür hinter ihnen zu.

Als sie im Auto saßen, schob Hans Nording seine Brille auf die Stirn.

»Was hast du für ein Gefühl bei den beiden?«, fragte er und nickte Richtung Haus.

»Sie steht unter Schock und wird von ihm kleingehalten, Jimmy Lantto dagegen ...«

»Ich habe in meinem Leben schon viele Lanttos gesehen«, murmelte Nording und startete den Wagen. »Normalerweise haben sie die eine oder andere Leiche im Keller, die früher oder später zu stinken anfängt. Bist du bereit für die Mohlins?«

»Du etwa?«, gab Sara zurück, und Nording lächelte schwach.

33.

Der Regen prasselte gegen das Fenster. Trotz Hemd und Pullover fror Annie immer noch.

Sie gab Eddies Personennummer in die Suchmaske ein. Die Ermittlung nach Paragraf 31 sollte Eddies Lebensumstände und seinen Fürsorgebedarf untersuchen. Ob er in Obhut genommen werden musste, oder ob es reichte, zu Hause anzusetzen. Hausbesuche mussten vereinbart werden, sie würden mit Lehrern und Schulpsychologen reden, Kontakt zur Kinder- und Jugendpsychiatrie aufnehmen. Dann würden sie die Sozialkontakte untersuchen, und welche Verwandten eine Rolle in seinem Leben spielten.

Vater unbekannt. Annie starrte auf die Worte. Tina Bylund hatte angegeben, dass sie nicht wusste, wer Eddies Vater war, weil sie in dem betreffenden Zeitraum mehrere Partner gehabt hatte. Die Vaterschaft war unmöglich festzustellen gewesen, hatte das Jugendamt bestimmt, und die Ermittlungen waren eingestellt worden. Laut Familiengesetz konnte diese Entscheidung angefochten werden, doch das wusste Eddie wahrscheinlich nicht.

Sie suchte Tina Bylunds Nummer heraus und wählte. Es läutete, und Annie wunderte sich nicht, dass sie zur Mailbox weitergeleitet wurde. Wenn das Jugendamt anrief, erschien nur die Nummer der Gemeinde auf dem Display, worauf die

Leute nicht immer reagierten. Das war aber immer noch besser als eine anonyme Nummer. Sie hinterließ ihren Namen und ihre Telefonnummer und bat Tina, sie so bald wie möglich zurückzurufen.

Als sie sich wieder in den Rechner einloggte, waren die Akten der Mädchen noch geöffnet. Tjorvens Lachen ertönte aus dem Gang, sodass Annie die Tür schloss und das »Bitte nicht stören«-Schild einschaltete.

Sie begann mit Minna Lanttos Akte, scrollte durch die Beschreibung der häuslichen Situation des Mädchens. Die Eltern Jimmy und Susanne Lantto hatten nicht viel Geld, und Minnas Mutter war immer wieder wegen Rückenproblemen krankgeschrieben gewesen. Kein Elternteil hatte studiert. Minna hatte Schwierigkeiten in der Schule, vor allem, als der Stoff in der siebten Klasse schwieriger wurde. Außerdem fühlte sie sich hässlich und fett, hatte sie der Sachbearbeiterin des Jugendamts erzählt.

Isabella Mohlin beschrieb eine völlig andere Lebenssituation. Die Eltern Patrik und Sofie Mohlin hatten keine finanziellen Probleme und beide sichere Jobs. Das Mädchen hatte noch beide Großelternpaare, die sie regelmäßig sah und die Vertrauenspersonen waren. Eine schwedische Durchschnittsfamilie. Isabellas Mutter hatte in ihrer Jugend an Depressionen gelitten sowie nach Isabellas Geburt an einer Wochenbettdepression, doch jetzt ging es ihr nach eigener Aussage gut. Isabella hatte gute Noten, vor allem in Schwedisch und Englisch, und wollte Journalistin oder Schriftstellerin werden. Sie hatte hohe Erwartungen an sich selbst, benahm sich anständig und war fürsorglich. Sie wurde als etwas altklug beschrieben und als jemand, der mit allen gut auskommen wollte.

Annie scrollte noch einmal zu den persönlichen Angaben zurück. Isabellas Vater hieß Patrik Mohlin, und laut seiner Personennummer war er zwei Jahre älter als Annie. Sie lehnte sich nach hinten. Könnte das der Patrik Mohlin sein, der in der Schule zwei Klassen über ihr gewesen war? Möglich. Seit seinem Schulabschluss hatte sie ihn nicht mehr gesehen.

Vendela Brinks Eltern hießen Marcus und Louise. Frühere Brink-Generationen hatten kräftig in die lokale Industrie investiert, und die Familie war in der Gegend bekannt.

Vendelas Akte war die dünnste der drei. Die Sachbearbeiterin beschrieb ihre Eltern als wohlhabend und angesehen. Vendela war ein Einzelkind und wurde sowohl verwöhnt als auch sich selbst überlassen, hieß es in dem Bericht. Die finanziellen Verhältnisse waren gut, die emotionalen ließen offenbar zu wünschen übrig. Es gab kein nachweisbares Fehlverhalten, sondern nur den Verdacht einer mangelnden Bindung zwischen Eltern und Tochter. Vendela hatte einen distanzierten Eindruck gemacht, und es war schwierig gewesen, sich eine Meinung über sie zu bilden. Die Schule hatte bestätigt, dass das Mädchen etwas rätselhaft war. Ruhig im Unterricht, aber oft Bestnoten in Klausuren. Eine Führungspersönlichkeit.

Annie las den Bericht noch einmal durch, fand aber nirgends eine Erklärung für ihr selbstverletzendes Verhalten. Hatte die Sachbearbeiterin es nicht erkannt, oder was war der Grund dafür, dass es in der Akte nicht auftauchte?

Isabella Mohlin hatte keine Einwände gehabt, in Behandlung zu gehen, ihre Mutter hatte sogar darauf bestanden. Minna Lantto und ihre Eltern hingegen hatten heftig protestiert. Ihr Vater hatte das Jugendamt wegen Fehlverhaltens angezeigt, hatte die Sachbearbeiterin zweimal bedroht, sie abends auf ihrer privaten Nummer angerufen. Dann hatte die Sachbearbeiterin aufgehört, und niemand anders hatte den Fall übernommen. Es konnte viele Gründe haben, dass Minna und ihre Akte durchs Raster gefallen waren. Menschliches Versagen oder die Angst vor Jimmy Lantto.

Vendela Brink hatte sich am wenigsten gegen die Behandlung gesträubt. Ihre Eltern hingegen hatten deutlich gemacht, dass ihre Tochter ihrer Meinung nach ganz bestimmt keine Therapie benötigte. In ihrer Familie gab es keine Probleme, wie sie es formuliert hatten.

Die drei Mädchen mit ihren unterschiedlichen Hintergründen und Familienverhältnissen hatten jedoch eines gemeinsam, und das war auch der Grund für die Meldungen beim Jugendamt. Der Lehrer hatte die Narben an ihren Armen und Beinen gesehen und Alarm geschlagen. Mit wenigen Wochen Abstand war allen nach einer Überprüfung ein Aufenthalt in der Klinik Älvhagen zur ambulanten Behandlung bewilligt worden. Annie kannte speziell diese Einrichtung nicht, doch die Region um Kramfors war bekannt für ihre vielen Kliniken, weshalb sicher während Annies Abwesenheit einige dazugekommen waren.

Der gemeinsame Nenner war also, dass es diesen Mädchen aus irgendeinem Grund schlecht gegangen war und sie sich deshalb selbst verletzt hatten. Ein Symptom dafür, dass etwas nicht gestimmt hatte, aber was?

Annie wusste nicht viel über selbstverletzendes Verhalten, nur dass psychologisches Fachwissen erforderlich war, sobald es in einer Ermittlung zur Sprache kam. Sie wusste immerhin so viel, dass die Verletzungen selbst nicht das Problem waren, sondern nur ein Symptom für etwas anderes. Selbstverletzendes Verhalten war eine Form der Angstbewältigung. Annie erinnerte sich daran, wie ihr als Teenager alle Gefühle so überwältigend vorgekommen waren, als ob man die Lautstärke voll aufgedreht hätte. Dieses Auf und Ab aus Freude und tiefster Verzweiflung kannte sie noch gut. Irgendetwas hatte die Mädchen so unglücklich gemacht, dass sie sich schneiden mussten. Welche Sorgen und Geheimnisse hatten sie mit sich herumgetragen?

Von ihrer eigenen Jugendzeit wusste sie nicht mehr viel. Vor dem 18. Lebensjahr hatte sie keinen Alkohol getrunken, nie Drogen probiert. Nur einmal heimlich geraucht. Und am nächsten kam sie einer Selbstverletzung, wenn sie an den Backsteinwänden der Turnhalle entlangschrammte. In einem Dorf mit wenigen gleichaltrigen Kindern waren Helena und sie beste Freundinnen gewesen. Die Sommerferien bestanden aus Schotter in den Schuhen und Schwimmkursen in eiskaltem Seewasser, in dem ihre Lippen blaulila angelaufen waren. Nachdem sie den ganzen Tag gespielt hatten, riefen sie einander am Abend an, zogen das Telefon in die Abstellkammer und redeten stundenlang. In der siebten Klasse drehten sich die Gespräche zunehmend um Make-up und Jungs. Sie hatten nie daran gedacht, sich selbst zu verletzen, oder?

34

Nording blieb am Fuß der Vordertreppe stehen, während Sara klingelte. Ein blasser Patrik Mohlin öffnete die Tür.

Sie gingen ins Wohnzimmer. Sofie Mohlin kam dazu und setzte sich auf einen der Sessel. Ihr Gesicht war verweint, und sie wirkte verschlafen, vielleicht hatte sie ein Beruhigungsmittel genommen, dachte Sara. Isabellas kleiner Bruder war nicht zu Hause. Seine Eltern hätten ihn zu sich geholt, erklärte Patrik, und der Pfarrer sei gestern da gewesen und hätte seine Unterstützung angeboten. Dann brach Patriks Stimme, und er begann zu weinen.

Nording betonte, wie bewusst ihnen war, dass die Familie gerade unglaublich schwere Zeiten durchmachte. Die Polizei benötigte aber so viele Informationen wie möglich über ihre Tochter.

Vor allem über die Selbstverletzungen, dachte Sara. Und ob die Mädchen Streit untereinander gehabt hatten, was die Theorie stützen könnte, dass sie sich die tödlichen Wunden selbst zugefügt hatten.

Patrik wischte sich das verweinte Gesicht mit dem Pulloverärmel ab.

»Haben Sie schon jemanden festgenommen?«

»Zu den laufenden Ermittlungen können wir im Moment nichts sagen«, erwiderte Nording.

»Es geht das Gerücht, dass Sie einen gleichaltrigen Jungen am Tatort gefunden hätten«, fuhr Patrik fort. »War das Eddie Bylund? Den kennen wir.«

»Woher?«, fragte Sara.

»In Lugnvik waren wir Nachbarn. Isabella und er haben als Kinder miteinander gespielt, doch dann sind wir hierhergezogen, und sie trafen sich nicht mehr.«

»Wie war das Verhältnis zwischen ihm und Isabella in letzter Zeit?«, fragte Nording.

»Sie waren in derselben Klasse und in derselben Konfirmandengruppe, aber sie hielt sich von ihm fern.«

»Hatten sie Streit?«

»Nein«, antworteten die Mohlins gleichzeitig. »Sie wollte nur keinen Kontakt mehr zu ihm.«

»Gab es dafür einen bestimmten Grund?«

Sofie seufzte schwer.

»Das ist doch wohl ziemlich offensichtlich?«

Nording beließ es dabei und bat die Eltern, noch einmal den Ablauf des Samstags zu schildern.

Sofie schwieg, sodass Patrik antwortete.

Sie hatten gefrühstückt, sich fertig gemacht und waren zur Kirche gefahren. Nach der Bibelabfrage hatten sie auf dem Parkplatz mit den anderen Familien geredet, während sie auf Isabella gewartet hatten, die noch in der Kirche geblieben war.

»Wie wirkte Isabella, als sie nach draußen kam?«, fragte Sara.

Sofie überlegte.

»Sie setzte sich ins Auto und beschäftigte sich mit ihrem Handy.«

Nording bat sie, den Samstagnachmittag zu beschreiben, während Sara ihre Notizen vom gestrigen Gespräch überflog. Die Mohlins erzählten dasselbe, sie waren zu Hause gewesen und hatten nicht gesehen, wie Isabella weggegangen war.

»Wissen Sie, wie Isabella zum See gekommen sein könnte?«, fragte Sara.

»Ihr Fahrrad ist weg, wahrscheinlich ist sie damit gefahren.«

»Wie sieht es aus?«

Patrik scrollte ein wenig auf seinem Handy und zeigte ihnen dann ein Foto von einem türkisfarbenen Fahrrad mit braunem Korb.

»Sie hat es zu ihrem vierzehnten Geburtstag bekommen«, murmelte er.

»Und Sie sind sich ganz sicher, dass es nicht hier irgendwo steht?«, fragte Nording.

»Es steht immer in der Garage, damit es nicht gestohlen wird, und da ist es nicht«, erwiderte Patrik.

»Und unser Grundstück ist nicht so groß, wir hätten gesehen, wenn es hier irgendwo wäre«, fügte Sofie hinzu.

Sara überlegte, konnte sich jedoch nicht erinnern, dass beim See ein Fahrrad gefunden worden wäre, nur eine Vespa.

»Auf das Fahrrad kommen wir später noch mal zurück«, sagte sie daher nur und warf Nording einen raschen Blick zu.

»Sind Sie gläubig?«, fuhr Nording fort, was beide verneinten.

»Unsere Eltern wollten, dass Isabella sich konfirmieren lässt. Alle in der Familie sind konfirmiert«, erklärte Sofie.

»Kennen Sie die Eltern der anderen Konfirmanden?«
Sara bemerkte, dass Sofie den Blick senkte.
»Nein. Nur vom Sehen, aber sonst nicht näher«, meinte Patrik knapp. »Wir wissen, dass die anderen beiden Mädchen Minna und Vendela waren.«
Auch wenn die Namen der Mädchen nicht offiziell veröffentlicht worden waren, wüsste doch ganz Kramfors davon, fügte er hinzu.
»Woher kannten sich die Mädchen dann?«, fragte Sara. Es war wichtig zu überprüfen, ob die Eltern unterschiedliche Auffassungen zu der Freundschaft der Mädchen hatten.
Sofie antwortete schließlich. Patrik wirkte verlegen.
»Ich weiß nicht genau, ab wann sie sich privat getroffen haben, aber sie gingen alle auf dieselbe Schule, und Isabella war letztes Jahr wegen ihrer Selbstverletzungen in der Klinik Älvhagen in Behandlung. Die anderen beiden waren auch dort, und dann waren sie in derselben Konfirmandengruppe.«
Sara fragte die Eltern, wie es Isabella in der letzten Zeit gegangen war. Ob sie bedrückt gewirkt oder vielleicht mit jemandem Streit gehabt hatte. Ob sie sich anders als sonst verhalten hatte.
Beide schwiegen lange.
»Vor Kurzem waren sie in einem Ferienlager«, sagte Sofie schließlich. »Isabella wirkte unglücklich, als sie nach Hause kam, wollte uns aber den Grund nicht sagen. Sie war immer sehr empfindsam. Sehr rücksichts- und liebevoll. Wenn es jemandem schlecht ging, ging es ihr auch schlecht.«
»Nahm sie Drogen?«, fragte Sara.
»Dafür gab es nie Anzeichen. Außerdem werden in Älvhagen alle auf Drogen getestet.«

Aber das war vor einem Jahr, dachte Sara. Seither konnte viel passiert sein.

»Warum hat sich Isabella geritzt?«

Sofie schluchzte, und Patrik legte ihr eine Hand auf die Schulter.

»Entschuldigung, aber was hat das mit ihrem Tod zu tun?«

»Vielleicht ist es für die Ermittlungen tatsächlich nicht relevant, aber wir müssen allem nachgehen, um nichts zu übersehen«, erwiderte Nording.

»Manche trinken oder nehmen Drogen. Ich nehme an, das war ihr Weg, mit allem umzugehen, was sie beschäftigte«, sagte Sofie leise.

Sara sah, wie Nording das Foto von dem Brett auf seinem Handy suchte.

»Haben Sie das hier schon mal gesehen?«, fragte er und zeigte den Mohlins das Foto auf dem Display.

Beide betrachteten das Brett nachdenklich und schüttelten dann den Kopf. Sara fiel auf, dass sie sich nicht erkundigten, worum es sich handelte.

»Bitte entschuldigen Sie, aber ich kann nicht mehr.« Sofie stand auf und verließ das Wohnzimmer.

»Ja, wir sollten es für heute dabei belassen«, sagte Nording und erhob sich ebenfalls.

Patrik brachte sie zur Tür.

»Wie geht es jetzt weiter?«, fragte er tonlos. »Wann können wir sie begraben?«

Das könne noch dauern, antwortete Nording. Genauer könne er es nicht sagen, die Ermittlungen müssten ihren Gang gehen.

Eine unmenschliche Situation, dachte Sara. Nichts, was sie ihrem schlimmsten Feind wünschen würde.

Im Auto sah sie ihren Kollegen an.

»Das Fahrrad«, sagten beide gleichzeitig.

»Hat Eddie Bylund nicht ausgesagt, dass Isabella zu Fuß zum See kam?«, sagte Sara.

»Ja«, erwiderte Nording.

Sara wählte Willy Åkessons Nummer, der sich nach dem ersten Läuten meldete. Nein, sie hatten kein Fahrrad am See gefunden, bestätigte er. Auf einem Schotterweg im Wald hatte allerdings ein weißes Fahrrad gelegen, was mit Eddie Bylunds Angaben übereinstimmte, wo er sein Rad zurückgelassen hatte.

»Wenn Isabellas Fahrrad verschwunden ist«, sagte Nording, nachdem Sara aufgelegt hatte, »und wir davon ausgehen, dass sie damit zum See fahren wollte, haben wir eine Lücke zwischen dem Zeitpunkt, an dem sie das Haus verlassen hat und als sie am See angekommen ist. Könnte sie dazwischen noch irgendwo anders hingefahren sein?«

»Wir können die Medien informieren und die Bevölkerung um Hinweise bitten, ob jemand so ein Fahrrad irgendwo gesehen hat. Da es recht auffällig ist, erfahren wir so vielleicht schneller etwas.«

»Ja, irgendwo muss es schließlich sein.« Nording nahm seine Brille ab und rieb sich die Augen.

»Ist dir sonst noch etwas aufgefallen?«, fragte er dann.

Sara seufzte.

»Dass weder Minnas noch Isabellas Eltern besonders viel vom Leben ihrer Töchter wussten.«

Nordings Handy meldete sich. Er nahm das Gespräch an, und Sara hörte an seiner Stimme, dass es ein privater Anruf war. Er sagte, er würde so schnell wie möglich kommen, und legte auf.

»Mein Vater«, erklärte er. »Er ist gestürzt und hat sich verletzt, ich muss zu ihm. Ich setze dich am Revier ab, du musst dann mit jemand anderem zum Pfarrer fahren.«

35

Älvhagen war also das verbindende Element zwischen den Mädchen. Annie gab den Namen der Klinik in eine Suchmaschine ein und erhielt mehrere Treffer.

Der neue Leiter der Klinik Älvhagen wird für seine Forschung gefeiert, lautete eine Schlagzeile.

Auf einem Foto war ein breit lächelnder Mann namens Björn Sundling zu sehen, der im Anzug hinter seinem Schreibtisch saß. Im Hintergrund stand ein massives Bücherregal aus dunklem Holz. Das Ganze erinnerte an einen Präsidenten in seinem Büro.

»Älvhagens Leiter, der Psychologe Björn Sundling, wurde für seine Arbeit mit jungen Mädchen ausgezeichnet, die Probleme mit selbstverletzendem Verhalten haben«, wurde der Artikel eingeleitet.

Das bedeutet mir sehr viel. Ich bin wirklich unglaublich stolz auf diese Auszeichnung. Sie ist der Beweis, dass meine Arbeit etwas bewirkt, wurde Sundling zitiert.

Darunter fand Annie zwei Reportagen, von denen eine fünf Jahre alt war.

Neu gegründete Klinik soll Mädchen helfen, die sich selbst verletzen, lautete die Überschrift. Ein deutlich jünger aussehender Björn Sundling stand auf einem weiteren großen Foto vor einem gelb gestrichenen Gebäude. Im Hintergrund war der Ångermanälven zu sehen. Laut dem Artikel bestand sein Team aus einer Suchttherapeutin, einem Sozialpädagogen und einer Theaterpädagogin. Auf einem anderen Foto stand seine Frau, eine Ärztin, in einem langärmeligen Kleid neben ihm. Sie war blond und hübsch, mit einem wilden Lockenkopf. Das Team war klein, umfasste aber die Kompetenzen, die nötig waren, um eine solche Pflegeeinrichtung zu betreiben.

Dann fand Annie noch einen Artikel von vor vier Jahren. *Gute Resultate bei ambulanter Behandlung. Älvhagens Methode zur Therapie von sich selbst verletzenden Mädchen ist erfolgreich.* Neben dem Text war ein Foto des lächelnden Björn Sundling vor demselben Haus abgebildet, den Arm hatte er um seine Frau gelegt. Die Klinik war also erst ein Jahr in Betrieb gewesen, als der Artikel entstanden war, doch man hatte bereits positive Behandlungsergebnisse vorweisen können. Dieser Ruf hatte die Runde gemacht, und immer mehr angrenzende Gemeinden hatten ihre Klienten in der Klinik Älvhagen untergebracht.

Annie gab »Björn Sundling« in die Suchmaschine ein und erhielt unter anderem einen Treffer zu einem wissenschaftlichen Artikel zum Thema »Selbstverletzendes Verhalten«. Offensichtlich gehörte der Klinikleiter zu den Vertretern einer neuen Forschungsrichtung zu emotional instabilen Persönlichkeiten und den Mechanismen selbstverletzenden Verhaltens.

Annie ging zu Helenas Büro und klopfte.

»Älvhagen, was ist das für eine Klinik?«, fragte sie.

»Sie ist in Klockestrand und hat sich auf Mädchen spezialisiert, die sich selbst verletzen. Sie behandeln mit dialektischer Verhaltenstherapie, falls du weißt, was das ist?«

Annie nickte.

»Ist die Klinik gut?«

»Soweit ich weiß, erzielen sie gute Ergebnisse. Warum?«, fragte Helena.

»Die Polizei hat wegen der Akten der drei Mädchen vom Bålsjön angerufen, und ich habe gesehen, dass alle drei im letzten Jahr in der Klinik in Behandlung waren. Wir haben die Therapien bewilligt.«

Helena antwortete, das könne sie erklären. Die Gemeinde hatte die Vorgabe, zuerst Kliniken in der Heimatgemeinde zu nehmen, statt einen jungen Menschen in eine Einrichtung weit weg von Freunden und Familie zu schicken. Älvhagen war die beste Alternative in der Gegend.

Annie bedankte sich für die Hilfe und wollte gerade zurück in ihr Büro gehen, als Helena fragte, ob sie etwas zu essen dabeihatte oder ob sie zusammen in der Stadt Mittag essen gehen wollten.

»Gerne in der Stadt«, erwiderte Annie, und Helena zeigte ihr den erhobenen Daumen.

Helena bemühte sich wirklich, dachte Annie, als sie sich wieder vor den Rechner setzte. Sie musste sich auch mehr anstrengen.

Das Handy vibrierte auf dem Schreibtisch, doch die Nummer im Display war nicht die der Pfarrersfrau, sondern eine unterdrückte.

Fünf Minuten später saß Annie in Sara Emilssons Streifenwagen. Die Ermittlerin wollte zum Pfarrhof und hatte Annie angeboten, sie zu begleiten, nachdem Hans Nording verhindert war. So konnte Annie der Meldung der Pfarrersfrau beim Jugendamt nachgehen, und zusammen konnten sie sich ein Bild davon machen, was das Pfarrerehepaar über Eddie und die Mädchen wusste.

»Super, dass du Zeit hattest«, sagte Sara. »Mittlerweile haben wir mit den Familien der toten Mädchen gesprochen, haben aber das Gefühl, dass sie nicht alles erzählen.«

»Wie geht es Vendela Brink, weißt du etwas Neues?«

»Nur, dass die Verletzungen schwer sind, aber wohl nicht lebensbedrohlich. Falls ... Wenn sie sich erholt hat, sollte man vielleicht ihre häusliche Situation näher unter die Lupe nehmen.«

»Ich verstehe.« Annie hätte gern noch mehr zu Vendela gefragt, doch ihr war klar, dass Sara ihr sowieso nicht sagen durfte, was die Polizei wusste.

»Hast du noch mehr über Eddie Bylund herausfinden können?«, fragte Sara und hielt das Lenkrad mit den Knien fest, während sie den Verschluss von einer Flasche Cola abschraubte und ein paar Schlucke trank.

Annie berichtete, dass einige Meldungen zu ihm eingegangen waren, die aber alle nicht zu weiterreichenden Maßnahmen geführt hatten.

»Aber ich habe nach der Vernehmung mit Eddie gesprochen«, fuhr sie fort und gab weiter, was der Junge ihr über seine Freundschaft mit Isabella erzählt hatte. »Es klang, als hätte er sie sehr gern gehabt.«

Sara warf ihr einen nachdenklichen Blick zu.

»Glaubst du, dass er etwas mit dem Tod der Mädchen zu tun haben könnte?«

Annie spürte, wie sie rot wurde. Sie dachte an ihre eigenen Erfahrungen.

»Sind denn nicht alle unschuldig, bis das Gegenteil bewiesen ist?«, gab sie zurück und sah aus dem Beifahrerfenster. Unter ihnen zog der Fluss vorbei, ein weißes Boot war auf dem Weg zum Kai. Auf der anderen Seite lag Lockne, so nah und doch einen Abgrund entfernt. An der Stelle war der Fluss am tiefsten. Hundert Meter. Ein wahrer Schlund. »Glaubst du denn, dass Eddie schuldig ist?«, fragte sie und drehte sich wieder zu Sara.

»Die Polizei glaubt nichts, wir verlassen uns auf die Ergebnisse der kriminaltechnischen Untersuchungen.«

»Und wann kommen die?«

»Frühestens am Mittwoch«, schätzte Sara. »Wahrscheinlich erst am Donnerstag. Allerdings haben wir Grund zu der Annahme, dass Eddie Bylund nicht ganz unschuldig ist, so viel kann ich sagen«, meinte sie. »Schauen wir mal, was die Pfarrersleute zu erzählen haben.«

36

Der Pfarrhof lag auf einer Anhöhe bei einem kleinen See, unterhalb des Strinneberget. Eine Allee aus Birken führte hinauf zu dem großen Gebäude, das zu einem Teil hinter vier haushohen Thujen verborgen war. Auf den Wiesen am Fuß des Abhangs weideten ein paar Kühe, und im Osten ragte auf der nächsten Anhöhe die Kirche auf.

Als Annie und Sara auf den gepflegten Kiesvorplatz fuhren, wurde die Haustür geöffnet, und der Pfarrer trat auf die Treppe hinaus.

Sara zeigte ihre Polizeimarke vor, doch Jakob Enghed warf nur einen kurzen Blick darauf und schüttelte Sara fest die Hand.

»Und das hier ist Annie Ljung vom Jugendamt«, stellte sie ihre Begleiterin vor.

Annie hielt Jakob Enghed ebenfalls die Hand hin, die jedoch ignoriert wurde.

»Entschuldigung, jetzt bin ich ein bisschen verwirrt«, sagte der Pfarrer. »Warum ist das Jugendamt hier?«

»Ihre Frau hat sich wegen Eddie Bylund bei uns gemeldet«, erklärte Annie. »Darüber möchte ich gern mit ihr reden.«

»Ah, ich verstehe.« Jakob lächelte. »Natürlich wollen wir so gut wie möglich helfen. Kommen Sie rein.«

Magdalena Enghed kam ihnen im Haus entgegen. Weiche Locken umrahmten ihr hübsches Gesicht. Auch sie war groß, bestimmt einen Meter achtzig, schätzte Annie. Ihre Schultern waren leicht gebeugt, als wollte sie sich kleiner machen.

Die Pfarrersfrau lächelte sanft und hielt ihnen ihre schmale, blasse Hand hin.

»Willkommen«, sagte sie und führte sie in ein großes Wohnzimmer. In einer Ecke stand der größte Kachelofen, den Annie je gesehen hatte, er war weiß-blau mit goldfarbenem Blumenmuster. Hinter offen stehenden hellrosa Doppeltüren zu ihrer Linken befand sich eine Bibliothek, die Küche war auf der anderen Seite. Annie sah eine Kücheninsel mit weißer Marmorplatte und hohe Vitrinenschränke aus weißem Holz.

»Ein schönes Haus«, sagte Sara. »Wie lange wohnen Sie schon hier?«

»Wir sind im Juni eingezogen«, antwortete der Pfarrer. »Der Umzug kam ein wenig überstürzt, als mein Vorgänger tragischerweise an einem Herzinfarkt verstorben ist und wir seine Konfirmanden übernehmen mussten. Davor hatten wir ein kleines Haus bei Bollstabruk gemietet. Der Hof hier ist eigentlich viel zu groß für uns.«

»Wir haben noch keine Kinder«, fügte Magdalena hinzu und sah ihren Mann an.

»Ich war etwas angeschlagen«, erklärte Jakob. »Meine erste Frau ist vor ein paar Jahren an Krebs gestorben, und seitdem hatte ich psychische Probleme. Satan hat mich auf die Probe gestellt, aber ich habe ihn besiegt. Ich habe zu Gott gebetet, dass er mir die Liebe zurückgibt, und kurz darauf habe ich Magdalena kennengelernt und neue Hoffnung geschöpft.« Zärtlich sah er seine Frau an, die ihn anlächelte.

»Setzen Sie sich, ich hole den Kaffee«, sagte sie und ging in die Küche.

Annie und Sara setzten sich auf eins der zwei weißen Sofas, zwischen denen ein Couchtisch stand, der bereits mit Kaffeegeschirr und einem Teller mit Keksen gedeckt war. Jakob ließ sich auf dem anderen Sofa nieder.

»Was geschehen ist, ist schrecklich«, sagte er, und Annie sah, wie seine Augen glänzten. »Wissen Sie, wie es Vendela geht?«, fragte er. »Wird sie wieder gesund?«

»Wie Sie sicher verstehen, dürfen wir nicht darüber sprechen«, erwiderte Sara. »Im Moment konzentrieren wir uns auf die Ermittlungen, was den Mädchen zugestoßen sein könnte.«

»Gut.« Der Pfarrer nickte. »Wir werden für sie beten.«

Magdalena kam mit einer silbernen Kaffeekanne zurück. Sie schenkte allen ein und setzte sich dann neben ihren Mann.

Annie nahm Block und Stift aus ihrer Tasche und wandte sich an die Frau.

»Sie machen sich also Sorgen um Eddie Bylund und haben daher bei uns eine Meldung gemacht«, begann sie. »Was war der Anlass?«

Magdalena beschrieb einen schweigsamen, einsamen Jungen. Einen komischen Vogel, wie sie ihn nannte. Er stank nach Schweiß und Rauch, war übergewichtig und bräuchte dringend einen frischen Haarschnitt. Seine Kleider waren oft schmutzig, kaputt oder zu klein.

»Sie machen sich also wegen seiner Körperhygiene Sorgen? Kein Verdacht auf Missbrauch, Kriminalität oder dass er Gewalt ausgesetzt sein könnte?«

Magdalena warf ihrem Mann einen Blick zu, bevor sie antwortete.

»Er hat es bestimmt nicht leicht zu Hause. Es heißt, dass verschiedene Männer seine Mutter besuchen. Dass sie sich unsittlich verhält.« Sie presste die Lippen aufeinander.

»Hat Eddie Ihnen das erzählt?«, fragte Annie.

»Nein, aber die Leute im Ort reden.«

»Magdalena ist sozial engagiert und sucht die Seelen auf, von denen wir glauben, dass sie verloren sind und Gottes Schutz benötigen. Alle Kinder sind Gottes Kinder, egal, wer ihre Eltern sind«, sagte der Pfarrer und lächelte.

»Sie waren also bei Eddie und seiner Mutter?«, fragte Annie die Pfarrersfrau.

»Ja, und ich habe vorgeschlagen, dass er sich der Konfirmandengruppe anschließt, und angeregt, dass ihm der Glaube helfen könne. Doch es kam anders«, sagte Magdalena traurig.

»Vor Kurzem waren wir in Skule in einem Ferienlager, eine Art Abschluss der Sommerferien. Es begann sehr schön, doch dann ist es aus dem Ruder gelaufen.«

»Inwiefern?«, fragte Sara.

»Abends wurde ständig auf den Fluren herumgerannt, und die Mädchen schlichen sich aus irgendeinem Grund nach draußen. Sie behaupteten, sie hätten Geister gesehen. Wir glauben, dass sie Gläserrücken gespielt haben.«

»Dabei beschwört man Satan, und wer sich von Gott abwendet, kommt nicht in den Himmel«, verkündete Jakob ernst.

Annie bemühte sich, die Fassung zu wahren. Trotz seines jungen Alters wirkte das Ehepaar immer mehr, als käme es aus einem anderen Jahrhundert. Hatten sie den Teenagern diesen Unsinn von Satan eingeredet und ihnen mit der Hölle gedroht?

»Am Morgen darauf war Eddie nicht in seinem Zimmer, und wir haben überall nach ihm gesucht. Schließlich haben wir ihn unter einer Fichte im Wald gefunden. Er war die ganze Nacht dort.«

»Wie konnte das passieren?«, entfuhr es Annie. Sie warf Sara einen raschen Blick zu, aus Angst, dass sie mit ihrer Frage einen Fehler gemacht haben könnte, doch die Polizistin schien auch gespannt auf die Antwort des Ehepaars zu sein.

Magdalena schüttelte den Kopf.

»Das wollte er nicht erzählen. Er hatte sich in die Hose gemacht, und alle konnten es sehen. Das war für ihn natürlich sehr peinlich.«

»Er hat ihnen nicht gesagt, was passiert ist?«

»Nein. Wir haben ihn ins Warme geholt, ihn unter die Dusche gestellt und für frische Kleidung gesorgt. Dann wollten wir mit der ganzen Gruppe reden, aber Eddie flehte uns an, dass wir es auf sich beruhen lassen sollten. Stattdessen habe ich das Jugendamt eingeschaltet.«

»Danke, dann habe ich keine weiteren Fragen«, sagte Annie.

Sara stellte die Kaffeetasse ab und holte ebenfalls Block und Stift aus der Tasche. Sie bat den Pfarrer, zu schildern, wie der Samstag abgelaufen war, und wann das Paar die Mädchen und die anderen Konfirmanden zum letzten Mal gesehen hatten.

Nach der Bibelabfrage hatten sie die Kirche verschlossen und waren heimgefahren. Sie waren den ganzen Abend zu Hause gewesen und hatten den Konfirmationsgottesdienst am Sonntag vorbereitet.

»Nach der Bibelabfrage in der Kirche hatten Sie also keinen Kontakt mehr zu den Mädchen?«, hakte Sara nach.

Beide schüttelten den Kopf.

»Und die Gruppe bestand aus den drei Mädchen, Eddie Bylund und einem weiteren Jungen?«

»Ja, nur die fünf«, bestätigte Jakob.

Sara bat ihn, den zweiten Jungen zu beschreiben.

»Adam Sundling ist nicht besonders gesprächig. Aber das kommt von seinem Trauma.«

»Was für ein Trauma?«, fragte Annie.

»Sie wissen nicht, was mit seiner Mutter passiert ist?« Magdalena verschränkte die Hände im Schoß. »Seine Mutter hat sich das Leben genommen, und Adam hat sie gefunden. Der arme Junge tut mir so leid. Meine Mutter starb auch, allerdings bei einem Unfall.«

»Ich verstehe«, sagte Sara.

Die Pfarrersfrau schüttelte leicht den Kopf.

»Wir wollten ihm klarmachen, dass wir ihm helfen können, doch Adam wollte nicht darüber reden. Aber er ging zu einem Psychologen, nach ihrem Tod. Das hat Björn, sein Vater, erzählt.«

»Wissen Sie Näheres über die Familienverhältnisse der Mädchen?«, fragte Sara.

»Wie gesagt, wir wohnen erst seit ein paar Monaten hier. Wir kennen die Eltern der Jugendlichen kaum«, erklärte Magdalena.

»Können Sie uns sagen, was alles zur Konfirmation dazugehört?«

»Sind Sie nicht konfirmiert?«, fragte Jakob.

»Doch, aber seither wurde sicher einiges modernisiert«, antwortete Sara, ohne eine Miene zu verziehen.

Oder auch nicht, dachte Annie.

»Wir haben die Bibel studiert und übers Jahr verschiedene

Themenabende abgehalten. Wir haben darüber gesprochen, was Sünde ist, was es bedeutet, Gottes Willen zu erfüllen. Wie man auf christliche Art wirkt, wie man ein christliches Leben lebt.«

»Haben Sie Eifersucht oder Rivalität unter den Mädchen bemerkt?«, fragte Sara.

Die Engheds schüttelten den Kopf, und Sara stellte rasch die nächste Frage.

»Hat einer der Konfirmanden Anzeichen von Wut oder gewalttätigem Verhalten gezeigt?«

»Nein.«

»Wissen Sie, ob sie Drogen konsumiert haben? Wurde im Lager Alkohol getrunken?«

Geschickt, dachte Annie. Wie Sara von einem Thema zum anderen sprang, ohne Vorwarnung.

»Ganz bestimmt nicht!«, rief Jakob. »Was denken Sie von uns?«

Magdalena räusperte sich. »Sie wissen sicher, dass die Mädchen sich in der Vergangenheit selbst verletzt haben?«

Annie sah zu Sara, die mit ausdrucksloser Miene zurückfragte: »Haben sie Ihnen das selbst erzählt?«

»Man vergeht sich an der Schöpfung Gottes. Sie haben ihre Körper zerstört, die ihnen von Gott gegeben waren. Das ist eine Sünde«, deklamierte Jakob.

»Könnten Ihre Themenabende die Konfirmanden dazu inspiriert haben, sich selbst oder andere zu verletzen?«

»Was soll das heißen? Was wollen Sie damit andeuten?« Er sah Sara scharf an.

»Dass jemand sich vielleicht aufgefordert gefühlt haben könnte, die Mädchen von ihren Sünden reinzuwaschen?«

Der Pfarrer sah sie aufgebracht an.

»Alle lieben Jakob«, antwortete seine Frau an seiner Stelle.

»Er hat die Gabe, die Mädchen haben ihm zugehört. Es ist Jakob zu verdanken, dass sie aufgehört haben, sich zu verletzen.«

Wohl eher der Therapie in Älvhagen, dachte Annie. Aber vielleicht wussten die Eheleute nicht, dass die Mädchen dort zur Behandlung gewesen waren. Sie konnten es auch nicht ansprechen, ohne gegen die Schweigepflicht zu verstoßen.

»Gut, dann hätte ich noch eine letzte Frage«, sagte Sara.

»Was ist Ihrer Meinung nach mit den Mädchen passiert?«

Jakob und Magdalena Enghed sahen sich an.

»Was auch immer ihnen zugestoßen ist, wie tragisch es auch sein mag, letztendlich ist es Gottes Wille. Gottes Wege sind unergründlich«, sagte Jakob.

Magdalena legte ihrem Mann die Hand auf den Arm, dann sah sie Annie und Sara ernst an. Gottes Wille, dachte Annie. Sich zu unterwerfen, sich damit abzufinden, dass jemand anders über das eigene Schicksal bestimmt, über Leben und Tod. Wie in aller Welt sollte man darin Trost finden?

»Vielen Dank erst mal, wir melden uns«, sagte Sara.

Die Eheleute brachten sie zur Haustür.

»Moment noch!«, sagte Jakob, als sie auf den Vorplatz traten, und überreichte Sara eine Broschüre.

»Gottes Friede sei mit Ihnen.«

Im Auto gab Sara die Broschüre an Annie weiter und schlug die Tür zu. »Die brauche ich nicht.« Sie lachte. »Ich bin bereits hoffnungslos an Satan verloren.« Sie schüttelte den Kopf, während sie den Motor startete. Dann fuhr sie um die Fahnenstange herum und aus der Einfahrt.

Annie musterte die vierzehnseitige Hochglanzbroschüre, auf der eine traurig aussehende Frau mit einer fröhlichen Theatermaske in der Hand abgebildet war. Die Aufschrift lautete: »Befreie dich von Schuld und Scham.« Sie schlug die erste Seite auf und las laut vor. *Frei von Furcht und Angst*, war das Thema. Jesus sollte alle Krankheiten heilen. Das Vertrauen in Gott war der Schlüssel bei psychischen Problemen. Die Broschüre richtete sich offenbar an Jugendliche. Alles wurde gut, solange man nur Gottvertrauen hatte.

»Ich verstehe wirklich nicht, wie man so fest an etwas glauben kann«, sagte Sara. »An Gott und Satan. Oder daran, dass man in den Himmel kommt. Das ist doch wie im Märchen. Oh, entschuldige, bist du gläubig?« Verlegen sah sie zu Annie, die den Kopf schüttelte.

»Nein, nicht besonders. Und das hier klingt ganz schön extrem.«

Annie sah nach links, wo sich der Kirchturm wie ein wachendes Auge vor dem Himmel abzeichnete.

37

Annie beugte sich vor und massierte ihr Steißbein. Ihr Magen knurrte. Sie war spät von dem Besuch auf dem Pfarrhof zurückgekommen, hatte das Mittagessen mit Helena verpasst und sich mit einem Kaffee und einem übrig gebliebenen Brötchen vom Morgen begnügt. Den ganzen Nachmittag hatte sie damit verbracht, alles zu dokumentieren. Mit Magdalena Engheds Informationen wurde klarer, wie sehr Eddie zu kämpfen hatte. Wenn die Angaben stimmten, war die häusliche Situation des Jungen äußerst beunruhigend.

Ihr Handy riss sie aus ihren Gedanken. Eine SMS von Thomas.

Denke an dich. Ich hoffe, es ist alles in Ordnung. Umarmung, T.

Annie zögerte ein paar Sekunden, bevor sie antwortete. Nein, es war nicht alles in Ordnung, überhaupt nicht.

Das hoffe ich auch. Umarmung, A.

Sie legte das Handy weg und ging zum Fenster. Die Straße davor war leer, doch wie sah es in Lockne aus?

Sie wählte Svens Nummer. Es läutete eine Weile, und sie

wollte schon auflegen, als er sich doch noch meldete. Er klang schwach und müde. Heute seien viele Kunden im Laden gewesen, erzählte er. Die Polizei, Journalisten, Einwohner, die nur darüber reden wollten, was oben am See passiert war. Dabei hatten Sven und Lillemor zwar einigen Umsatz gemacht, doch es war anstrengend gewesen, sich alle Spekulationen und den ganzen Klatsch anzuhören. Lillemor hatte nach oben in die Wohnung gehen müssen, weil es ihr zu viel wurde, und jetzt schlief sie endlich. Sven fürchtete sich vor dem nächsten Tag und fragte sich, wie lange das noch so weitergehen würde.

Annie war klar, dass er sie vielleicht durch die Blume nach Informationen fragte, doch sie beruhigte ihn nur mit dem Argument, dass die Journalisten sicher bald das Interesse verlieren würden.

»Sag einfach immer, dass ihr keine Fragen beantwortet«, sagte sie abschließend.

Es war halb fünf, und Sara Emilsson war gerade mit den Protokollen zu den Gesprächen mit den Lanttos, den Mohlins und den Engheds fertig geworden, als Hans Nording zu ihr ins Büro kam. Er sah aus, als könnte er im Stehen einschlafen.

»Hallo«, sagte Sara und schob den Bürostuhl zurück. »Wie geht es deinem Vater?«

»Ist über Nacht zur Beobachtung im Krankenhaus von Sollefteå.« Nording rieb sich die Augen. »Wahrscheinlich ein Schwindelanfall, aber wenn es doch etwas Ernsteres war, eine kleinere Hirnblutung zum Beispiel, ist es gut, dass er unter ärztlicher Aufsicht ist.«

»Ja, auf jeden Fall.« Sara stand auf und umarmte ihn.

»Wie lief es bei dir?«, fragte Nording. »Hast du jemanden für die Fahrt zum Pfarrhof gefunden?«

»Ja, Annie Ljung hatte Zeit.«

»Aha, warum hast du ausgerechnet sie mitgenommen?« Als Sara von der Meldung der Pfarrersfrau beim Jugendamt erzählte, nickte er.

»Wie ging es Annie, was hattest du für einen Eindruck?«

»Gut. Warum?«

Nording schüttelte zweifelnd den Kopf.

»Sie sah so mager aus, als ich sie hier auf dem Revier gesehen habe. Sie hatte es schwer, und sie wirkt wie jemand, der alles in sich hineinfrisst. Daher mache ich mir ein wenig Sorgen um sie.«

»Heute schien es ihr jedenfalls gut zu gehen«, antwortete Sara.

»Hat der Besuch bei den Engheds etwas ergeben?«

»Das ist im Moment noch schwer zu sagen.« Sara berichtete in groben Zügen, was die Pfarrersleute über die Jugendlichen erzählt hatten.

»Okay, dann hältst du gleich die Präsentation bei der Besprechung mit Sundsvall, ich habe heute nichts Nützliches geschafft«, sagte Nording und ging zur Tür.

Sara folgte ihm zum Besprechungsraum und loggte sich in die Videokonferenz ein. Sie begannen mit einer Zusammenfassung des Tages. Die Gespräche mit den Eltern der Opfer und dem Pfarrerehepaar hatten nicht viel ergeben, mit der Klinik Älvhagen hatten sie allerdings einen gemeinsamen Nenner gefunden. Keines der Mädchen hatte einen Freund gehabt, und bis auf Minna Lanttos Vater waren alle Menschen im näheren Umfeld der Opfer nicht vorbestraft.

»Jimmy Lantto wurde wegen Körperverletzung verurteilt, nachdem er einen ehemaligen Nachbarn verprügelt hatte«, fügte Nording hinzu. »Es liegen auch ein paar Anzeigen wegen sexueller Belästigung vor, die aber alle im Sand verlaufen sind. Er scheint eine Vorliebe für junge Mädchen zu haben.«

»Wie jung?«, fragte Josefsson.

»Da ging es um Teenager, aber wie schon gesagt, keine Anzeigen wegen Vergewaltigung oder anderer Verbrechen.«

»Wir behalten Lantto im Auge«, sagte Josefsson.

Sara übernahm wieder und berichtete, was sie über die wahrscheinlichen Transportmittel der Mädchen zum See herausgefunden hatten.

»Vendela Brink ist mit ihrer Vespa an den Bålsjön gefahren. Die haben wir auch am Tatort gefunden und ins Labor gebracht. Minna Lantto wurde vermutlich von einem alten Volvo mitgenommen. Hoffentlich liefert uns die Auswertung der Mobilfunkmastdaten ein Handy, das uns zu dem Autobesitzer führen kann.«

Schließlich berichtete sie von Isabellas verschwundenem Fahrrad. Falls ein potenzieller Täter damit vom Tatort entkommen war, könnte man daran vielleicht DNA-Spuren sichern. Doch zwei Wege führten vom Bålsjön weg, die sich nach wenigen Kilometern auch noch verzweigten. Mit anderen Worten, genügend Wald und Wasserläufe, um ein Fahrrad zu verstecken.

»Heute Nachmittag bitten wir die Allgemeinheit um Hinweise, falls das Fahrrad gesehen wird«, sagte Josefsson.

Nun waren die Techniker an der Reihe, die zu ihrem Bericht Fotos einblendeten. Die Taucher hatten insgesamt drei Pflöcke im See beim Steg gefunden. Die Kriminaltechniker hatten die Standorte abgesteckt und fotografiert und die Pflöcke danach aus dem Wasser gezogen und ins Labor geschickt. Das Wasser hatte wahrscheinlich die meisten Spuren abgewaschen, je nachdem, wie lange sie dort gesteckt hatten, doch mit ein wenig Glück hatte sich ein Haar oder etwas anderes im Holz verfangen und würde ihnen vielleicht weiterhelfen.

Willy Åkesson kündigte den abschließenden Bericht der Spurensicherung für Donnerstag, spätestens Freitag an. Man wertete bereits die Funkmastdaten aus, ebenso wie die Mobiltelefone der Mädchen und aller anderen, die mit dem Tatort und der Umgebung in Verbindung gebracht werden konnten.

Jonas Hagman sagte, er würde weiter den eingegangenen Hinweisen nachgehen, während Sara und Nording ankündigten, sie würden am nächsten Tag zur Klinik Älvhagen fahren und auch der Herrskogsschule einen Besuch abstatten. Da Vendela Brinks Eltern die ganze Zeit im Krankenhaus waren, hatten die Ermittler noch keinen Zugang zum Zimmer des Mädchens in ihrem Elternhaus gehabt, doch auch das hatte oberste Priorität.

»Gute Arbeit«, sagte Josefsson und brachte die Besprechung zum Abschluss.

Sara blieb sitzen, während Nording die Verbindung beendete.

»Fahr nach Hause. Ruh dich aus und schlaf ordentlich, damit du alles schaffst«, sagte Nording. »Der Fall könnte sich eine Weile hinziehen.«

»Ja, Papa, versprochen«, erwiderte Sara und salutierte zum Spaß, als er den Raum verließ.

Benke pflegte immer zu sagen, dass man es nicht zu kompliziert machen durfte. Einfache Verbrechen, einfache Motive. Der Täter hatte oft eine enge Beziehung zum Opfer.

Das Handy vibrierte in ihrer Tasche. Es war Benke. Als ob er ihre Gedanken gehört hätte. Sie drückte den Anruf weg, doch nach einer Minute klingelte es schon wieder. Diesmal war es ihre Mutter. Vielleicht war etwas passiert? Sie meldete sich.

»Hallo?«

»Warum gehst du nicht ran, wenn ich anrufe?«, fragte ihr Vater aufgebracht.

»Warum rufst du von Mamas Handy an?«

»Das funktioniert offensichtlich besser.«

Dieser Mistkerl, dachte Sara.

»Was habt ihr herausgefunden?«

»Muss ich das wirklich jedes Mal wieder sagen? Ich kann mit dir nicht darüber reden, das weißt du.«

»Jetzt stell dich doch nicht so an.«

Benke ließ ihr keine Ruhe. Schließlich gab sie ihm ein paar Informationen und hoffte, dass er damit zufrieden sein würde.

»Die Mädchen waren alle wegen Selbstverletzungen in Therapie.«

»Selbstmordversuche?«

»Keine offensichtlichen, nein.«

»Haben wir die Eltern in den Datenbanken?«

»Hör auf, Papa.« Sie sah zur Decke hinauf.

»Hat eine der Familien eine Entschädigung beantragt?«, fragte er ungerührt weiter. »Überprüf, ob ein Elternteil in letzter Zeit eine Lebensversicherung für seine Tochter abgeschlossen hat.«

»Du meinst, dass sie versuchen könnten, sich an ihren eigenen Kindern zu bereichern? Das ist doch krank.«

»Wenn du so verflucht naiv bist, Sara, wirst du keine Karriere bei den Schwerverbrechen machen«, sagte ihr Vater seufzend. »Die Menschen sind nun mal krank, und Gewaltverbrechen werden nicht von irgendwem begangen.«

»Danke, ich muss jetzt weiterarbeiten.« Sara beendete das Gespräch, bevor ihr Vater protestieren konnte.

Am nächsten Morgen würden die ersten kritischen achtundvierzig Stunden vergangen sein, seit man die Mädchen gefunden hatte. Ab jetzt nahmen die Chancen, den Fall zu lösen, mit jeder Minute ab.

»Denk nach«, sagte sie laut. »Klär den Fall endlich, verdammt noch mal.«

38

Eddies Magen knurrte wieder. Fast den ganzen Tag saß er schon im Schrank und hatte seit dem Frühstück nichts mehr gegessen. Es war kurz vor Mitternacht. Er hatte sich die Pressekonferenz angesehen, doch die Polizei hatte nur gesagt, dass man nach Bellas Fahrrad suchte. Vielleicht hatten sie das Messer nicht gefunden. Die Pflöcke mussten sie aber doch entdeckt haben?

Glaubten alle, er hätte die Mädchen ermordet? Und war Vendela noch am Leben? Er wollte, dass sie es schaffte, und gleichzeitig auch irgendwie nicht. Ja, er hasste sie, aber zu sterben verdiente sie auch nicht.

Würde er ins Gefängnis kommen, wenn herauskam, was er getan hatte? Nein, er war noch nicht fünfzehn. Kinder durfte man nicht einsperren.

Beißender Zigarettengestank drang in den Schrank. Durch die Wand hörte er deutlich die Stimme seiner Mutter, die in der Küche unter dem Dunstabzug stand und laut mit sich selbst sprach. In der Arbeit sei es die Hölle gewesen, alle hätten darüber gesprochen, hatte sie erzählt. Das sei Wasser auf die Mühlen der Leute, die schon immer der Meinung gewesen waren, dass sie nicht hierhergehörten. Jetzt mussten sie also vielleicht wieder umziehen. Oder würde er zu einer neuen Familie kommen? Das hatte seine Mutter einmal gesagt, als er noch klein gewesen war. Dass diese verdammten Weiber vom Jugendamt einem die Kinder wegnahmen. Würden sie nachforschen, wer sein Vater war, wenn sie herausfanden, was seine Mutter alles trieb? Würde er dann zu ihm ziehen dürfen? Er sah zu der Plastiktüte mit den Turnschuhen, die neben ihm auf dem Boden lag. Dann dachte er an die Spiele, die er und Isabella als Kind gespielt hatten. Wie sie sich die Tüte über den Kopf gezogen und zugeschnürt hatten. Er konnte sich immer noch an den Plastikgeruch erinnern, an die Feuchtigkeit und die knappe Atemluft. Bellas Vater war so wütend geworden, als er sie damit erwischt hatte. Dabei hatten sie doch nur gespielt.

Er nahm die Schuhe heraus, zog sich die Tüte über den Kopf und drehte sie am Hals zusammen. Nach ein paar Sekunden wäre es vorbei. Seine Mutter wäre wahrscheinlich erleichtert, dass er es getan hatte. Isabella war tot, nichts war mehr wichtig. Er konnte genauso gut auch sterben. Wenn es stimmte, was der Pfarrer gesagt hatte, würde er dann in den Himmel kommen und Isabella wiedersehen? Oder würde er in der Hölle landen?

Die Atemluft war verbraucht, er sog das Plastik in seinen offenen Mund. Dann schloss er die Augen, hörte seinen Herzschlag in den Ohren. Seine Hände ließen von allein los, frische Luft strömte unter der Tüte herein, und er holte keuchend Atem.

Nein, er wollte nicht sterben. Aber leben wollte er auch nicht. Nur für hundert Jahre schlafen.

Isabella

Die Narben an meinem Körper sind wie Erinnerungen an den ganzen Schmerz, den ich durchlitten habe. Wie ein Tagebuch, in die Haut geritzt. Ich habe das Gefühl geliebt, wenn ich mich geschnitten habe. Doch dann hat Mama es herausgefunden. Sie ist völlig ausgeflippt und hat mich in eine Klinik geschickt, wo ich von einem Psychologen behandelt wurde, zusammen mit anderen Mädchen, die sich auch selbst verletzten. Was so wehtut, ist die Angst, aber man darf sich nicht selbst verletzen. Wir sollen andere Wege finden, mit dem Schmerz zurechtzukommen. Aber wenn doch nur das hilft?

Ich habe niemandem erzählt, warum es mir so schlecht geht. Es würde eh keiner verstehen. Sie haben nicht in den Abgrund geblickt, sie kennen die Dunkelheit nicht. Es fühlt sich wie ein großes schwarzes Loch an. Man steht an der Kante, sieht hinunter. Es wird einem schwindelig, und man will nur nach unten fallen. Irgendwo habe ich gelesen, dass der Abgrund früher oder später zurückstarrt, wenn man nur lange genug hineinsieht. Und ich kann das Geheimnis nicht verraten. Niemals. Es kann sowieso niemand etwas tun. Niemand kann es ungeschehen machen. Nicht einmal Björn, mein Psychologe. Er sieht mich an, als würde er mich kennen, als ob er wüsste, wie er mir helfen könnte. Mich retten könnte. Aber ich werde es ihm nicht erzählen. Und auch niemandem sonst. Es ist ja sowieso schon alles kaputt.

39

Sara verzichtete darauf, das Fahrrad abzuschließen, nahm von der Garage des Polizeigebäudes die Wendeltreppe in fünf Schritten und riss sich die Jacke vom Leib, während sie zum Besprechungsraum rannte. Sie hatte verschlafen, was ihr noch nie zuvor passiert war und normalerweise auch keine Katastrophe wäre, wenn sie gerade nicht so unter Druck stünden.

Der Korridor war leer, alle Türen waren geschlossen. Vor dem Konferenzraum fuhr sie sich mit der Hand über die ungekämmten Haare und holte tief Luft, bevor sie die Tür aufstieß.

Nording und Hagman saßen bereits vor dem großen Bildschirm, die Videokonferenz hatte begonnen.

»Tut mir leid, dass ich zu spät bin«, murmelte Sara und setzte sich auf den nächstgelegenen Stuhl.

Hagman sah sie zufrieden an, und Sara ahnte, was er dachte. Ganz Sundsvall hatte gesehen, dass sie zu spät gekommen war.

»Die Taucher haben ein Messer im See gefunden«, sagte Nording, und Sara sah zu dem großen Bildschirm.

Willy Åkesson zeigte das Bild für alle, und Sara beugte sich vor. Es handelte sich um ein gewöhnliches Jagdmesser mit schwarzem Griff und Abrutschschutz. Die Klinge war normal lang. Ein Messer, das es in fast jedem Haushalt in der Werkzeugkiste gab.

Åkesson sprach weiter. Die Analyse der Holzpflöcke war bereits abgeschlossen. »Wir haben Eddie Bylunds DNA in den Fasern der Pflöcke gefunden«, berichtete er.

»Während der Befragung hat Eddie etwas Rätselhaftes gesagt, irgendetwas sei keine Absicht gewesen«, sagte Sara. »Und wir haben ja bereits vermutet, dass er die Pflöcke im See versenkt haben könnte. Vielleicht glaubt er, dass die Mädchen sich daran verletzt haben und gestorben sind. Wir werden sehen, was die Obduktion ergibt.«

»Du und Nording befragt Eddie Bylund noch einmal«, trug ihnen Petra Josefsson auf. »Nach Älvhagen könnt ihr später fahren.«

Die Besprechung wurde beendet, und Sara rief schnell Annie an, bevor Hagman oder Nording etwas zu ihrer Verspätung sagen konnten.

Annie kürzte über die Limstagatan ab, lief über die Stationsgatan und weiter hinauf in das Wohngebiet, wo sich das Polizeirevier und das Folkets Hus befanden.

Sara holte sie am Empfang ab. Eddie sei noch nicht da, erklärte sie, doch eine Streife sei auf dem Weg, um ihn abzuholen. Der nächste Rechtsbeistand war in Härnösand und würde über Video zugeschaltet werden.

Sie betraten denselben Vernehmungsraum wie am Sonntag, und Sara überprüfte etwas an der Videokamera, die man aufgestellt hatte, bevor sie sich an den Tisch setzte. Sie wirkte irgendwie angespannt. Hatten sie einen Durchbruch bei den Ermittlungen erzielt? Annie wollte nachfragen, schwieg dann aber. Wenn etwas vor der Vernehmung besprochen werden musste, hätte Sara es längst getan, aber sie saß nur da und blätterte mit gerunzelter Stirn in ihren Unterlagen.

Sie hielt ein paar Fotos von drei spitzen Holzpflöcken hoch. »Die haben die Taucher beim Steg im Bålsjön gefunden. Wir haben den Verdacht, dass Eddie sie dort platziert hat.«

Annie betrachtete die Fotos und spürte, wie sich ihr der Magen umdrehte. O mein Gott, dachte sie. Sie legte die Hand vor den Mund und sah Sara an, die angespannt nickte. Widerwillig musterte sie die Fotos noch einmal. Warum hatte Eddie das getan? Das ist völlig krank, dachte sie. Er musste sich in die Ecke gedrängt gefühlt haben.

Die Tür öffnete sich, und zwei uniformierte Polizeibeamte brachten Eddie in den Raum.

»Hallo, Eddie«, begrüßte ihn Sara, als er sich setzte. »Annie Ljung und mich kennst du ja schon.«

Eddie blinzelte hektisch.

»Warum bin ich hier?«, fragte er und zog die Pulloverärmel über die Hände.

»Weil wir darüber reden wollen, was am Bålsjön passiert ist.«

»Aber ich habe doch schon alles erzählt!«, rief Eddie.

»Ich glaube, du hast am Sonntag nicht die ganze Wahrheit gesagt, deshalb möchte ich, dass du alles noch einmal erzählst, von Anfang an. Wie du zu der Verletzung an der Hand gekommen bist, und was du damit gemeint hast, es sei keine Absicht gewesen.«

Eddie spannte die Kiefer an. Annie sah, wie er unter dem Tisch wieder nervös mit den Knien auf und ab wippte.

»Ich verstehe. Sie haben sie gefunden, was?«, fragte er nach einem Moment.

»Was gefunden?«, fragte Sara.
»Die Pflöcke.«
Sara nahm die Fotos zur Hand und schob sie ihm über den Tisch zu. Der Junge begann am ganzen Körper zu beben.
»Hast du sie geschnitzt?«
Eddie nickte.
»Wo hast du sie geschnitzt? Dort am See oder woanders?«
»Am See«, murmelte Eddie, ohne aufzublicken.
»Warst du allein am See?«, fuhr Sara fort.
»Ja.«
»Wann hast du sie aufgestellt? Und kannst du das Messer beschreiben, das du benutzt hast?«
»Am Nachmittag, und es war ein gewöhnliches Jagdmesser.«
Annie hatte unbewusst den Atem angehalten und spürte jetzt den Druck in der Brust. Wie aus weiter Ferne hörte sie, wie Sara nach dem Messer fragte, wie es aussah und ob Eddie es danach in den See geworfen hatte. Sara hielt ihr Handy hoch und zeigte dem Jungen ein Foto.
»Ist es das?«
Eddie nickte.
»Was dachtest du, würde passieren, wenn sie auf die Pflöcke gesprungen wären?«
»Ich wollte ihnen nur wehtun, nicht, dass sie sterben.«
»Die Mädchen?«, fragte Sara.
Eddie nickte. Annie sah, dass Sara sich Notizen machte.
»Oder eigentlich nur Minna und Vendela. Nicht Isabella.« Er verschränkte die Arme vor der Brust und kniff die Augen fest zusammen, konnte aber die Tränen nicht zurückhalten.
»Warum wolltest du ihnen wehtun?«

»Weil sie mich so gemobbt haben. Sie haben mich gequält, nie in Ruhe gelassen, richtig beschissen behandelt. Und ich habe sie gehasst. Vendela am meisten, weil sie die Schlimmste war. Aber Isabella war meine Freundin, und sie war wasserscheu, sie hat nie gebadet. Sie ist vielleicht mit den Füßen reingegangen, aber nie vom Steg gesprungen. Ich dachte, ihr würde nichts passieren.«

Der Junge ist nicht gesund, dachte Annie. Es war nicht ihr Fachgebiet, aber es war offensichtlich, dass Eddie Bylunds Verstand nicht seinem Alter entsprach. Egal, was die Mädchen ihm angetan hatten. Man musste kein Psychologe sein, um zu erkennen, dass er über eine schlechte Impulskontrolle verfügte und Dinge nicht bis zum Ende durchdenken konnte. Sie musste an die früheren Meldungen wegen ihm beim Jugendamt denken, die zu keiner psychiatrischen Evaluation geführt hatten. Die würde jetzt eingeleitet werden, aber vielleicht war es bereits zu spät. Vielleicht hatte Eddie zwei Morde begangen, auch wenn sie es nicht glauben wollte.

Nach der Vernehmung ging Annie mit Eddie auf den Parkplatz, wo seine Mutter mit hochrotem Gesicht vor einem Auto rauchte.

Eddie setzte sich auf den Beifahrersitz, und Tina Bylund starrte ihn wütend an.

»Hallo«, sagte Annie. »Haben Sie meine Nachricht bekommen? Ich wollte einen Termin für einen Hausbesuch vereinbaren. Passt es morgen?«

»Wann morgen? Am Nachmittag und Abend bin ich bei der Arbeit.«

Annie schlug elf Uhr vor.

»Okay. Aber um eins beginnt meine Schicht, wir müssen also vorher fertig sein«, murmelte Tina und schlug die Autotür zu. Sie fuhr rückwärts vom Parkplatz, und das Auto verschwand.

Als Annie sich umdrehte, stand Sara im Eingang.

»Wenn Blicke töten könnten«, sagte sie trocken.

Annie zuckte mit den Schultern. »Wir sind vom Jugendamt. Uns hassen sowieso alle.«

Sara ließ die Tür hinter sich ins Schloss fallen, bevor sie fortfuhr.

»Nording und ich werden heute mit dem Leiter von Älvhagen sprechen. Habt ihr noch mehr Infos über die Klinik?«

Annie überlegte.

»Nein«, sagte sie zögernd. »Es scheint eine seriöse Einrichtung zu sein. Björn Sundling, der Leiter, forscht zu selbstverletzendem Verhalten. Soweit ich sehen konnte, liegen keine Beschwerden vor.«

»Okay, aber ich gebe dir für alle Fälle mal meine Handynummer, falls dir noch was einfällt.« Sara überreichte ihre Visitenkarte, auf der sie eine Nummer notiert hatte. »Die gebe ich nicht jedem, pass also gut darauf auf.« Sie zwinkerte Annie zu, bevor sie wieder ins Polizeigebäude ging.

40

Auch wenn es gerade etwas frustrierend sei, dürften sie sich davon nicht ablenken lassen, bemerkte Nording im Auto auf dem Weg nach Älvhagen. »Wir müssen einfach Geduld haben, bis die technische Analyse und die Obduktionen abgeschlossen sind«, sagte er. »Und hoffentlich können wir Vendela Brink bald befragen.«

Sara brummte als Antwort. Wieder dachte sie an das, was an ihr nagte, seit sie Annie Ljung ihre Nummer gegeben hatte. Wie unkonzentriert sie während der Vernehmung gewesen war. Und dass es sie gestört hatte, dass Annie sie bei der Arbeit sah. Sie hatte mehr darüber nachgedacht, aus welchem Grund sie sich wieder bei der Sachbearbeiterin melden könnte, als an ihre eigentlichen Aufgaben. Hatte Annies Anwesenheit sie so abgelenkt, dass sie bei Eddie Bylunds Befragung etwas übersehen hatte? Es sah ihr nicht ähnlich, so unkonzentriert zu sein. Verdammt noch mal, dachte sie. Entwickelte sie etwa Gefühle für Annie?

Sie spürte, dass Nording sie beobachtete.

»Was ist denn mit dir los, Sara? Du wirkst irgendwie abgelenkt. Und heute Morgen warst du zu spät. Ist etwas passiert? Hast du schlecht geschlafen?«

»Es ist einfach gerade ein bisschen viel«, antwortete Sara

und sah nach vorn auf die Straße. Nording sollte lieber glauben, dass der Fall und der Druck, unter dem sie standen, schuld waren. Sie würde ihm nicht erzählen können, was sie für Annie empfand. Das würde nur tausend Fragen nach sich ziehen, außerdem war es unangemessen, dass Sara mit jemandem zusammenarbeitete, dem gegenüber sie sich vielleicht nicht neutral verhalten konnte. Man könnte sie von dem Fall abziehen.

»Du passt doch auf dich auf, oder?«, sagte Nording, und sie spürte seinen Blick von der Seite.

»Klar«, versicherte sie ihm.

»In Ordnung, wir reden später weiter. Hier ist es.«

Die drei Gebäude der Klinik Älvhagen lagen an einem Hang, der zum Fluss hinunterführte. Pferde grasten auf einer Weide.

Sie parkten vor dem Haupteingang. Auf dem Rasenstück daneben standen ein Tisch und Stühle sowie eine hölzerne Hollywoodschaukel.

Eine Frau begrüßte sie an der Tür, und sie wurden in einen Raum geführt, in dem sie ein großer, dunkelhaariger Mann empfing. Er trug einen grauen Strickpulli und hatte Bartstoppeln. Hinter einer Brille mit dunklem Kunststoffgestell sah sie grünbraune, müde Augen.

Er hielt ihnen die Hand hin.

»Björn Sundling, guten Tag. Ich bin der Leiter von Älvhagen, Wissenschaftler und Psychologe. Wir können hier hineingehen.«

Er ging in ein angrenzendes Zimmer, dessen Wände von Bücherregalen bedeckt waren. Vor einem stand ein großer brauner Schreibtisch, von dem aus man durch ein hohes

Fenster auf die Pferdekoppeln sehen konnte. Ein kleines grünes Stoffsofa und zwei alte Sessel standen in einer Ecke, ein großer Perserteppich lag auf dem Boden. Als würde man in das Zimmer eines Gutsherrn treten, dachte Sara. Schon auf der Türschwelle hatte sie den Impuls verspürt, zu knicksen und den Blick zu senken, bis sie angesprochen wurde.

Sie setzten sich. Björn überschlug die Beine und verschränkte die Hände über dem Knie.

»Ein sehr schönes Haus. Wohnen Sie auch hier?«, begann Nording.

»Nein, wir wohnen weiter unten an der Straße Richtung Ort.«

»Und dort wohnen Sie mit Ihrem Sohn Adam und …?«

»Ich bin Witwer. Es gibt nur ihn und mich.«

»Und wo ist Adam jetzt?«

»In der Schule.«

Sara machte sich eine Notiz.

Nording wiederholte das, was sie Björn am Tag zuvor bereits telefonisch mitgeteilt hatten. Dass sie hier waren, weil sie wussten, dass die Mädchen vom Bålsjön in Älvhagen behandelt worden waren, und dass alle Informationen für die Ermittlungen hilfreich sein könnten.

»Wie geht es Vendela?«, fragte Björn.

»Darüber können wir im Moment nicht sprechen«, erwiderte Nording kurz.

Der Psychologe nickte.

»Das verstehe ich. Aber wissen Sie mittlerweile, was passiert ist?«

Auch darüber könnten sie nicht sprechen, gab Nording zur Antwort.

»Bitte entschuldigen Sie, dass ich so viel nachfrage, aber ich mache mir solche Sorgen«, sagte Björn. »Das alles hat mich sehr mitgenommen. Es ist alles zutiefst tragisch.«

»Sie haben Minna, Isabella und Vendela als Psychologe behandelt?«, fragte Nording.

»Ja, genau.« Björn legte die Hand vor den Mund, als würde er gleich in Tränen ausbrechen.

»Kennen Sie die Familien?«

»Ich habe sie kurz vor Beginn der Behandlung kennengelernt und weiß sonst nur das, was ich in den Akten des Jugendamtes gelesen habe. Isabellas Mutter Sofie kannte ich schon, die anderen nicht. Sie hat damals hier in der Küche gearbeitet, als ich neu in Älvhagen war, aber das ist mehr als fünfzehn Jahre her«, erklärte Björn. »Entschuldigung.« Er räusperte sich. »Kann ich Ihnen einen Kaffee anbieten? Oder Tee?«

Sowohl Nording als auch Sara lehnten ab.

»Erzählen Sie uns bitte etwas über die Klinik«, forderte Nording ihn auf.

»Natürlich.« Björn lehnte sich in seinem Sessel zurück.

Der Psychologe beschrieb, wie er als Angestellter angefangen und vor fünf Jahren die Leitung übernommen hatte. Da hatte die Einrichtung kurz vor der Insolvenz gestanden, aber er hatte den Betrieb von Grund auf neu aufgebaut, und mittlerweile machten sie Gewinn. Die Therapie in Älvhagen war ein ambulantes Programm über zwölf Wochen. Sie arbeiteten nur mit Mädchen und hatten Rahmenverträge mit den Gemeinden Kramfors und Sollefteå, aber man nahm auch Patientinnen aus dem ganzen Land an. Die Mädchen waren tagsüber dort und erhielten ganz normalen Unterricht.

»Und worin besteht die eigentliche Behandlung?«, fragte Sara.

»Zunächst einmal möchte ich betonen, dass selbstverletzendes Verhalten nichts mit einem Todeswunsch zu tun hat, sondern viel mehr damit, wie ein Mensch mit Ängsten und innerem Schmerz umgeht. Menschen, die sich selbst verletzen, können sich nicht mit ihren Gefühlen auseinandersetzen und haben stattdessen Selbstverletzung als Möglichkeit gefunden, sie zu verarbeiten. Ein Weg, der nur einen scharfen Gegenstand erfordert. Das kann eine Büroklammer sein, ein Blatt Papier, ein scharfkantiger Stein. Der Moment, in dem sie sich selbst verletzen, ist nicht das auslösende Ereignis. Man muss erkennen, was den ganzen Prozess in Gang setzt.«

Daher würde eine sogenannte Kettenanalyse durchgeführt, erklärte Björn. So könnten sie das auslösende Ereignis bestimmen, das die Spirale angestoßen hatte, die zu den eigentlichen Selbstverletzungen geführt hatte.

»Dann bringen wir ihnen bei, die scharfen, gefährlichen Gegenstände durch zum Beispiel ein Gummiband zu ersetzen. So können sie den Schmerz spüren, ohne sich dabei zu verletzen oder entstellende Narben zu bekommen, an denen man immer sehen wird, was sie sich selbst angetan haben. Die Mädchen, die hierherkommen, leiden und verletzen sich, damit es ihnen besser geht. Die meisten sind emotional eher instabile Persönlichkeiten. Wir stellen keine Diagnosen, aber man erkennt oft schon in jungen Jahren, wohin sich die Dinge entwickeln.«

»Haben die Mädchen Ihnen erzählt, warum es ihnen so schlecht geht?«, fragte Nording.

Der Psychologe zögerte, bevor er antwortete.

»In der Therapie kann es lange dauern, bis sie den Mut haben, sich zu öffnen und alles zu erzählen. Das kann viele unterschiedliche Gründe haben. Heutzutage ist es nicht einfach, Teenager zu sein. Sie sind so verletzlich, vor allem im Internet. Wenn man auf der Suche nach Bestätigung ist, verliert man leicht die Kontrolle. Diese Mädchen kennen keine Grenzen und sind so verzweifelt auf der Suche nach Liebe, dass sie manchmal tiefere Gefühle für ihre Therapeuten entwickeln. Oft idealisieren sie den einen Menschen und lehnen den anderen ab, unterteilen uns in Gut und Böse. Man kann auf ein Podest gestellt werden, und wer in ihren Augen böse ist, bekommt das zu spüren. Das kann für uns hier sehr anstrengend sein, und manchmal tappt man in die Falle und wird in ihre Spielchen hineingezogen.«

»Haben die Mädchen sich hier kennengelernt?«, fragte Sara.

»Sie kannten sich oberflächlich. Vendela und Minna waren in der gleichen Gruppe, Isabella in einer anderen.«

»Wie würden Sie die Mädchen beschreiben?«, fragte Nording nach einem Moment des Schweigens.

Björn dachte nach.

»Isabella war ein sehr kluges Mädchen. Reif für ihr Alter. Sie schrieb gerne, sie wollte Schriftstellerin werden«, sagte er, und seine Augen wurden feucht. »Sie hat sich gut entwickelt, auf die Behandlung angesprochen und aufgehört, sich zu schneiden.«

Minna Lantto sei ein ganz anderes Kaliber gewesen, fuhr Björn fort. Eine verlorene Seele, die andere über sich bestimmen ließ. Minnas Eltern hätten ihr nicht gerade viel mitgegeben, wie der Psychologe es formulierte.

»Vendela war auch intelligent, aber sehr verschlossen, distanziert. Sie war nicht wie die anderen. Sie hatte eine Kälte an sich, die sich mir nicht ganz erschloss. Sie war am schwierigsten zu behandeln.« Björn verstummte und wippte leicht mit dem Bein.

»Wissen Sie, ob sich die Mädchen nach dem Aufenthalt hier wieder verletzt haben?« Sara verlagerte das Gewicht auf dem Sofa, das so weich war, dass es sie zu verschlingen schien.

»Nicht, dass ich wüsste. Aber es ist nicht unüblich, dass man ein schädigendes Verhalten durch ein anderes ersetzt.«

»Drogen?«

»Wir testen die Mädchen regelmäßig, bei der Therapie darf man nicht unter Drogeneinfluss stehen, sonst kann man nicht mitarbeiten, und der ganze Prozess ist sinnlos. Sie müssen Urinproben abgeben, ich kann Ihnen also garantieren, dass sie während der Behandlung keine Drogen genommen haben.«

»Wurde eine von ihnen gewalttätig gegenüber einer anderen Patientin?«

Björn strich sich über das Kinn und runzelte die Stirn.

»Vendela. Sie hat die anderen getriggert, sie herausgefordert, sich selbst zu verletzen, wie eine Art Spiel.«

Sara sah, wie Nording sein Handy hervorholte und dem Psychologen das Bild des mysteriösen Spielbrettes zeigte.

»Haben Sie das schon einmal gesehen?«

Björn Sundling nickte bestätigend.

»Es sieht aus wie das, was ich bei Vendelas Sachen gefunden hatte.«

»Wissen Sie, wie es funktioniert?«, fragte Sara.

»Man dreht den Pfeil, und jedes Feld bedeutet eine Challenge, also eine Mutprobe. Man muss das tun, wofür das

Symbol steht. Man muss sich schneiden, sich verbrennen, mit einem Messer zwischen die gespreizten Finger stechen, Würgespiele. Sie wissen schon, schmerzhafte oder gefährliche Dinge.«

»Kann eines der Symbole auch bedeuten, jemand anderen zu verletzen?«, fragte Nording.

»Möglich, ich weiß es nicht.«

»Glauben Sie, die anderen hatten Angst vor Vendela?«, fragte Sara.

Björns Gesichtsausdruck veränderte sich.

»Vermuten Sie, dass Vendela die anderen getötet hat?«

»Darauf können wir nicht eingehen«, antwortete Sara. »Was glauben Sie denn, was passiert ist?«

Björn schüttelte den Kopf.

»Darüber wage ich nicht zu spekulieren.« Er verstummte. »Aber wenn eines der Mädchen dafür verantwortlich sein könnte, dann würde ich auf Vendela tippen«, sagte er nach einer Weile.

»Warum?«, hakte Sara nach.

»Weil sie die unberechenbarste der drei ist.«

»Wann hatten Sie das letzte Mal Kontakt zu den Mädchen?«, fragte Sara weiter.

»Wir haben uns am Samstag in der Kirche getroffen, bei der Bibelabfrage.«

»Haben Sie da mit einer von ihnen gesprochen?«

»Nein, ich versuche, den Kontakt zu ehemaligen Patientinnen zu vermeiden. Und natürlich möchte ich nicht gegen die Schweigepflicht verstoßen«, erklärte der Psychologe.

»Hatte Ihr Sohn Adam engeren Kontakt zu den Mädchen?«, fragte Nording.

»Auf keinen Fall«, antwortete Björn scharf. »Sie waren in der gleichen Konfirmandengruppe, aber das war auch schon alles.«

»Aber weiß Adam, wer hier behandelt wird?«

»Er hat sie vielleicht mal gesehen, aber wegen der Schweigepflicht nenne ich nie Namen, wie Sie sicher verstehen werden.«

»Hat Adam am Samstag Ihnen gegenüber etwas über die Mädchen gesagt?«

Björn sah Nording überrascht an.

»Wie meinen Sie das?«

»Vielleicht im Zusammenhang mit der bevorstehenden Konfirmation?«

Björn schüttelte den Kopf.

»Adam ging es an dem Tag nicht gut. Es war schwer für ihn in der Kirche, alles hat ihn an seine Mutter erinnert. Sie hat sich letztes Jahr das Leben genommen«, fügte er hinzu. Er wurde blass.

»Unser Beileid«, sagte Sara und warf ihm einen mitfühlenden Blick zu. »Das muss für Sie beide sehr schwer gewesen sein.«

»Cecilia war sehr krank, aber leider habe ich das nicht erkannt«, sagte Björn leise. »Nach Adams Geburt entwickelte sie eine Wochenbettdepression, die sie aber überwunden hatte. Mit den Jahren wurde es besser, Adam kam in die Schule, und wir arbeiteten viel. Als ich Älvhagen übernahm, wurde es etwas anstrengend, wir arbeiteten beide sehr hart. Ich war zu sehr von allem in Anspruch genommen und merkte nicht, dass Cecilia wieder depressiv geworden war.«

Björn kämpfte blinzelnd gegen die Tränen an.

»Und wie geht es Ihrem Sohn?«, fragte Sara nach einer Weile.

Björn schüttelte leicht den Kopf.

»Nicht so gut, glaube ich. Er hat versucht, wieder in die Schule zu gehen. Er ist ein intelligenter Junge, aber sehr verschlossen. Da kommt er nach seiner Mutter. Zeitweise war er ganz klassisch sehr wütend. Kinder geben sich oft die Schuld, wenn ein Elternteil Selbstmord begeht.«

Und umgekehrt, dachte Sara.

»Nur noch eine letzte Frage.« Nording streckte sich.

»Ja, natürlich.« Der Psychologe schluckte und befeuchtete die Lippen.

»Wo waren Sie und Adam am Samstagabend?«

»Wir haben bei meinem Bruder und seiner Frau zu Abend gegessen. Adam blieb noch eine Weile bei ihnen, nachdem ich nach Hause gefahren war, ich hatte noch Arbeit zu erledigen.«

»Kam Adam später nach?«

»Ja, wir waren für den Rest des Abends zu Hause.«

»Vielen Dank.« Nording nickte Sara zu als Zeichen, dass sie fertig waren. Sie standen auf.

»Möchten Sie das Gelände sehen? Dann kann ich Sie herumführen«, sagte Björn und erhob sich ebenfalls.

»Danke, das ist nicht nötig, wir müssen jetzt los«, erwiderte Nording.

»Ein anderes Mal«, sagte Sara und lächelte dem Psychologen aufmunternd zu, der die Geste jedoch nicht erwiderte.

Auf dem Weg zum Auto klingelte Saras Handy. Ein Lars Nygren stellte sich vor und entschuldigte sich dafür, dass er erst jetzt zurückrief. Erst nach ein paar Sekunden fiel Sara ein, dass er der Sportlehrer war, der die Meldungen beim Jugendamt gemacht hatte, nach denen die Mädchen in Behandlung kamen.

»Kein Problem«, sagte sie. »Wir sehen uns in fünfzehn Minuten.«

41

Annie hatte Eddie Bylunds Vernehmung protokolliert und spürte brennende Enttäuschung. Eddie war nicht so unschuldig, wie sie gern geglaubt hätte. Er hatte die Pflöcke im See versenkt, um die Mädchen damit zu verletzen, nicht um sie zu töten. Aber drei spitze Pflöcke an einem Badeplatz ... Konnte man verstehen, was ein Kind zu einer so bösen Tat trieb? Könnte man es vor dem Hintergrund jahrelangen Mobbings und psychischen Drucks erklären? Dass die Mädchen Eddie dazu getrieben hatten, sich an ihnen rächen zu wollen?

Sollte der Obduktionsbericht zeigen, dass die Pflöcke für ihren Tod verantwortlich waren, würde Eddie wegen Mordes oder zumindest wegen fahrlässiger Tötung angeklagt werden, egal was seine Absicht gewesen war. Und in den Augen der Öffentlichkeit war er vielleicht sowieso schuldig? Sie wusste ja, wie es war. Die Wahrheit war nicht so wichtig, es ging darum, was die Leute glauben *wollten*, und das wurde schließlich zur Wahrheit. Hoffentlich ergab die Obduktion, dass sie an etwas anderem gestorben waren.

Auch wenn Eddie sich etwas Schreckliches zuschulden hatte kommen lassen – tödliche Pflöcke für seine Peiniger zu schnitzen –, hatte er etwas an sich, das Traurigkeit und Wut in ihr hervorrief. Sie empfand mehr für den Jungen, als sie eigentlich sollte, dessen war sie sich sehr wohl bewusst, und sie wusste auch, weshalb.

Etwas Feuchtes lief ihre Wangen hinunter, und sie merkte, dass sie weinte. Aber warum? Wegen Eddie, der Mädchen oder sich selbst? Sie sollte sich auf die Untersuchung des Jugendamtes zu Eddies Lebenssituation und seinem Fürsorgebedarf konzentrieren, aber ihre Gedanken schweiften immer wieder zu der Frage ab, wozu der Junge wohl fähig war. Es ärgerte sie, dass sie keinen Einblick in den Ermittlungsstand der Polizei hatte, und dass sie nicht wusste, was für Beweise dort mittlerweile gesammelt worden waren.

Annie wollte einen weiteren Versuch unternehmen, die Beratungslehrerin der Herrskogsschule zu erreichen, die am Freitag die Meldung beim Jugendamt eingereicht hatte. Am Tag zuvor hatte Annie sie bereits mehrmals vergeblich angerufen, doch die Schule hatte wohl nach dem Wochenende anderes zu tun. Wie viel wusste man dort? Wusste jemand, dass man Eddie am Tatort gefunden hatte?

Das psychosoziale Team der Schule bestand aus einer Beratungslehrerin, einem Psychologen und einer Krankenschwester, hatte sie auf der Website gelesen. Drei Fachkräfte, das war auch für heutige Verhältnisse unüblich. Annie hatte selbst die Mittelstufe der Herrskogsschule besucht, konnte sich aber nicht erinnern, dass es damals noch etwas anderes als eine Schulschwester gegeben hatte.

Die Beratungslehrerin meldete sich nach dem ersten Läuten. Sie entschuldigte sich, dass sie so schwer zu erreichen war, die ganze Schule hätte sich gestern in der Aula versammelt, um mit den Schülerinnen und Schülern über die Todesfälle zu sprechen. Danach gab es noch viele Einzelgespräche.

»Die Stimmung ist gedrückt, aber im Griff«, sagte die Beratungslehrerin. »Am Freitag werden wir eine Gedenkfeier abhalten.«

Die Frau schlug daher einen Termin am nächsten Tag vor, kurz vor dem vereinbarten Hausbesuch bei Tina Bylund.

Nachdem sie aufgelegt hatten, starrte Annie auf den Bildschirm. Sie öffnete erneut die Akten der Mädchen und las sie noch einmal. Nirgends war der Grund für ihr selbstverletzendes Verhalten vermerkt.

Bei einem Geräusch hinter sich drehte Annie sich um. Helena stand mit zwei Tassen Kaffee in der Hand in der Tür.

»Darf ich reinkommen?«

»Natürlich.« Annie schloss die Datenbank, damit Helena nicht sehen konnte, in welcher Akte sie gerade gelesen hatte.

Helena stellte die Kaffeetassen auf dem Schreibtisch ab und schloss die Tür hinter sich.

»Wir hatten ja noch gar keine Zeit zum Reden, weil so viel los war«, sagte sie und setzte sich. »Wie geht es dir? Was für eine schreckliche Geschichte, gleich beim ersten Bereitschaftsdienst! Vernehmungen in einem Mordfall. Wie läuft es mit deiner eigenen Ermittlung zu Eddie Bylund? Wie furchtbar, falls er sich als Täter herausstellen sollte.«

Annie nippte an ihrem Kaffee und nickte.

»Ich habe für morgen einen Hausbesuch vereinbart und fahre zur Herrskogsschule, um deren Meldung weiter zu verfolgen.«

»Allein? Du weißt doch, dass wir in solchen Fällen zu zweit sein sollen, nicht wahr?«

»Ja, bei dem Hausbesuch begleitet mich Putte, aber die Schule ist ja eine andere Sache.«

»Und du weißt, was für eine 31er-Ermittlung alles nötig ist?«

»Ich glaube, davon habe ich schon mal gehört, ja.«

Annie wandte den Blick ab und bedauerte ihren scharfen Ton. Helena meinte es nur gut.

»Kann ich dir sonst noch bei irgendetwas helfen?«, fragte Helena.

»Nein. Oder vielleicht doch ... Kennst du Patrik und Sofie Mohlin? Die Eltern eines der Mädchen. Ist das Molle aus Eriksfors? Der für Bjärtrå IS Fußball gespielt hat?«

Helena zog die Augenbrauen hoch.

»Molle, ja. Ach herrje.« Ihre alte Freundin sah sie mit einem schwer zu lesenden Gesichtsausdruck an. »Sind die beiden ein Paar? Der Arme.«

»Kennst du seine Frau? Wer ist sie?«

»Sofie Sundell«, antwortete Helena, und jetzt verstand Annie ihre Reaktion. Sofie war drei Jahre älter als sie und hatte in der Schule den Ruf gehabt, ihre Freunde öfter zu wechseln, als sie zählen konnten.

»In der Mittelstufe hat sie an Magersucht gelitten«, fuhr Helena fort, »aber als ich sie zuletzt vor einem halben Jahr oder so gesehen habe, wirkte sie gesund. Warum?«

»Eddie war ein Kindheitsfreund von Isabella, und ich glaube, er war in sie verliebt. Ich halte ihn nicht für schuldig, sondern glaube eher, dass er vielleicht weiß, was mit den Mädchen passiert ist, aber aus irgendeinem Grund nicht die ganze Wahrheit sagt.«

Helena sah sie besorgt an.

»Überlass es der Polizei, den Mörder zu finden, und konzentrier dich lieber auf unsere Ermittlung«, sagte sie.

Aber vielleicht hängt das eine mit dem anderen zusammen, dachte Annie.

42

Die Herrskogsschule war ein niedriges Backsteingebäude mit braunen Fensterrahmen und einem ausgebleichten schwarzen Blechdach. Als Sara und Nording durch die Tür traten, standen die Schüler in Gruppen auf dem Gang und begannen sofort zu tuscheln.

Ein älterer Mann kam auf sie zu. Er stellte sich als der Schulleiter vor und führte sie schnell zum Büro der Beratungslehrerin.

Dort wurden sie von einer leicht übergewichtigen Frau in einer Schluppenbluse und mit leicht ergrauten Haaren empfangen, die sich als Liselotte Häll vorstellte und etwa Mitte fünfzig zu sein schien. Sie bat sie, sich an den Besprechungstisch in dem nur wenige Quadratmeter großen Raum zu setzen, während sie den Sportlehrer holte.

Als Lars Nygren den Raum betrat, merkte Sara erstaunt, dass sie aus irgendeinem Grund einen älteren Mann erwartet hätte. Doch der Sportlehrer war in ihrem Alter, nicht besonders groß, aber sein T-Shirt schmiegte sich an muskulöse Arme, seine Haare waren kurz rasiert, eine Strähne über der Stirn war akkurat zur Seite gekämmt. Er wirkte wie jemand, der eigentlich gern beim Militär wäre. Wie jemand, der hundert Liegestützen befahl, wenn man eine Aufgabe nicht schaffte. Ein »richtiger Mann« eben. Benke hätte ihn sicher gemocht.

Nording kam direkt zur Sache und bat den Sportlehrer, zu erzählen, was er über die Mädchen wusste.

»Nun, sie waren keine Sportskanonen, das kann man wohl sagen, der Unterricht hat ihnen keinen Spaß gemacht«, begann Lars Nygren. »Sie hatten einige Fehlzeiten, entschuldigten sich mit ihrer Periode, mit Verletzungen und lauter solchem Quatsch. Erst als ich ihnen mit einer Sechs im Zeugnis drohte, waren sie immer anwesend.«

Sara unterdrückte ein Seufzen.

»Aber darum ging es bei Ihrer Meldung beim Jugendamt nicht, sondern um die Verletzungen, die Sie an den Mädchen gesehen hatten, richtig?«, fragte sie.

Lars Nygren nickte.

»Ihre Arme sahen schrecklich aus. Und Vendela hatte noch dazu viele blaue Flecken.«

Die konnten auf vieles hindeuten, wusste Sara. Manche Menschen hatten Blutkrankheiten, andere schlugen sich selbst oder wurden von jemandem geschlagen, dachte sie. Die blauen Flecken musste sie bei Vendelas Eltern ansprechen.

»Wie geht es Vendela denn eigentlich?«, fragte der Sportlehrer.

Die Polizisten antworteten, sie sei am Leben, und damit schien er zufrieden zu sein.

Sie bedankten sich bei ihm, und Lars Nygren verließ den Raum.

Der Schulleiter übergab Nording ein ausgedrucktes Blatt Papier.

»Wir haben mit allen Schülern des achten Jahrgangs gesprochen. Leider können wir Ihnen nicht viel sagen, aber das hier haben wir zusammengestellt. Liselotte hat gute Arbeit geleistet«, sagte er und nickte der Beratungslehrerin zu.

Nording hielt das Blatt so, dass Sara mitlesen konnte. Minna Lantto wurde als aufbrausend beschrieben, ziemlich blöd und vernarrt in Jungs. Laut und frech. Da kommt sie nach ihrem Vater, dachte Sara. Isabella war hübsch und klug, mehr nicht. Vendela Brink war laut Aussage einiger Schüler verdammt seltsam, niemand, mit dem man sich abgeben wollte. Die Beschreibungen der Mitschüler lieferten keine neuen Informationen.

Es klopfte leise an der Tür, und Liselotte Häll öffnete. Ein großer, blonder Junge stand auf dem Gang, er hatte hohe Wangenknochen, einen ausgeprägten Kiefer und grünbraune Augen, die an den Außenwinkeln leicht nach unten gebogen waren, was ihm ein etwas trauriges Aussehen verlieh.

»Hallo, Adam«, sagte Liselotte Häll. »Gerade passt es nicht so gut, um was geht es denn?«

Adam. Björn Sundlings Sohn?, dachte Sara.

Der Junge sah die vier Erwachsenen an, bevor er sich wieder an die Beratungslehrerin wandte.

»Mein Lehrer hat gesagt, dass Sie mit allen gesprochen haben und dass ich hierherkommen soll.«

»Das stimmt«, antwortete Liselotte Häll. »Am Montag warst du ja krank. Aber das müssen wir später erledigen, jetzt ist gerade die Polizei da ...«

»Das hier sind Sara Emilsson und Hans Nording«, warf der Schulleiter ein.

Nording räusperte sich.

»Wenn Adam schon mal da ist, könnten wir ja alle gemeinsam mit ihm reden. Natürlich nur, wenn es dir recht ist, Adam?«

»Klar«, sagte der Junge nach kurzem Zögern und kam in den Raum. Der Schulleiter zog ihm einen Stuhl heraus, und Adam warf einen schüchternen Blick in ihre Richtung, als er sich setzte.

»Adam ist in derselben Klasse wie Eddie Bylund und Vendela Brink, also in der 8C«, erklärte Liselotte Häll. »Minna und Isabella waren in der 8A, weil sie in einem anderen Dorf wohnen.«

»Wir verstehen«, sagte Nording und wandte sich an Adam.

»Wie geht es Vendela?«, murmelte er.

»Darüber können wir leider nichts sagen«, erwiderte Nording.

Sara wandte sich an Adam.

»Wie eng wart ihr befreundet?«

»Vendela und ich?«, fragte Adam.

»Du und alle drei Mädchen.«

Adam schürzte die Lippen.

»Überhaupt nicht. Sie waren ja frühere Patientinnen meines Vaters.«

Er weiß es also, dachte Sara und warf Nording einen Blick zu.

»Woher weißt du das?«

»Sie haben es mir erzählt«, sagte der Junge und sah zu Liselotte Häll, die ihm aufmunternd zunickte.

»Weißt du, was die Mädchen von der Behandlung hielten? Haben sie in der Schule darüber geredet?«

Adam schüttelte den Kopf.

»Würdest du sagen, dass sie gewalttätig waren?«, schaltete Nording sich ein.

»Nein, eigentlich nicht. Aber Vendela hat einmal einem Mädchen einen Kopfstoß verpasst.«

»Ach ja? Warum?«
»Aus Eifersucht, glaube ich«, murmelte Adam.
»Und wie fanden sie dich? Mochten sie dich?«, fragte Sara.
Adam zuckte mit den Schultern.
»Minna ist mir nachgelaufen, aber sie war in jeden verknallt.«
»Und du?«
Adam sah sie wütend an.
»Nein, ich habe doch gesagt, dass sie frühere Patientinnen meines Vaters waren, sie waren krank. Natürlich hatte ich keine Gefühle für Minna.« Adam schnaubte.
»Weißt du, ob die Mädchen mit jemandem Streit hatten? Mit jemandem, der ihnen wehtun wollte?«, fragte Sara. »Irgendein Streit hier in der Schule vielleicht?«
»Nicht, dass ich wüsste.«
»Am Samstag in der Kirche ist auch nichts Besonderes passiert?«
»Nein.«
»Hattest du danach noch Kontakt zu den Mädchen, später am Tag oder am Abend?«
Wieder schüttelte er den Kopf.
»Was hast du am Samstagabend gemacht?«
»Wir haben bei meinem Onkel und meiner Tante zu Abend gegessen.«
»Dann noch eine letzte Frage.« Sara hielt ihr Handy hoch, auf dem das Foto des Spielbrettes zu sehen war.
»Hast du das schon mal gesehen?«
Adam beugte sich vor und schüttelte den Kopf.
»Nein, noch nie gesehen.«
»Wie gut, dass du vorbeigekommen bist, Adam«, sagte

Nording und lächelte ihm zu. »Jede Information hilft uns weiter.«

Liselotte Häll stand auf und brachte Adam nach draußen. Von der Tür aus vergewisserte sie sich, dass er davongegangen war, bevor sie sich an Sara und Nording wandte.

»Adam ist ein guter Junge, aber er hat so viel durchgemacht«, sagte sie leise. »Seine Mutter hat sich letztes Jahr umgebracht, und er war zu ein paar Sitzungen bei mir. Es fiel ihm schwer, im Unterricht mitzuhalten, und seine Gefühle machten ihm zu schaffen. Er war wütend und traurig, wollte aber nicht mit mir reden und fraß alles in sich hinein. Die Sache mit den Mädchen scheint ihn sehr mitzunehmen, aber so geht es uns ja allen.« Liselotte Hälls Augen wurden feucht.

»Ich hoffe, dass Sie bald herausfinden, was passiert ist«, sagte sie zum Abschied.

Am Auto wandte sich Nording an Sara, aber sie kam ihm zuvor. »Ich weiß«, sagte sie. »Das war schon fast eine Vernehmung und nicht korrekt.«

Nording lächelte.

»Stimmt. Aber jetzt kam der junge Herr Sundling nun mal zufällig vorbei und wollte ein bisschen mit uns reden, und sowas passiert. Wir nehmen es dankbar an, wenn die Allgemeinheit uns helfen will.« Er zwinkerte Sara zu, die sich hinters Lenkrad setzte, und schnaubte.

»Es ist wie im Film«, sagte er. »Keiner will etwas wissen.«

43

Die weiße Villa am Strandvägen 10 lag auf einer Anhöhe, von der aus man hinunter auf das alte Sägewerk und die Bucht blickte. Eine Allee führte zum Haus hinauf, dessen Vorplatz drei hohe Silberfichten schmückten. Sara sah eine verglaste Veranda und eine riesige Rasenfläche, die zum Ångermanälven hin auf der anderen Seite der Landstraße abfiel. Auf der rechten Seite befand sich ein Tennisplatz, und da war er, der Pool, den sie bei der Begegnung mit dem Ehepaar Brink im Krankenhaus vor sich gesehen hatte. Nording parkte vor einer schweren, hohen Doppeltür. Die Steintreppe war mit Metallornamenten geschmückt, und Sara zählte drei grau gestrichene Sprossenfenster auf beiden Seiten der Eingangstür.

»So sieht Sägewerksgeld aus, Sara«, sagte Nording, ohne den Blick vom Haus abzuwenden.

»Sie sind stinkreich, oder?«

»Marcus Brinks Großvater Ivar besaß nicht nur das Sägewerk, sondern auch mehrere Immobilien. Als er das Sägewerk verkaufte, sicherte er damit auf einen Schlag die Zukunft mehrerer Generationen.«

Sie stiegen aus und klingelten. Es klang wie in einem Film, dachte Sara. Ein dumpfer, langsamer Ton, der Raum für Raum durch das große Haus hallte.

Die Tür wurde geöffnet, und Louise Brink stand vor ihnen. Wie bei der letzten Begegnung waren ihre Haare zu einem weichen Pagenkopf frisiert. Sie trug weiße Perlen in den Ohren und eine dünne Goldkette um den Hals.

»Guten Tag«, sagte sie schwach und hielt ihnen die Tür auf, damit sie eintreten konnten. Nicht schlecht, dachte Sara, als sie sich umsah. Der Boden bestand aus dunkel gebeiztem Fischgrätparkett. Ein halbmondförmiger Tisch stand unter einem großen Spiegel mit goldenem Rahmen, gegenüber ein Gustavianischer Stuhl mit gepolsterter Sitzfläche.

Nording warf Sara einen vielsagenden Blick zu, bevor er Louise in ein Wohnzimmer mit großen Fenstern folgte, durch die man auf den Fluss blickte.

»Marcus telefoniert noch, aber er wird bald hier sein«, sagte sie. »Setzen Sie sich.« Sie nickte zu dem weißen Sofa hinüber.

Sara spannte sich unwillkürlich an, als sie sich setzte. Sie hatte Angst, den Stoff zu beschmutzen.

»Wie geht es Ihnen?«, begann Nording das Gespräch.

Louise seufzte schwer. »Wir haben im Krankenhaus schlafen müssen, Vendela ist immer noch nicht wieder bei Bewusstsein. Der Arzt sagt, dass sie so viel Blut verloren hat, dass sie es fast nicht geschafft hätte.«

Vendela hatte Bluttransfusionen erhalten, und ihre Werte wurden langsam, aber sicher jeden Tag besser, erklärte sie. Die Ärzte glaubten, dass sie unter Schock stand und das den Aufwachprozess verzögerte.

»Hat man Ihnen Unterstützung angeboten?«, fragte Nording. »Einen Psychologen zum Beispiel?«

Louise nickte. »Mehrere, aber wir brauchen keine Unterstützung. Wir wollen nur, dass sie wieder gesund wird.«

Schritte waren zu hören, und Marcus Brink betrat den Raum.

»Bitte entschuldigen Sie«, sagte er und setzte sich in den Sessel neben seiner Frau. Sein gebügeltes weißes Hemd spannte über dem trainierten Oberkörper. »In der Arbeit herrscht Chaos, wenn ich nicht da bin.« Er drehte den Ring an seinem kleinen Finger. Er war aus Weiß- und Rotgold, mit einer Inschrift in der Mitte. Ein Ingenieursring, dachte Sara. Die hatte sie schon immer albern gefunden.

Sara musterte die beiden Eltern, die wie zwei steife, herausgeputzte Schaufensterpuppen vor ihnen saßen.

»Wir haben erfahren, dass Vendela in Älvhagen in Behandlung war«, begann sie.

Louise zuckte kaum merklich zusammen.

»Warum hat sich Vendela geschnitten?«, fuhr Sara fort.

»Das fragen wir uns auch«, erwiderte Marcus trocken. »Sie hat alles, was sie sich nur wünschen könnte. Wir haben uns immer um ihr Wohlergehen gekümmert, es hat ihr an nichts gefehlt.«

Ein bisschen Liebe vielleicht, dachte Sara.

»Wissen Sie, ob Vendela jemals Drogen ausprobiert hat?«

»Nein. Sie hat sich geschnitten, aber deshalb war sie in Behandlung. Drogen hat sie nicht genommen.«

»Wie können Sie sich da so sicher sein?«

»In Älvhagen wurden regelmäßig Urinproben genommen«, antwortete Marcus mit gerunzelter Stirn.

»Aber das war vor einem Jahr. Haben Sie sie seither getestet?«

»Nein, dazu gab es wirklich keinen Anlass.«

Sara sah auf ihre Notizen.

»Uns liegen Informationen vor, dass Vendela einer anderen Schülerin einen Kopfstoß verpasst haben soll. Wissen Sie davon?«

Louises Wangen röteten sich.

»Jemand hatte während des Sportunterrichts ihre Kleider in der Umkleidekabine zerschnitten.« Marcus breitete die Hände aus. »Die anderen sind eifersüchtig auf sie, denn sie ist sehr beliebt und will immer die Beste sein.«

»Ist Vendela auch bei anderen Gelegenheiten gewalttätig geworden?«, unterbrach ihn Nording.

Marcus' Blick verfinsterte sich.

»Sie ist keine Unruhestifterin, falls Sie das meinen. Sie wurde schikaniert und verlor die Beherrschung, das ist alles.«

»Wissen Sie, ob sie, Minna und Isabella irgendwelche Meinungsverschiedenheiten untereinander hatten? Ob Vendela Gründe gehabt haben könnte, den beiden anderen Mädchen schaden zu wollen?«, fragte Nording.

Marcus zuckte zusammen.

»Was wollen Sie damit andeuten?«, zischte er.

Sara sah Nording an, der die Brille auf die Stirn schob und sachlich und neutral antwortete.

»Da Ihre Tochter überlebt hat, könnte sie etwas mit den anderen Todesfällen zu tun haben. In diesem Stadium der Ermittlungen können wir nichts ausschließen.«

Louise schnappte nach Luft und legte die Hand an die Brust.

»Vendela soll ihre zwei Freundinnen umgebracht haben? Sind Sie denn völlig wahnsinnig geworden?«, rief sie.

Sara zeigte ihr das Bild des ominösen Spielbretts auf ihrem Handy.

»Haben Sie das schon mal gesehen?«

Louise beugte sich vor, während Marcus das Display mit zusammengekniffenen Augen betrachtete.

»Nein, was ist das?«, fragte er und sah sie an.

»Das Brett soll Vendela gehört haben.«

Das Ehepaar Brink schüttelte den Kopf und beteuerte, dass sie es noch nie gesehen hätten.

»Können Sie uns Vendelas Zimmer zeigen?«, bat Sara und bemühte sich, nicht allzu fordernd zu klingen.

»Warum?«

»Wie wir bei unserem Anruf gesagt haben, brauchen wir Zugang zu ihren Sachen. Ihr Handy haben wir schon, sie hat aber doch sicher auch einen Computer?«

»Ja, aber Sie haben doch wohl nicht das Recht ...« Weiter kam Marcus nicht, bevor Nording ihm ins Wort fiel.

»Das hier ist eine Mordermittlung, also ja, wir haben das Recht«, sagte er kurz angebunden und stand auf.

»Aber wenn es Vendela besser geht, wird sie Ihnen doch sagen können, was passiert ist«, wandte Louise ein.

Wenn es ihr besser geht, ja, dachte Sara, bevor sie antwortete. Und wenn sie unschuldig ist.

»Bis dahin darf uns aber nichts entgehen. Es dient auch Vendelas Sicherheit, wenn wir ihren Computer durchsuchen.«

Sara sah, wie Louise blass wurde.

»Glauben Sie ernstlich, sie könnte immer noch in Gefahr sein? Dass jemand es weiterhin auf sie abgesehen hat?«

»Wie schon gesagt, wir wollen sichergehen, dass wir nichts übersehen. Deshalb ist es wichtig, dass Sie uns Zugang zu allen Informationen ermöglichen, die uns bei unseren Ermittlungen helfen können.«

Louise warf ihrem Mann einen flehenden Blick zu, und er stand widerwillig auf und wies aus dem Fenster.

»Ihr Zimmer ist im Anbau«, sagte er.

Der Anbau war ein separater Flügel, mit eigenem Eingang. Ein Zimmer, eine Kochnische und ein Bad. Das Zimmer war sauber und sparsam in Weiß und Beige eingerichtet. Ein großes Bett, ein Nachttisch, ein Schreibtisch und ein blauer Samtsessel. Neben den großen Fenstern mit Blick auf den Pool und den Tennisplatz stand ein weißes Sofa mit einem Diwan auf der einen Seite und einem Glastisch. Der ganze Raum wirkte wie aus einem Einrichtungsmagazin. Klinisch sauber, erwachsen. Mehr wie ein Hotelzimmer als das unordentliche Teenagerzimmer, in dem Sara gewohnt hatte.

An einer Wand hingen vergrößerte Fotos von Vendela. Auf einem stand sie im Badeanzug da, mit einer Medaille zwischen den Zähnen, auf einem anderen stand das Mädchen lächelnd bei einem Pferd mit einer Rosette in der Trense.

Sara nickte zu den Fotos.

»Sie scheint ein aktives Mädchen zu sein.«

»Ja, sie ist sehr erfolgreich«, sagte Louise. »Vendela war schon immer sehr ehrgeizig, sowohl im Sport als auch in der Schule«, fuhr sie stolz fort.

Sara ging durch das Zimmer, öffnete den Schrank und bemerkte, dass alles penibel aufgereiht und gestapelt war, und dass alle Kleiderbügel die gleiche Farbe hatten.

»Ordentlich ist sie auch.«

»Ja, sie ist ein vorbildliches Kind.« Louise nickte.

Oder zwanghaft, dachte Sara und schloss die Schranktüren.

Nording stand am Schreibtisch und zeigte Sara einen grauen Laptop.

»Den müssen wir mitnehmen«, sagte er und sah Louise an.

»Wissen Sie das Passwort?«

Louise schüttelte den Kopf.

»Okay.« Nording ließ ein letztes Mal den Blick durch den Raum schweifen.

Aber spätestens in ein paar Tagen wissen wir es, dachte Sara.

44

Annie war mitten auf der Sandöbron, als sie den Druck auf der Brust und die Tränen in den Augen spürte, und sie kannte den Grund dafür. Helena hatte recht, sie dachte mehr an die Polizeiermittlungen als an ihre eigentlichen Aufgaben beim Jugendamt. An das, was Eddie erzählt, und an das, was er vielleicht noch nicht erzählt hatte.

Kurz vor ihrem Haus klingelte das Handy. Als sie Svens Namen auf dem Display las, wischte sie sich die Tränen ab und nahm das Gespräch an.

Sven fragte nicht wie sonst, wie es ihr ging, oder ob er gerade ungelegen anrief, sondern kam gleich zur Sache. Im Laden hatte er gehört, wie ein paar Kunden darüber sprachen, dass alle Eltern von Teenagern im Ort sich am Mittwoch um sieben im Gemeindesaal treffen wollten. Die Stimmung war aufgeheizt, alle hatten die Pressekonferenz gesehen und hatten Angst, dass noch mehr junge Mädchen überfallen werden könnten. Ihrer Meinung nach tat die Polizei viel zu wenig.

»Da habe ich an dich und das Jugendamt gedacht. Wusstet ihr davon?«, fragte Sven.

»Nein. Weißt du, wer an der Versammlung teilnehmen will?«

Nein, das wusste Sven nicht.

Annie bedankte sich für die Information und legte auf. Dann stieg sie aus und blieb vor dem Haus stehen. Sie wäre gern zu dem Treffen gegangen, doch sie hatte keine Kinder und daher auch keinen Grund für die Teilnahme. Und sie hatte keine Lust, Leuten aus dem Ort zu begegnen. Viele von damals waren inzwischen weggezogen oder gestorben, aber einige der Eltern von Teenagern könnten alte Klassenkameraden von ihr sein.

Annie sah hinunter zum Haus ihrer Nachbarn, dessen Farbe abblätterte, und dem leeren Hundegehege. Da fiel es ihr ein. Gunnar Edholms Kinder waren doch beide Teenager. Vielleicht würde er ja zu der Versammlung gehen? Seit ein paar Monaten war Gunnar wegen seiner Alkoholkrankheit in Svanudden in Behandlung, einer Klinik etwa zehn Kilometer weiter im Süden. Annie hatte seine Aufnahme organisiert. Zuerst hatte er sich dagegen gesträubt, dann jedoch eingesehen, dass der Entzug und die Therapie notwendig waren. Jetzt war er der Ansicht, dass Annie ihm in gewisser Weise das Leben gerettet hatte. Er wiederum hatte ihr das Leben gerettet, als er sie bei dem Brand auf dem Hof der Hoffners gefunden und ins Freie gezerrt hatte.

Sie wählte Gunnars Nummer.

Als er sich meldete, fragte sie: »Wie läuft die Therapie?«

»Gut«, erwiderte er fröhlich. »Richtig gut.«

»Kein Rückfall?«

»Toi, toi, toi, bisher noch nicht. Ich gehe einen Tag nach dem anderen an.«

»Sehr gut«, sagte Annie. »Und wie geht es den Kindern? Ich habe sie den ganzen Sommer über nicht gesehen.«

»Danke, auch gut. Joel wächst wie der Teufel, bald ist er größer als ich.«

Annie lachte.

»Ich habe übrigens letztens mein Sommerhaus verkauft«, fuhr er fort. »Habe auch einen ordentlichen Preis dafür bekommen.«

»Ach ja? Die Käufer waren doch sicher Deutsche, oder?«

»Nein, ironischerweise jemand von der Polizei.«

»Doch nicht Hans Nording?«

Gunnar prustete. »Nein, verdammt. Eine Frau, aber sie scheint gut zurechtzukommen. Es war tatsächlich schön, die Hütte loszuwerden.«

Das verstand Annie. Was in Gunnars Sommerhaus in Saltviken passiert war, verfolgte sie noch immer in ihren Träumen. Sein toter Hund, seine leblose Tochter. Da war es nicht verwunderlich, dass er das Haus nicht behalten konnte.

»Ich überlege, mir einen Welpen anzuschaffen«, fuhr Gunnar fort. »Bald beginnt die Elchjagd, und ohne Silver fühlt es sich so einsam an. Der Junge vermisst ihn auch.«

»Das klingt toll, mach das.«

Annie holte tief Luft, bevor sie schließlich ihre Bitte vorbrachte.

Gunnar schwieg einen Moment, dann sagte er, er hätte von dem Treffen gehört und würde hingehen.

»Ich wäre dir sehr dankbar, wenn du mir danach etwas darüber erzählst«, erwiderte Annie. »Wir hören uns.«

45

Die Besprechung am Dienstagabend war kurz und knapp, nachdem niemand neue Erkenntnisse mitgebracht hatte. Die Analyse des Messers, das man im Bålsjön gefunden hatte, sollte erst am nächsten Tag abgeschlossen sein. Hoffentlich bekamen sie da auch den Bericht von Vendela Brinks Ärzten, sodass sie wussten, ob ihre Verletzungen mit denen der anderen beiden Mädchen übereinstimmten.

Sara fuhr den Rechner hoch, um den Arbeitstag zu dokumentieren, und ging in die Küche, um sich einen Kaffee zu holen. In der Kanne war nur noch ein eingetrockneter Rest, und sie setzte neuen Kaffee auf. Eine Tüte mit kleinen Zimtschnecken stand auf dem Tisch. Sie war aufgerissen und hatte vermutlich den ganzen Tag dort gestanden, denn das Gebäck war hart und ausgetrocknet. Sie würde es in den Kaffee tunken müssen, denn sie brauchte jetzt unbedingt Zucker, um das Tagesprotokoll schreiben zu können. Dafür musste sie sich konzentrieren.

Zwei Stunden später schaltete sie den Rechner aus, zog sich Trainingskleidung an und stieg aufs Fahrrad. Sie nahm die Strecke über Klockestrand, Nydal und den schönen Weg am Fluss entlang, weiter über die Högakustenbron und zurück nach Kramfors. Beim Radfahren, wenn ihre Beine rhythmisch in die Pedale traten, fiel ihr das Denken leichter, sie konnte ihre

Gedanken ordnen und sortieren, was tagsüber alles passiert war. Sie dachte an das, was Björn Sundling bei ihrem Besuch in Älvhagen gesagt hatte. Er hatte das Wort »Kettenanalyse« verwendet und damit gemeint, dass man die Selbstverletzung theoretisch schon lange vorher hätte erahnen können. Dass die Verletzungen Angst lindern sollten, und dass sie das Ende einer Reihe von Vorfällen waren, die von einem Auslöser in Gang gesetzt worden waren. Der Anstoß, wie bei einem Fußballspiel.

Was hatte diesen Ball ins Rollen gebracht? Falls Eddie Bylund die Mädchen umgebracht hatte, konnte das auslösende Ereignis jahrelanges schwerstes Mobbing gewesen sein. Doch wenn der Täter jemand anders war, was könnte da das Motiv sein, so junge Mädchen zu töten?

Eine Viertelstunde später war sie zu Hause. Als sie gerade unter die Dusche gehen wollte, klingelte das Handy. Nicht schon wieder, dachte sie. Benke hatte bereits zweimal während ihrer Fahrradtour angerufen, und beide Male hatte sie ihn weggedrückt.

Als sie das Handy auf lautlos stellen wollte, sah sie, dass nicht ihr Vater, sondern Nording der Anrufer war.

»Guten Abend«, sagte er, als sie sich meldete. »Ich habe mit Åkesson gesprochen. Er wollte nach Umeå zur Gerichtsmedizin fahren, und da habe ich vorgeschlagen, dass du ihn begleitest, wo es doch deine erste eigene Mordermittlung ist.«

Normalerweise war die Polizei nicht bei Obduktionen anwesend, sondern erhielt danach Fotos und den Bericht, doch Sara verstand Nordings Motivation. Sie sollte abgehärtet werden.

»Dann fährst du morgen also mit?«, fragte Nording, als sie nicht antwortete.

»Ja, Chef«, erwiderte Sara.

Sie beendeten das Gespräch, und sie konnte endlich duschen. Sie schloss die Augen und ließ das heiße Wasser übers Gesicht laufen. Sie sah Annie Ljung vor sich. Irgendetwas an ihr konnte sie nicht richtig greifen. Sie war schwer zu durchschauen. Als ob sie sich mit aller Kraft weigerte, mehr Informationen über sich preiszugeben als notwendig. Doch Sara wollte mehr über sie erfahren.

Als sie gerade aus der Dusche steigen wollte, fiel es ihr ein. Annie erinnerte sie an die Sozialpädagogin in Umeå, die erste Frau, in die sie sich verliebt hatte. Genau wie sie war Annie beherrscht, doch ihre Augen verrieten, dass es unter der Oberfläche brodelte. Die Narbe am Hals verlieh ihr etwas Verletzliches, und aus irgendeinem Grund wurde Sara davon angezogen. Annie war ihr Typ. Falls sie überhaupt einen hatte. Oder war sie einfach nur so ausgehungert nach Liebe, dass sie sich das alles nur einbildete?

»Vergiss sie einfach«, sagte sie laut.

46

Es war spät. Eddie saß auf seinem Bett und sah aus dem Fenster, hinunter zum Fluss und Richtung Lugnvik. Die Straßenlaternen brannten noch, würden aber bald für die Nacht ausgeschaltet werden. Seine Mutter war noch bei der Arbeit. Nach der Vernehmung war er nicht mehr in die Schule gefahren, dort würde er nie mehr hingehen können. Aber das war ihm eigentlich egal. Er würde nie vergessen können, wie die Polizisten und Annie Ljung ihn angesehen hatten, als er ihnen von den Pflöcken erzählt hatte. Als ob sie sich übergeben wollten. Als ob ihnen von seinem Anblick schlecht würde. Als seine Mutter zur Arbeit ging, hatte sie ausgesehen, als hätte sie seit Tagen nicht mehr geschlafen.

Er könnte eigentlich genauso gut sterben. Wie Isabella, seine Isabella. Er verdiente es nicht, zu leben. Isabella war tot, und er würde sie nie wiedersehen.

Er rollte sich zusammen. Niemand wusste genau, was passiert war. Alle hatten einfach beschlossen, dass er schuldig war. Ja, er wusste, was man im Dorf redete. Die Tränen liefen ihm über die Wange und ins Kopfkissen.

Ein dumpfer Aufprall ertönte, er drehte sich um und lauschte mit angehaltenem Atem. War seine Mutter nach Hause gekommen? Die Haustür war verschlossen, das wusste er. Hatte sie den Schlüssel vergessen?

Leise ging er in die Küche und sah durch das Fenster. Eine dunkle Gestalt rannte gebückt zur Straße. Wer war das? Und was war das für ein Geräusch gewesen?

Seine Beine zitterten, als er vorsichtig die Haustür aufschloss und die Klinke hinunterdrückte. Sein Herz schlug schnell, der Puls dröhnte in den Ohren. Die Straße lag still und verlassen da. Niemand war zu sehen.

Langsam ging er die Einfahrt hinunter. Da nahm er eine Bewegung an der Garage wahr und erstarrte. Er hatte das Gefühl, als würde alles Blut aus ihm herausfließen.

Eine Katze.

Sie fauchte, huschte auf die Straße und verschwand außer Sicht. Er fröstelte und sah sich um. Alles war wieder still.

Er ging zurück zur Veranda. Und da sah er, was am Haus hinunterlief. Jemand hatte Eier dagegen geworfen. Ein Wort war an die Wand gesprüht worden, in grüner Neonfarbe. Ein einzelnes Wort.

Mörder.

47

Sara und Willy Åkesson nahmen nicht an der Besprechung am Mittwochmorgen teil, sondern fuhren zur Gerichtsmedizin nach Umeå. Åkesson redete fast die ganzen zweihundert Kilometer über und erzählte eine Geschichte nach der anderen von merkwürdigen Mordfällen, an denen er während seiner Laufbahn als Kriminaltechniker mitgearbeitet hatte. Von Leichen, die sich in einer letzten Zuckung plötzlich aufsetzten, als man sie abtransportieren wollte. Von Geräuschen, die Leichen von sich gegeben hatten, bevor der Gerichtsmediziner begann, sie aufzuschneiden, und von Lampen, die wie in Horrorfilmen über den Toten flackerten. Sara ließ ihn reden und sah aus dem Fenster auf den Wald, der draußen an ihnen vorbeizog.

»Ist das heute eine Premiere für dich?«, fragte Åkesson, nachdem sie den Wagen abgestellt hatten und auf dem Weg ins Gebäude der Gerichtsmedizin waren.

»Ja«, antwortete Sara, um Folgefragen zu vermeiden. Tatsächlich war sie schon dreimal in einem Obduktionssaal gewesen. Beim ersten Mal hatte Benke sie bei einem Mordfall, in dem er ermittelte, mitgenommen, da war sie erst 17 gewesen. Das zweite Mal war während ihrer Ausbildung an der Polizeiakademie gewesen, das dritte Mal während ihrer Anwärterzeit. Dennoch war sie nicht auf den Anblick vorbereitet, der sie erwartete. Trotz der kühlen Temperatur im Raum schwitzte sie.

Ich will nicht hier sein, dachte sie. Schau zur Seite, auf irgendetwas, nur nicht geradeaus. Es merkt sowieso niemand. Atme ruhig und tief ein und aus.

Die Mädchen lagen auf dem Rücken auf Stahltischen. Sara sah zu Åkesson, der ungerührt die Leichen musterte. Sie bewunderte ihn und war gleichzeitig entsetzt darüber, dass er und die Gerichtsmedizinerin ihre Gefühle offenbar einfach so beiseiteschieben konnten. Dass sie tote Menschen oder einen Tatort als eine Aufgabe sehen konnten, als ein Rätsel, das gelöst, ein Puzzle, das Stück für Stück zusammengesetzt werden musste, bis man wusste, was mit dem Opfer geschehen war. Ohne sich davon runterziehen zu lassen, dass gerade ein Leben ausgelöscht worden, dass dieser Körper vor Kurzem noch ein Mensch gewesen war, der etwas Schreckliches erlebt und seinen letzten Atemzug in Angst und Einsamkeit getan hatte.

War es in diesem Beruf wirklich nötig, sich an den Anblick von toten Menschen zu gewöhnen und nicht so viel bei ihrem Anblick zu empfinden? Sie wollte nicht abstumpfen, im Gegenteil. War es nicht das, was das Leben ausmachte? Alles zu fühlen, voll und ganz. Schmerz, Liebe, Traurigkeit. Berührt zu werden, erschüttert zu werden. Und es war nicht das Wichtigste, unbeschadet und unversehrt durchs Leben zu gehen.

Die Gerichtsmedizinerin, eine Frau in den Fünfzigern namens Barbara, stellte sich Sara und Åkesson gegenüber hin und las laut aus dem vorläufigen Bericht vor.

»Zusätzlich zu diesen neuen Verletzungen gibt es, wie ihr sehen könnt, alte Narben von Selbstverletzungen.« Sie zeigte auf die Arme und Beine der beiden Mädchen.

Sara zwang sich, noch einmal die verblassten Linien zu betrachten, die kreuz und quer über die Unterarme und Innenseiten der Oberschenkel von Minna Lantto verliefen. Als wäre sie in eine Dornenhecke gelaufen und hätte sich freikämpfen müssen, oder als wäre sie brutal von einer Katze gekratzt worden, dachte sie.

Isabellas Narben sahen anders aus. Ihre waren gerade, beinahe schon symmetrische Linien, wie ein pedantisches Kunstwerk. Fast als wäre es ihr wichtig gewesen, dass die Narben schön aussahen.

»Selbstmordversuch?«, fragte Sara und nickte zu den Narben an den Handgelenken der Mädchen.

Die Gerichtsmedizinerin schüttelte den Kopf.

»Wie ihr sehen könnt, haben sie sich quer über die Handgelenke geschnitten. Daran stirbt man nicht, außer natürlich, man schneidet sehr tief. Wenn man sich umbringen will, schneidet man hier entlang.« Sie fuhr mit dem Zeigefinger den Unterarm entlang bis zum Ellbogen. »So wird die ganze Ader geöffnet, das geht schneller. Hier haben wir allerdings eine frische Wunde.« Sie deutete auf eine Stelle in der Mitte von Isabellas Unterarm. »Doch auch sie ist recht oberflächlich und nicht tödlich. Die Todesursache ist bei beiden ein Herzstillstand als Folge des Blutverlustes. Höchstwahrscheinlich ist der Todeszeitpunkt bei beiden ungefähr gleich.« Die Gerichtsmedizinerin zog sich ein Paar Latexhandschuhe an und zeigte auf eine Wunde in Minna Lanttos rechter Leiste. »Dieser Stich hat die Oberschenkelarterie durchtrennt, was zu einem massiven Blutverlust geführt hat.« Barbara ging zu Isabella Mohlins Leiche. Zwei Wunden befanden sich direkt unter der rechten Brust des Mädchens. »Es wurde mehrmals auf sie eingestochen. Aber dieser Stich hat sie getötet.« Barbara deutete auf eine Wunde. »Er traf die Leber und verursachte einen Riss, der zu starken Blutungen führte. Die Stiche in die Leiste und den Bauch sind die Todesursachen.«

Minna und Isabella waren also etwa zur gleichen Zeit gestorben, auf beide war eingestochen worden, allerdings an verschiedenen Körperstellen. Aber warum? War es derselbe Täter? Oder gab es mehrere?

»Könnten sie sich selbst erstochen haben?«, fragte Sara.

»Nein, das ist praktisch unmöglich. Dann hätte die Wunde anders ausgesehen. Die Beschaffenheit der Verletzungen deutet darauf hin, dass jemand anders das Messer gehalten hat. Die Stiche wären sonst weniger tief und mit weniger Kraft ausgeführt worden.« Barbara stieß mit der Hand demonstrativ gegen Åkessons Oberschenkel.

Dann stammten die Verletzungen der Mädchen also auch nicht von Eddies Holzpflöcken, dachte Sara und konzentrierte sich auf ihre Atmung.

»Was für ein Messer hat der Täter benutzt?«, fragte sie.

»Eines mit einer Klinge, die lang genug ist, um tiefe und tödliche Wunden zuzufügen.«

»Könnte das hier die Tatwaffe sein?« Åkesson zeigte ihr auf seinem Handy das Bild von Eddies Messer, das die Taucher im See gefunden hatten.

»Nein, das ist es nicht, das kann ich so schon sagen«, erwiderte Barbara, nachdem sie ihre Brille aufgesetzt hatte, die an einem Band um ihren Hals hing. »Diese Klinge scheint etwa sechs Zentimeter lang zu sein. Die Stiche hier sind zwölf Zentimeter tief, weshalb das Messer im Prinzip nicht infrage kommt. Die Wunden, die entstehen, wenn ein Messer in einen

Körper gestoßen wird, sind oft etwas tiefer, als die Klinge lang ist, aber hier ist der Unterschied zu groß.«

»Am Tatort wurden weder ein anderes Messer noch eine weitere Stichwaffe gefunden«, sagte Sara und runzelte die Stirn. »Wir haben den Strand und die Umgebung akribisch abgesucht, mit Hunden und Metalldetektoren. Taucher waren im Wasser, wir haben jeden Stein umgedreht. Wenn das Messer dort wäre, hätten wir es längst gefunden.«

Åkesson nickte.

»Die Platzierung der Stiche, ist die Zufall, oder muss man wissen, was man treffen muss?«, fragte er.

»Das ist fast unmöglich zu sagen.« Barbara schürzte die vollen Lippen. »Außerdem hatten beide Mädchen Alkohol getrunken«, fuhr sie fort. »Einen halben Liter ungefähr, nach der Alkoholkonzentration im Blut zu urteilen. Aber die könnte natürlich auch abgenommen haben. Es wurde kein Sperma auf oder in den Leichen gefunden. Es gibt keine Hinweise auf orale, vaginale oder anale Verletzungen. Und keine war schwanger.«

Åkesson stellte noch ein paar Fragen, doch Sara hörte alles wie aus weiter Ferne. Diese Mädchen würden niemals Liebe erfahren, dachte sie. Niemals eine Beziehung haben, niemals Kinder bekommen. Vierzehn Jahre hatte man ihnen gewährt. Ihr kurzes Leben war vorbei, bevor es überhaupt richtig begonnen hatte.

»Okay«, sagte Sara und schob die düsteren Gedanken beiseite. »Ist Ihnen noch irgendetwas aufgefallen, bevor wir zum Ende kommen?«

»Zwei Dinge sind tatsächlich auffällig. Ich habe keine Abwehrverletzungen gefunden. Keine Hautpartikel unter den

Fingernägeln. Möglicherweise waren die Opfer völlig unvorbereitet oder ließen sich erstechen.«

»Ach du Scheiße«, rief Åkesson.

»Die zweite Sache ist«, fuhr Barbara fort, »wenn wir annehmen, dass Opfer und Täter sich gegenüberstanden, dann war der Täter wahrscheinlich Linkshänder, denn die Verletzungen der Opfer sind auf der rechten Körperhälfte.«

»Aber wenn der Täter von hinten kam, könnte er Rechtshänder sein?«, fragte Sara.

»Das wäre möglich, ja.«

»Wurden alle Verletzungen von derselben Waffe verursacht?«

»Danach sieht es aus«, sagte Barbara und zog ihre Handschuhe aus.

Åkesson bedankte sich für die Erklärungen, und sie verabschiedeten sich.

Draußen im Korridor merkte Sara, dass ihr schwindelig war, und ihr wurde bewusst, dass sie die ganze Zeit nur flach geatmet hatte. Sie stützte sich mit der Hand an der Wand ab und nahm einen langen, tiefen Atemzug. Åkesson ging vor ihr her und bemerkte zum Glück nichts.

»Wir müssen an einer Tankstelle halten, bevor wir zurückfahren, ich bin am Verhungern«, sagte er und ging schneller.

48

Um neun Uhr parkte Annie vor dem gelben Backsteingebäude der Herrskogsschule und stieg aus. Hier sah alles noch genauso aus wie früher, auch wenn zwanzig Jahre vergangen waren, seit Annie die Schule nach der neunten Klasse verlassen hatte. Sie erinnerte sich gut an die Steintreppe vor dem großen Haupteingang, auf der immer alle herumgestanden und auf den Bus gewartet hatten. An das Rauchereck und die Cafeteria mit den Kardamomschnecken. An die Typen mit Baseballkappen auf den Sofas beim Billardtisch und um die Tischtennisplatten und an die durchgesessenen Stoffsofas mit den Holzarmlehnen, in die die Schüler im Lauf der Jahre ihre Namen eingeritzt hatten. Die Mittelstufe konnte Himmel und Hölle sein. Wie man die Schule an sich schaffte, war das eine, doch wie man die Jahre überlebte, hing mehr davon ab, ob es einem gelang, einen Platz in den richtigen Cliquen zu finden. Sie selbst war irgendwo dazwischen gewesen, nicht außen vor, hatte aber auch nicht ganz dazugehört.

Hinter dem Eingang ein Stück den Gang hinunter fand sie das Büro der Beratungslehrerin Liselotte Häll.

Sie klopfte, und eine Frau mit ergrauten Locken öffnete die Tür.

»Annie Ljung, nicht wahr?«, sagte sie und bat Annie in das kleine Büro, wo sie sich auf zwei Sesseln niederließen.

»Danke, dass Sie sich die Zeit für mich nehmen«, begann Annie und zückte ihren Notizblock. »Mir ist klar, dass Sie hier in der Schule nach den Ereignissen vom Wochenende sicher viel zu bewältigen haben.«

Liselotte Häll nickte, ihre Augen wurden feucht.

»Gestern war die Polizei hier, und es heißt, Eddie hätte etwas mit dem Ganzen zu tun. Man weiß ja nicht, was man glauben soll, aber er ist ein richtiger Eigenbrötler. Und diese Sorte Mensch ist ja für gewöhnlich für solche Irrsinnstaten verantwortlich«, murmelte sie, den Blick fest auf Annie gerichtet, als versuchte sie, ihre Reaktion vom Gesicht abzulesen.

»Ist er da?«

»Wie ich in meiner Meldung für das Jugendamt schon geschrieben habe, hat Eddie viele Fehlzeiten. Er war die ganze Woche nicht hier. Das allein ist vielleicht nicht so bemerkenswert; aber solche Phasen gab es bereits öfter. Um ehrlich zu sein, habe ich mir schon in der siebten Klasse Gedanken um ihn gemacht. Er wirkte so traurig und war oft für sich.«

»Wissen Sie, wie seine Noten sind?«

»Seine Klassenlehrerin ist heute zu Hause bei ihrem kranken Kind, aber ich habe das hier bekommen«, sagte sie und reichte ihr ein paar Unterlagen.

Annie überflog alles. Eddie hatte in mehreren Fächern eine Fünf, in Kunst jedoch eine Eins.

»Wie gesagt, er hat viele Fehlzeiten und kann sich schwer konzentrieren«, fuhr die Beratungslehrerin fort. »Trotzdem denke ich, dass er durchaus intelligent ist. Seine Lehrer glauben, dass die schlechten Noten einen anderen Hintergrund haben. Die häusliche Situation und so weiter.«

»Glauben Sie, dass er Drogen nimmt?«

»Nein, aber wir dürfen keine Drogentests durchführen, insofern können wir nicht sicher sein. Allerdings habe ich ihn noch nicht mal rauchen sehen, und so fängt es ja meistens an.«

»Wie viel wissen Sie über Eddies häusliche Situation?«

Die Beratungslehrerin schüttelte den Kopf, sodass die großen Locken wippten.

»Wir haben schon versucht, mit der Mutter Kontakt aufzunehmen.« Sie seufzte. »Doch sie ist nicht gerade kooperativ, könnte man sagen.«

Liselotte Häll beschrieb ihre Arbeit und betonte, sie säße nicht nur in ihrem Büro. Stattdessen wolle sie sich mit den Schülerinnen und Schülern anfreunden, damit es diesen leichter fiele, bei Problemen zu ihr zu kommen. Zu Eddie hatte sie jedoch keine Verbindung aufbauen können.

Annie dankte der Beratungslehrerin für die Erläuterungen und bat sie, sich bei ihr zu melden, sollte ihr oder den Kollegen noch etwas einfallen.

Liselotte Häll folgte ihr hinaus auf den Gang.

»Und was werden Sie jetzt tun?«, fragte sie.

Annie wusste, dass die Leute, die eine Meldung machten, oft frustriert waren, dass sie wegen der Schweigepflicht keine weiteren Informationen zu dem Fall bekamen. Doch es erleichterte normalerweise den Kontakt, wenn sie zumindest die Bestätigung bekamen, dass man ihre Besorgnis ernst nahm.

»Ich kann nur so viel sagen, dass das Jugendamt eine Ermittlung eingeleitet hat. Wir werden also sicher noch einmal miteinander reden.«

Im Auto sah Annie, dass sie einen verpassten Anruf und eine SMS von Putte hatte. Er schrieb, dass alle Dienstwagen belegt seien und er deshalb nicht nach Lugnvik fahren könne. Annie müsse den Hausbesuch daher allein übernehmen oder einen neuen Termin vereinbaren.

Annie wählte Claes Nilssons Nummer, erreichte aber nur die Mailbox mit der Mitteilung, dass sich ihr Chef in einer Besprechung befände und erst nach dem Mittagessen wieder erreichbar sei. Da Annie so lange nicht warten konnte, hinterließ sie ihm eine Nachricht und startete den Motor. Das Wichtigste war ja vor allem, dass die Vorgesetzten wussten, wo man sich aufhielt, falls etwas passieren sollte. Tina Bylund hatte keine kriminelle Vergangenheit und keine Drogenvorgeschichte. Im schlimmsten Fall würde die Frau sie beschimpfen. Dafür musste man nicht zu zweit sein.

49

Derselbe Golf, den Annie schon am Freitag gesehen hatte, stand jetzt auch wieder in der Einfahrt der Bylunds. Sie parkte daneben und sah einen Schatten im Küchenfenster. Sie stieg aus und klingelte, doch im Haus war kein Ton zu hören. Gerade wollte sie klopfen, als die Tür aufgestoßen wurde. Tina Bylund warf ihr einen verärgerten Blick zu, ließ sie jedoch herein.

Eine weißgefleckte Katze drängte sich an Annie vorbei und verschwand im Haus. Durch die offene Wohnzimmertür links von ihr sah Annie einen Couchtisch mit einer Marmorplatte auf einem Gestell aus Chrom und ein abgewetztes Ledersofa, in dessen Ecke eine Decke voller Katzenhaare lag. Bierdosen und ein Pizzakarton lagen auf dem Tisch, eine Chipstüte auf dem Boden.

Annie schlüpfte aus den Schuhen und folgte Tina nach rechts in die Küche. Eddies Mutter lehnte sich an die Arbeitsfläche, auf der sich eine Packung Frühstücksflocken und Kaffeefilter neben schmutzigen Tellern und zerknüllten Zigarettenschachteln drängten. Annie setzte sich an den Küchentisch und schob ein paar Reklameblätter beiseite.

»Ist Eddie zu Hause?«, begann sie so freundlich wie möglich. »Ich war vorhin in der Schule, und da war er nicht.«

Tinas Blick zuckte.

»Nein, er ist unterwegs«, antwortete sie schließlich.

»Okay. Ich werde auch noch mit ihm allein reden und dafür einen extra Termin vereinbaren.« Sie zog die Kopien der beim Jugendamt eingegangenen Meldungen aus der Tasche und las sie laut vor.

»Wer hat uns angezeigt?«, fiel ihr Tina ins Wort. »Oder sind die Meldungen anonym eingegangen?«

Annie schüttelte den Kopf.

»Nein. Eine ist von der Schule, eine von der Frau des Pfarrers.«

Tina schnaubte, zündete sich eine Zigarette an und blies Annie den Rauch entgegen.

»Was wollen Sie wissen?«, fragte sie dann.

Annie räusperte sich. Ganz ruhig jetzt, ermahnte sie sich. Sie erklärte kurz, wie eine Ermittlung des Jugendamtes ablief. Dass Eddie, egal, ob er straffällig geworden war oder nicht, nicht zu einer Gefängnisstrafe verurteilt werden konnte, weil er noch keine fünfzehn Jahre alt war. Sie würden seine häusliche Situation überprüfen und welche Maßnahmen erforderlich waren. Die Bedürfnisse des Kindes standen im Mittelpunkt, und das Jugendamt war verpflichtet, dafür zu sorgen, dass die Eltern diese erfüllten.

»Sie haben leicht reden. Sie sitzen da mit Ihren schicken Nägeln und der perfekten Frisur und urteilen über mich«, sagte Tina voller Verachtung.

Annie blickte auf ihre Hände mit den kurz geschnittenen Nägeln, die hellrosa lackiert waren. Was war daran so schlimm?

»Haben Sie weitere Kinder außer Eddie?«, fragte sie ruhig weiter.

»Nein. Es gibt nur ihn und mich.«

Annie machte sich eine Notiz und bat Tina dann, ihre familiären Verhältnisse zu beschreiben. Was sie arbeitete, wie ihre finanzielle Situation und ihr soziales Umfeld aussahen. Tina bestätigte das, was Eddie ihr im Auto schon erzählt hatte. Sie waren nach Lugnvik gezogen, als Eddie fünf gewesen war. Sie hatten keine Verwandtschaft in der Nähe. Tinas Eltern waren seit ein paar Jahren tot, ihr Bruder wohnte in Sundsvall.

»Und Eddies Vater?«, fragte Annie.

»Den kenne ich nicht«, erwiderte Tina rasch, während sich ihr Hals rötete.

»Okay.« Annie machte sich eine Notiz. Vielleicht kannte sie ihn ja doch.

»Warum wollen Sie das alles wissen?« Tina wedelte mit den Händen, sodass sich der Zigarettenrauch in der Küche verteilte. »Es geht nicht um Eddie, auf mich haben sie es abgesehen, zumindest diese Pfarrersfrau. Sie kann mich nicht ausstehen. Ihr werdet mir nicht mein Kind wegnehmen, das sage ich Ihnen!«

Annie schüttelte den Kopf.

»Weder können noch wollen wir Kinder in Obhut nehmen und bei Pflegefamilien unterbringen, ohne zuerst überprüft zu haben, ob das Kind mit den richtigen Maßnahmen weiter zu Hause bleiben kann. Meine Aufgabe ist es, Eddies Fürsorgebedarf zu beurteilen. Wie es ihm geht und welche Unterstützung er benötigt, egal was er getan oder auch nicht getan hat.«

Tina musterte sie aus zusammengekniffenen Augen. Dann zog sie ein paarmal an ihrer Zigarette, bevor sie sie im Spülbecken ausdrückte und sich an den Tisch setzte.

»Wie war Eddie als kleines Kind?«, fragte Annie.
Tina schnaubte.
»Der Junge hat ganz schön gefährlich gelebt. Einmal ist er bei einem Schulausflug von einer felsigen Anhöhe gestürzt und hätte sich fast den Schädel eingeschlagen. Ein anderes Mal ist er in einer Felsspalte hängen geblieben und hat sich den Fuß gebrochen. Und vor ein paar Jahren hat er meine Autoschlüssel geklaut und eine Spritztour gemacht. Da war er gerade mal zehn. Ein richtiger kleiner Michel aus Lönneberga.«
Oder ein Kind, das sich selbst überlassen war, dachte Annie.
»Haben Sie Kinder?«, fragte Tina.
»Nein.«
»Aha. Das sollten Sie vielleicht mal ausprobieren, bevor Sie sich einmischen. Dann sehen Sie, wie schwer es mit Kindern ist. Sind wir jetzt fertig?«
Annie seufzte innerlich, das hatte sie schon oft zu hören bekommen. Als ob man selbst Kinder haben musste, um zu verstehen, was gute Eltern ausmachte.
»Ja, für heute sind wir fertig.« Annie packte ihre Sachen ein und stand auf.
Tina folgte ihr in die Diele.
»Vielen Dank, ich melde mich«, sagte Annie vor der Tür.
Tina starrte sie feindselig und mit verschränkten Armen an.
»Ich bin vielleicht keine besonders gute Mutter, aber immerhin hat er eine.« Dann knallte sie die Tür zu.

50

Sara stellte sich die ganze Fahrt von Umeå schlafend, um nicht mit Åkesson reden zu müssen. Sie hatten gerade die Ausfahrt nach Nordmaling hinter sich gelassen, als ihr Handy klingelte.

»Vendela geht es besser! Wo seid ihr gerade?«, rief Nording aufgeregt, als sie sich meldete. Er war auf dem Weg nach Örnsköldsvik und sagte, sie solle dort zu ihm stoßen. Jetzt war er also da, der Augenblick, auf den sie gewartet hatten, dachte Sara.

Eine knappe halbe Stunde später setzte Åkesson sie vor dem Krankenhaus ab und fuhr weiter, während Sara mit Nording auf die Intensivstation ging.

Sie setzten sich auf eine Bank und warteten. Nording schwieg. Seine Hand zuckte rhythmisch gegen den Oberschenkel, was ihr zeigte, dass er genauso angespannt war wie sie.

Sie standen beide auf, als der Staatsanwalt mit dem Kugelbauch den Gang betrat. Sara hatte ihn schon ein paarmal getroffen, seinen Namen aber vergessen, weil Nording ihn beharrlich »Kugel« nannte. Eine Frau begleitete ihn, die vermutlich Vendelas Opferschutzbeauftragte war. Das bestätigte sich, als die beiden zu ihnen kamen und sie begrüßten.

Es surrte, und eine Tür wurde geöffnet. Eine Frau winkte sie zu sich, und Sara spürte, wie das Adrenalin in ihrem Körper pulsierte.

Der Arzt erklärte knapp, dass Vendela wegen des hohen Blutverlustes noch sehr schwach sei. Seit sie das Bewusstsein wiedererlangt hatte, hatte sie die meiste Zeit geschlafen und kaum etwas gesagt. Ein Psychiater hatte sie begutachtet, hatte jedoch nicht entscheiden können, ob ihr Schweigen auf einen Schockzustand oder auf Schwäche aufgrund der Verletzungen zurückzuführen war. Oder darauf, dass sie zwei Morde begangen hat?, dachte Sara. Hatten ihre Eltern ihr schon Fragen gestellt, und wie viel hatten sie ihrer Tochter bereits erzählt?

Das Zimmer war dunkel, die Jalousien zur Hälfte heruntergelassen. Vendela Brink lag blass und mit halb geschlossenen Augen auf dem Rücken in ihrem Bett. Sara setzte sich auf einen Stuhl an den Bettrand. Sie war nervös, was sie normalerweise fast nie war. Vendela öffnete die Augen ganz und sah sie ausdruckslos an. Im Lauf der Jahre hatte Sara schon in viele Augen geblickt. In die von Süchtigen, Obdachlosen, Mördern, Pädophilen, Opfern. Man bekam immer ein besonderes Gespür für den Menschen, den man vor sich hatte. Doch bei Vendela Brink machte sich ein völlig neues Gefühl in ihr bemerkbar, und Sara konnte es nicht einordnen. Sie wusste nur, dass sie innerlich fröstelte.

»Hallo, Vendela«, begann sie. »Ich heiße Sara Emilsson, und das hier ist mein Kollege Hans Nording. Wir sind von der Polizei und möchten gern mit dir über den Abend am Bålsjön sprechen.«

Vendela sah sie weiter ausdruckslos an, nickte nicht einmal.

Sara legte ihr Handy auf den Nachttisch.

»Ich werde unser Gespräch aufnehmen, damit du später nicht alles noch mal erzählen musst. Bitte erzähl uns alles, woran du dich erinnerst.«

Vendela blinzelte und sah zu den anderen Anwesenden im Raum.

»Ich ... ich erinnere mich an gar nichts«, sagte sie mit rauer Stimme.

Sara biss sich auf die Unterlippe, um sich zurückzuhalten. Sie durfte das Mädchen nicht drängen, auch wenn sie das gern getan hätte.

»Du bist zum Bålsjön gefahren. Weißt du noch, mit wem du dort warst?«

Na los, nenn mir Namen.

Das Mädchen fixierte einen Punkt auf Saras Brust. Ihr Kinn wurde schlaff, ihr Blick leer.

»Vendela?«, fragte Sara.

Vendela schloss die Augen, dann zuckte sie am ganzen Körper, erst leicht, dann immer stärker. Eine Maschine piepste, und eine Schwester eilte herbei und scheuchte die Besucher vom Bett weg.

»Alle raus, sofort«, befahl sie.

Sie gingen auf den Gang und warteten. Nording klopfte Sara auf die Schulter.

Nach einer gefühlten Ewigkeit kam der Arzt.

»Wir mussten sie wieder ins künstliche Koma verlegen. Offenbar hat die Blutung, die sie sich bei dem Sturz zugezogen hat, eine neue Schwellung verursacht. Mehr kann ich im Moment noch nicht sagen, wir müssen erst röntgen.«

»Das verstehen wir«, sagte Nording hastig. »Wir bräuchten aber einen Überblick über Vendelas Verletzungen, wenn das möglich ist.«

Er gab dem Arzt seine Visitenkarte, der versprach, am nächsten Tag eine Kopie der Krankenakte zu schicken.

»Verdammt noch mal«, rief Sara frustriert im Wagen. »Kam dir das echt vor?«

»Du meinst, sie hat den Anfall vorgetäuscht, um nicht mit uns reden zu müssen?«

»Völlig abwegig ist das doch nicht, oder?«

Nording zuckte mit den Schultern.

»Kann sein. Aber wir können jetzt nur hübsch abwarten, bis wir eine neue Gelegenheit haben, mit ihr zu reden. Wann auch immer das sein mag.« Er fuhr los.

51

Es war nach zwölf, als Annie ins Büro kam. Ihre Kollegin Miriam saß allein im Personalraum und aß ihr mitgebrachtes Lunchpaket. Putte und einige der anderen Kollegen waren in die Stadt zum Essen gegangen. Annie hatte keinen Hunger, der Geruch von Tina Bylunds verqualmtem Haus saß ihr noch in der Nase. In ihrer Tasche fand sie einen Apfel. Sie holte eine Tasse aus der Geschirrspülmaschine und füllte sie mit Kaffee aus dem Automaten.

»Warst du schon an der Schule?«, fragte Miriam hinter ihr.

»Ja«, sagte Annie, ohne sich umzudrehen. Es war offensichtlich, dass Miriam neugierig war, was Annie über den Fall am Bålsjön wusste.

Annie ignorierte Miriams enttäuschte Miene und nahm die Kaffeetasse mit in ihr Büro. Während der Computer hochfuhr, blätterte sie durch ihre Notizen. Das kaum vorhandene soziale Umfeld der Familie, die mütterlichen Fähigkeiten. Es bestand kein Zweifel, dass Eddie mehrere Maßnahmen benötigen würde. Eine kinderpsychiatrische Untersuchung, eine eingehende Beurteilung der Bindung und Interaktion zwischen ihm und seiner Mutter, verschiedene Arten von Unterstützung in der Schule. Die Frage war jedoch, ob man seinen Bedürfnissen im freiwilligen Rahmen nachkommen konnte oder ob man Maßnahmen verfügen musste.

Nach fast einer Stunde hatte Annie sowohl das Gespräch mit der Beratungslehrerin als auch den Hausbesuch dokumentiert. Sie hörte die Kollegen auf dem Gang reden. Als es um halb drei Zeit für die Kaffeepause war, schloss sie die Tür und schaltete das rote Licht ein, das Zeichen, dass man nur im Notfall stören durfte.

Ihr Computer meldete eine neue Mail, eine Erinnerung von Claes an alle Kollegen wegen der morgigen Fortbildung. Sie löschte die Mail, ohne sie zu lesen, sie wusste ja bereits, worum es ging. Die Schulung war obligatorisch für das gesamte Team und befasste sich mit Gewaltsituationen, die am Arbeitsplatz, im Büro oder bei Hausbesuchen und in anderen unsicheren Umgebungen auftreten konnten. Sie würden Selbstverteidigung lernen, von jemandem festgehalten werden und üben, sich aus Situationen, in denen sie sich in Bedrängnis fühlten, zu befreien. Wenn sie in der Situation eine Panikattacke bekam, würden die Kollegen sie für verrückt halten, und Claes würde ihr eine Krankschreibung nahelegen.

Hoffentlich werde ich krank und kann den Kurs ausfallen lassen, dachte Annie.

Es war halb fünf, und sie wollte nach Hause. Statt mit Putte über die Fallbearbeitung eine Diskussion zu führen, schrieb sie ihm eine Mail und verwies auf Eddies Akte. Dann fuhr sie den Rechner herunter, nahm ihre Jacke und verließ ihr Büro.

Im Personalraum saß Helena auf dem Sofa vor dem laufenden Fernseher und zuckte zusammen, als Annie vorbeiging.

»Uff, hast du mich erschreckt«, sagte sie. »Ich dachte, außer mir wäre niemand mehr da.«

»Warum sitzt du hier im Dunkeln?«

»Ich habe mir die Pressekonferenz der Polizei angesehen.«

»Was haben sie gesagt?«

»Nicht viel. Die Polizei scheint überhaupt nicht weiterzukommen. Langsam wird es unbehaglich.«

»Sie tun bestimmt alles, was sie können.«

»Wo warst du eigentlich, ich habe dich den ganzen Tag nicht gesehen.«

»Es war viel los«, erwiderte Annie.

Sie erzählte kurz von ihrem Gespräch in der Schule und dem Hausbesuch und dass sie sich danach in ihrem Büro verbarrikadiert hatte.

»Ich bin erst am Anfang der Ermittlung, aber die Mutter wirkt nicht besonders stabil und ist wenig kooperativ. Die Beratungslehrerin hat bestätigt, dass Eddie schon lange Probleme in der Schule hat. Unabhängig davon, was er vielleicht getan hat, ist der Junge irgendwie das Opfer in dieser ganzen Sache. Er tut mir leid.«

Helena sah sie prüfend an, und Annies Wangen wurden warm. Sie hörte selbst, wie sie klang.

»Er geht dir wohl unter die Haut?«, fragte ihre Freundin.

»Nein, nein. Ich will ihm nur helfen.«

»Das verstehe ich, aber halt ihn auf Abstand. Man kann nie wissen, er scheint ein wenig seltsam zu sein, und ich möchte nicht, dass dir etwas passiert.«

»Ich passe auf«, versprach Annie. »Aber jetzt muss ich los.«

Helena sah auf die Uhr.

»Ich auch, ich muss noch für Freitag einkaufen.« Sie lächelte. »Wie sieht es aus, kommt Thomas mit? Und hat er irgendwelche Allergien?«

Verdammt, dachte Annie. Das Geburtstagsessen. Das hatte sie völlig vergessen.

»Nicht dass ich wüsste, aber ich werde ihn fragen. Bis morgen.«

Im Auto auf dem Parkplatz schloss Annie die Augen und hörte die Stimme ihrer Psychologin im Kopf. *Face your fears.* Ihre größte Mutprobe. Nicht wegzulaufen. Aber war ein Pärchenabend bei Helena und Henrik das Richtige, wenn sie und Thomas sich seit einer Woche nicht gesehen hatten? Wenn Thomas nicht einmal wusste, dass sie eingeladen waren? Er kannte Henrik vom Fußball, und Helena hatte er am Walpurgisabend kennengelernt. Aber sollten sie wirklich zu einer Geburtstagseinladung gehen, statt in Ruhe über das zu sprechen, was letzte Woche vorgefallen war? Wäre das eine Flucht oder nicht?

»Verdammt«, sagte sie laut.

52

Seine Arme schmerzten, und er war über und über mit Farbe beschmiert. Eddie stand auf der Leiter und spürte die Blicke im Rücken, die Nachbarn standen bestimmt am Fenster und lachten ihn aus. Zweimal hatte er über die grüne Neonfarbe malen müssen, um die Buchstaben zu überdecken. Doch jetzt waren sie endlich nicht mehr zu sehen.

Seine Mutter war ausgeflippt, als sie nach Hause gekommen war. Eier ließen sich abwaschen, aber sie hatte kein Geld, um das Haus neu streichen zu lassen. Irgendwo hatte sie ein bisschen billige Farbe gefunden, die jedoch nicht denselben Ton wie das restliche Haus hatte, und jetzt sah es beschissen aus.

Eddie stieg von der Leiter und brachte die Malersachen in die Garage. Dann sperrte er sorgfältig die Tür ab, bevor er ins Haus ging, um zu duschen und etwas zu essen.

Er verschloss auch die Eingangstür und schaltete kein Licht ein, sodass es so aussah, als sei niemand zu Hause. Seine Mutter war schon wieder irgendwo unterwegs.

Im Kühlschrank war nur noch Aufschnitt, weshalb er sich vier Brote mit Käse und Schinken belegte und ins Wohnzimmer mitnahm. Von dort sah er hinunter zur Bucht und zur Tankstelle und auf alle Autos, die Richtung Ort fuhren. Vor allem die, die nicht von hier waren. Die Eindringlinge.

Er hatte nicht gesehen, wer das Haus beschmiert hatte, doch so groß war die Auswahl nicht. Wenn es nicht Jimmy Lantto selbst gewesen war, hatte er bestimmt mit vielen Leuten geredet und bei allen verbreitet, dass Eddie der Täter war. Falls Vendela nicht überlebte, gäbe es niemanden mehr, der wusste, was passiert war. Außer dem wahren Täter. Oder hatten doch seine Holzpflöcke die Mädchen getötet?

Eddie aß den letzten Bissen eines Brots, doch er schien in seinem Mund immer größer zu werden, bis er ins Bad gehen und ihn in die Toilette spucken musste. Dann zog er sich aus und warf die Kleider in den Mülleimer. Sie waren sowieso voller Farbe und nicht mehr zu gebrauchen.

Seine Beine fühlten sich taub an, als er in die Duschkabine stieg und das Wasser aufdrehte. Der heiße Wasserstrahl schmerzte fast auf der Haut.

Er sah hinunter auf seine roten, geschwollenen Füße, um die graubraunes Wasser wirbelte. Er schrubbte mit einem Duschschwamm die Farbe von den Händen, bis seine Finger brannten, schrubbte immer weiter, auch als seine Hände schon sauber waren, bis die Haut aufplatzte und blutete.

Da kamen die Tränen, die Schluchzer. Wie ein heulendes Tier klang er.

53

Der Abend verging, ohne dass Annie von Gunnar Edholm hörte. Um neun Uhr fuhr ein unbekanntes Auto vor dem Haus vor. Durch das Küchenfenster sah sie, wie ein Mann in einer beigefarbenen Jacke ausstieg, und erkannte überrascht Gunnar. Sie hatte erwartet, dass er anrufen würde, um von dem Treffen zu erzählen, doch offenbar wollte er sie lieber besuchen.

»Gut siehst du aus«, sagte sie, als sie die Tür öffnete. »Ich hätte dich fast nicht erkannt.«

Verlegen strich Gunnar sich über den ordentlich gestutzten Bart. Sein Bauch hing auch nicht mehr so wie früher über den Gürtel, bemerkte Annie.

»Dankeschön«, sagte er.

»Komm rein.« Annie hielt die Tür auf.

Der Witwer, der die Schuhe früher immer anbehalten hatte, streifte jetzt seine Holzschuhe ab und stellte sie ordentlich nebeneinander, bevor er in die Küche ging und sich an den Tisch setzte.

»Möchtest du einen Kaffee?«

»Nein danke, ich habe das hier dabei.« Gunnar holte eine Snusdose aus der Tasche. »Wie findest du den Audi?«, fragte er. »Den habe ich von dem Geld gekauft, das ich für das Sommerhaus bekommen habe.«

Annie sah aus dem Fenster zu dem Wagen. Sein altes Auto

hatte Gunnar im Rausch zu Schrott gefahren. Danach hatte er eingesehen, dass er einen Entzug machen musste.

»Er passt gut zu dir«, sagte sie lächelnd. »Aber jetzt erzähl, wie war das Treffen?«

»Also, das war ein Erlebnis«, antwortete Gunnar nachdenklich, während er einen großen Tabakpriem zwischen Daumen und Zeigefinger rollte.

»Was ist passiert? Waren viele Leute da?«

»Vierzig vielleicht.« Gunnar schob sich den Priem unter die Oberlippe und wischte sich die Finger am Hosenbein ab. »Es wurde wild spekuliert. Die Polizei war in der Schule und hat mit Klassenkameraden und Lehrern gesprochen.«

Annie nickte.

»Was haben sie gesagt?«

»Ich weiß es nicht, aber die Stimmung war richtig schlecht, das kannst du mir glauben. Keine Fakten, nur verrückte Spekulationen. Es fielen Wörter wie *Serienvergewaltiger* und *Gespenster*. Einer hat behauptet, seit Tschernobyl sei der See irgendwie magnetisch. Die spinnen doch alle.« Er lachte. »Das einzig Gruselige an dem See ist nur, dass sich darin ein paar ertränkt haben. Mein Schwager war bei der Feuerwehr, und er hat erzählt, wie er den einen oder anderen aus dem Bålsjön gezogen hat.«

»Aber wie kommen sie auf einen Serienvergewaltiger?«

Gunnar wirkte verlegen.

»Die meinen diesen Donnerstagsmann.« Er schob den Tabakklumpen unter der Oberlippe zurecht.

»Und wer soll das sein?«

»Ach ja, stimmt, da warst du ja noch nicht auf der Welt. Er war ein richtig mieser Typ, der Anfang der Siebzigerjahre junge Mädchen hier in Ådalen angefallen hat. Drei hat er vergewaltigt, eins umgebracht, wenn ich mich richtig erinnere. Sie waren erst vierzehn, fünfzehn Jahre alt, genau wie die armen Mädchen jetzt. Irgendwann hat ihn die Polizei geschnappt, aber ob er in den Knast gewandert ist oder in die Psychiatrie eingewiesen wurde, weiß ich nicht mehr.«

Annie schauderte.

»Und jetzt fürchten die Leute, er könnte zurück sein?«

Gunnar kratzte sich am Bart.

»Manche, ja. Aber die meisten glauben wohl doch, dass es der Junge aus Lugnvik war.«

Verdammt, dachte Annie.

»Ich weiß, wer der Junge ist«, fuhr Gunnar fort. »Er wohnt in derselben Straße wie meine Schwester. Er hat mein vollstes Mitgefühl. Der ganze Ort scheint zu glauben, dass er die Mädchen umgebracht hat, und ich weiß ja nur zu gut, wie es sich anfühlt, einfach so verurteilt zu werden.«

Das stimmt, dachte Annie. Die Leute hier hatten nicht nur Gunnar voreilig verurteilt, sondern auch sie. Gunnar hatte an ihre Unschuld geglaubt, vor vielen Jahren, als sonst niemand zu ihr gehalten hatte. Er und seine Frau hatten nicht auf das Gerede gehört, sondern sich ihre eigene Meinung über das gebildet, was wahrscheinlich da oben im Wald hinter dem Sportplatz passiert war. Wohingegen die meisten anderen an der Hexenjagd teilgenommen hatten, wegen der Annie schließlich hatte nach Stockholm ziehen müssen. Der Ort hatte ihr nie verziehen, dass wegen ihr ein bei allen beliebter junger Mann schwer verletzt worden war. Dass er zuerst über sie hergefallen war, spielte keine Rolle. Doch dass die Familie Edholm auf ihrer Seite gewesen war, hatte Annie erst im

Frühjahr erfahren. Und nicht damals, als sie es am meisten gebraucht hätte. Sie hatte sich so einsam gefühlt. Nicht einmal ihre eigene Mutter hatte zu ihr gehalten.

»Was wollen die Leute jetzt tun?«, fragte Annie und hielt den Atem an. Sie wünschte, sie wüsste, ob die Polizei bereits weitergekommen war. Hans Nording hatte schon einmal danebengelegen, und als Annie die Sache in die eigenen Hände genommen hatte, war sie dabei fast ums Leben gekommen. Ein solches Risiko konnte sie nicht noch einmal eingehen.

Gunnar schüttelte den Kopf.

»Das war nur ein Haufen Gerede. Trotzdem sehr unangenehm. Weißt du, wie es dem Mädchen geht, das im Krankenhaus liegt?«

»Ich weiß nicht viel, aber sie scheint durchzukommen. Jetzt reicht es aber mal mit dem ganzen Schrecken hier in der Gegend«, sagte sie seufzend.

»Ja, wirklich«, murmelte Gunnar.

»Aber schön, dass es dir gut zu gehen scheint, Gunnar.«

Er sah sie forschend an.

»Mir geht's besser als je zuvor, aber wie steht's mit dir, Mädchen? Du wirst immer dünner, man macht sich ja direkt Sorgen.«

Annie war gerührt, und sie bedankte sich stockend für Gunnars Fürsorge.

»Ich habe mich noch nicht richtig vom Frühjahr erholt, aber es geht aufwärts«, versicherte sie ihm.

Gunnar nickte und sah dann zur Uhr an der Wand.

»Ich muss jetzt heim zu den Kindern.«

Er stand auf, und Annie brachte ihn zur Haustür.

»Danke, dass du vorbeigekommen bist. Es war schön, mit dir zu reden, Gunnar. Und danke, dass du mir hilfst.«
Er lächelte.
»Keine Ursache, das betrifft ja den ganzen Ort. Mal sehen, wie Katta reagiert, wenn ich ihr sage, dass sie ab jetzt Hausarrest hat.« Er verdrehte die Augen.

Isabella

Minna, Vendela und ich. Ich habe ihre Narben gesehen, sie sind wie ich. Wir verstehen uns ohne Worte, es ist, als könnten wir gegenseitig unsere Gedanken lesen. Wir wurden zueinander hingezogen. Wir haben geschworen zusammenzuhalten. Wir sind Blutsschwestern. Aber sie kennen mein Geheimnis nicht, auch wenn Vendela mich drängt, es zu erzählen.

Sie hat so ein Brett mit Symbolen, das sie »Das Schicksal« nennt. Am Anfang war es gar nicht so schlimm. Nur einfache Aufgaben. Ich habe mitgemacht. Man sollte sich mit einem Messer schneiden. Dann richtig tief. Dann jemand anderen. Danach wurde es immer schlimmer. Man musste sich auf Zuggleise legen. Dann über eine Felsspalte springen.

Das Gefühl, das einen nach einer Mutprobe durchströmt, ist unbeschreiblich. Wie eine innere Explosion, als würde man seinen Körper verlassen. Jedes Mal wird das Gefühl noch stärker. Man kann gar nicht genug davon bekommen. Ich kann nicht genug davon bekommen. Vendela sagt, dass es ein Spiel ist, aber es ist lebensgefährlich. Und wer quatscht, den wird sie umbringen. Keine Ahnung, wie weit Vendela gehen würde. Sie scheint überhaupt keine Grenzen zu haben.

54

Es war der erste September, und die Temperaturen waren über Nacht merklich gesunken. Während sie mit dem Fahrrad in die Arbeit fuhr, bereute Sara, keine wärmere Jacke angezogen zu haben. Ihr Körper fühlte sich steif an. Sie sehnte sich nach dem Sommerhaus, wollte so lange wie möglich dort sein, jede freie Minute dort verbringen. Der September war der schönste Monat. All die leuchtenden Farben, bevor die Oktoberdunkelheit kam und die Bäume die Blätter verloren.

Die Morgenbesprechung sollte gleich beginnen. Hans Nording und Jonas Hagman saßen bereits gähnend im Konferenzraum. Heute sollten die Ergebnisse der Spurensicherung vorgestellt werden. Nach dem gestrigen Besuch im Obduktionssaal wussten sie nun, dass die Mädchen durch Stichwunden von derselben Tatwaffe gestorben waren, dass es sich dabei sehr wahrscheinlich um ein größeres Messer handelte, und dass der Täter wahrscheinlich Linkshänder war.

»Vendela Brinks Krankenakte ist da«, sagte Nording und hielt die ausgedruckten Unterlagen hoch, die der Arzt aus Örnsköldsvik geschickt hatte. »Vendela hatte durch eine Wunde am Arm viel Blut verloren, als sie eingeliefert wurde. Und sie hat sich durch den Aufprall an der Grillstelle eine Gehirnerschütterung sowie eine leichte Hirnblutung zugezogen. Bei ihr gibt es keine tiefe Stichwunde. Außerdem hat sie offenbar eine ungewöhnlich hohe Schmerztoleranzgrenze, wohl eine genetische Besonderheit.«

Sara zog die Unterlagen zu sich.

»Vendela Brinks Eltern sagten doch, dass sie immer mit allen wetteifert, richtig?«

Nording nickte.

»Wenn diese genetische Besonderheit der Grund dafür ist, dass sie mehr aushält, kann sie die anderen Mädchen da zu gefährlichen Mutproben gedrängt haben? Weil die anderen beiden keine Abwehrverletzungen aufwiesen, meine ich.«

Nording nickte nachdenklich.

»So könnte es gewesen sein.«

Die Besprechung begann, und Petra Josefsson rekapitulierte einige Nachforschungen, die nichts ergeben hatten. Die Kontoauszüge der Mädchen waren unauffällig gewesen. Ein Psychologe hatte die Zeichnungen aus Eddie Bylunds Zimmer begutachtet. Seiner Ansicht nach waren die Motive zwar gewalttätig und passten zu aggressiven, impulsiven Menschen, aber auch zu Kindern, die Gewalt und Mobbing ausgesetzt waren. Keines konnte mit dem Tatort in Verbindung gebracht werden. Auf den Computern der Mädchen war auch nichts Interessantes gefunden worden. Minna Lantto hatte über Magie und Okkultismus recherchiert, die anderen Einträge in der Suchhistorie bezogen sich auf selbstverletzendes Verhalten.

»Nichts, was auf Pläne für eine Messerstecherei oder Ähnliches hindeutet«, sagte Josefsson abschließend.

Willy Åkesson übernahm das Wort und berichtete, was am Tatort sichergestellt worden war.

»Wir haben Teilabdrücke von Schuhen gefunden, einige Zigarettenkippen und andere Spuren, die wir noch keinem

Verdächtigen zuordnen konnten. Der Reifenabdruck vom Parkplatz ist das Beste, was wir im Moment haben. Den können wir mit den Autos eventueller Verdächtiger abgleichen. Das Sperma aus dem Gebüsch stammt von Eddie Bylund.«

Ein IT-Forensiker mit buschigem, grauem Haar und kleiner Brille namens Mats berichtete, die Befragung von Anwohnern und die Analyse der Telefondaten war schnell gegangen. In der Gegend um den Bålsjön lebten nur relativ wenige Menschen, und die meisten waren an dem betreffenden Abend auf einem Musikfestival ein paar Kilometer entfernt gewesen. Andere waren verreist gewesen oder hatten Freunde besucht. Man musste auch mal Glück haben, meinte Mats.

Außer den Handys der Mädchen hatten sich von dem Zeitpunkt der Ankunft der drei am See bis zum nächsten Morgen, als man sie gefunden hatte, insgesamt neun Mobiltelefone in der Gegend aufgehalten.

Zwei Nummern hatte man zu den Personen zurückverfolgen können, die Minna Lantto zum See gefahren hatten.

»Zwei Oldtimer-Typen aus Ullånger«, sagte Mats und lächelte breit. »Sie wurden vernommen und haben bestätigt, dass sie Minna mitgenommen hatten und dann den ganzen Abend auf dem Festival waren. Einer der beiden wurde außerdem wegen Trunkenheit in Gewahrsam genommen und saß bereits gegen zehn Uhr abends in einer Ausnüchterungszelle, der andere war die ganze Nacht auf dem Festival. Die können wir also ausschließen. Ein drittes Handy gehört zu einem häuslichen Pflegedienst, der mit dem Auto in der Gegend unterwegs war.«

Dann zeigte er eine Karte, auf der verschiedene Positionen markiert waren.

»Jetzt kommen wir zu den Telefonnummern, die für uns interessant sind«, fuhr Mats fort und schob sich die Brille auf die Stirn. Die ersten drei Nummern waren die der Mädchen, erklärte er. Die vierte gehörte zu einem Prepaidhandy und war als Letzte am Tatort registriert worden. Sie hatten vergeblich versucht, Anruflisten oder eine Übersicht aller SMS zu beschaffen.

Sara seufzte. Sie hasste Prepaid-SIM-Karten, ihrer Meinung nach sollten sie verboten werden. Natürlich hatten sie Vorteile, doch die Anonymität wurde oft von Menschen genutzt, die etwas zu verbergen hatten. Von Süchtigen, Kriminellen, Leuten, die fremdgingen und zwei Handys benutzten.

»Dann haben wir noch die Handys von Eddie Bylund, Jimmy Lantto, Tina Bylund, Björn Sundling und Jakob Enghed.«

Jemand pfiff. Sara sah zu Nording, der nach vorn gebeugt auf den Bildschirm starrte.

»Jetzt zur Liste der Anrufe von Samstagabend«, fuhr Mats fort.

»Minna Lantto und Vendela Brink haben niemanden angerufen und sich nur gegenseitig Nachrichten geschrieben. Aber Isabella Mohlin hat zwei Leute angerufen. Möchte jemand raten?«

»Eddie Bylund?«, schlug Nording vor.

Der IT-Forensiker schüttelte den Kopf.

»Nein. Björn Sundling und Jakob Enghed.«

Sara begegnete Nordings Blick. Sie hatten mit beiden gesprochen, und beide hatten das Gleiche behauptet. Dass sie an dem Abend keinen Kontakt mit einem der Mädchen gehabt hatten. Beide hatten ihnen ins Gesicht gelogen.

Warum hatte Isabella Mohlin sowohl ihren Pfarrer als auch ihren Psychologen angerufen? Hatte sie Hilfe gesucht?

Petra Josefsson wollte wissen, ob der Pfarrer und der Klinikleiter ein Alibi für Samstagnacht angegeben hätten, und Nording erwiderte, dass Björn Sundlings Alibi stärker war als das des Pfarrers, aber auch nicht wasserdicht.

»Dann reden wir noch mal mit den beiden«, bestimmte Josefsson.

Mats fuhr fort.

»Um halb acht Uhr abends hat Isabella kurz mit Jakob Enghed telefoniert und um halb zehn mit Björn Sundling. Das war der letzte Anruf, der von ihrem Handy ausgegangen war. Das Gespräch dauerte fünf Minuten.«

Mats zeigte dann die Reihe von Nachrichten, die die drei Mädchen am frühen Samstagabend untereinander verschickt hatten. Minna schrieb, sie hätte das Messer ihres Vaters eingepackt, Vendela das Brett und den Alkohol. Isabella schien zu zögern, aber Vendela drängte sie, an ihrem Plan festzuhalten. »Wir müssen es tun. Du darfst jetzt nicht kneifen«, hatte sie ihr geschrieben.

Worum es ging, wurde nicht klar, vielleicht hatten sie darüber in der Kirche gesprochen. Eine von diesen Mutproben vielleicht?, dachte Sara.

Um Viertel vor zehn hatte Isabella Mohlin eine Nachricht an Björn Sundling geschickt. Mats zeigte die Nahaufnahme eines Arms mit einer blutenden Wunde.

Das erklärte die Verletzung an Isabella Mohlins Unterarm, dachte Sara.

Der Psychologe hatte zurückgerufen, und das Gespräch hatte zehn Minuten gedauert. Danach hatte keins der Mädchen mehr telefoniert.

Das Team schwieg.

Das Foto von Isabellas Arm war immer noch auf dem Bildschirm. Sara sah die Leiche vor sich und dachte an das, was die Gerichtsmedizinerin über das Messer gesagt hatte.

»Da Minna das Messer ihres Vaters bei sich hatte, haben wir eine mögliche Mordwaffe«, sagte Josefsson. »Kramfors, ihr kümmert euch trotzdem erst mal um Björn Sundling und den Pfarrer, weil die Mädchen mit ihnen kommuniziert haben. Jimmy Lantto und Tina Bylund müssen so lange warten.«

Josefsson nickte in Richtung Mats.

»Und du versuchst, mehr über dieses Prepaidhandy herauszufinden. Also los, strengt euch an«, sagte sie in die Kamera.

55

Annie wachte vom Vibrieren des Handys auf dem Nachttisch auf. Schlaftrunken meldete sie sich. Eine Angestellte aus dem Pflegeheim Fridebo entschuldigte sich für den frühen Anruf, doch Birgitta sei gerade ungewöhnlich klar und lebhaft und habe nach Annie gefragt. Annies Herz machte einen Sprung.

»Wir dachten, dass Sie das wissen sollten, falls Sie vielleicht Zeit für einen Besuch haben?«, sagte die Pflegerin.

Annie sah auf die Uhr. Fünf vor acht. Heute war die Fortbildung zum Thema *Bedrohung und Gewalt am Arbeitsplatz*. Jetzt hatte sie die nötige Ausrede, um zu Hause bleiben zu können. Sie musste nicht einmal eine Krankheit vorschieben. Claes wusste, wie es ihrer Mutter ging, und dass jederzeit ein Notfall eintreten konnte. Er würde keine Einwände haben.

»Danke«, sagte sie. »Ich bin zu Hause. Richten Sie ihr bitte aus, dass ich vorbeikomme.«

Es war kalt, der Nebel lag wie ein Strich über den Feldern in der Senke zum Fluss hin, wie eine Rauchschlange, die sich durch das Tal wand. Annie parkte direkt vor dem Eingang des Pflegeheims und fröstelte, während sie darauf wartete, dass jemand sie hereinließ. Lag es an der Kälte oder der Anspannung? Würde sie jetzt ein richtiges Gespräch mit ihrer Mutter führen können? Und war sie auf das vorbereitet, was sie zu hören bekommen würde?

Die Tür surrte, und eine ihr unbekannte Pflegerin ließ sie herein. Die Ärztin sei noch nicht da, sagte sie, aber sie würde später kommen, falls Annie noch mit ihr reden wollte.

Als sie in Birgittas Zimmer kam, war Annie so verblüfft, dass sie stehen blieb. Der Anblick ihrer Mutter in Kleidung von früher, aus den Tagen, als sie noch gesund und sie selbst gewesen war, machte sie glücklich und traurig zugleich. Ihre Mutter saß am Fenster, in einer blauen Hose und einem Pullover, den sie oft zur Arbeit getragen hatte, dem hellblauen mit dem weißen Häkelkragen. Ihre Haare waren gebürstet und frisiert.

»Hallo, Mama. Du siehst hübsch aus«, brachte Annie mit erstickter Stimme heraus.

Sie setzte sich auf einen Stuhl Birgitta gegenüber und sah sie an. Auf dem Tisch lag ein Buch mit der Rückseite nach oben.

»Was liest du da?«, fragte Annie.

Ihre Mutter zuckte nur mit den Schultern und runzelte dann die Stirn.

»Åke ist tot.«

Darauf war Annie nicht vorbereitet. Aber als sie über das Absetzen der Medikamente gesprochen hatten, hatte die Ärztin gesagt, dass das Langzeitgedächtnis oft ziemlich intakt war und leichter zu erreichen als das Kurzzeitgedächtnis.

Sie beugte sich zu Birgitta.

»Ja, das stimmt. Kannst du dich an ihn erinnern?«

»Natürlich erinnere ich mich an meinen eigenen Mann«, rief Birgitta. »Hältst du mich etwa für dumm?«

»Überhaupt nicht.« Annie lächelte, fühlte sich aber wieder entmutigt. So hatte ihre Mutter nie gesprochen, bevor sie krank geworden war. Birgitta hatte immer auf ihre Wortwahl geachtet. Das musste Annie jetzt auch, wenn es ihr gelingen sollte, auf das Thema zu kommen, über das sie dringend reden mussten. Vielleicht sollte sie ihrer Mutter helfen, sich zu erinnern, indem sie ganz am Anfang begann? Ihr Leben der Reihe nach durchging, bis zur Gegenwart.

»Warum erzählst du mir nicht, wie du und Papa euch kennengelernt habt?«, fragte Annie.

Birgittas Gesicht erhellte sich wieder.

»Oh, das waren schöne Zeiten. Er war so gutaussehend, mein Åke. Niemand ging so aufrecht wie er.«

Ihre Eltern hatten sich als Teenager beim Tanzen kennengelernt. Damals hatte es noch viele Tanzlokale gegeben, in denen man sich getroffen hatte. Ihre Mutter erzählte weiter von ihrem Mann und ihrer Jugend, und Annie nickte und hörte zu. Sie waren inzwischen in den Sechzigern angekommen. Es läuft gut, dachte sie. Vielleicht würde ihr Plan funktionieren.

Es klopfte an der Tür, und eine Pflegerin kam mit einem Tablett herein, auf dem sich zwei Tassen Kaffee, zwei Käsebrote und eine Ausgabe der *Tidningen Ångermanland* befanden.

»Oh, vielen Dank«, sagte Annie und lächelte sie an.

»Was gibt es zum Mittagessen?«, fragte Birgitta.

»Heute ist Donnerstag, also gibt es Erbsensuppe und Pfannkuchen«, antwortete die Pflegerin und ging.

Birgitta nickte nachdenklich.

Annie nahm einen Bissen von ihrem Käsebrot, Birgitta aß jedoch nichts. Stattdessen nahm sie die Zeitung in die Hand und schien die Titelseite zu lesen.

»Donnerstag«, sagte sie und legte die Zeitung direkt auf das Brot.

Als Annie die Zeitung beiseiteschob, fiel ihr Blick auf die Schlagzeilen zu den Ereignissen am Bålsjön. Ein Leser kritisierte die Polizei und verlangte eine Überprüfung ihrer Arbeit. Annie dachte an Gunnars Bericht über die Stimmung bei der gestrigen Versammlung, an die wilden Spekulationen.

Sie sah Birgitta an, die auf das Brot starrte und die Käsescheibe umdrehte, als wüsste sie nicht, was sie damit anstellen sollte.

Anfang der Siebzigerjahre, als dieser Serienvergewaltiger sein Unwesen in der Gegend getrieben hatte, war ihre Mutter Mitte zwanzig gewesen. Durfte Annie es wagen, sie danach zu fragen, oder würde sie Birgitta aus der Fassung bringen, wenn sie sie an die Schrecken von damals erinnerte? Andererseits war es eine Möglichkeit zu sehen, wie ihre Mutter reagierte, wenn Themen wie Übergriffe auf Frauen zur Sprache kamen. Eine Art Probelauf, dachte Annie.

»Mama«, sagte sie vorsichtig. »Erinnerst du dich an den Donnerstagsmann?«

Birgitta sah sie an und schnaubte.

»Natürlich«, rief sie. »Jeder erinnert sich an diesen Mistkerl.«

»Kanntet ihr ihn?«

»Nein, nein. Er war von der anderen Flussseite.«

Annie beugte sich vor.

»Weißt du, wo er jetzt ist?«

»Im Gefängnis, hoffe ich. Er war ein schrecklicher Mensch.« Birgitta schüttelte sich. »Und seine Schwester war genauso hinterhältig.«

Annie runzelte die Stirn.
»Er hatte eine Schwester? Wie hieß sie?«
Birgitta wirkte verwirrt.
»Wer?«
»Die Schwester des Donnerstagsmannes.«
Birgitta überlegte. Nach einer Weile schüttelte sie den Kopf. »Du redest so komisches Zeug. Davon werde ich ganz müde.«
Sie schloss die Augen und fasste sich an die Stirn. Annie wartete einen Moment, aber ihre Mutter schwieg.
»Möchtest du dich hinlegen und dich ein wenig ausruhen?«, fragte Annie, doch da starrte Birgitta sie wütend an.
»Geh weg«, sagte sie. »Du hast mein Leben ruiniert, verschwinde von hier!«

Als Annie das Auto vor dem Haus abstellte, hallten die Worte ihrer Mutter noch immer in ihrem Kopf nach. War es nur die Demenz, die aus ihr sprach, oder glaubte ihre Mutter wirklich, dass Annie ihr Leben ruiniert hatte?

Sie blinzelte ein paarmal, um nicht zu weinen. Verdammt. Aber vielleicht war sie ja selbst schuld. Anstatt zu versuchen, mit ihrer Mutter über ihr Verhältnis zueinander zu reden, über ihre persönliche Vergangenheit, hatte sie die Gelegenheit vertan und nach dem Donnerstagsmann gefragt. Wieder hatte sie die Arbeit der Polizei übernommen, statt sich auf sich selbst zu konzentrieren.

Aber sie konnte nicht vergessen, was Birgitta über die Schwester des Donnerstagsmannes gesagt hatte. Wohnte sie vielleicht noch in der Gegend? Sven Bergsten war alt genug, um sich an die Zeit damals zu erinnern. Sie rief ihn an.

»Du hast also davon gehört?«, fragte er und räusperte sich. »Das ist eine üble Geschichte, deshalb habe ich bisher nichts davon erzählt. Ich dachte, du müsstest sie nicht unbedingt hören.«

Jetzt verstand Annie. Sven hatte Parallelen zu ihrer eigenen Geschichte gezogen. Der Überfall, die Sache, über die sie in der Familie nicht gesprochen hatten, obwohl das ganze Dorf sich das Maul über sie zerrissen hatte.

»Weißt du, wo diese Schwester wohnt?«, fragte sie.

Schweigen.

»Ja«, sagte Sven nach einer Weile. »Und du hast sie auch kennengelernt.«

»Ach ja?«, erwiderte Annie. »Wer ist sie?«

Sven seufzte.

»Back-Hanna.«

56

Während sie darauf warteten, dass Björn Sundling zur Befragung gebracht wurde, war Sara nervös gewesen, doch als er sich ins Vernehmungszimmer setzte und sie die großen Schweißflecke unter seinen Armen sah, wurde sie sofort ganz ruhig.

»Könnten Sie mir bitte erklären, warum ich hier bin?«, fragte der Psychologe verärgert.

»Das kommt darauf an. Zuerst müssen Sie uns ein paar Sachen erklären«, erwiderte sie. »Wir wissen, dass sich Ihr Handy an dem betreffenden Abend am Bålsjön befunden hat, und dass Sie entgegen Ihrer eigenen Aussage doch Kontakt zu den Mädchen hatten. Warum haben Sie uns das nicht gleich bei der ersten Befragung gesagt und uns belogen?«

»Eigentlich habe ich nicht gelogen«, sagte Sundling und sah sie bittend an. »Sie haben gefragt, ob ich in der Kirche mit ihnen gesprochen habe, und das habe ich verneint. Das ist die Wahrheit. Dort habe ich nicht mit den Mädchen geredet.«

Ich muss mir das Verhörprotokoll noch einmal durchlesen, dachte Sara. Hatten sie eine Suggestivfrage gestellt? Sie konnte sich nicht erinnern, doch falls es zutraf, war das ein kapitaler Fehler.

»Sind Sie am Samstagabend zum Bålsjön gefahren?«, fuhr sie fort.

»Ja.«

Björn verlagerte das Gewicht.

»Isabella hat mich angerufen. Sie hatten wohl alle noch meine Nummer.«

Die Mädchen hatten verlangt, dass Björn sich mit ihnen am See treffen solle, um etwas Wichtiges zu besprechen, doch sie wollten nicht sagen, worum es sich handelte. Als er ablehnte, schickten sie ihm einige Zeit später ein Foto von einem Unterarm mit einer Schnittwunde. Er rief Isabella an und wollte mit ihr reden, doch sie meldete sich nicht, weshalb er zum See fuhr.

»Haben Sie jemandem erzählt, wohin Sie wollten? Ihrem Sohn zum Beispiel?«, fragte Nording.

»Nein.«

»Sind Sie allein gefahren?«

»Ja.« Auf Björns Stirn glänzte der Schweiß.

Sara fragte ihn, wann er Isabella angerufen hatte, und Nording machte sich eine Notiz. Er würde die Angabe mit den Telefondaten abgleichen.

»Haben Sie noch mehr Handys? Ein privates vielleicht?«, fragte Nording.

Er sucht nach dem Prepaidhandy, dachte Sara.

»Nein, ich habe nur eins.« Björn ratterte die Nummer herunter, auf der Isabella Mohlin ihn angerufen hatte.

»Was ist passiert, als Sie dort ankamen?«, fragte Sara.

Björn seufzte und schloss die Augen.

»Die Mädchen waren am Strand. Als ich zu ihnen ging, sah ich, dass Isabella sich wirklich selbst verletzt hatte.«

»Aber Sie haben keinen Krankenwagen gerufen?«

»Es war eine oberflächliche Wunde, nichts Lebensbedrohliches.«

»Gut. Wie ging es weiter?«

»Sie waren aufgebracht, doch ich konnte sie beruhigen.«

»Was wollten sie von Ihnen?« Nording beugte sich vor.

»Warum hatte sich Isabella bei Ihnen gemeldet?« Björn strich sich über die Bartstoppeln.

»Sie sagte, es ginge ihr schlecht, und dass sie zurück nach Älvhagen wolle. Oder besser gesagt, sie verlangte zurückzukommen. Ich erklärte ihr, dass ich das nicht entscheiden könne, dass das Jugendamt das genehmigen müsse, dass ich jedoch sehen würde, was ich tun könne. Ich versprach, ihr zu helfen, wenn sie mir dafür versprachen, nach Hause zu fahren.«

Sara nickte.

»Und was passierte dann?«

»Ich bat sie, mir das Messer zu geben, doch Minna sagte, es sei das Jagdmesser ihres Vaters, und dass er ausflippen würde, wenn es nicht mehr da sei. Ich hätte das vielleicht einfach ignorieren und verlangen sollen, dass sie es mir trotzdem geben, aber ich habe es nun mal nicht getan. Sie versprachen, sich nicht mehr zu verletzen, und ich fuhr nach Hause.«

»Sie ließen drei betrunkene und psychisch instabile junge Mädchen allein, mitten in der Nacht?«, fragte Sara scharf.

Björn sah sie ernst an.

»Ja, ich weiß, dass das irrsinnig klingt, aber so war es. Ich habe die Situation beurteilt und diese Entscheidung getroffen. Deshalb habe ich bei unserem ersten Gespräch nichts davon erzählt. Ich habe mich geschämt.«

»Wie konnten Sie darauf vertrauen, dass sie sich wirklich nicht weiter verletzen würden? Warum haben Sie sie nicht nach Hause gefahren? Kontakt zu den Eltern aufgenommen?«

Björn nickte.

»Im Nachhinein ist es völlig klar, dass ich einen Fehler gemacht habe, aber das kann ich jetzt nicht mehr ändern. So furchtbar es klingt, ich habe mich nun mal so verhalten. Ich kannte die Mädchen ja ziemlich gut, und ich weiß, dass sie das nicht tun, um sich das Leben zu nehmen. Sie wollen damit nur ihre Angst lindern. Als ich davonfuhr, entschied ich, dass die Lage unter Kontrolle war. Was danach passiert ist, können Sie mir nicht anlasten.«

»Kann jemand bezeugen, dass Sie nach Hause kamen und wann? Ihr Sohn vielleicht?«, fragte Sara.

Björn seufzte wieder.

»Ich war um kurz nach elf zu Hause. In seinem Zimmer brannte kein Licht, die Tür war geschlossen. Ich trank noch einen Whisky und ging ins Bett.«

Sara warf Nording einen Blick zu und ging auf den Gang, um den Staatsanwalt anzurufen. Leider hatten sie nicht genug, um einen Haftbefehl für Björn Sundling ausstellen zu lassen. Der Staatsanwalt genehmigte allerdings eine Hausdurchsuchung. Außerdem durften sie um eine DNA-Probe bitten und Sundlings Handy beschlagnahmen, dafür reichten die Verdachtsmomente.

Verdammt, dachte Sara und ging zurück in den Vernehmungsraum. Aber keine Panik. Dies war nicht das letzte Verhör, noch konnte viel passieren.

57

Annie stieg aus dem Wagen und sah hinüber zum Hof der Hoffners. Hanna Backebo, die man Back-Hanna nannte, war also die Schwester des Donnerstagsmannes, des gefürchteten Serienvergewaltigers von Ådalen. Und Sven hatte ihr noch etwas erzählt, das er im Ort gehört hatte. Back-Hanna hatte die drei toten Mädchen am Bålsjön gefunden.

Vielleicht hatte die Polizei den Donnerstagsmann bereits überprüft, dachte Annie, aber wussten sie von der Verbindung zu Back-Hanna? Könnte der Donnerstagsmann auf freiem Fuß sein und sich in Ådalen aufgehalten haben? Vielleicht war er hier in der Gegend gewesen, um seine Schwester zu besuchen, und irgendwie hatte er die Mädchen am See entdeckt. Hegte seine Schwester vielleicht den gleichen Verdacht? Annie dachte an das, was sie oben auf dem Hof der Hoffners gesagt hatte. *Schnüffeln Sie hier nicht herum, sonst hetze ich die Katzen auf Sie.*

Verbarg Back-Hanna etwas, oder war sie nur eine Eigenbrötlerin, die anderen Angst einjagen wollte, um ihre Ruhe zu haben?

Annie rief Sara Emilsson an, erreichte aber nur die Mailbox. Sie bat um Rückruf und ging dann ins Haus, um zu warten.

Nach einer Stunde hatte Sara sich immer noch nicht gemeldet. Annie aß ein belegtes Brot und trank einen Kaffee, während sie überlegte. Ihr Chef dachte, sie sei bei ihrer Mutter, und rechnete den ganzen Tag nicht mit ihr. Sie könnte einen Spaziergang machen. Den Kopf lüften.

Annie ging am Hof der Hoffners vorbei und bog nach links ab. Nach einem lang gezogenen Abhang teilte sich der Weg. Schräg rechts oben stand ein großes rotes Holzhaus mit weißen Kanten, das den größten Teil des Jahres unbewohnt war. Es war das Elternhaus eines früheren NHL-Profis, doch da der Eishockeystar immer noch in Kanada lebte, wurde das Haus nur im Sommer genutzt. Fünfzig Meter nach links den Hügel hinauf stand das baufällige Haus, das Sven beschrieben hatte.

Langsam ging sie darauf zu. Das Vogelzwitschern war verstummt. Auf der kleinen Steintreppe vor der Haustür wuchs leuchtend grünes Moos. Dichte rote Weinranken hingen über die kleinen Sprossenfenster, wanden sich über die Regenrinnen und über die Mauern wie etwas aus *Herr der Ringe*.

Vielleicht hat sie ja recht, dachte Annie. Es war nicht gut, bei anderen herumzuschnüffeln. Was, wenn ihr Bruder da war?

»Was machen Sie hier?«, ertönte eine Stimme hinter ihr.

Annie drehte sich um und streckte die Hand zur Begrüßung aus.

»Ich heiße Annie Ljung. Wir haben uns am Sonntag bei Hoffners Hof gesehen.«

Back-Hanna nickte knapp.

»Was wollen Sie von mir? Ich habe Ihnen doch gesagt, dass Sie hier nichts zu suchen haben«, sagte die alte Frau. »Sind Sie von der Polizei?«

»Nein, ich arbeite beim Jugendamt, bin aber in den Fall vom Bålsjön involviert.« Annie trat einen Schritt näher. »Sie haben die Mädchen gefunden, richtig?«

Back-Hanna musterte sie misstrauisch.

»Das stimmt.«

»Kannten Sie die Mädchen?«

»Nicht persönlich, aber ich hatte sie schon mal gesehen, an der Schlucht, wo sie über die Felsspalte gesprungen sind. Sie sind alle möglichen Risiken eingegangen, und früher oder später rächt sich das.«

»Was haben Sie eigentlich am See gemacht?«

»Ich schwimme dort. Jeden Morgen.«

»Ist Ihnen etwas Besonderes aufgefallen, als Sie die drei gefunden haben?«

»Ja, da war etwas«, antwortete Back-Hanna. »Es ist mir erst eingefallen, als ich wieder zu Hause war, und vielleicht ist es ja auch gar nicht wichtig, aber das Rettungsboot war weg. Normalerweise liegt es immer am Steg, am Sonntag aber nicht.«

Annie überlegte. Es stimmte. Schon als sie als Kind in dem See gebadet hatte, lag dort ein Rettungsboot. Obwohl alle wussten, dass man es nicht benutzen durfte, waren die älteren Jungen damit zum Angeln gefahren oder zu dem Sonnendeck gerudert, das früher mitten im See verankert gewesen war.

»Weiß die Polizei davon?«, fragte Annie.

»Nein. Mit der Polizei will ich nichts zu tun haben.«

Stimmt ja, du versteckst dich hier im Wald, dachte Annie. Sie musste es ansprechen, es half nichts.

»Ich weiß, wer Ihr Bruder ist.«

Back-Hanna blinzelte.

»Das geht Sie nichts an«, sagte sie und trat einen Schritt zurück. »Lassen Sie mich in Ruhe.«

»Das werde ich, aber ich hatte gehofft, dass Sie mir helfen können. Die Familien der armen Mädchen finden keine Ruhe. Wann hatten Sie zuletzt Kontakt zu Ihrem Bruder? Oder haben Sie ihn kürzlich hier gesehen?«

Back-Hanna sah sie finster an, blieb aber stehen.

»Ich habe meinen Bruder seit 1971 nicht mehr gesehen. Und wenn er auch nur einen Funken Verstand hat, lässt er sich hier nicht blicken.«

58

Als Sara und Hans Nording vor dem Pfarrhaus vorfuhren, hatten sie einen Plan. Zuerst wollten sie Jakob Enghed verhören, dann seine Frau.

Der Pfarrer kam ihnen in Arbeitshosen und Hemd entgegen und sah Sara und Nording überrascht an, als sie ausstiegen.

»Ist etwas passiert?«, fragte er aufrichtig verwundert. Entweder bist du ehrlich oder ein richtig guter Schauspieler, dachte Sara.

»Ist Ihre Frau da?«, fragte Nording.

»Sie ist im Haus«, sagte Jakob, doch im selben Moment trat Magdalena Enghed auf die Treppe.

Nording erklärte, dass sie die beiden getrennt voneinander befragen würden, und dass sie zuerst mit Jakob sprechen wollten. Magdalena warf ihrem Mann einen nicht zu deutenden Blick zu und ließ die Polizisten eintreten. Sie wartete im Zimmer nebenan, während Sara und Nording sich mit Jakob Enghed in sein Arbeitszimmer setzten. Er ist im Vorteil, weil wir uns in seinem Heim befinden, dachte Sara, aber auf der anderen Seite war es ein Haus Gottes, und wenn er ein Mann des Glaubens war – worauf alles hindeutete –, dürfte es ihm hier schwerer fallen zu lügen als auf dem Polizeirevier.

Wie üblich kam Nording gleich zur Sache.

»Zuvor haben Sie ausgesagt, dass Sie nach der Bibelabfrage am Samstag keinen Kontakt mehr zu den Mädchen hatten. Doch jetzt haben wir Grund zu der Annahme, dass Sie mit mindestens einem der Mädchen doch Kontakt hatten. Stimmt das?«

Jakob runzelte die Stirn, dann machte er eine Handbewegung.

»Tut mir leid, das hatte ich völlig vergessen. Isabella hat mich an dem Abend angerufen.«

»Um welche Uhrzeit?«, fragte Nording.

»Um halb acht, glaube ich.«

»Was wollte sie? Worüber haben Sie geredet?«

»Ich weiß nicht genau, warum sie anrief«, erwiderte der Pfarrer und zuckte mit den Schultern. »Sie wollte über irgendetwas mit mir sprechen, doch dann schien sie es sich anders zu überlegen und beendete das Gespräch.«

»Wie klang sie?«, fragte Sara.

»Was meinen Sie?«

»Wirkte sie wütend, ängstlich, traurig?«

»Schwer zu sagen.«

Sara musterte den Pfarrer. War er ein Mann, der nichts zu verbergen hatte? Oder nur ein geschickter Lügner?

»Okay. Haben Sie etwas im Hintergrund gehört? Irgendwelche Geräusche, Stimmen?«, fragte Nording.

»Nein.«

»Hatten Sie den Eindruck, dass sie allein war oder mit jemandem zusammen?«

»Unmöglich zu sagen«, erwiderte Jakob.

»Wissen Sie, wo sie sich befand? Klang es, als ob sie im Freien oder in einem Gebäude war?«

»Im Freien glaube ich. Vielleicht habe ich Vogelgezwitscher oder so etwas gehört.«

»Was haben Sie nach dem Telefonat gemacht?«

Der Pfarrer überlegte.

»Ich habe die Kleider für den nächsten Tag bereitgelegt und dann einen der Pfarreimitarbeiter angerufen. Eine Stunde später bin ich ins Bett gegangen, am Sonntag mussten wir früh aufstehen.«

»Haben Sie die ganze Nacht geschlafen?«

Jakob nickte.

»Kann jemand bezeugen, dass Sie in der Nacht zu Hause waren?«

»Meine Frau. Stehe ich unter Verdacht?«

»Noch nicht«, erwiderte Nording.

Sie baten den Pfarrer, das Zimmer zu verlassen, und stellten seiner Frau dieselben Fragen.

Magdalena Enghed schilderte das gleiche wie ihr Mann. Sie waren den ganzen Abend zu Hause gewesen und hatten sich auf den Konfirmationsgottesdienst vorbereitet. Isabella Mohlin hatte Jakob irgendwann angerufen, aber sie wusste nicht, worüber ihr Mann und das Mädchen geredet hatten. Die Schweigepflicht galt auch ihr gegenüber, erklärte sie, und ihr Mann würde nie dagegen verstoßen.

»Was hältst du davon?«, fragte Sara ihren Kollegen im Wagen auf dem Weg zurück nach Kramfors.

»Du meinst, ob wir glauben sollen, dass der Pfarrer das achte Gebot befolgt? Das weiß der Teufel.« Er lächelte über seinen eigenen Witz.

Sara steckte sich einen Kaugummi in den Mund und kaute hektisch, während sie nachdachte. Nording hielt ihr die offene Hand hin, und sie nahm zwei Kaugummis für ihn aus der Tüte.

»Ich will wissen, worüber sie mit dem Pfarrer sprechen wollte«, murmelte sie.

»Und ich will das Fahrrad finden«, meinte Nording seufzend.

59

Zurück auf dem Revier fanden Sara und Hans Nording einige übrig gebliebene Muffins, stimmten sich ab, wer welche Befragung protokollieren sollte und setzten sich dann mit einer Tasse Kaffee vor ihre Computer. Sara war zuerst fertig, und gerade als sie Nording im Nebenzimmer damit aufziehen wollte, klingelte ihr Handy. Als sie die Nummer auf dem Display sah, beschleunigte sich ihr Herzschlag.

»Hallo, Annie«, sagte sie und lehnte sich auf ihrem Stuhl zurück.

»Störe ich?«

»Überhaupt nicht, was hast du denn auf dem Herzen?«, hörte sie sich sagen und erstarrte. Woher um alles in der Welt kam das jetzt? So redete sie doch sonst nicht. Sie war froh, dass Nording sie nicht hören konnte.

»Ich habe Informationen, die ihr vielleicht nicht habt. Hast du gerade Zeit?«

»Natürlich.«

Annie wollte niemandem zur Last fallen, doch es erschien ihr wichtig, erklärte sie. Die Dorfbewohner hatten über einen Serienvergewaltiger aus den Siebzigerjahren gesprochen, einen gewissen Donnerstagsmann. Wusste die Polizei, dass die Frau, die die Mädchen gefunden hatte, seine Schwester war?

Sara spürte ein Kribbeln im Bauch.
»Hanna Backebo?«, fragte sie.
»Ja, genau.«
Sara sah die magere Frau vor sich, die kein Handy besaß. Hatte sie sich nach den furchtbaren Verbrechen ihres Bruders von der Gesellschaft zurückgezogen? Sich im Wald versteckt, unerreichbar sein wollen?
»Und noch etwas«, fuhr Annie fort. »Sie erwähnte, dass eigentlich ein Rettungsboot am Steg liegen sollte, aber am Sonntagmorgen war es verschwunden. Falls das wichtig sein sollte.«
»Okay. Vielen Dank, dass du dich gemeldet hast. Bis bald.«
Nachdem sie aufgelegt hatten, recherchierte Sara nach dem Donnerstagsmann und erhielt sofort mehrere Treffer. Man hatte Dokumentationen über ihn gedreht, und im Forum Flashback hatten die User wild spekuliert.

Sara entschied sich für einen der informativeren Threads, in dem detailliert beschrieben wurde, wie ein junges Mädchen in Långsele an einem Donnerstag Ende August 1971 überfallen wurde. Dank eines vorbeifahrenden Radfahrers kam es nicht zur Vergewaltigung, und der Täter flüchtete. Im September, wieder an einem Donnerstag, ereignete sich der nächste Überfall drei Kilometer vom ersten Tatort entfernt. Der Täter hielt das Mädchen fest im Würgegriff und vergewaltigte es. Sie hörte auf zu atmen, überlebte aber, da der Täter Mund-zu-Mund-Beatmung bei ihr durchführte, wie er später bei der Vernehmung erzählte.

Sara trank etwas Wasser. Er hatte sie also nicht töten wollen, dachte sie.

Der dritte Angriff fand Mitte Januar statt, vier Monate später. Diese Vergewaltigung hatte zur Identifizierung des Täters geführt, da er unmaskiert war und das Mädchen ihn erkannte. Er wurde gefasst und gestand die Vergewaltigungen. Außerdem, dass er ein anderes Mädchen in seinem Wagen erwürgt, vergewaltigt und dann in den Ångermanälven geworfen hatte. Er behauptete, dass er auch sie nicht hatte töten wollen und es ein Unfall gewesen war.

Sara schob den Stuhl zurück und fuhr sich mit den Händen durch die Haare. Die Obduktionen hatten ergeben, dass weder Isabella noch Minna Strangulationsmerkmale aufwiesen, und keine der beiden war sexuell missbraucht worden. Außerdem war es ein Samstag gewesen, kein Donnerstag, aber Gelegenheit macht Diebe, dachte Sara. Serienvergewaltiger waren selten, besonders in Schweden. Sara kannte sich auf dem Gebiet nicht besonders gut aus, wusste aber, dass sie manchmal ihre Vorgehensweise änderten.

Sie scrollte weiter. Im Frühjahr 1972 war der Donnerstagsmann in die Psychiatrie eingewiesen worden, aus der er nur nach speziellen Tests entlassen werden konnte. Die Strafe war nicht befristet, sondern wurde immer wieder um sechs Monate verlängert, solange man ihm weiter Therapiebedarf attestierte.

Wann war der Donnerstagsmann entlassen worden? War es möglich, dass er jetzt, mehr als vierzig Jahre später, immer noch eingesperrt war?

Wo bist du jetzt, dachte sie. Wo hast du dich all die Jahre versteckt?

Einige Zeit später hatte sie herausgefunden, dass der Donnerstagsmann mittlerweile in Härnösand wohnte, etwa fünfzig Kilometer vom Tatort entfernt.

Seine registrierte Telefonnummer war nicht die des gesuchten Prepaidhandys, doch wenn man wieder Verbrechen begehen wollte, war man sicher so schlau, ein anderes Telefon zu verwenden. Als der Donnerstagsmann in den Siebzigern in Ådalen sein Unwesen trieb, gab es noch keine Handys, und DNA-Analysen waren erst seit den Neunzigern möglich. Spuren am Tatort und haptische Beweise waren die wichtigste Waffe der Polizei. Heutzutage mussten Verbrecher gerissener sein, wenn sie davonkommen wollten.

Sara versuchte noch einmal, die unbekannte Prepaidnummer anzurufen, ohne Erfolg. Sie stand auf und verließ ihr Büro, um nach Nording zu suchen. Er war im Personalraum und aß gerade einen Muffin.

»Ich habe gewonnen«, meinte er grinsend.

»Und ich habe sogar noch mehr geschafft«, gab Sara lächelnd zurück und bedeutete ihm mitzukommen.

»Kennst du den Donnerstagsmann?«, fragte sie, als sie sich hinsetzten.

»Ja, ein echter Widerling«, sagte Nording, nachdem er fertig gekaut hatte. Er fasste zusammen, was Sara gerade im Internet gelesen hatte.

Sara überlegte. Jetzt hatten sie das Jahr 2016. Wenn er Anfang der Siebziger einundzwanzig gewesen war, war er etwa 1950 zur Welt gekommen. Jetzt müsste er demnach ungefähr fünfundsechzig sein. Er könnte also gut mit dem Auto zum Bålsjön gefahren sein, und Eddie Bylund hatte es dann am See gesehen.

Bei der abendlichen Besprechung mit den Kollegen in Sundsvall präsentierten sie die beiden Vernehmungen des Tages mit

Björn Sundling und Jakob Enghed, und alle im Team waren gleichermaßen frustriert, dass sie einer Verhaftung nicht näher gekommen waren.

»Aber wir haben einen sehr interessanten Hinweis erhalten«, sagte Sara.

Sie stellte den Donnerstagsmann kurz vor und erläuterte, dass er mittlerweile in Härnösand wohnte und das unbekannte Prepaidhandy ihm gehören könnte.

»Gute Arbeit, Sara«, sagte Josefsson. »Das liegt genau zwischen euch und uns. Wollt ihr das übernehmen, oder soll jemand von uns hinfahren?«

»Das können wir machen«, antwortete Sara schnell.

»Okay, morgen erwarten euch dann also Jimmy Lantto und ein Serienvergewaltiger. Das nenne ich mal einen gemütlichen Freitag«, meinte Josefsson trocken.

60

Annie eilte durch den Gang zu ihrem Büro und schloss die Tür. Sie holte das Handy aus der Tasche und suchte Thomas in den Kontakten. Als sie auf dem Weg zum Büro an der Ådalsskola vorbeigekommen war, hatte sie geglaubt, ihn zu sehen, doch statt langsamer zu werden und ihn auf sich aufmerksam zu machen, hatte sie beschleunigt, aus Angst, er könnte das Auto bemerken. Das ist doch nicht normal, dachte sie. Thomas war nicht gefährlich, weshalb konnte sie sich nicht endlich wie eine normale Frau benehmen? Doch heute war Freitag, Thomas' Kinder waren wieder bei ihrer Mutter, und er hatte Zeit, sich mit ihr zu treffen und zu reden.

Sie fing eine Nachricht an, wusste aber nicht recht, was sie schreiben sollte. Alles klang irgendwie falsch.

»Hallo«, sagte jemand, und Annie zuckte zusammen.

Helena stand in der Tür und sah sie besorgt an. »Wie geht es dir? Warst du gestern krank?«

»Nein, ich war bei meiner Mutter.« Annie legte das Handy beiseite.

»Ist etwas passiert, geht es ihr schlechter?«

Annie hatte leichte Schuldgefühle. Helena war einmal ihre beste Freundin gewesen und bemühte sich wirklich darum, die verlorenen Jahre zwischen ihnen aufzuholen. Sie kannte Birgitta fast so gut wie Annie, und beide waren ihr wichtig. Sie verdiente es, zu erfahren, wie die Dinge gerade lagen.

Sie bedeutete Helena, hereinzukommen und die Tür zu schließen.

»Oha«, sagte Helena mitfühlend, nachdem Annie alles erklärt hatte. »Aber warum hast du nichts gesagt? Du Arme, jetzt verstehe ich, warum es dir in letzter Zeit nicht gut ging.«

Dabei ist es gar nicht das, was mich gerade am meisten beschäftigt, dachte Annie und verzog das Gesicht. Doch Helena durfte das gern glauben.

»Wie läuft es bei dir?«, fragte sie. »Wie war die erste Woche zurück in der Arbeit? Hoffentlich gut.«

»Ich bin ganz schön müde. Es ist so ungewohnt, wieder im Büro zu sein und zu arbeiten«, meinte Helena lachend. »Aber sag Bescheid, wenn ich etwas für dich tun kann, während du dich um deine Mutter kümmerst. Egal was, ich habe Zeit.«

»Danke, aber ich habe alles im Griff.« Annie lächelte. »Heute wird ein ruhiger Tag, glaube ich, wenige Hausbesuche, vor allem Berichte. Ah, und ich habe heute Nachmittag einen Termin bei Ylva, meiner Psychologin, da muss ich ein bisschen früher gehen.«

So, jetzt war es raus.

»Oh, das freut mich!«, rief ihre Freundin.

Alle, die wussten, dass sie eine Therapie machte, fanden es uneingeschränkt positiv. Allmählich sollte sie aufhören, sich deshalb zu schämen.

»Ist sie gut, geht es voran?«

Annie biss sich auf die Lippe.

»Sie ist auf Krisen spezialisiert, und bisher hat sie eine positive Wirkung auf mich.«

»Apropos Krisen«, sagte Helena. »Ich habe Molle im ICA in Nyland getroffen, also Patrik Mohlin. Er sah aus wie eine lebende Leiche. Himmel, sie tun mir so leid, hoffentlich bekommen sie Hilfe. Er hat nichts über seine Tochter gesagt, und ich habe auch nicht fragen wollen. Aber heute soll in der Schule eine kleine Gedenkfeier stattfinden.« Helena schüttelte den Kopf über das Unbegreifliche. »Vergiss nicht, später zur Kaffeepause zu kommen, es gibt Torte.«

Heute war der zweite September. Annie schlug sich an die Stirn.

»Himmel, bitte entschuldige«, sagte sie zerknirscht. »Alles Gute zum Geburtstag!« Sie stand auf und umarmte Helena. »Wie konnte ich das nur vergessen?«, murmelte sie.

»Kein Problem. Ich verstehe, dass du gerade viel im Kopf hast. Und wir sehen uns ja heute Abend, das wird schön.« Mit diesen Worten ging Helena aus dem Büro.

Annie seufzte und nahm das Handy mit der halb geschriebenen Nachricht an Thomas zur Hand. So musste es sich anfühlen, in einer Fuchsfalle zu sitzen, dachte sie. Entweder starb man im Wald, oder man kaute sich das Bein ab.

61

Eddie stand in der Tür zur Toilette, ein Stück von der Aula entfernt, und sah sie kommen. Alle Lehrer, Schüler und ein paar Eltern. Er wollte warten, bis alle hineingegangen waren, und sich dann ganz nach hinten setzen, wo ihn niemand sah. Er wollte dabei sein und gleichzeitig auch wieder nicht. Doch er war wegen Isabella gekommen, und weil die Lehrer bei seiner Mutter angerufen und sich beschwert hatten, dass er schon zu lange nicht mehr in der Schule gewesen war. Eine Woche mehr oder weniger, was spielte das denn für eine Rolle? Er wollte sowieso nie wieder in die Schule gehen.

Isabellas Eltern würden da sein. Minnas auch. Die Erinnerung an Jimmy Lanttos rasierten Schädel und seinen nackten Hintern im Wald kehrte zurück, und Eddie rieb sich die Augen, um sie zu verscheuchen. Ihm wurde noch übler.

Vorsichtig schlüpfte er in die Aula und setzte sich auf eine leere Bank. Ganz vorne saßen die Lehrer, und Eddie sah, wie sich manche schnäuzten und umarmten. Alles nur Fake. Vorher hatten sie sich einen Dreck gekümmert, aber jetzt weinten sie und taten wer weiß wie betroffen.

Der Direktor hielt eine Rede, dann sang jemand aus der Siebten ein Lied. Fünfundvierzig Minuten redeten sie und lasen Gedichte vor. Als die Gedenkfeier zu Ende zu sein schien, schlich er sich als Erster aus der Aula und schlüpfte auf die

Toilette daneben. Dort wollte er sich verstecken, bis alle gegangen waren.

Er schloss sich in einer Kabine ein und hörte kurz darauf, wie die Tür zur Toilette geöffnet wurde. Zwei Männerstimmen kamen näher. Er hätte gern unter der Kabinentür hindurchgespäht, hatte aber Angst, bemerkt zu werden. Vorsichtig linste er durch einen Spalt im Türrahmen.

Bellas Vater und Jimmy Lantto standen bei den Waschbecken. Patrik Mohlin war bleich und mager und kaum wiederzuerkennen.

»Wie geht es euch?«, fragte er.

Lantto schüttelte nur den Kopf.

»Sussie hat es nicht geschafft herzukommen, deshalb bin ich allein hier.«

»Sofie auch nicht.« Mohlin fuhr sich mit der Hand durch die Haare. »Es ist ein einziger Albtraum, aus dem man aufwachen will. Ich weiß nicht, wie lange ich das noch schaffe.«

Eddie sah, wie Lantto einen Flachmann aus der Innentasche seiner Jacke zog.

»Willst du?«, fragte er und hielt sie Patrik Mohlin hin.

Der schüttelte zuerst den Kopf, dann nahm er den Flachmann doch und trank ein paar große Schlucke.

»Besser, was?« Lantto trank den Rest.

Beide schwiegen und starrten zu Boden.

»Verdammt«, sagte Lantto schließlich.

»Ja, verdammt«, murmelte Patrik.

»Die Polizei, das sind solche Stümper. Kann es denn so schwer sein, den Täter zu finden?«

Lantto sprach ein wenig verwaschen, dachte Eddie. War er betrunken?

»Habt ihr etwas von Vendela gehört?«, fuhr Lantto fort. Eddie hielt den Atem an.

»Nein«, sagte Patrik. »Man fragt sich ja schon ein bisschen, warum sie überlebt hat. Und ob möglicherweise sie ...« Er verstummte.

»Nein, verdammt«, erwiderte Lantto. »Es war dieser Eddie, da bin ich mir ganz sicher. Irgendetwas stimmt mit dem Jungen nicht.«

Patrik nickte leicht.

»Ja, er war schon immer etwas anders, aber dass es so schlimm ist ...«

Eddies Magen verkrampfte sich. Patrik Mohlin, der immer so nett zu ihm gewesen war, der mit ihm Fußball gespielt hatte, obwohl Eddie grottenschlecht gewesen war. Er hatte Patrik vertraut, und jetzt hätte er diesem verfluchten Lantto am liebsten eine reingehauen, ihm sein großes Maul gestopft.

»Aber mit so einem Vater ist das vielleicht auch nicht weiter verwunderlich«, sagte Lantto und hielt Patrik die Tür auf. Sie gingen zurück auf den Gang.

Eddie erstarrte, sein Hals schnürte sich zu, ihm war schwindelig. Wusste Lantto etwa, wer sein Vater war?

Eddie verließ die Kabine und schob vorsichtig die Tür zur Toilette auf. Da hinten im Gang standen sie. Er wich zurück, doch es war zu spät, sie hatten ihn schon gesehen.

»Da ist der Scheißkerl ja!«, brüllte Lantto.

Eddie rannte in die andere Richtung davon, doch am Schuleingang hatte Lantto ihn eingeholt und zerrte ihn am Pullover zurück.

Eddie stürzte auf den harten Boden und stöhnte. Lantto zog

ihn hoch und schleuderte ihn so fest gegen die Wand, dass er mit dem Hinterkopf dagegenschlug und Sterne sah.

Patrik stand ein paar Meter hinter Lantto, und noch etwas weiter entfernt hatten sich ein paar Neugierige versammelt.

»Hilfe«, wimmerte Eddie und versuchte, sich aus Lanttos Griff zu befreien, doch er bekam kaum Luft.

Zwei Lehrer rannten herbei und packten Jimmy Lantto an den Armen. Eddie sank zu Boden. Schloss die Augen. Wollte die ganzen Leute nicht sehen, die dabeistanden. Die alles gesehen und gehört hatten. Er wünschte, er könnte im Erdboden versinken. Alles war im Arsch. Er hätte sich besser von Lantto umbringen lassen sollen.

62

Die Morgenbesprechung war gerade zu Ende und Annie auf dem Weg zu ihrem Büro, als das Handy klingelte. Es war Liselotte Häll, die Beratungslehrerin der Herrskogsschule. Sie klang aufgewühlt und berichtete, Eddie sei in eine Schlägerei verwickelt gewesen, die Polizei unterwegs.

Zwanzig Minuten später war Annie in der Schule. Eddie saß mit gesenktem Kopf und rotem Gesicht da.

»Hallo, Eddie«, sagte sie, erhielt jedoch keine Antwort.

Die Beratungslehrerin und ein Kollege, dessen Namen Annie nicht verstand, erzählten, nach einer Gedenkfeier in der Aula sei es zwischen Eddie und Minna Lanttos Vater zum Streit gekommen. Niemand hatte gesehen, wie es anfing, doch Jimmy Lantto behauptete, Eddie hätte ihn angegriffen. Isabella Mohlins Vater hatte alles mitangesehen, aber er war nach Hause gefahren, bevor sie mit ihm sprechen konnten. Jimmy Lantto war fuchsteufelswild ebenfalls schon gefahren.

Eddie hob den Kopf und blinzelte stark.

»Er hat sich auf mich gestürzt, verdammte Scheiße!«, brüllte er. »Er wollte mich umbringen!«

»Aber wie kommst du denn dazu, sowas zu glauben?«, fragte die Beratungslehrerin sichtlich gestresst.

»Weil er ... Weil er glaubt, dass ich ein Mörder bin.«

Es klopfte, und die Tür wurde geöffnet. Sara Emilsson kam herein, nickte Annie zu und begrüßte Eddie, der wieder auf dem Stuhl in sich zusammensank.

Liselotte Häll fasste die Ereignisse auch für Sara zusammen und erklärte, dass sie Eddies Mutter noch nicht erreicht hätten.

»Ihr hättet ihn mich umbringen lassen sollen«, sagte der Junge. »Sie sagen, ich bin ein Mörder. Alle glauben das.«

Sara ging vor ihm in die Hocke.

»Ich verstehe, Eddie«, sagte sie sanft. »Wie geht es dir eigentlich?«

»Beschissen.«

»Das verstehe ich. Wir werden uns jetzt ein bisschen unterhalten, nur du und ich und Annie.«

Sara bat die anderen, aus dem Raum zu gehen, und schloss die Tür hinter ihnen.

Eddie hatte die Hände in die Pulloverärmel gezogen und wippte hektisch mit einem Fuß auf und ab. Sara warf Annie einen Blick zu, zog einen Stuhl heran und setzte sich Eddie gegenüber.

»Was ist denn eigentlich passiert?«, fragte sie.

»Sie haben es doch gehört. Lantto hat mich geschlagen.«

»Warum?«

»Na, weil ich seine Tochter umgebracht habe«, sagte Eddie mit belegter Stimme. »Die Pflöcke ... und ...« Er verstummte.

Sara beugte sich zu ihm.

»Jetzt erzähle ich dir mal was. Wir haben den Obduktionsbericht bekommen. Die Mädchen sind nicht wegen deiner Pflöcke gestorben, sondern an völlig anderen Verletzungen.«

Eddie setzte sich auf. Er sah aus, als sei er mit einem Eimer Eiswasser übergossen worden.

»Was? Aber ...« Er sah von Sara zu Annie. »Aber ... wie sind sie dann gestorben? Wer hat Bella umgebracht?«

»Das kann ich nicht sagen«, antwortete Sara. »Aber wenn wir diesen Fall lösen wollen, ist es sehr wichtig, dass du uns alles erzählst, was du weißt. Denn ich glaube, dass du uns immer noch etwas verschweigst. Informationen, die uns bei der Suche nach Isabellas Mörder helfen können.«

Eddie wand sich. Er schien kaum die Tränen zurückhalten zu können und blinzelte ununterbrochen. Schweiß stand ihm auf der Stirn.

»Was weißt du zum Beispiel über Jimmy Lantto? Hat er sich aus einem bestimmten Grund auf dich gestürzt?«, fuhr Sara fort.

Eddie sah zu Boden und holte tief Luft.

»Ich habe ihn an dem Abend im Wald gesehen.«

»Wen?«

»Jimmy Lantto. Und meine Mutter. Sie haben gevögelt.«

»Okay. Bist du ganz sicher, dass du die beiden gesehen hast?«, fragte Sara.

Eddie nickte.

»Wo hast du sie gesehen?«

»Bei der Kiesgrube. Sie waren mit einem schwarzen Volvo XC60 gekommen.«

»Um wie viel Uhr?«

Das wusste Eddie nicht genau. Aber ungefähr um halb sieben.

»Okay«, sagte Sara. »Und warum hast du uns das nicht schon am Sonntag erzählt, bei der ersten Befragung?«

Eddie blinzelte erneut heftig.

»Tut mir leid. Ich ... das mit meiner Mutter war mir so peinlich. Und ich dachte, wenn Lantto herausfindet, dass ich etwas gesagt habe, wird er sich rächen wollen.«

»Warum glaubst du das?«

»Weil ich sie erwischt habe. Er dachte wohl, ich würde es Minna erzählen.«

»Er hat dich gesehen?«, fragte Sara.

»Ja, ich glaube es zumindest. Aber ich bin mir nicht sicher, ob er mich erkannt hat.«

»Du hast gesagt, dass du gesehen hast, wie ein Auto zum Badeplatz fuhr.« Sara versuchte, Eddie in die Augen zu sehen. »Hast du inzwischen eine Idee, wem es gehört haben könnte?«

»Ich bin mir ziemlich sicher, dass es ein Volvo war«, murmelte er. »Aber es war da schon ziemlich dunkel.«

»Gut.« Sara nickte. »Danke, Eddie.«

»Was passiert jetzt?«, fragte er.

»Du musst auf deine Mutter warten, dann fahrt ihr heim. Annie kümmert sich darum, dass du bekommst, was du brauchst, nicht wahr?«

»Genau.« Annie lächelte Eddie an, der Sara ansah.

»Und wenn Lantto kommt?«, fragte er.

»Um den kümmern wir uns.«

63

Tina Bylund ging nicht ans Telefon, und nachdem sie eine halbe Stunde gewartet hatten, schlug Annie vor, Eddie nach Hause zu fahren. Die Beratungslehrerin hatte keine Einwände und wirkte erleichtert. Nach einer emotionalen Gedenkfeier und einem dramatischen Vorfall war sie wahrscheinlich einfach froh, den Jungen loszuwerden.

Eddie saß stumm neben Annie im Wagen und sah aus dem Beifahrerfenster. Wieder wippte er hektisch mit einem Fuß auf und ab.

»War die Gedenkfeier schön?«, fragte Annie.

Eddie schwieg.

»Wird mich die Schule jetzt noch mal melden?«, fragte er stattdessen kurz darauf.

»Das glaube ich nicht. Aber sie machen sich Sorgen um dich und wollen, dass du Unterstützung und Hilfe bekommst. Deshalb haben sie sich überhaupt beim Jugendamt gemeldet. Das müssen sie, wenn sie befürchten, dass es einem Kind nicht gut geht. Das ist nicht dasselbe wie eine Anzeige bei der Polizei.«

Annie fiel ein, dass sie Eddie noch gar nicht nach dem Sommerlager und allem, was dort passiert war, gefragt hatte.

»Die Pfarrersfrau macht sich auch Sorgen«, fuhr sie fort.

Eddie drehte den Kopf zu ihr.

»Was? Hat sie mich auch gemeldet?«

»Sie hat mir erzählt, dass in dem Konfirmandenlager offenbar irgendwas passiert ist. Wenn du etwas über die anderen Konfirmanden oder Jakob und Magdalena erzählen willst, kannst du mit mir reden. Du kannst mich jederzeit anrufen. Ich will dir helfen, aber vielleicht weißt du auch etwas, das uns hilft zu verstehen, was Isabella und den anderen zugestoßen ist. Ich glaube, alle Mädchen hatten Geheimnisse, die uns vielleicht zum Mörder führen könnten.«

Eddie blinzelte und wandte den Kopf ab.

Er ist gestresst, dachte Annie. Lass ihn jetzt in Ruhe. Wenn er reden will, wird er es tun. Sie bog in den Tornvägen ein und sah, wie Eddie sich beim Anblick des Golfs in der Einfahrt versteifte.

»Soll ich mit reinkommen und erzählen, was in der Schule passiert ist?«

Er nickte. Als Annie sich vorbeugte, um seine Tür zu öffnen, legte er ihr plötzlich die Hand auf den Arm.

»Moment«, sagte er. »Ich wollte Sie noch etwas fragen, das meine Mutter aber nicht hören soll. Kann ich Sie um was bitten, ohne dass sie davon erfährt?«

Annie schluckte. Was Eddie wohl wollte?

»Vielleicht. Es kommt darauf an.«

Eddie sah besorgt zum Haus.

»Ich glaube, Lantto weiß, wer mein Vater ist«, sagte er leise. »Vielleicht hat er nur geblufft, aber ich will es wirklich wissen. Können Sie mir dabei helfen?«

Er blinzelte wieder hektisch.

»Deine Mutter hat gesagt, sie weiß nicht, wer dein Vater ist«, begann Annie.

»Aber sie lügt!«, fiel Eddie ihr ins Wort. »Sie weiß es. Sie müssen nachsehen!«

Annie unterdrückte einen Seufzer.

»Das habe ich schon getan, und in unseren Unterlagen steht nur ›Vater unbekannt‹. Und selbst wenn ich es herausfinden könnte, dürfte ich solche Informationen nicht einfach so herausgeben. Wenn du über 18 wärst, gäbe es keine Probleme, aber da du noch ein Kind bist, müssen wir überprüfen, ob dir oder jemand anderem die Information darüber, wer dein Vater ist, schaden könnte.«

»Und wem sollte das schaden?«, erwiderte Eddie aufgebracht.

»Dir, deiner Mutter oder deinem Vater.«

»Aber ich will doch nur wissen, wie er heißt. Das muss ich doch wohl erfahren dürfen?«

»Was wirst du tun, wenn du es weißt?«, fragte Annie.

Eddie zuckte mit den Schultern und senkte den Blick.

»Keine Ahnung. Zu ihm fahren. Ich will ihn nur mal sehen.«

Annie antwortete, dass sie ihm in dieser Sache gern helfen würde, es aber nicht möglich war. Wenn überhaupt, konnte nur seine Mutter ihm diese Frage beantworten.

Eddie warf ihr einen vorwurfsvollen Blick zu und öffnete die Wagentür. Annie ging ihm nach und wartete auf der Veranda.

Tina erschien an der Haustür, ungeschminkt und unfrisiert und immer noch im Bademantel.

»Was ist denn jetzt schon wieder?«, fragte sie müde.

Annie bat darum, hereinkommen zu dürfen, und Tina seufzte laut.

»Aber nur kurz, ich muss gleich zur Arbeit.«

Sie setzten sich an den Küchentisch, und Annie fragte, ob Eddie selbst erzählen wollte, was in der Schule passiert war. Er schüttelte den Kopf, weshalb Annie für ihn übernahm.

»Du behauptest, Jimmy hätte dich geschlagen? Warum lügst du?« Tina starrte ihren Sohn aufgebracht an.

»Ich lüge nicht. Er wollte mich umbringen«, sagte Eddie und starrte weiter auf die Tischplatte.

Tina warf Annie einen wütenden Blick zu und sah dann wieder ihren Sohn an.

»Er glaubt sicher wie alle anderen, dass du die Mädchen umgebracht hast, und das war jetzt Wasser auf ihre Mühlen«, murmelte sie.

Eddie stand so abrupt auf, dass sein Stuhl nach hinten kippte, und rannte aus der Küche. Die Haustür fiel krachend ins Schloss.

Annie wandte sich an Tina.

»Mit allergrößter Wahrscheinlichkeit hat Eddie nichts mit den Todesfällen zu tun. Und Ihr Sohn braucht Sie jetzt«, sagte sie. »Er ist verzweifelt und hat Angst vor Jimmy Lantto.«

Tina ging zur Spüle und begann so hektisch, das bereits eingeweichte Geschirr abzuspülen, dass der Schaum an die Fliesen spritzte. Sie schrubbte frenetisch, als ob es irgendwie wichtig wäre. Nicht dort sitzt der Schmutz, dachte Annie.

Mit einem Knall stellte Tina den Topf auf die Arbeitsfläche.

»Sie müssen jetzt gehen, ich darf nicht zu spät zur Arbeit kommen.«

»Das werde ich, aber ich melde mich am Montag wieder«, sagte Annie. »Kümmern Sie sich am Wochenende um Eddie, und rufen Sie mich an, falls etwas passiert. Hier ist meine Nummer.« Sie nahm eine Visitenkarte aus der Tasche und legte sie auf den Küchentisch. »Und wenn Jimmy Lantto auftaucht, rufen Sie sofort die Polizei.«

64

Eine Streife hatte Jimmy Lantto bereits geholt, als Sara zum Revier zurückkam. Vor dem Vernehmungsraum informierte sie Nording über die Auseinandersetzung zwischen Eddie und Jimmy nach der Gedenkfeier in der Schulaula.

»Verdammt«, sagte Nording. »Was für ein Chaos.«

Jimmy saß mit verschränkten Armen auf dem Stuhl direkt an der Tür. Nording und Sara setzten sich ihm gegenüber. Nording schaltete das Aufnahmegerät ein und beugte sich vor.

»Wirft man mir was vor, oder was?«, fragte Jimmy sofort.

»Zuerst würde ich gern wissen, ob Sie einen schwarzen Volvo XC60 besitzen«, begann Nording.

»Ja«, antwortete Jimmy mit diesem überheblichen Gesichtsausdruck, bei dem Sara ihm am liebsten eine verpasst hätte.

»Und wo waren Sie am Abend des siebenundzwanzigsten August, also am vergangenen Samstag?«, fragte Nording weiter.

Jimmy sah von ihm zu Sara.

»Das ist privat.«

Sara neigte den Kopf zur Seite.

»Jetzt kommen Sie schon. Wir wissen, dass Sie am Bålsjön waren. Was haben Sie dort gemacht?«

Jimmy zwinkerte.

»Ich habe mich mit jemandem getroffen.«

»Und mit wem?«

»Muss ich das sagen?«

»Wir stellen hier die Fragen, und Sie antworten«, erwiderte Nording scharf.

Jimmy lehnte sich zurück und hob das Kinn.

»Meine Frau will nicht mehr mit mir ficken. Deshalb treffe ich mich mit einer, die mir gibt, was ich brauche.«

Die hellblauen Augen waren auf Sara gerichtet. Ist er wirklich so kalt und emotionslos, dachte sie, oder ist das nur eine Fassade?

»Wo treffen Sie sich normalerweise mit der Frau?«, fragte sie.

»Über dem Bålsjön ist ein alter Waldweg, der mit einer Schranke versperrt ist, aber ich bin im Jagdverein und habe einen Schlüssel.«

»Wer war die Frau, mit der Sie sich am Samstag dort getroffen haben?«

Jimmys verächtliches Grinsen verblasste.

»Muss ich Ihnen das sagen?«, wiederholte er.

»Wenn sie Ihr Alibi sein soll, dann ja.«

Schweigen.

»Tina Bylund«, murmelte Jimmy schließlich.

»Wann haben Sie sich mit ihr getroffen?«

»Ungefähr zwischen sieben und neun. Dann habe ich sie bei der Tankstelle in Lugnvik abgesetzt, wo sie arbeitet. Danach bin ich heimgefahren. Um halb zehn war ich etwa zu Hause, würde ich schätzen.«

»Sie waren also zwischen neunzehn und einundzwanzig Uhr mit Tina Bylund zusammen?«

Jimmy nickte, und Sara machte sich eine Notiz.

»Und danach?«

»War ich zu Hause.«

»Besitzen Sie ein Jagdmesser?«, fragte Hans Nording.

Jimmy bestätigte das, und Nording bat ihn, es zu beschreiben. »Ein normales finnisches Jagdmesser, aber an der Klinge fehlt ein Stück.«

»Wie ist das passiert?«, fragte Nording.

Jimmy erzählte, dass die Spitze abgebrochen war, als er letzten Herbst einen Elch zerteilt hatte.

»Wo haben Sie das Messer zuletzt gesehen?«

»In der Garage, in meinem Rucksack«, antwortete er ohne zu zögern.

»Wer weiß, wo Sie es aufbewahren?«, fragte Sara.

»Ich. Und meine Familie natürlich.«

Nording nickte Sara zu, die auf den Flur ging und Petra Josefsson anrief. Wie bei Björn Sundling genehmigte der Staatsanwalt eine Hausdurchsuchung, worüber sie Jimmy gleich darauf informierte. Außerdem würden sie sein Handy beschlagnahmen, und die Spurensicherung würde sich sein Auto vornehmen. Schließlich bat sie ihn noch um eine DNA-Probe.

»Warum? Weil ich ein Messer besitze? Und wenn ich mich weigere?«

Sara verschränkte die Arme.

»Wir haben zwei tote Mädchen, und Sie waren mit Ihrem Auto und Ihrem Handy am Tatort. Ihr Jagdmesser könnte die Tatwaffe sein. Wer weiß, was wir bei der Hausdurchsuchung finden.«

Jimmy riss die Augen auf.

»Ihr verdammten Amateure. Glaubt ihr wirklich, dass ich meine eigene Tochter umgebracht habe? Ihr spinnt doch.«

Für die DNA-Probe forderte Sara ihn auf, den Mund weit zu öffnen.

»Das mache ich gerne, aber nur, wenn Sie nett darum bitten.« Er grinste.

Nachdem sie fertig waren und Jimmy das Revier verlassen hatte, wandte Nording sich an Sara.

»Vielleicht bin ich altmodisch, aber ich verstehe nicht, was Frauen in so einem wie Lantto sehen«, sagte er müde.

»Und ich bin nicht die Richtige für diese Frage«, meinte Sara grinsend. »Aber ich stimme dir zu. Ich könnte kotzen bei seinem Anblick, er ist einer der widerlichsten Typen, die ich je getroffen habe. Kerle, die über Leichen gehen, um das zu bekommen, was sie wollen.«

»Vielleicht hat er ja auch genau das getan«, sagte Nording nachdenklich. »Und jetzt haben wir noch ein Schätzchen vor uns, bevor es ins Wochenende geht.«

65

Annie schob den Schreibtischstuhl zurück und legte den Kopf auf die Arme. Sie schloss die Augen und spürte, wie müde sie war. Es hatte lange gedauert, den Vorfall in der Schule und den Hausbesuch bei den Bylunds zu protokollieren.

Es klopfte, und Annie richtete sich auf. Helena stand in der Tür und sah sie besorgt an.

»Alles okay?«

»Ja, es geht mir gut.«

Helena schloss die Tür hinter sich und setzte sich auf den Besucherstuhl am Schreibtisch.

»Putte hat gesagt, dass du allein in der Herrskogsschule warst?«, sagte sie.

»Die Schule hatte mich angerufen«, erklärte Annie rasch. »Mach dir lieber Gedanken über Putte. Wenn hier jemand seine Arbeit nicht richtig macht, dann er.«

»Immerhin macht er nicht die Arbeit der Polizei.« Helena verzog das Gesicht.

Das schon wieder, dachte Annie. Das hatte Helena im Frühjahr schon zu ihr gesagt, nachdem Annies Cousine Saga verschwunden war.

»Hör auf damit. Bei Saga war es etwas anderes, und das weißt du.«

Helena sah sie enttäuscht an.

»Ich mache mir nur Sorgen um dich, Annie. Du weißt selbst, wie sehr du dich engagierst, und vor allem in unserem Beruf zehrt das. Du bist mir wichtig. Und ich will nicht, dass dir wieder etwas passiert.«

Annie biss die Zähne zusammen.

»Hier geht es nicht um mich, sondern um dich, Helena. Du hast Angst, dass ich Mist baue und es dann auf dich zurückfällt, weil du mich empfohlen hast. Du willst dich nicht für mich schämen.«

»So ein Unsinn«, erwiderte Helena scharf.

»Stimmt das etwa nicht?« Ihre Freundin sah sie an und wollte gerade etwas entgegnen, als Annie weitersprach. »Was soll ich deiner Meinung nach tun? Du weißt doch immer alles besser.«

»Himmel, Annie. Merkst du nicht, was du tust? Du stößt schon wieder alle Menschen weg. Wie früher.«

Annie wurde wütend.

»Ich stoße alle weg?«, zischte sie. »Ich wurde doch weggestoßen, von ganz Lockne!«

Helena blinzelte und schnappte nach Luft. Sie sah Annie stumm an, die den Blick erwiderte. Helena wusste sehr gut, dass Annie fand, dass sie nach dem Überfall nicht zu ihr gehalten hatte, als der ganze Ort sie verurteilt hatte und sie ihre Freundin mehr denn je gebraucht hätte. Im Frühjahr hatten sie den Vorfall einmal kurz angesprochen, hatten versucht, ihr früheres Verhältnis wieder aufleben zu lassen, wieder in ihre alten Rollen zurückzufinden, doch vielleicht war das von Anfang an zum Scheitern verurteilt gewesen.

Annies Handy piepste, eine Erinnerung. Es war drei Uhr, und sie musste zu ihrem Termin bei der Psychologin.

»Ich muss jetzt zu meinem Termin«, sagte sie und stand auf.

66

Annie eilte die Treppe hinauf zur Praxis ihrer Psychologin. Die Tür stand offen, und Ylva Persgård winkte sie herein.

»Tut mir leid, dass ich zu spät bin«, sagte Annie und setzte sich in den Sessel am Fenster. »Es war ein bisschen stressig. Gerade bin ich mit einem schweren Fall beschäftigt. Sie haben doch sicher von den ermordeten Mädchen am Bålsjön gehört?«

»Das ist keine Kunst, es wird ja über nichts anderes mehr geredet.« Ylva verzog das Gesicht. Sie nahm ihren Block und setzte sich Annie gegenüber. »Bei Ihnen ist ganz schön viel los. Die Arbeit, Ihre Mutter, die Liebe. Und Sie haben noch nicht alles verarbeitet, was Sie im Frühjahr durchgemacht haben. Im Mai haben Sie die Beruhigungsmittel abgesetzt, richtig?«

Annie nickte.

»Wie gehen Sie inzwischen mit starken Emotionen und Angst um?«

Annie senkte den Blick.

»Sie vergraben sich in Ihrer Arbeit?«, vermutete Ylva. »Helfen anderen statt sich selbst?«

Annie sah weiter zu Boden. Ylva hatte vielleicht recht. Es klang zumindest logisch. Die Probleme in ihrem eigenen Leben waren viel schwieriger zu bewältigen.

»Was machen Sie heute Abend? Treffen Sie sich mit Thomas?«

Annie zuckte mit den Schultern. »Er hatte die ganze Woche die Kinder, und wir hatten noch keine Zeit, um über das zu reden, was letzte Woche zwischen uns passiert ist. Und meine Freundin hat uns zu einem Pärchenabendessen eingeladen, zu dem ich nicht gehen möchte. Und wir haben uns gerade gestritten, sie und ich, kurz bevor ich hierhergekommen bin. Deshalb war ich auch zu spät.« Annie seufzte schwer.

»Worüber haben Sie sich gestritten?«

Annie suchte nach den richtigen Worten.

»Sie hat etwas daran auszusetzen, wie ich mich verhalte. Sie findet, dass ich unnötige Risiken eingehe.«

Ylva machte sich eine Notiz, doch Annie konnte nicht erkennen, was sie aufschrieb.

»Stimmt das denn?«, fragte Ylva. »Hat Ihre Freundin recht?«

»Ja, vielleicht.«

Annie biss sich fest auf die Lippe. Sie war den Tränen nahe. Verdammt.

»Wenn ich nicht so dumm gewesen wäre, wäre der ganze Mist überhaupt nicht passiert.«

Ylva bat sie, das genauer auszuführen.

»Ich hätte etwas ahnen sollen. Ich war so verflucht naiv.«

Ylva beugte sich vor und neigte den Kopf.

»Hören Sie mir bitte zu«, sagte sie, und Annie zwang sich, die Psychologin anzusehen.

»Sie haben in Ihrer Jugend etwas Unvorhersehbares und Schreckliches erlebt. Sie wurden angegriffen und mussten sich verteidigen. Dabei haben Sie einem anderen Menschen Verletzungen mit lebenslangen Folgen zugefügt. Als Sie erzählten, was passiert war, glaubte man Ihnen nicht, weshalb Sie Ihr eigenes Handeln infrage stellten. Und als Sie im Frühjahr wieder angegriffen wurden, machten Sie sich Vorwürfe, nicht erkannt zu haben, dass diese Frau psychisch krank war. Nur sehr wenige Menschen morden, und die meisten sind Männer. Hören Sie das, Annie? Wie Sie sich die Schuld geben, wie hart Sie zu sich selbst sind?«

Annie strich mit den Fingerspitzen über die Narbe am Hals, die aufgeworfene Haut. Sie wusste, woher die Scham kam, aber nicht, wie sie sich davon befreien sollte.

»Ich habe das Gefühl, als hätte ich überhaupt keine Kontrolle. Alles wird immer nur schlimmer.«

»Vielleicht lassen Sie ja andere über sich bestimmen, statt selbst zu entscheiden, was Sie wollen?«, fragte Ylva. »Sie haben es noch nicht geschafft, mit Thomas zu reden, und jetzt haben Sie und Ihre Freundin Streit. Sie sind zu einem Abendessen eingeladen, zu dem Sie nicht gehen möchten. Wenn Sie das tun würden, was Sie wirklich möchten – was wäre das?«

»Ich weiß es nicht«, meinte Annie seufzend. »Was ich auch tue, irgendwen enttäusche ich immer.«

»Aber was wollen *Sie*?«, beharrte Ylva.

Annie schloss die Augen und versuchte, etwas zu spüren. Ihr Bauch war ein einziger Knoten aus sich windenden Schlangen. Eigentlich wollte sie nur nach Hause und sich ins Bett verkriechen.

»Nach dem heutigen Streit habe ich keine Lust, zu Helenas Geburtstagsessen zu gehen«, begann sie.

»Gut, das möchten Sie nicht. Sie werden also absagen?«

Ylva stellte sie auf die Probe, wurde Annie klar. War das eine Fangfrage? War es richtig oder falsch, die Einladung abzulehnen? Wich sie dem Konflikt mit Helena dadurch aus?

»Ich weiß nicht, was ich tun soll. Bitte helfen Sie mir«, antwortete sie.

»Sie haben zwei Möglichkeiten. Beide sind in gewisser Hinsicht bedrohlich«, erklärte die Psychologin.

Das Gespräch mit Thomas oder ein anstrengendes Pärchenessen mit Helena, mit der sie gerade Streit hatte. Annie konnte sich dafür entscheiden, den Konflikt anzugehen, davor davonlaufen oder sich tot stellen, also gar nichts tun und hoffen, dass sich alles irgendwie von selbst erledigte.

»Die Entscheidung werde ich Ihnen nicht abnehmen«, meinte Ylva lächelnd. »Aber ich kann Ihnen helfen, selbst zu erkennen, was Sie tun möchten.«

67

Vor der Gemeindeverwaltung in Härnösand bogen Sara und Nording nach links ab. Der Donnerstagsmann wohnte im nördlichen Teil des Zentrums, im ersten Stock eines flachen, lang gezogenen Gebäudes mit Mietwohnungen und hellgrün verputzter Fassade.

An der Tür stand »c/o Andersson«, bemerkte Sara. Wie bei den Wohnungen, die das Sozialamt für misshandelte Frauen oder obdachlose Familien mit Kindern bereitstellte.

Sie klingelten und warteten. Im Treppenhaus war es still, kein Geräusch war aus den Wohnungen zu hören. Die Türen hatten Spione, vielleicht beobachtete der Donnerstagsmann sie auch gerade.

Nach einer Weile wurde die Tür geöffnet, und ein etwa fünfundsechzigjähriger Mann sah sie an. Die kurzen, von grauen Strähnen durchzogenen Haare standen ihm vom Kopf ab, als wäre er gerade erst aufgewacht. Er trug ein T-Shirt und Hosen, die ein Zwischending zwischen Schlafanzug- und Yoga-Hosen für Frauen waren. Er war nicht besonders groß, knapp unter einen Meter achtzig. Arme und Beine waren dünn, der Bauch stand hervor wie bei jemandem, der nicht auf seine Ernährung achtete. Sie hatte ihn sich anders vorgestellt, wurde ihr klar. Muskulöser oder zumindest kräftiger. Dieser Mann wirkte fast schon harmlos. Trotzdem hatte er sich als Zwanzigjähriger wie ein Monster verhalten, als er sich an den armen Mädchen vergriffen hatte.

»Ja, bitte?«, fragte er.

Sara hielt ihre Polizeimarke hoch und fragte nach seinem Namen. Der Mann sah sie wütend an, gab jedoch wie erwartet den Namen an, den der Donnerstagsmann den Unterlagen zufolge nach der Entlassung aus dem Gefängnis angenommen hatte.

»Wir würden gern kurz reinkommen und mit Ihnen reden«, sagte Sara.

Der Mann ließ sie eintreten. In der Diele verschränkte er die Arme vor der Brust.

»Was wollen Sie von mir?«

»Wir ermitteln in einigen Todesfällen und möchten gern wissen, wo Sie sich am Samstag, den siebenundzwanzigsten August, befunden haben.«

»Vor ein paar Tagen?« Der Donnerstagsmann hob die Augenbrauen. »Da war ich in Riga.«

»Kann das jemand bezeugen?«, fragte Nording.

»Ich habe die Tickets noch. Gestern früh bin ich zurückgekommen.«

Der Mann wühlte in dem Rucksack, der auf der Kommode hinter ihm lag. Dann gab er ihnen zwei zerknitterte Papiertickets für die Fähre Stockholm-Riga, Hin- und Rückfahrt. Das Datum stimmte, doch das bedeutete nur, dass er Fahrkarten hatte, nicht, dass er auch auf dem Schiff gewesen war, dachte Sara.

»Wir werden das überprüfen, und wenn sich herausstellt, dass Sie uns belogen haben ...«

»Das habe ich nicht«, erwiderte der Mann trocken.

»Wir wissen, weshalb Sie im Gefängnis waren«, sagte Sara und wartete auf seine Reaktion.

Der Mann blinzelte und schürzte die Lippen.

»Das ist lange her«, erwiderte er. »Ich habe meine Zeit abgesessen und für meine Verbrechen gebüßt.«

Nein, dachte Sara. Was du getan hast, lässt sich nicht abbüßen.

»Wollten Sie noch was?«

»Ja. Können Sie uns bitte Ihre Telefonnummer geben?«

Der Donnerstagsmann nannte ihnen die Nummer, die Sara bereits herausgefunden hatte und die nicht mit dem unbekannten Prepaidhandy übereinstimmte.

»Haben Sie noch ein Handy?«, fragte Nording.

»Nein.«

Sara beobachtete den Mann, ob vielleicht irgendetwas darauf hindeutete, dass er log, doch er starrte nur mit leerem Blick zurück.

Im Auto rief Nording Petra Josefsson an und bat sie, überprüfen zu lassen, ob es auf der Fähre Überwachungskameras gab, die den Donnerstagsmann gefilmt haben könnten.

»Also dann. Am Montag wissen wir mehr«, sagte er. »Jetzt trinken wir noch einen Kaffee in *Rutiga Duken,* bevor wir heimfahren. Oder hast du ein heißes Date?«

Sara streckte ihm die Zunge heraus.

»Halt die Klappe«, sagte sie lächelnd.

68

Annie setzte sich auf dem Parkplatz vor dem Büro ins Auto. Die Sonne war hinter dem Hotel Kramm verschwunden. Die ganze Sitzung über hatte sie mit Ylva die Vor- und Nachteile gegeneinander abgewogen, hatte alle negativen Gedanken aufgelistet und sie den positiven gegenübergestellt und sich so einer Entscheidung angenähert.

Ein Zug fuhr langsam in den Bahnhof ein. »Auf in die Zukunft« stand auf einem Waggon. Ja, die Zukunft. Sie würde nicht in die Vergangenheit schauen, sondern nach vorn. Und da musste sie sich dem stellen, was ihr am meisten Angst machte, was die Zukunft so schwierig gestaltete. Die Angst, sich verletzlich zu zeigen, andere Menschen emotional an sich heranzulassen.

Sie nahm das Handy aus der Tasche und tippte:

Ich muss leider für heute Abend absagen.

Bevor sie die Nachricht abschicken konnte, bekam sie eine von Helena.

Ture hat sich übergeben, wir müssen das Abendessen leider absagen. Tut mir leid!!

Annie las die Nachricht noch einmal. Wie praktisch, dass Helenas Sohn sich den Magen verdorben hatte. Vielleicht wollte Helena sie nach dem Streit auch nicht sehen. Sie war aber sehr erleichtert, dass die Freundin sich zuerst gemeldet hatte. Annie antwortete kurz, dass es kein Problem sei und Ture sich hoffentlich schnell erholen würde.

Jetzt konnte sie sich mit Thomas treffen. Annie sah auf die Uhr. Viertel nach vier, Thomas war bestimmt schon zu Hause.

Mehr als eine Woche ist vergangen, du musst dich melden, dachte sie. Aber Ylva hatte gesagt, dass Annie entscheiden sollte, wann und wo sie sich treffen würden. Sie sollte die Kontrolle behalten und sich sicher fühlen.

Mit leicht zitternder Hand tippte sie.

Hallo. Ich bin nach der Woche völlig erledigt und will nur noch heim und schlafen, aber vielleicht möchtest du morgen Abend um sieben zum Essen zu mir kommen? Drück dich, A.

Die Antwort kam umgehend.

Sehr gern. Meine Woche war auch anstrengend. Morgen sieht alles schon besser aus! Drück dich zurück, T.

Annie lehnte den Kopf zurück und atmete langsam aus. Die Kopfschmerzen kehrten zurück, aber das war wohl ein Zeichen, dass sie sich allmählich entspannte. Sie musste sich ausruhen, nicht mehr an die Arbeit denken, sich nur noch auf das konzentrieren, was wichtiger als alle Arbeit der Welt war: ihre Familie. Sie musste noch einmal versuchen, mit Birgitta zu reden, dabei aber alle unangenehmen Themen vermeiden.

69

Eddie lag auf dem Bett und weinte leise, damit seine Mutter ihn nicht hörte. Die Pflöcke hatten sie nicht getötet, er hatte Isabella nicht umgebracht. Aber wer dann?

Er hörte die Stimme seiner Mutter aus der Küche. Er schlich zur Tür und öffnete sie einen Spalt. Seine Mutter telefonierte mit jemandem, erzählte, dass ihr Junge unschuldig war und nichts mit den Morden zu tun hatte. Dass Jimmy Lantto Lügen über sie beide verbreitete. Aber glaubte sie ihm wirklich? Zumindest war es das, was alle glauben sollten. Seit Annie ihn nach Hause gefahren hatte, hatte sie bei diversen Leuten angerufen und überall dasselbe erzählt. Sie hatte sich beschwert, dass das Jugendamt über sie bestimmen wollte, dass es seine Macht missbrauchte. Doch seine Mutter hatte unrecht. Annie war nicht wie die anderen Leute vom Jugendamt. Sie hatte freundliche Augen. Vielleicht waren sie auch ein wenig traurig. Sie hatte ihn heimgefahren, ihm Essen gekauft und gesagt, dass sie ihm glaubte und dass sie ihm helfen wollte.

Annie wollte wissen, was im Sommerlager passiert war. Sollte er ihr seinen Verdacht erzählen? Er war hin und her gerissen.

Aber er sollte alles tun, was er konnte. Für Bella.

Isabella

Ich werde bald konfirmiert. Unser Pfarrer heißt Jakob, und wir werden die ganze Bibel lesen. Vom Himmel und der Hölle, von Engeln und Teufeln. Alles Böse soll ausgetrieben werden. Solange man Gottes zehn Gebote befolgt und sich vor den sieben Todsünden in Acht nimmt, ist alles gut. Die sieben Todsünden sind Hochmut, Gier, Wollust, Neid, Völlerei, Zorn und Faulheit. Wenn das alles verboten ist, müssten eigentlich alle Menschen in der Hölle landen.

Jakob sagt, dass man Gottes Willen folgen muss. Er nennt uns Sünder. Er versucht uns Angst einzujagen, aber wir machen ihm Angst.

In der Bibel steht, dass man Versuchungen nicht nachgeben darf, aber ich finde Jakob nun mal süß. Nein, sogar richtig hübsch. Er ist fünfzehn Jahre älter als ich, aber ich weiß, dass ich reif für mein Alter bin, dass ich älter aussehe, und dass ich anders spreche und denke als die anderen in meinem Alter. Jakob hat es »eine alte Seele in einem jungen Körper« genannt.

Er sieht mich an, als versuchte er, in meine Seele zu schauen, zu erfahren, was sich in der Dunkelheit in meinem Inneren verbirgt. Macht es ihm Angst, oder lockt es ihn? Jakob sagt, dass er Gott in mir sieht. Er *sagt, dass ich besonders bin, nicht wie die anderen, dass ich gerettet werden kann, wenn ich nur glaube. Aber ich glaube an gar nichts mehr. Jakob sagt, dass ich mit ihm reden kann. Aber ich weiß nicht, ob ich es wage.*

Er will mir helfen, aber wie kann er das? Kein Gott kann mir helfen. Ich bin bereits in der Hölle.

70

Der Morgen begann schwül und stickig. Blauschwarze Wolken türmten sich über dem Wasser, wie eine riesige Woge aus dem Meer, die langsam über die Landschaft rollte. Die Ruhe vor dem Sturm, dachte Annie, als sie nach Fridebo fuhr.

Sie hatte sich einen Plan für den Tag gemacht, damit sie die Angst in Schach halten konnte und Thomas nicht doch noch absagte. Zuerst würde sie ihre Mutter besuchen, dann zum Grab ihres Vaters fahren. Auf dem Heimweg würde sie bei Sven vorbeischauen, mit ihm reden und alles Nötige einkaufen, und den restlichen Tag würde sie putzen und das Abendessen vorbereiten.

Der Parkplatz vor Fridebo war ungewöhnlich leer, kein Mensch war zu sehen. Annie stieg aus dem Wagen und wollte gerade klingeln, als sie den Zettel an der Tür sah. *Magen-Darm-Grippe im Haus. Keine Besuche.*

Annie seufzte und setzte sich wieder ins Auto. Das Personal wusste doch, dass sie ihre Mutter jeden Samstag besuchte. Hätten sie nicht anrufen und ihr Bescheid sagen können? Und jetzt war es erst elf. Sie hatte gehofft, ein paar Stunden bei Birgitta totschlagen zu können.

Als sie auf den Kirchenparkplatz einbog, piepste ihr Handy in der Handtasche. Sie holte es heraus, sah aber keine Nachricht. Als sie es zurücksteckte, bemerkte sie ihr Diensthandy, das ganz unten in der Tasche lag. Jemand hatte ihr eine SMS geschickt.

Ich muss mit Ihnen reden. Allein. Eddie

Annies Herzschlag setzte kurz aus. War etwas passiert? Es war Wochenende, und sie hatte keine Bereitschaft, aber sie hatte ihm gesagt, er könne sich jederzeit bei ihr melden.

Hallo. Wo sollen wir uns treffen?

Die Antwort kam sofort.

Wo wohnen Sie? Kann ich zu Ihnen kommen?

Sie antwortete, dass sie gerade auf dem Friedhof war.

Sind da noch mehr Leute?

Nein, ich bin allein.

Dann komme ich dorthin.

Nach einer Viertelstunde stellte Eddie sein Fahrrad ab und kam zu ihr. Sie setzten sich auf die Bank beim Ruhehain.
»Ich möchte Ihnen von dem Sommerlager erzählen«, sagte er. Eddie sah zu dem großen Kreuz in der Mitte des Hains.
Annie hörte, wie er tief Luft holte. »Wir haben auf einem Hof gewohnt und einen Ausflug zum Häxberget gemacht, wo wir uns den Gedenkstein angesehen haben, mit den Namen

all derjenigen, die während der Hexenprozesse hingerichtet worden waren. Jakob hat irgendwas geschwafelt, wie schlecht es denen ergehen wird, die Magie und Hexerei verfallen, so ein Zeug. Auf dem Rückweg zum Hof haben wir seltsame Schreie gehört, und die Mädchen haben Angst bekommen. Angeblich sollte es da spuken, aber ich habe ihnen gesagt, dass ich keine Angst vor Gespenstern hätte. Nur vor Bären. Wir haben gedacht, dass ein Fuchs geschrien hat«, murmelte er. »Aber Vendela sagte, es sei ein Myling gewesen. Wissen Sie, was das ist?«

Annie nickte.

»Auf jeden Fall hatte Isabella eine Scheißangst, und Jakob wollte sie beruhigen. Hat sie in den Arm genommen, wie er es immer gemacht hat, ganz fest, und sie nicht mehr losgelassen.«

»Wie meinst du das, er hat nicht mehr losgelassen?«

Hatte sich der Pfarrer an Isabella herangemacht?, dachte Annie. Oder war Eddie nur überempfindlich?

»Er hat ihr ständig geschmeichelt, sie war sein Liebling. Hat ihr über die Haare gestreichelt und wollte sie immer umarmen und so. Wenn er nur gewusst hätte, was Bella und die anderen getrieben haben.«

Mitten in der Nacht war Eddie von Stimmen aus dem Zimmer der Mädchen aufgewacht. Er schlich sich nach draußen und spähte durch ihr Fenster. Da sah er, wie sie in einem Kreis um Vendelas seltsames Brett und einen Kerzenleuchter saßen.

»Wenn der Pfarrer sie so gesehen hätte, wäre er ausgeflippt«, sagte Eddie.

Plötzlich hatte Vendela ihn entdeckt.

»Sie dachte, ich würde sie verpetzen, und hat mich zu einer Mutprobe gezwungen.«

Er sollte in den Wald hinausgehen und dort die ganze Nacht bleiben, allein und ohne Handy.

Wo ihn die Pfarrersfrau dann gefunden hatte, dachte Annie.

»Das muss furchtbar gewesen sein«, sagte sie, und sie verstand, warum er sich hatte rächen wollen, auch wenn das, was er dann getan hatte, viel schlimmer war.

»Ja, es war schrecklich. Ich hatte noch nie solche Angst«, murmelte Eddie. »Deshalb wollte ich zuerst nichts erzählen. Aber Sie haben ja gesagt, dass jede Information helfen kann. Wenn Sie wollen, dürfen Sie es der Polizei weitergeben.«

Annie tätschelte ihm die Schulter.

»Danke, Eddie, das werde ich ganz bestimmt.«

71

Sara blickte über den Fluss, als sie über die Sandöbron nach Norden Richtung Lockne fuhr. Dort schien noch die Sonne, doch weiter im Süden, bei der Högakustenbron, war der Himmel dunkel, und am Abend sollte es stürmen und regnen. Petra Josefsson hatte ihr freigegeben, und sie hoffte, bis zum Abend mit der restlichen Arbeit im Sommerhaus fertig zu werden. Dann wollte sie den Kamin anfeuern, sich aufs Sofa kuscheln und versuchen, nicht an die Arbeit zu denken. Sie wollte nur die Ruhe und die Einsamkeit genießen. Benke hatte sie seit ein paar Tagen nicht mehr angerufen. War das ein Zeichen, dass er aufgegeben hatte, oder bekam er seine Informationen von jemand anderem?

Auf dem Abhang hinunter Richtung Lugnvik sah Sara zur Villa der Brinks und dachte an Vendela. Seit sechs Tagen warteten sie auf das Okay des Arztes, dass sie das Mädchen befragen konnten, doch jeden Tag bekamen sie dieselbe Auskunft. Dass ihr Zustand immer noch kritisch war.

Und noch etwas störte sie: Dass sie es noch nicht geschafft hatten, Jimmy Lanttos Alibi zu überprüfen. Sein Alibi war eine Frau, die vielleicht Angst vor ihm hatte, nicht zuletzt, weil er auch auf ihren Sohn losgegangen war. Wie sie alle wussten, wurden viele Morde im engsten Familienkreis verübt, und der Täter war oft aus der Familie des Opfers. Es war nicht ungewöhnlich, dass die kriminaltechnischen Ermittlungen den Täter entlarvten, das dahinterliegende Motiv aber wurde oftmals erst sehr viel später klar. Manchmal gab es auch gar kein offensichtliches Motiv, nur unglückliche Umstände.

Sara näherte sich der Tankstelle, in der Tina Bylund arbeitete, und aus einem Impuls heraus bog sie ab. Nur ein Auto stand an den Zapfsäulen. Sara wartete, bis der Kunde fertig war, dann ging sie in den Shop.

Sie hatte Glück, Tina war da.

Sara bat um einen Hotdog.

»Haben Sie am Samstagabend gearbeitet?«, fragte Sara, als Tina ihr den Hotdog hinhielt.

»Ja«, antwortete Tina überrascht.

»Ab wann?«

»Ab neun. Warum?«

Sara zeigte ihre Polizeimarke.

»Ich ermittle in einem Mordfall. Und davor?«

»Wie meinen Sie das?«

Tina konnte ihre Reaktion nicht verbergen. Ihr Hals rötete sich, ihr Blick wurde abweisend.

»Uns liegen Informationen vor, dass Sie sich beim Bålsjön aufgehalten haben sollen.«

»Wer hat das gesagt?«

»Jimmy Lantto. Er sagt, Sie seien am Samstagabend mit ihm zusammen gewesen.«

Tina wurde knallrot, und sie blies eine Haarsträhne aus dem Gesicht.

»Warum reden wir denn eigentlich über mich, verdächtigen Sie mich wegen irgendwas?«

»Nein, noch nicht.«

»Auch wenn es Sie nichts angeht, aber ja, ich war mit Jimmy zusammen.«

Sara wollte den genauen Zeitpunkt wissen.

»Wir waren ein paar Stunden zusammen, genau weiß ich es nicht mehr. Von sieben bis neun vielleicht. Er hat mich dann hier abgesetzt.«

»Und wann war Ihre Schicht zu Ende?«

»Um ein Uhr nachts. Da machen wir zu. Die Nachbarn hatten eine Feier, die haben gesehen, wie ich heimgekommen bin. Einer hat gegen meine Hecke gepinkelt, und ich habe ihn angebrüllt, er soll das lassen.«

Ein Zeuge, der bestätigen konnte, dass Tina Bylund in der Nacht nach Hause gekommen war, aber vielleicht zu betrunken gewesen war, um den genauen Zeitpunkt sagen zu können, dachte Sara.

»Okay. Danke für den Hotdog«, sagte sie und verließ die Tankstelle.

Sie sah, wie Tina ihr wütend durch das Fenster nachsah, als sie davonfuhr. Vielleicht war ihr nicht klar, dass Sara gegen alle Verhörregeln verstoßen hatte, doch auch wenn sie es gemerkt hatte, würde sie sich wohl kaum beschweren.

Sara aß ihren Hotdog und verdrängte die Gedanken an das, was sie gerade getan hatte. Etwas, was sie bei ihrem Vater immer so gehasst hatte.

72

Annie blieb noch eine Weile im Ruhehain sitzen und ging dann langsam zum Parkplatz. Sie dachte an das Gespräch, das sie und Sara am Montag mit dem Ehepaar Enghed geführt hatten, und daran, was der Pfarrer über Isabella gesagt hatte.

Als sie gerade einsteigen wollte, bog ein silberner Volvo auf den Parkplatz ein und stellte sich neben sie. Der Mann auf dem Beifahrersitz war leichenblass und hatte dunkle Ringe unter den Augen. Wenn er ansonsten nicht immer noch so ausgesehen hätte wie als Teenager, hätte Annie ihn nicht erkannt. Helena hatte recht, Patrik Mohlin sah überhaupt nicht gut aus.

»Hallo, Molle«, sagte sie, als er ausstieg.

Patrik blieb stehen, ohne die Wagentür zu schließen.

»Annie«, sagte er verwundert. »Das ist aber lange her. Du hast mich also wiedererkannt?«

»Aber klar. Du hast dich nicht verändert.«

»Aber was machst du denn hier? Lebst du nicht in Stockholm?«

Annie nickte.

»Das ist richtig, ich bin nur vorübergehend hier. Ich habe erfahren, dass Isabella eure Tochter war. Mein herzliches Beileid.« Sie nickte Sofie Mohlin zu, die sich zu ihnen gesellte und ihr nur einen bösen Blick zuwarf.

»Willst du auch zu der Gedenkfeier in der Kirche? Das ist aber nett!«

Oh nein, dachte Annie. Molle hatte sie falsch verstanden, aber jetzt konnte sie keinen Rückzieher mehr machen, ohne herzlos zu wirken.

»Komm, wir müssen rein«, sagte Sofie. Sie wollte nach der Hand ihres Mannes greifen, doch er schlug ihre Hand weg. Stattdessen marschierte er mit raschen Schritten auf die Kirche zu, und Sofie folgte ihm.

Annie blieb stehen. Es war erst halb zwölf, sie hatte Zeit. Eigentlich traf es sich ganz gut, dachte sie. Es war nicht nur eine freundliche Geste gegenüber Molle, sondern auch eine gute Möglichkeit, den Pfarrer bei der Arbeit zu beobachten.

Etwa zwanzig Trauergäste saßen zu beiden Seiten des Mittelgangs, hauptsächlich ältere Menschen, vielleicht Verwandte oder Bekannte der Familien. Molle und seine Frau setzten sich weiter nach vorn, während Annie sich hinten einen Platz suchte.

Jakob Enghed stand auf der Kanzel und sah ernst auf die Versammelten hinab, die Hände hatte er auf das Pult vor sich gestützt. Er war wirklich ein Anblick für die Götter, dachte Annie. Seine Haare rahmten das charismatische Gesicht mit den hohen Wangenknochen und den tief liegenden Augen ein. In seinem weißen Talar sah er aus wie ein Erzengel, wie ein Hirte, der über seine Schafherde wachte. Obwohl Annie so weit hinten saß, hatte sie das Gefühl, als stünde Jakob Enghed genau über ihr. Unbewusst straffte sie die Schultern.

»Der Herr gibt, und der Herr nimmt«, sagte der Pfarrer plötzlich. »Unsere Kinder werden uns nur geliehen. Wenn sie uns genommen werden, wollen wir gern glauben, dass es schrecklich ist, obwohl sie doch eigentlich nach Hause kommen. Wir werden alle zurückkehren zu Gott. Wenn es so weit ist, kann nichts Gottes Wille im Weg stehen.«

Annie sah weiter zu Jakob Enghed hinauf, der auf die ersten Bankreihen hinabblickte. Fielen nur ihr seine Worte auf? Dass man Gottes Wille nicht infrage stellen durfte, wie unbegreiflich dieser auch sein mochte? *Sein Wille geschehe, wie im Himmel so auf Erden.* Gott ist ein Psychopath, dachte sie. Der Tod eines Kindes war immer eine Tragödie, wie konnte jemand in so etwas Schrecklichem einen Sinn sehen?

Der Pfarrer sprach weiter.

»In der Offenbarung des Johannes, Kapitel 21, Vers acht, steht: ›Aber die Feiglinge und Treulosen, die Befleckten, die Mörder und Unzüchtigen, die Zauberer, Götzendiener und alle Lügner – ihr Los wird der See von brennendem Schwefel sein. Dies ist der zweite Tod.‹«

Annie blickte über die Bankreihen. Das Ehepaar Mohlin hatte die Köpfe gesenkt. Patriks Schultern zuckten, als würde er weinen.

»Nur die Unbefleckten kommen zu Gott«, hörte sie plötzlich und hob erneut den Blick zur Kanzel. »Erst, wenn man sich von seinen Sünden reingewaschen und Vergebung erfahren hat, kommt man ins Reich Gottes«, fuhr der Pfarrer fort.

Säuberung. Sich von seinen Sünden reinwaschen? Hatte der Pfarrer darüber mit den Mädchen gesprochen? Dass sie Sünderinnen waren und gereinigt werden mussten? Und wie viel hatten sich die Mädchen zu Herzen genommen von dem, was ihr Konfirmationspfarrer ihnen gepredigt hatte? Sie waren jung und ohne Orientierung, er war hübsch und jemand, zu dem man aufsehen konnte. Außerdem hatten sie sich ein Jahr lang regelmäßig getroffen. Vielleicht hatte es nicht mehr gebraucht für diese jungen Mädchen, die nur gesehen werden und spüren wollten, dass sie jemandem nicht egal waren. Sie wusste, wie schnell das passierte. Sie war selbst ein leichtes Opfer für jemanden gewesen, der ihr dann Narben fürs Leben verpasst hatte, sowohl seelische als auch körperliche.

Als der letzte Psalm angestimmt wurde, verließ Annie rasch die Kirche, um den Mohlins nicht noch einmal zu begegnen.

Die Worte des Pfarrers hallten immer noch in ihrem Kopf nach, als sie vor Bergstens Livs parkte. Sie wusste nicht, was sie erwartet hatte, erinnerte sich aber noch, dass der frühere Pfarrer bei Sagas Beerdigung eine schöne Rede gehalten hatte. Trauer sei Liebe, die keine Heimat mehr hat. Das hatten sie alle als tröstlich empfunden. Jakob Enghed war da völlig anders.

Sven stand hinter der Fleischtheke und strahlte, als er sie sah.

»Annie!«, rief er und kam zu ihr. »Wenn du heute Abend nichts anderes vorhast, bist du herzlich zum Essen eingeladen.«

»Danke, aber Thomas kommt zum Essen zu mir, deshalb bin ich eigentlich hier.«

»Wie schön.« Sven lächelte. Dann musterte er sie.

»Alles in Ordnung? Ist etwas passiert?«

Annie erzählte von der Gedenkfeier in der Kirche. Sven verzog das Gesicht und presste die Lippen aufeinander, als ob er die Tränen zurückhalten müsste.

»Aber mein Mädchen, was hattest du denn da zu suchen?«
»Das war Zufall, ich wusste nichts davon«, erwiderte Annie rasch.

Sie erzählte, wie sie das Ehepaar Mohlin auf dem Parkplatz getroffen und sich verpflichtet gefühlt hatte, mit hineinzugehen.

»Das war sehr lieb von dir«, sagte Sven und blinzelte ein paar Tränen weg.

Und nicht ganz so uneigennützig, wie du glaubst, dachte Annie.

»Ja, kann sein. Aber ich habe mich ein wenig an den Worten des Pfarrers gestört. Er war überhaupt nicht wie sein Vorgänger. Weißt du, wo er vorher war, bevor er diesen Posten hier bekam?«

Sven überlegte und schüttelte dann den Kopf.

»Nein, aber man redet im Ort.«

»Und was redet man so?«

Sven kratzte sich am Kopf.

»Hm, was war das noch. Irgendjemand hat gesagt, dass er seine letzte Gemeinde verlassen musste.«

»Warum?« Annie runzelte die Stirn.

»Das weiß ich nicht mehr.«

»War es wegen etwas Schwerwiegendem?«

»Nein, ich glaube nicht. Daran würde ich mich sicher erinnern. Warum fragst du?«

»Ich weiß nicht ... Ich habe mich nur über das gewundert, was er gepredigt hat. Es klang so streng und altmodisch und überhaupt nicht so tröstlich, wie ich es erwartet hatte.«

»Er war vielleicht nur nervös. Dieser schreckliche Vorfall hat ihn sicher mitgenommen.«

Annie nickte. »Du hast recht. Wahrscheinlich bin ich gerade nur etwas empfindlich.«

Sven klopfte ihr auf die Schulter.

»Jetzt schauen wir mal, was du alles für heute Abend brauchst«, sagte er lächelnd. »Was wolltest du denn kochen?«

73

Nachdem sie das Essen vorbereitet hatte, war es erst drei, und Annie holte den Staubsauger hervor. Nachdem sie alle Zimmer gesaugt hatte, polierte sie die Messingklappen des Kachelofens, bis sie glänzten, deckte den Esstisch und wischte die Küchenarbeitsfläche. Dann putzte sie das Bad. Als das Erdgeschoss fertig war, ging sie nach oben ins Schlafzimmer. Sie sah zum Bett. Heute Nacht würden sie hier schlafen, in ihrem Haus, zum ersten Mal. Morgen zusammen aufwachen. Bei der Vorstellung wurde ihr schwindelig. Hatte Thomas ihr nackter Körper gefallen? War das Licht eingeschaltet gewesen oder nicht?

Ihr Magen verkrampfte sich wieder, und Annie ging ins Bad und unter die Dusche.

Sie seifte sich ein, während das Wasser warm wurde, rasierte sich die Beine, schnitt die Zehennägel. Sie zwang sich, die Narbe anzusehen, die zwei Zinken einer Heugabel hinterlassen hatten, eine ewige Erinnerung daran, dass sie wegen ihres Starrsinns beinahe ihr Leben verloren hätte. Und wegen ihrer Tollkühnheit. Doch mit Ylvas Hilfe hatte sie erkannt, dass dadurch auch die Wahrheit über Saga Bergstens Tod ans Licht gekommen war. Sven und Lillemor mussten sich nicht länger grämen, ob ihre Tochter sich das Leben genommen hatte oder nicht. Der Gedanke tröstete sie am meisten.

Sie drehte das Wasser ab und stieg aus der Dusche. Ein Blick auf ihr Handy zeigte, dass sie keine verpassten Anrufe hatte, keine Nachrichten von Thomas, dass er nicht kommen konnte. Sie föhnte die Haare, schminkte sich leicht und ging dann ins Schlafzimmer, um sich anzuziehen. Es war erst fünf. Zwei Stunden noch, und sie war jetzt schon nervös. Was sollte sie nur tun, damit sie kein Wrack war, wenn Thomas vor der Tür stand?

Sie ging zum Fenster und sah hinaus. Noch hatte es nicht zu regnen begonnen, doch der Himmel war beunruhigend dunkel. Wieder sah sie Patriks blasses, verzweifeltes Gesicht vor sich. Du solltest dich schämen, dachte sie. Die Nervosität vor Thomas' Besuch war nichts im Vergleich dazu, wie es den Eltern ging, die ihr Kind verloren hatten. Für die sich jede Stunde, jede Minute wie nicht enden wollender Schmerz anfühlte.

Sie wollte Sara am liebsten jetzt schon anrufen und ihr erzählen, was Eddie gesagt hatte, doch sie musste sich bis Montag gedulden. Sara hatte noch nichts zu ihrem ursprünglichen Hinweis wegen des Donnerstagsmannes und des fehlenden Rettungsboots gesagt, das Back-Hanna erwähnt hatte.

Annie sah auf die Uhr. Der Bålsjön lag nur ein paar Kilometer entfernt. Sie könnte kurz hinfahren und nachsehen, ob das Rettungsboot wirklich fehlte. Eine andere Ablenkung hatte sie gerade sowieso nicht.

Als Annie den See erreichte, hatte es zu nieseln begonnen. Da sie keine Regensachen dabeihatte, musste sie sich beeilen.

Sie stieg aus und sah sich um. Es war bestimmt fünfundzwanzig Jahre her, dass sie das letzte Mal hier gewesen war, aber alles sah genauso aus, wie sie es in Erinnerung hatte. Der Kiosk war noch derselbe, nur mit Brettern vernagelt. Sie sah die alte Reifenschaukel und den Sandkasten auf der Wiese am Weg, das Schilf, in dem es von Kaulquappen und Blutegeln gewimmelt hatte.

Der See lag dunkel vor ihr, die Wasseroberfläche kräuselte sich vom Regen. Der Steg war noch da, würde aber bald für den Winter an Land gezogen werden. Annie schauderte. Dort hatte Eddie also die Pflöcke versenkt.

Langsam ging sie über das Gras und den Strand zum Steg. Der Rettungsring hing gut sichtbar an einem Eisenpfosten. Ein nasses Seilende baumelte von einem Ring im Pfosten. Back-Hanna hatte recht gehabt. Hier war ein Rettungsboot vertäut gewesen.

Annie blickte auf das Wasser hinaus zum linken Ende des Sees, wo er in einer Kuhweide endete. Sie drehte sich um und ging in die andere Richtung, den breiten Bach entlang Richtung Wald. Könnte hier jemand mit dem Rettungsboot entkommen sein? Sie blieb stehen und sah sich um. Die Luft fühlte sich hier kühler an. Ein Hauch von Kälte hing zwischen den Bergen, wie beim Baden im warmen Sommerwasser. Sie fröstelte. Hier irgendwo musste Eddie dem Bären begegnet sein. Rasch ging sie zum Wagen zurück.

Als sie fast am Ziel war, blieb sie stehen. Jemand stand an der Stelle, wo sie eben noch gestanden hatte, am Ende des Stegs, und drehte dem Strand den Rücken zu. Ein Mann in Hemd und Jeans, dem der Regen nichts auszumachen schien, starrte ins Wasser. Annie blinzelte, glaubte einen Moment an Einbildung. Wer war er, und woher war er so plötzlich gekommen?

Annie sah zum Parkplatz. Dort stand ein silberfarbenes Auto, das ihr bekannt vorkam. Eines, das sie heute schon einmal gesehen hatte.

Annie sah wieder zu dem Mann auf dem Steg, und ja, es war Patrik Mohlin. Was machte er hier ganz allein? Sie musste nachsehen, was mit ihm los war.

Sie ging zum Ufer und räusperte sich, aber Patrik schien sie nicht zu hören. Regungslos stand er auf dem Steg, bis das Holz unter seinen Füßen von Annie Schritten bebte und sie direkt hinter ihm stand. Da drehte er sich um.

»Hallo, Molle«, sagte sie. »Tut mir leid, falls ich dich erschreckt habe.«

Patrik sah sie nur ausdruckslos an. Sein Gesicht war noch bleicher als bei ihrer letzten Begegnung, falls das überhaupt möglich war.

»Annie«, sagte er schließlich tonlos und mit schwacher Stimme.

»Was machst du hier?« Sie trat einen Schritt näher.

»Ich will einfach bei Isabella sein.«

Annie nickte, auch wenn er den Blick von ihr abgewandt hatte und wieder auf den See sah. Sein Oberkörper bebte, und Annie suchte verzweifelt nach etwas, das sie sagen könnte.

»Ich kann nicht mehr«, sagte er. »Nichts hat mehr Sinn.«

»Ich verstehe, dass es dir gerade so geht.« Annie drückte sanft seinen Arm. »Aber man erträgt mehr, als man glaubt.«

»Ich habe nichts mehr, für das es sich zu leben lohnt«, murmelte er.

»Du hast doch deine Frau und deinen Sohn, ihr werdet das schaffen. Versprochen. Ein Tag nach dem anderen, Molle.«

Patrik schüttelte den Kopf. Regentropfen liefen ihm über die Stirn.

»Ich habe keine Frau«, sagte er.

Was meinte er damit? Würden sie sich scheiden lassen?

»Sofie hat mich betrogen.« Seine Stimme brach.

Annie schluckte. Hatte Patrik deshalb vor der Kirche die Hand seiner Frau weggeschlagen?

»Es ist gerade für euch alle eine schwere Zeit«, begann sie. »In einer Krise verhält man sich manchmal seltsam, aber das bedeutet nicht, dass ...«

»Isabella ist nicht von mir«, fiel Patrik ihr ins Wort. Er spannte die Kiefermuskeln an und verzog das Gesicht.

»Was willst du damit sagen?«, fragte Annie vorsichtig.

Patrik presste die Finger auf die zusammengekniffenen Augen.

»Isabella ist nicht mein Kind, verstehst du? Sofie hatte damals eine Affäre. Ich hatte schon lange den Verdacht, und vor einem Jahr hat sie zugegeben, dass Isabella nicht meine Tochter ist. Und ich glaube, dass Isabella es schon eine ganze Weile wusste ... und sie sich deshalb geschnitten hat. Und jetzt ist sie tot. Sofie sollte tot sein!«, schrie er. »Und ich will auch sterben!«

Annie sah Patrik sprachlos an, der auf dem Steg auf und ab lief. Seine Lippen bewegten sich, als würde er mit sich selbst sprechen, doch kein Ton war zu hören.

»Bitte geh jetzt«, sagte er plötzlich.

»Ich ...«, begann Annie, doch Patrik kam mit erhobener Hand und schwarzen Augen auf sie zu.

»Lass mich in Ruhe!«, brüllte er. »Fahr heim, Annie.«

Sie wich zurück und ging zum Auto. Ich kann ihn nicht einfach hier lassen, dachte sie. Was, wenn er sich ertränken will? Ich muss die Polizei anrufen.

Sie wählte die Nummer, die sie von Sara bekommen hatte. Viermal klingelte es, bis die Polizistin endlich antwortete. Flüsternd erklärte ihr Annie, wo sie sich befand, und dass Patrik Mohlin am Ende des Stegs stand, direkt am Wasser.

Sie hörte, wie Sara fluchte.

»Ich bin im Haus in Saltviken, aber ich habe Wein getrunken und kann nicht fahren. Ich schicke eine Streife zu dir, aber das kann einen Moment dauern.«

»Was soll ich tun?«, flüsterte Annie.

»Versuch, weiter mit ihm zu reden, ihn abzulenken.«

»Was soll ich tun, wenn er ins Wasser springt?«

Sara antwortete etwas, doch es rauschte, und die Verbindung brach ab.

Patrik Mohlin stand immer noch auf dem Steg. Annie verstaute das Handy in der Tasche und ging langsam auf ihn zu. Der Regen war stärker geworden und trommelte auf die rutschigen Holzplanken.

»Patrik«, sagte sie. »Ich sehe, dass es dir richtig schlecht geht, und ich will dir gern helfen. Können wir nicht darüber reden?«

Patrik schwieg, und Annie näherte sich ihm weiter.

»Es regnet«, sprach sie weiter. »Komm, wir setzen uns ins Auto und reden da.«

Patrik schüttelte den Kopf und schlug die Hände vors Gesicht.

»Ich war so unfassbar dumm. Wie soll ich diesem Arschloch je wieder in die Augen sehen können?«

Annie schluckte.

»Wer ist Isabellas Vater, was glaubst du?«
Patrik sah zu ihr, antwortete aber nicht. Lass es ihn selbst erzählen, dachte Annie, bedräng ihn nicht.
Die Minuten vergingen. Patrik öffnete den Mund, um etwas zu sagen, doch in dem Moment näherte sich ein Wagen mit hoher Geschwindigkeit. Aus dem Augenwinkel sah Annie, wie ein Streifenwagen auf den Parkplatz einbog. Blaulicht fiel auf Patriks Gesicht.

74

Erst als die Polizei mit Patrik Mohlin davongefahren war, eilte Annie zurück zu ihrem Wagen. Als sie Sara anrufen wollte, sah sie, dass diese ihr geschrieben hatte. Das Netz war schlecht, weshalb Sara vorschlug, dass Annie zu ihr kommen solle, gefolgt von einer Adresse in Saltviken. War sie die Polizistin, die Gunnar Edholms Sommerhaus gekauft hatte? Wieder sah sie Gunnars Hund Silver tot vor dem Haus liegen. Die schwarzen Haare im Wasser. Gunnars Tochter Katarina. Sie hatten gedacht, sie sei auch tot. Seit jenem Tag war Annie nicht mehr dort gewesen.

Mit vor Anspannung und Kälte zitternden Händen schob sie den Schlüssel ins Zündschloss und ließ den Wagen an. Es war kurz nach sechs, sie würde rechtzeitig von Saltviken wieder zurück sein, bevor Thomas kam. Schlimmstenfalls konnte sie ihn anrufen und bitten, ein bisschen später zu kommen. Absagen wollte sie auf keinen Fall.

Ihr Pulsschlag beschleunigte sich, als sie sich Gunnar Edholms früherer Hütte näherte. Licht brannte, und Annie sah, wie jemand im Inneren herumging.

Der Wind war zum Sturm angewachsen, Regen peitschte gegen das Auto. Sie hastete zur Tür, die sich öffnete, als sie direkt davorstand. Sara winkte sie herein.

»Herrje, du bist ja total nass«, sagte sie. »Komm, du musst aus den Klamotten raus.«

Sara holte T-Shirt und Hose aus einem Nebenzimmer und zeigte Annie das Bad.

Als Annie sich umgezogen hatte, hatte Sara schon den Kamin eingeheizt und ein Sitzkissen und eine Decke rausgelegt. »Du Arme, du siehst völlig erledigt aus«, sagte sie. Annie schlug leichter Alkoholgeruch entgegen, und auf dem Tisch sah sie ein Whisky- und ein gefülltes Rotweinglas. »Setz dich, dann wird dir schnell wieder warm. Möchtest du einen Kaffee oder einen Tee?«

»Ein Tee wäre schön, danke. Aber ich kann nicht lange bleiben, um sieben bekomme ich Besuch.«

Sara ging in die kleine Küche, und Annie sah sich um. Die Holzwände waren jetzt hellgrau gestrichen, und Sara hatte umgeräumt. Der Tisch am Fenster war nicht mehr da, und Gunnars braunes Ledersofa stand jetzt vor dem offenen Kamin. An der Wand daneben hingen ein Rentierfell und ein paar alte Holzski. Der Raum wirkte völlig anders, wohnlich und gemütlich.

Sara kam mit einer dampfenden Tasse Tee zurück, und sie setzten sich aufs Sofa.

»Jetzt erzähl, wie ging es mit Patrik Mohlin weiter? Hoffentlich ist alles gut ausgegangen. Ich bin schier wahnsinnig geworden, als die Verbindung abgerissen ist.«

»Ja, deine Kollegen haben ihn mitgenommen. Es ging ihm richtig schlecht, ein schlimmer Anblick.«

Ein heulendes Geräusch ertönte, und Annie zuckte zusammen.

»Ganz ruhig, das ist nur der Wind im Schornstein«, sagte Sara lächelnd.

Annie trank einen Schluck Tee und berichtete, was Patrik ihr über seine Frau erzählt hatte. Und dass Isabella nicht seine leibliche Tochter war.

»Wie bitte?«, rief Sara. Sie lehnte sich zurück und fuhr sich mit den Fingern durch die Haare. »Ach du Scheiße. Aber die Menschen bringen sich ja auch wegen weniger um.« Sie schüttelte den Kopf. »Wusste er, mit wem seine Frau ihn betrogen hatte?«

»Ich habe ihn gefragt, aber dann kamen deine Kollegen.« Sara nickte und biss sich auf die Unterlippe.

»Könnte es für den Fall wichtig sein, dass Isabella einen anderen Vater hatte?«, fragte Annie.

»Vielleicht, vielleicht auch nicht.« Sara trank einen Schluck Wein. »Aber wir werden natürlich überprüfen, ob es stimmt, und herausfinden, wer der biologische Vater ist.«

Der Regen trommelte auf das Blechdach. Annie schauderte, und Sara reichte ihr die Decke, die sie sich um die Schultern legen konnte.

»Was hast du eigentlich bei dem Wetter am Bålsjön gemacht?« Annie wurde rot. Sie konnte genauso gut die Wahrheit sagen, Sara würde sicher merken, wenn sie log.

»Ich wollte nachsehen, ob das, was Back-Hanna wegen des Rettungsbootes gesagt hatte, stimmt. Und ja, sie hatte recht. Alles sieht danach aus, als würde sonst immer ein Boot am Steg liegen, doch das ist jetzt verschwunden.«

Sara neigte den Kopf und lächelte. »Da haben wir wohl eine kleine Privatdetektivin.«

»Tut mir leid, ich wollte mich nicht einmischen.«

»In dem Fall warst du ja zur richtigen Zeit am richtigen Ort«, sagte Sara. »Aber beim nächsten Mal ruf erst mich an, bevor du noch mehr überprüfen willst. Sonst geht es vielleicht nicht so gut aus wie heute.«

Annie versteifte sich. Natürlich hatte Nording seiner Kollegin erzählt, was ihr im Frühjahr zugestoßen war.

Saras Magen knurrte, und Annie hob den Kopf.

»Wie spät ist es?«, fragte sie und stand auf. Sie sah auf ihr Handy. Viertel vor sieben. »Oh, jetzt muss ich aber schnell nach Hause.«

»Willst du bei dem Wetter wirklich fahren? Und nach allem, was passiert ist?«, fragte Sara.

»Ja, Thomas ist auf dem Weg zu mir, und ...«

»Wer ist Thomas?«

»Thomas Moström, er ist Lehrer an der Ådalsskola«, erklärte Annie. »Ich glaube, du bist ihm bei den Ermittlungen im Frühjahr begegnet.«

Annie wählte Thomas' Nummer und hörte, wie er sich meldete, doch dann kam seine Stimme nur noch bruchstückhaft durch die Leitung.

»Tut mir leid, es ist etwas passiert, und ich verspäte mich ein bisschen«, sagte sie, die Verbindung brach allerdings ab, bevor sie hören konnte, ob Thomas sie verstanden hatte. Resigniert warf sie die Arme hoch.

»Ich muss nach Hause. Vielen Dank für den Tee«, sagte sie zu Sara.

In diesem Moment erhellte ein Lichtschein die Hütte. Durch die großen Fenster sahen sie, wie etwas an der Straße aufblitzte, gefolgt von einem lauten Krachen.

75

Sara sprang vom Sofa. Wenn der Blitz eingeschlagen hatte, bestand das Risiko eines Waldbrandes, sie musste nach draußen und nachsehen. Sie bat Annie, im Haus zu warten, zog eine Jacke über, schnappte sich eine Taschenlampe und rannte hinaus. Es regnete immer noch, aber nicht mehr so stark. Sie leuchtete den Platz und den Schotterweg vor dem Haus ab. Links, nach fünfzig Metern etwa, an der Kurve Richtung Lockne, entdeckte sie etwas. Sie ging näher heran. Eine große Kiefer war quer über den Weg gestürzt. Ihr Herz machte einen kleinen Sprung, als ihr klar wurde, was das bedeutete.

Sie rannte zurück ins Haus und erzählte Annie, was passiert war.

»Ich informiere die Feuerwehr, aber es dauert sicher eine Weile, bis die Kollegen die Straße freiräumen können.« Sie zog ihr Handy aus der Tasche. »Verdammt, ich habe kein Netz. Du?«

Annie ging zum Tisch, wo sie ihr Handy hingelegt hatte, und sah nach.

»Nein.«

Sie versuchte es am Fenster, jedoch vergeblich.

»Hast du hier immer so schlechtes Netz?«, fragte sie.

»Ja, es ist nie richtig gut, aber jetzt liegt es sicher am Wetter. Wir können erst mal nur abwarten. Aber ich kann uns etwas zu essen machen«, sagte Sara. Sie hatte sich Gulaschsuppe mit Brot mitgenommen, aber nur für eine Person, da sie ja nicht mit Besuch gerechnet hatte. Nicht gerade eine Luxusmahlzeit, aber wenigstens etwas Warmes.

Während sie die Suppe in einem Topf aufwärmte und das Brot schnitt, deckte Annie den Tisch.

»Jetzt habe ich Netz«, sagte sie kurz darauf und zeigte Sara ihr Handy.

»Ich konnte eine SMS schicken. Der arme Thomas, er macht sich bestimmt Sorgen. Aber ich habe ihm geschrieben, dass ich bei der Polizei bin.«

Sara spürte Enttäuschung. Sie erinnerte sich vage an diesen Thomas. Waren er und Annie ein festes Paar?

Sie trug den Topf zum Tisch, zündete ein paar Teelichter an und bat Annie, sich zu setzen. Das Feuer knackte im offenen Kamin. Sie wollte etwas sagen, doch ihr Kopf war leer. Sie sah Annie an, die ihre Suppe löffelte. Die beiden Frauen spiegelten sich im Fenster.

»Du bist mein erster Gast«, sagte Sara schließlich.

Annie blickte auf.

»Ah ja? Gunnar hat erzählt, dass jemand von der Polizei die Hütte gekauft hat, und ich dachte zuerst an Hans Nording. Wie kommt es, dass du sie gekauft hast?«

Sara blies auf ihre Suppe.

»Das war eine spontane Entscheidung. Die Hütte wurde im Internet zu einem Preis angeboten, dem man schwer widerstehen konnte. Ich habe sie mir angesehen und sofort zugeschlagen. Und trotz allem, was hier passiert ist, bereue ich den Kauf nicht. Ich fühle mich hier sehr wohl. Das Elend zieht mich wohl an.« Sie lächelte.

»Apropos, wie läuft es mit den Ermittlungen? Habt ihr mit dem Donnerstagsmann gesprochen?«

»Ich kann nur sagen, dass wir noch niemanden festgenommen haben. Wir hoffen, dass wir Vendela Brink bald befragen können.«

»Eddie Bylund steht dann aber nicht mehr länger unter Verdacht, oder?«

»Bevor wir den Täter nicht überführt haben, können wir noch niemanden ausschließen«, antwortete Sara. »So lange wir nicht genau wissen, was passiert ist, bleibt er relevant für die Ermittlungen.«

»Aber er war es nicht!«, rief Annie. »Er war in Isabella verliebt. Gehasst hat er Vendela, und sie lebt noch. Eddie hat mich heute kontaktiert und mir etwas über den Pfarrer erzählt.«

Sie berichtete in groben Zügen, was sie erfahren hatte.

»Ist dir auch aufgefallen, wie der Pfarrer gesprochen hat, als wir am Montag bei ihm waren?«, fragte sie. »Dieses ganze Gerede von Sünde und Unreinheit klang so altmodisch und überholt. Ich war heute in der Kirche, bei dem Gedenkgottesdienst für die Mädchen, und einiges in seiner Predigt war ... komisch.«

»Inwiefern komisch?«

»Er klang so hart. Als ob er die Mädchen verdammte und fand, sie hätten bekommen, was sie verdient hätten. Und Sven Bergsten hat gehört, dass er seine frühere Gemeinde wegen eines Vorfalls verlassen musste. Ihr solltet das überprüfen, falls ihr es nicht schon getan habt. Und er hat doch gesagt, er hätte psychische Probleme gehabt, auch wenn er es anders formuliert hat.«

»Ein psychisch kranker Pfarrer, sündhafte Mädchen, und dann Isabella, für die er eine Schwäche gehabt zu haben schien?« Sara grinste schief.

»Es wäre nicht das erste Mal, dass ein Pfarrer verrückt ist«, entgegnete Annie.

Sara räusperte sich. Sie wünschte, sie könnte Annie bestätigen, dass sie nicht auf dem falschen Dampfer war.

»Ein paar Fragen zu Jakob Enghed sind noch offen, so viel kann ich sagen, aber wir haben nicht genug für einen Durchsuchungsbefehl.«

»Was bräuchtet ihr dafür?«, fragte Annie.

»Wir müssten einen Hinweis darauf finden, dass er etwas zu dem betreffenden Abend verschwiegen hat, oder etwas, das als Beweis bei einem Prozess verwendet werden kann. Bis auf Weiteres müssen wir mit dem arbeiten, was wir haben, und hoffen, dass wir bald einen Durchbruch erzielen.«

»Zum Beispiel?« Annie stellte ihr Wasserglas ab.

»Zum Beispiel, dass wir die Mordwaffe finden, oder dass Vendela Brink uns erzählen kann, was passiert ist.«

»Wie geht es ihr?«

»Unverändert. Die Ärzte wissen nicht genau, was los ist.«

Sie schwiegen. Sara spürte den Alkohol, es kribbelte in Armen und Beinen. Wieso musst du immer so viel reden, wenn du was getrunken hast, verfluchte sie sich. Sie hatte viel zu viel erzählt, doch Annie unterlag der Schweigepflicht und würde hoffentlich nichts weitertragen.

Sara nutzte die Gelegenheit und wechselte das Thema. Sie bat Annie, mehr von sich zu erzählen und erfuhr, dass Annies Vater tot war, ihre Mutter an Demenz litt, in einem Pflegeheim lebte und Annie deshalb zurück nach Lockne gezogen war. Vorübergehend zumindest. Vielleicht ist die Beziehung mit Thomas dann doch nicht so fest, dachte Sara.

»Du planst also, wieder nach Stockholm zurückzugehen?«

»Ich habe bisher keinen Plan«, antwortete Annie zögernd. »Wir werden sehen. Ich habe mich noch nicht richtig von den Ereignissen im Frühjahr erholt. Weder kann noch sollte ich gerade so wichtige Entscheidungen treffen.«

Sara nickte

»Gefällt dir deine Arbeit?«, fragte Annie. »Ist es nicht hart, mit so schweren Verbrechen konfrontiert zu sein?«

»Das geht schon. So lange ich nicht mit toten Babys zu tun habe.« Sara verzog das Gesicht.

»Kommt das oft vor?«, fragte Annie mitfühlend.

»Babys? Nein, eigentlich nicht, auch wenn wir gerade erst einen schlimmen Fall hatten. Aber so etwas hat mich schon immer belastet. Ich versuche, mich gefühlsmäßig nicht so sehr hineinziehen zu lassen. Und ich bin keine Grüblerin, das darf man im Polizeidienst nicht sein. Man muss nach vorn schauen, sonst frisst einen das alles auf.«

Annie sah zum Kaminfeuer. Die Schatten der Flammen zuckten über ihr Gesicht. Sara bemerkte die Narbe an ihrem Hals.

»Was hast du da gemacht?«, fragte sie und deutete darauf.

Annie versteifte sich, und sofort bereute Sara die Frage.

»Du musst nicht darüber reden.«

»Ich bin dazu bei einer Psychologin in Behandlung, sie heißt Ylva Persgård«, sagte Annie. »Es hilft wirklich, du solltest es auch mal ausprobieren.«

»Wer weiß, vielleicht mache ich das sogar. Aber jetzt reden wir nicht mehr über die Arbeit.« Sara stand auf und brachte die Teller in die Küche. Als sie zurückkam, saß Annie auf dem Sofa, und Sara setzte sich dazu. Das Sofa war so schmal, dass ihre Knie sich fast berührten.

Annie musterte sie schweigend.

»Woran denkst du?«, fragte Sara und bereute ihre Worte sofort.

»Dass man gut mit dir reden kann. So viel habe ich seit dem Frühjahr nicht mehr mit jemandem gesprochen. Danke.« Annie lächelte. »Sven redet immer noch von dir«, fuhr sie fort. »Deine freundlichen Augen haben großen Eindruck auf ihn gemacht, als ihr, du und dein Kollege, Sagas Vermisstenanzeige aufgenommen habt.«

»Du hast auch schöne Augen«, hörte Sara sich sagen. Verfluchter Alkohol.

Doch Komplimente waren nie verkehrt. Annie war so hübsch und schien sich dessen überhaupt nicht bewusst zu sein. Ihre großen blauen Augen, die hohen Wangenknochen, die kleine Stupsnase, der wohlgeformte Mund und die feinen Härchen über der Oberlippe.

Sara sah vor sich, wie sie sich zu ihr beugte, wie ihre Lippen sich berührten, wie sie langsam aufs Sofa sanken. Wie sie ihre Hand in Annies Hose schob, und alles Weitere einfach passierte. Wie Annie zuerst überrascht reagieren, dann aber mitmachen würde.

Sara hob die Hand und strich Annie über die Wange. Die wich nicht zurück, lachte nur. Sara berührte weiter ihre Wange, beugte sich vor, ihre Lippen trafen sich zu einem weichen, vorsichtigen Kuss.

Dann zog sie sich zurück und suchte Annies Blick, als sie eine Bewegung im Augenwinkel wahrnahm.

Durch das Fenster starrte ein bleiches Gesicht zu ihnen hinein.

76

Alles geschah innerhalb weniger Sekunden. Annie sah, wie Sara aufsprang, die Haustür aufriss und nach draußen rannte. Zwei Stimmen, Saras und die eines Mannes. Kurz darauf kam Sara mit einem Mann zurück, der eine Kapuze trug.

»Thomas!«, rief Annie, als sie ihn erkannte, und stand auf. »Was machst du hier?«

Thomas sah sie an.

»Nach dir suchen, natürlich. Du gehst nicht ans Handy, da habe ich mir Sorgen gemacht. Was machst *du* hier?«

»Ich kann es dir erklären«, begann sie. »Aber zieh die Jacke aus, du bist ja völlig durchnässt.«

»Ich musste das Auto stehen lassen und zu Fuß gehen, weil ein Baum quer über der Straße liegt. Kommst du?« Auffordernd sah er sie an.

Annie warf Sara einen raschen Blick zu, bevor sie ihre feuchte Jacke holte und ihm nach draußen in den Regen folgte.

Thomas ging mit schnellen Schritten vor ihr her zu seinem Wagen.

»Tut mir leid«, sagte sie, als sie ihn eingeholt hatte. Thomas setzte sich nur schweigend auf den Fahrersitz, wartete, bis sie eingestiegen war, wendete das Auto auf dem schmalen Schotterweg und fuhr nach Lockne.

Als sie in die Einfahrt zu Annies Haus einbogen, blieb Thomas bei laufendem Motor sitzen und starrte geradeaus.

»Ich verstehe, dass du dir Sorgen gemacht hast«, begann Annie. »Du hast alles Recht, sauer zu sein. Tut mir leid. Aber ich habe versucht, dich anzurufen.«

»Tut mir leid?«, rief Thomas. »Himmel noch mal, Annie, ihr habt euch geküsst!« Wütend sah er sie an.

»*Sie* hat mich geküsst. Ich bin genauso schockiert wie du.«

»Was hast du eigentlich bei ihr gemacht? Was ist passiert?«

Annie seufzte.

»Viel. Können wir bitte hineingehen und in Ruhe darüber reden?«

Thomas schien erst protestieren zu wollen, schaltete dann aber den Motor aus. Sie gingen in die Küche. Thomas setzte sich auf einen Stuhl, behielt aber die Jacke an. Während Annie von Patrik Mohlin erzählte, starrte Thomas zu Boden.

»Was willst du eigentlich beweisen?«, fragte er, als sie fertig war.

»Gar nichts. Ich will nur meine Arbeit machen.«

»Das ist die Aufgabe der Polizei«, entgegnete er.

»Aber die freut sich über jede Hilfe.«

Thomas schnaubte.

»Und da bist du natürlich gern zur Stelle. Man könnte fast glauben, dass ...«

»Was? Was könnte man fast glauben?«

»Dass du dich lieber mit ihr als mit mir treffen willst.«

»Hör auf.«

Thomas sah sie an.

»Du weißt, dass Linda mich betrogen hat und wir uns deshalb haben scheiden lassen. Weil sie einen anderen hatte.«

»Ich habe dich nicht betrogen«, erwiderte Annie rasch. »Und ich bin nicht lesbisch«, fügte sie hinzu, während sie an Saras weiche Lippen denken musste.

Thomas sah sie schweigend an.

»Woher wusstest du überhaupt, dass ich dort war? Das hatte ich dir nicht geschrieben.«

Thomas seufzte.

»Ich saß wie ein Idiot hier und habe gewartet. Als ich dich nicht erreichen konnte, habe ich auf ›Meine Freunde suchen‹ geschaut.«

Sie hatten die Funktion im Sommer eingerichtet, fiel Annie wieder ein. Es war Thomas' Vorschlag gewesen, und da war es ihr liebevoll und aufmerksam erschienen. Aber war sein wahrer Beweggrund vielleicht Eifersucht gewesen?

»Überwachst du mich sonst auch?«, entgegnete sie scharf.

»Nein. Und ich dachte auch nicht, dass du mich betrügst. Ich habe mir Sorgen gemacht, hatte Angst, dass etwas passiert ist. Deshalb war ich so geschockt, als ich dich mit der Polizistin gesehen habe.«

»Aber Himmel noch mal, Thomas, zwischen ihr und mir ist nichts.«

»Ich weiß, was ich gesehen habe.« Thomas verschränkte die Arme vor der Brust. »Beantworte mir nur eine Frage. Bist du in sie verliebt?«

Annie zuckte zurück.

»Wie bitte?«

»Bist du in sie verliebt?«, wiederholte Thomas schärfer. »Sag einfach, wie es ist.«

»Das tue ich doch!« Annie warf die Hände in die Luft. »*Sie* hat *mich* geküsst. Ich hatte keine Ahnung, dass sie auf Frauen steht.«

Thomas sah sie skeptisch an.

»Aber sie glaubt offenbar, dass mehr dahintersteckt, das ist dir doch wohl klar? Bist du bi? Sag es einfach. Und wenn ja, und wenn du auch in sie verliebt bist, musst du dich entscheiden. Ich werde dich nicht mit jemandem teilen.«

Annies Brust wurde eng.

»Jetzt hör aber auf!«, rief sie. »Sie hat mich geküsst, das war's. Ich habe keine tieferen Gefühle für Sara. Du musst mir glauben, was ich sage. Du musst mir vertrauen.« Tränen brannten in ihren Augen. »Kannst du heute Nacht hierbleiben, damit wir über alles reden können?«

Thomas sah sie zutiefst enttäuscht an.

»Das schaffe ich nicht«, sagte er und stand auf. Die Haustür schlug hinter ihm zu, und sie war wieder allein.

77

Es war spät, doch Eddie konnte nicht schlafen. Draußen tobte ein Sturm, der Regen trommelte gegen das Fenster. Es war gut gewesen, mit Annie über Jakobs seltsames Verhalten Isabella gegenüber zu sprechen. Doch wie würde es jetzt weitergehen? Und vielleicht war es ja auch gar nicht der Pfarrer. Jeder könnte es gewesen sein.

Sein Bauch tat weh, wenn er daran dachte, dass Isabellas Mörder da draußen frei herumlief. Was, wenn die Polizei den Fall nie lösen würde? Wenn sie nie erfahren würden, wer Bella getötet hatte.

Denk nach, Eddie. Denk jetzt nach. Welche Verdächtigen gab es noch? Am Tatort hatte er nur noch Jimmy Lantto und seine eigene Mutter gesehen. Wohin waren sie danach gefahren? Der Mistkerl hatte doch sicher keinen Grund, sein eigenes Kind zu töten? Aber wenn jemand dazu fähig wäre, dann Lantto. Eddie wusste schließlich aus eigener Erfahrung, wie gewalttätig er sein konnte. Und er feierte gern. War er zurück zum Badeplatz gekommen und hatte die Mädchen gesehen, wie sie tranken?

Eddie sah es vor sich. Wie Lantto sich der Feier anschließen wollte, wie Minna protestiert, aber schließlich nachgegeben hatte. Dass es aus irgendeinem Grund zum Streit gekommen und alles aus dem Ruder gelaufen war. Vielleicht war der widerliche Mistkerl ja hinter Isabella her gewesen? Stimmt ja. Eddie verzog das Gesicht zu einer Grimasse. Lantto mochte jüngere Mädchen. Hatte er es schon vorher auf Bella abgesehen gehabt? War sie deshalb in letzter Zeit so blass und traurig gewesen?

Könnte Lantto doch der Täter sein? Er hatte Eddie im Wald gesehen und dachte wahrscheinlich, dass er der Polizei davon erzählt hatte. Er musste auf irgendeine Weise darin verwickelt sein. Deshalb hatte er wohl versucht, sie einzuschüchtern. Erst mit der Schmiererei an ihrem Haus, dann in der Schule, als er Eddie verprügeln wollte. Wusste er zudem, wer Eddies Vater war?

Er hasste Jimmy Lantto und wollte ihn nie wieder sehen. Aber wie sonst sollte er die Wahrheit herausfinden?

Isabella

Es ist mitten in der Nacht, und ich sollte schlafen, doch ich kann nicht.

Draußen schreit irgendein Tier. Aber ich denke an die Mylinge, die im Wald spuken. Wir sind auch alle Mylinge, Kinder, die von ihren Eltern getötet und im Wald vergraben wurden. Unsere Eltern haben uns geopfert, obwohl doch sie es sind, die eine Sünde begangen haben. Eddie weiß nicht, wer sein Vater ist. Minnas Vater ist kriminell. Vendelas Eltern lieben sie nicht. Adams Mutter hat sich umgebracht.

Morgen ist die Bibelabfrage in der Kirche, und am Sonntag werden wir konfirmiert. Dann ist es vorbei, und ich werde Jakob nicht mehr sehen. Vielleicht ist es jetzt so weit. Vielleicht werde ich mein Geheimnis erzählen.

78

Sara winkte den Kollegen von der Feuerwehr und ging langsam zurück zum Haus. In der Nacht hatte es aufgehört zu regnen, und nun schien die Sonne von einem strahlend blauen Himmel. Bis auf den zerteilten Baum war nichts mehr vom Sturm zu sehen. Sara hatte darum gebeten, die große Kiefer behalten zu dürfen. Die Feuerwehrleute hatten sie für verrückt erklärt, doch Sara hatte erwidert, dass sie so Feuerholz für mehrere Winter haben würde und der verflixte Baum ihr so wenigstens von Nutzen sein konnte.

Sie ging unter die Dusche und ließ das heiße Wasser über sich laufen. Es brannte auf der Haut, und einen Moment vergaß sie den anderen Schmerz. Die Gedanken an den gestrigen Abend, die sie die halbe Nacht wach gehalten hatten. Sie hatte sich schrecklich blamiert. Und der ganze gestrige Tag war ein einziges Chaos gewesen.

Erst hatte Annie erzählt, dass Patrik Mohlin vorgehabt hatte, sich zu ertränken. Sie selbst war betrunken gewesen und hatte eine Frau mit einem festen Freund geküsst. Sie könnte sich ohrfeigen. Warum Gefühle für jemanden entwickeln, den man nicht haben konnte? Was empfand sie überhaupt für Annie? Und was empfand Annie für sie? Sara wusste nicht, ob sie es sich nur einbildete, weil sie es unbedingt glauben wollte, aber es hatte sich nicht so angefühlt, als ob Annie sich bei dem Kuss zurückziehen würde. Was wäre passiert, wenn Thomas sie nicht unterbrochen hätte?

Nein, wies sie sich zurecht und schüttelte den Kopf. Annie war hetero. Zwischen ihnen würde nie etwas sein. Musste sie es sich selbst so schwer machen? Sie sehnte sich nach Nähe, nach Liebe, aber eine Frau, die nicht auf Frauen stand, war sinnlos. Konzentrier dich jetzt auf die Arbeit, dachte sie. Du hast einen Mordfall zu lösen.

Ihnen fehlten immer noch das Fahrrad und die Mordwaffe. Und möglicherweise auch ein Rettungsboot, falls es überhaupt etwas mit dem Fall zu tun hatte.

Niemand hatte sich wegen eines türkisfarbenen Fahrrads in der Nähe des Bålsjön gemeldet. Isabella Mohlin war zu Fuß zum Badeplatz gekommen. Zuvor hatte sie den Pfarrer angerufen, aber warum? Wenn Isabella erfahren hatte, wer ihr biologischer Vater war, hatte sie vielleicht mit jemandem darüber sprechen wollen?

Dass man sich als junges Mädchen, dem es wegen etwas schlecht ging, an einen Pfarrer wandte, war nicht so weit hergeholt. Vor allem, wenn man sich dem Mann nahe fühlte. Geistliche unterlagen der absoluten Schweigepflicht. Sie durften nicht einmal an die Polizei weitergeben, was man ihnen im Vertrauen erzählt hatte.

Vielleicht wusste Jakob Enghed etwas über die Morde. Oder hatte er selbst gesündigt? Annie schien zu glauben, dass der Pfarrer nicht ganz sauber war. Es gab also Gerüchte, dass er die Gemeinde wegen eines Vorfalls hatte wechseln müssen. Vielleicht hatte Jakob ein Verhältnis mit Isabella gehabt, und sie hatte gedroht, allen davon zu erzählen. Eine Sünde, die nicht bekannt werden durfte ...

Auf dem Heimweg würde sie dem Pfarrer und seiner Frau einen weiteren Besuch abstatten. Sie hatte zwar nicht genug für einen Durchsuchungsbefehl, aber für ein paar abschließende Fragen brauchte sie keine Erlaubnis der Staatsanwaltschaft.

Und schon wieder legte sie, wie Benke, die Vorschriften äußerst großzügig aus, dachte sie.

Sara klingelte beim Pfarrhof. Nichts rührte sich, doch das Haus war groß, weshalb sie noch einmal klingelte. Sie drehte sich um und ließ den Blick über den Vorplatz schweifen. Er war leer, weder Menschen noch Autos waren zu sehen. Plötzlich wurde ihr klar, warum niemand zu Hause war. Es war Sonntag, kurz nach halb zwölf. Alle waren in der Kirche beim Gottesdienst.

Sie setzte sich in den Wagen, um dort zu warten. Plötzlich verspürte sie ein drängendes Bedürfnis. Sie war noch nicht einmal aufs Klo gegangen, bevor sie losgefahren war, hatte nur schnell ihre Sachen gepackt. Not kennt kein Gebot, dachte sie, und es konnte noch dauern, bis die Engheds zurückkamen.

Sie stieg aus und sah sich um. Neben dem Pfarrhaus gab es noch ein kleineres Haus und eine langgezogene Scheune mit vier schwarz gestrichenen Türen. Es war nicht unwahrscheinlich, dass sich hinter einer ein altes Plumpsklo verbarg.

Sie ging zur Tür ganz rechts, die mit einem Vorhängeschloss gesichert war, doch die Lücken zwischen den Holzbrettern waren breit genug, um hineinsehen zu können. Im Dämmerlicht erkannte sie einiges an Gerümpel und vier Autoreifen.

Die beiden Türen in der Mitte verschlossen eine Garage, in der ein Auto stand. Hinter der vierten Tür entdeckte sie zunächst nur mannshohe Feuerholzstapel an den Wänden. Doch in der hinteren Ecke sah sie etwas Helles. Sie presste das Gesicht gegen den Schlitz in der Bretterwand, um besser sehen zu können. Sie erkannte einen Lenker, einen Sattel. Verdammt noch mal, dachte sie.

Aufgeregt zog sie ihr Handy aus der Tasche. Mit Blick zur Hofeinfahrt rief sie Nording an, er solle so schnell wie möglich zum Pfarrhaus in Strinne kommen. Er wollte wissen, worum es ging, doch da hatte sie schon aufgelegt.

Wieder spähte sie zwischen den Holzbrettern hindurch. Sie hatte sich nicht getäuscht.

»Du widerlicher Mistkerl«, murmelte sie.

Während Sara auf ihren Kollegen wartete, rief sie Willy Åkesson an, um das Fahrrad abholen und Spuren sichern zu lassen. Die Kirchenglocken läuteten, der Gottesdienst war vorbei.

Kurz darauf näherte sich ein Auto. Sara betete stumm, dass es Nording war und nicht die Engheds, und ihr Gebet wurde erhört.

Sie ging zu ihrem Kollegen.

»Rate mal, was ich gefunden habe«, sagte sie triumphierend.

79

Annie ging auf die Veranda. Es war windstill, und der Himmel war beinahe wolkenlos. Mit Mühe hatte sie eine Tasse Kaffee und ein Brot hinuntergebracht. Der gestrige Tag lag ihr noch im Magen. Immer gingen ihre Beziehungen den Bach hinunter. Thomas hatte sich nicht gemeldet und auch nicht auf Anrufe oder SMS reagiert, und das war auch nicht verwunderlich.

Barfuß ging sie die Treppe hinunter und schaute zum Fluss. Sie schloss die Augen und atmete den Geruch nach nassem Gras und Herbstlaub ein.

Ihr Auto stand noch in Saltviken, sie würde hinlaufen und es abholen müssen. Und sie würde auch mit Sara reden müssen.

Warum hatte die Polizistin sie geküsst? War sie nur betrunken gewesen oder tatsächlich in sie verliebt? Und was hatte sie selbst empfunden? Zumindest keinen Ekel, eher das Gegenteil. Saras Zärtlichkeit war ihr so natürlich erschienen. Aber Thomas war auch zärtlich. Dennoch war sie immer ein wenig angespannt, wenn er sie berührte. Bei Sara war das nicht der Fall gewesen, im Gegenteil. Vielleicht gab es doch einen Grund für Thomas' Eifersucht?

Beim Geräusch eines Automotors drehte sie sich um. Ein silbergrauer Audi fuhr so schnell die Straße entlang, dass er

Staub aufwirbelte. Sara hatte so einen Wagen, dachte Annie. War die Straße also wieder frei? Aber warum war Sara einfach vorbeigefahren, ohne sich zu melden? Erwartete sie, dass Annie zuerst von sich hören ließ, oder wollte sie sie nur nicht stören, falls Thomas bei ihr war? War sie auch sauer auf sie? Annie folgte der Staubwolke mit dem Blick, bis das Auto um die Kurve verschwand. Dann ging sie zurück ins Haus, um sich Schuhe anzuziehen.

Als sie wieder ins Freie trat, hielt ein Wagen vor dem Haus. Sven Bergsten stieg aus, in Hemd und Sakko, doch er wirkte besorgt.

Annie ging auf ihn zu.

»Ist etwas passiert?«

Sven nickte zum Dorf.

»Ich war gerade an Sagas Grab. Im Pfarrhaus war ein riesiger Aufruhr. Aber ich will dich nicht stören, du scheinst gerade gehen zu wollen?«

»Ich wollte nur einen Spaziergang nach Saltviken machen, um mein Auto zu holen, aber vielleicht hast du ja Zeit, mich mitzunehmen?«

»Oh, ist die Liebe schon wieder auf und davon?«, sagte Sven und sah zum Haus.

Wenn er wüsste, wie recht er hat, dachte Annie, bevor sie erwiderte, dass sie allein war.

»War das Essen so schlecht?« Sven lächelte.

»Das ist eine lange Geschichte, ich erzähle sie dir im Auto.«

80

Das Aufnahmegerät war eingeschaltet, man hatte Jakob Enghed seine Rechte vorgelesen, und der Pfarrer hatte zwei Gläser Wasser getrunken. Nording wollte von ihm wissen, wie Isabella Mohlins Fahrrad in seinem Schuppen gelandet war.

»Isabella hat mich angerufen«, begann Jakob Enghed. »Sie hatte einen Platten, und ich bin zu ihr nach Strinne gefahren. Dort hatte ich den Eindruck, dass sie mir etwas erzählen wollte. Dass sie etwas bedrückte. Das hatte ich schon das ganze Jahr über während des Konfirmandenunterrichtes vermutet.«

»War sie betrunken?«, fragte Nording.

»Sie roch nicht nach Alkohol, aber etwas war seltsam.«

»Inwiefern?«

»Ihre Augen waren anders. Ihr Blick ... Ich kann es nicht beschreiben«, sagte Jakob und sah die beiden Polizisten nacheinander an.

»Warum hat sie ausgerechnet Sie angerufen?«

»Wir haben uns während des Konfirmationsjahres gut verstanden. Ich ...« Der Pfarrer lockerte seinen Hemdkragen. »Wir hatten ein gutes Verhältnis zueinander, ich glaube, sie hat mir vertraut. Ich wollte, dass sie sich sicher genug fühlte, um sich mir anzuvertrauen. Das wollte sie auch, hatte ich das Gefühl, hat sich dann letztendlich aber doch nicht getraut.

Und sie hatte tatsächlich einen Platten. Wir setzten uns ins Auto, und ich fragte, ob sie über etwas reden wollte, doch sie schien unentschlossen zu sein. Ich bot ihr an, sie nach Hause zu fahren, doch sie wollte lieber laufen. Wohin, wollte sie mir nicht sagen. Dann ist sie gegangen.«

»In welche Richtung ist sie gelaufen?«, fragte Nording, während Sara mitschrieb.

»Sie hat den Weg durch den Wald genommen, der zum Badeplatz führt.«

»Wie spät war es da?«

»Kurz vor acht, glaube ich«, antwortete Jakob etwas unsicher.

Sara sah aus dem Augenwinkel, wie Nording einen Stern auf den Block malte.

»Und was haben Sie dann gemacht?«, fragte er weiter.

»Ich habe das Fahrrad ins Auto geladen und bin nach Hause gefahren. Dort habe ich es in den Schuppen gestellt.«

Nording seufzte hörbar und beugte sich vor.

»Sie haben Beweismaterial zurückgehalten und die Ermittlungen behindert. Warum haben Sie das alles nicht schon bei der ersten Vernehmung erzählt?«

»Es tut mir wirklich leid, aber ich dachte nicht, dass das Fahrrad wichtig wäre, nachdem es ja nicht am Tatort gewesen war. Und ich hatte die Befürchtung, dass es in meinem Schuppen verdächtig wirken könnte.«

»Haben Sie nicht gehört, dass wir in den Medien einen Suchaufruf nach dem Rad gestartet haben?«

»Ich schaue selten Fernsehen«, antwortete der Pfarrer.

Natürlich, dachte Sara.

»Sie standen schon einmal unter Verdacht, richtig?«, sagte Nording. Vor ihm lagen die Unterlagen zu der Anzeige, die

Sara aus der Datenbank ausgedruckt hatte.»Worum ging es da?«

Der Pfarrer wurde rot.

»Ja.« Er straffte die Schultern.»In meiner früheren Gemeinde hat man mich wegen Misshandlung angezeigt. Ich hatte einen Jungen zurechtgewiesen, der die anderen Kinder geärgert hatte.«

»Wie haben Sie ihn zurechtgewiesen?«, fragte Nording.

Jakob seufzte.

»Ich hatte ihn fest am Arm gepackt, während ich ihn tadelte. Seine Eltern erstatteten Anzeige, doch die Ermittlungen wurden eingestellt.«

Nording verließ den Raum, um sich mit den Kollegen zu der Vernehmung von Magdalena Enghed abzustimmen, die parallel stattgefunden hatte. Nach ein paar Minuten kam er zurück und bat Sara, zu ihm auf den Gang zu kommen. Die Kollegen hatten aus der Pfarrersfrau nichts Neues herausbekommen, sie verneinte, etwas von dem Fahrrad gewusst zu haben. Nording hatte sogar den Staatsanwalt angerufen, der einen Haftbefehl für Jakob Enghed allerdings abgelehnt hatte.

»Wie bitte? Aber es lag doch schon mal eine Anzeige gegen ihn vor, und das Fahrrad stand in seinem Schuppen?«, entgegnete Sara aufgebracht.

»Ganz ruhig.« Nording lächelte.»Wir müssen die Hausdurchsuchung und den Bericht der Spurensicherung abwarten. Früher oder später finden wir das Puzzleteil, auf das wir warten. Wer weiß, vielleicht ist die Mordwaffe ja doch auf dem Pfarrhof.« Er boxte ihr freundschaftlich gegen den Arm.»Warum hast du dort überhaupt herumgeschnüffelt?«

»Ich musste dringend aufs Klo«, erwiderte sie grinsend.

81

Eddie stand zitternd im Wald beim Haus der Lanttos. Seine Beine bebten vor Anspannung. Er schwitzte so stark, dass sich auf seinem Pullover unter den Achselhöhlen zwei große feuchte Kreise gebildet hatten, und er hatte das Gefühl, als würde er sich gleich in die Hosen machen.

Er hatte gewartet, bis es dunkel wurde, die Lichter im Haus erloschen und der Hund sich in seine Hütte zurückgezogen hatte. Minna hatte erzählt, er sei halb blind und fast taub, aber wollte er sich darauf verlassen?

Gebückt rannte er zur Garage und drückte vorsichtig die Klinke nach unten. Zu seiner großen Verwunderung war nicht abgeschlossen. Er schlüpfte hinein und zog die Tür hinter sich zu. Dann schaltete er die Taschenlampenfunktion an seinem Handy ein und hielt die Hand vor den Lichtstrahl, damit man ihn von draußen nicht sofort entdeckte.

Eddie leuchtete die Garage ab, sah eine Werkbank, über der Regale mit Werkzeugen angebracht waren. Ein paar Flaschen. Er trat näher heran. *Dosen mit Neonfarbe.* Es war also Lantto gewesen, der ihr Haus beschmiert hatte. Dieses Arschloch.

Zorn stieg in ihm auf, dann Angst. Was, wenn er mit seinem anderen Verdacht auch recht hatte?

Er betrachtete die Werkzeuge. Mit was könnte er Lantto zu einem Geständnis zwingen? Er brauchte irgendetwas richtig

Bedrohliches. Kein Messer. Vielleicht ein Gewehr, aber sowas hatte Eddie nicht. Lantto hingegen schon, fiel ihm ein. Morgen fing die Elchjagd an, am ersten Montag im September. Minna hatte oft mit den Waffen ihres Vaters angegeben. Als ob das irgendwen beeindrucken könnte. Einmal hatte sie in der Schule ein Foto des Gewehrs herumgezeigt, als Beweis. Nach dem Gesetz mussten Jagdwaffen in einem Waffenschrank aufbewahrt werden, doch Minna hatte erzählt, dass ihr Vater sich nicht darum scherte.

Wo konnte das Gewehr sein? An einer Wand lagerten Winterreifen, an der anderen Längsseite standen Regale mit Aufbewahrungsboxen und ein paar alten Overalls. An der Schmalseite stand eine Hobelbank, darüber hingen weitere Werkzeuge.

In der rechten Ecke bei der Werkbank stand ein schmaler Schrank. Eddie zog vorsichtig die Tür auf. Da lehnten sie. Zwei Gewehre. Eins mit Zielfernrohr und ein anderes. Auf dem Boden lagen zwei Schachteln mit Munition.

Eddie hob eine Schachtel auf und öffnete sie. Darin befanden sich zehn Zentimeter lange, goldfarbene Patronen. Er nahm eine heraus und befühlte die andersfarbige Spitze, drehte sie um und las die Buchstaben und Ziffern auf der Unterseite der Hülse.

Behutsam nahm er das Gewehr mit Zielfernrohr aus dem Schrank und wog es in den Händen. Er legte es an, zielte. Er hatte noch nie ein Gewehr in der Hand gehabt, und das Gefühl war unbeschreiblich. Irgendwie fühlte er sich gleich viel lebendiger.

Er strich mit den Händen über die Waffe. Er kannte die einzelnen Bestandteile, hatte alles in Filmen gesehen. Das schwarze Zielfernrohr ganz vorn, das wie ein gewölbtes Auge wirkte. Den kleinen Regler an der Seite. Den silberfarbenen Hebel mit dem Kugelkopf, der Schlagbolzen genannt wurde. Seine Hände zitterten, als er ihn zurückzog und das Gewehrinnere sichtbar wurde, also die Rille, in der die Patronen liegen würden.

Er legte eine Patrone ein. Es klickte. Er drückte den Hebel nach vorn und drehte ihn. Sein Herz schlug schnell. Jetzt könnte er abdrücken. Die ganze verdammte Garage zusammenschießen.

Er sah durch das Zielfernrohr und tat so, als sähe er Jimmy Lantto vor sich.

»Du kannst mich mal am Arsch lecken, du Wichser«, zischte er.

Er machte einen Schritt nach vorn und stieß mit dem Bein gegen etwas, das über den Betonboden scharrte. Eddie versteifte sich, hielt den Atem an und lauschte. Zuerst hörte er nichts, doch dann fing der Hund an zu bellen. *Verdammt.*

Ich muss hier raus, dachte er, doch da ging schon die Garagentür auf, das Licht wurde eingeschaltet, und Lantto starrte ihn an.

»Was zum Teufel machst du hier? Willst wohl meine Sachen klauen, du kleiner Scheißkerl?« Er kam in die Garage.

Eddie sah sich um. Lantto blockierte den Weg nach draußen. Er saß fest, Lantto würde ihn umbringen.

Er riss das Gewehr hoch und legte es an. Lantto blieb stehen.

»Fassen Sie mich nicht an«, sagte Eddie.

Es funktionierte. Lantto rührte sich nicht.

»Zum Teufel, Eddie. Das ist kein Spielzeug, leg es wieder weg.«

»Ja, jetzt haben Sie Angst, Sie Mistkerl!«, sagte Eddie laut. Seine Stimme klang ganz anders, schien gar nicht seine eigene zu sein. »Ich weiß, dass Sie unser Haus beschmiert haben. Und lassen Sie meine Mutter in Ruhe, verdammt noch mal«, fuhr er fort.

Lantto starrte ihn.

»Wovon redest du?«

Eddie schluckte. Er musste sich beeilen. Es wäre so einfach, den Abzug zu drücken, doch er konnte es nicht. Er musste die Frage stellen.

»Ich habe euch am Bålsjön gesehen, an dem Abend. Und ich habe gehört, was Sie auf dem Schulklo zu Bellas Vater gesagt haben. Wissen Sie, wer mein Vater ist?«

»Wieso?« Jimmy machte einen Schritt auf ihn zu.

Eddies Hände waren schweißnass und drohten, von dem Gewehr abzurutschen.

»Sagen Sie mir, wer es ist, sonst ...« Er packte das Gewehr fester.

»Sonst was? Ich bin jedenfalls nicht dein Vater, falls du das glauben solltest«, zischte Lantto und kam noch einen Schritt näher.

»Stehen bleiben! Und geben Sie zu, dass Sie ein Mörder sind!«

Lantto erstarrte.

»Was sagst du da?«

»Ich weiß, dass Sie ein Messer haben und dass Sie dort waren. Also geben Sie es schon zu, verdammt noch mal. Geben Sie zu, dass Sie sie umgebracht haben!«

Seine Stimme brach. *Scheiße, fang jetzt bloß nicht an zu heulen.*

»Tu jetzt nichts Dummes.« Lantto machte noch einen Schritt auf ihn zu.

»Stehen bleiben, habe ich gesagt!«, brüllte Eddie und wich zurück.

Im nächsten Moment ertönte ein lauter Knall, und er wurde zurückgeworfen.

82

Annie schaltete das Küchenradio aus und stellte die Teetasse auf die Arbeitsfläche. Den ganzen Tag über hatten weder das Radio noch das Fernsehen etwas über die Morde am Bålsjön gebracht oder was der Aufruhr beim Pfarrhof zu bedeuten hatte.

Sie fröstelte. Den ganzen Tag hatte sie keinen Appetit gehabt, hatte nur eine Banane gegessen und zwei Tassen Tee getrunken. Es zog durch die Fenster, und das Thermometer an der Wand zeigte siebzehn Grad. Ein heißes Bad vor dem Schlafengehen würde bestimmt helfen.

Sie ging ins Badezimmer und ließ Wasser ein. Als sie die Hand hineintauchte, brannte ihre Haut, doch das war schön. Sie wollte sich gerade ausziehen, als sie ein Knarren aus der Diele hörte. Das Brett, auf das ihre Mutter immer getreten war.

Annie erstarrte, glaubte, einen Luftzug zu spüren, hielt den Atem an, lauschte. Hatte sie die Haustür wirklich abgesperrt?

Vorsichtig schob sie die Badezimmertür auf und schrie laut, als sie die Gestalt in der Diele sah.

Eddie Bylund schrie auch.

»Was machst du hier?«, rief sie.

Eddie war verschwitzt, seine Wangen tiefrot.

»Ich kann nicht nach Hause.«

»Und warum nicht? Weiß deine Mutter, wo du bist?«

»Nein. Ich habe sie angerufen, aber ihr Handy war wie immer ausgeschaltet.«

Annie ging mit ihm in die Küche, wo sie ihm einen heißen Kakao machte und vor ihm auf den Tisch stellte. Dann setzte sie sich ihm gegenüber. Der Junge trank gierig.

»Erzähl«, forderte sie ihn auf. »Was ist passiert?«

Eddie stellte die Tasse auf den Tisch und sah aus dem Fenster.

»Ich habe mit einem Gewehr auf Jimmy Lantto geschossen.«

Er wusste nicht, wie es geschehen war, aber er hatte aus Versehen den Abzug gedrückt. Die Kugel hatte Jimmy Lantto verfehlt, doch danach hatte er brüllend auf dem Garagenboden gelegen, und Eddie war davongerannt.

»Himmel, Eddie, warum hast du das getan?«, fragte sie ihn aufgebracht.

Eddie sah auf seine Hände. Er verzog das Gesicht und erzählte schluchzend, was passiert war.

»Alle wissen, dass er ein widerliches Ekel ist. Er nutzt meine Mutter aus und hat mich vor der ganzen Schule gedemütigt. Und jetzt traue ich mich nicht nach Hause, er weiß doch, wo ich wohne«, murmelte er. »Kann ich hier schlafen?«

»Nein, das geht nicht«, erwiderte Annie rasch. »Du musst nach Hause zu deiner Mutter, sie macht sich bestimmt große Sorgen.«

»Sie weiß doch nicht mal, wo ich bin. Gerade hat sie eine SMS geschrieben«, sagte Eddie leise, tippte auf seinem Handy herum und zeigte Annie das Display.

Ich habe in der Arbeit einen alten Kumpel getroffen, der mich zu sich eingeladen hat. Es wird spät, vielleicht bleibe ich über Nacht. Mama

»Ich traue mich nicht, allein zu sein.« Eddie sah sie panisch an. »Lantto wird mich umbringen.«
Diese verfluchte Mutter, dachte Annie. Nicht einmal die eine Sache, um die Annie sie gebeten hatte, nahm sie ernst. Annie sah auf die Uhr. Halb elf.
»Okay«, sagte sie und seufzte. »Du kannst hier schlafen, aber du musst mir versprechen, dass du nicht einfach so abhaust, damit ich dir morgen helfen kann. Wir müssen zur Polizei fahren und dort alles erzählen, das verstehst du doch, ja?«
Eddie sah sie lange an, bevor er schließlich nickte.

Annie richtete das Bett im Gästezimmer für Eddie her, ließ eine Lampe brennen und wünschte ihm eine gute Nacht. Sie ging in ihr Zimmer. Nach einer halben Stunde hörte sie ein Geräusch und setzte sich im Bett auf. Eddie stand in der Tür.
»Brauchst du etwas?«, fragte sie.
»Irgendetwas schabt und kratzt, wie soll man denn da schlafen können?«
Annie lachte.
»Tut mir leid, das sind die Mäuse. Aber die sind in der Wand, die tun dir nichts.«
Eddie nickte, blieb aber stehen.
»Möchtest du, dass ich mich ein bisschen zu dir setze?«
Eddie nickte erneut. Sie stand auf und folgte ihm ins Gästezimmer. Dort setzte sie sich auf den Boden und lehnte sich

mit dem Rücken an die Bettkante. Nach einer Weile hörte sie an Eddies Atemzügen, dass er eingeschlafen war. Leise stand sie auf und sah den Jungen an, der mit der Hand unter der Wange schlief und sich eingerollt hatte. Er sah aus wie ein kleines Kind. Überhaupt nicht wie ein Monster, sondern nur wie ein missverstandener, ungeliebter Junge. Annie widerstand dem Impuls, seine Wange zu streicheln, und ging leise aus dem Zimmer.

Isabella

Es ist Abend und wir wollen uns am Bålsjön treffen. Ich weiß nicht, was passieren wird, und ich habe Angst. Aber vielleicht bekomme ich endlich die Antwort auf das was ich mich schon so lange frage. Wer mein richtiger Vater ist.

Als ich Mama erzählt habe, was Vendela in der Kirche gesagt hat, wurde sie ganz komisch. Sie hat geweint und mit jemandem telefoniert. Da ist mir klar geworden, wer mein Vater sein könnte.

Und heute Abend muss ich herausfinden, ob ich recht habe.

Aber bevor ich zum Bålsjön fahre, werde ich Jakob anrufen und ihm alles erzählen. Ein Pfarrer unterliegt der Schweigepflicht. Er darf Mama nicht erzählen, was ich vorhabe. Und dieses Tagebuch werde ich an meinem und Eddies geheimem Platz verstecken. Wenn mir etwas zustoßen sollte, weiß Eddie, wo er suchen muss. Wenn es ihm wichtig genug ist. Wenn er mir verzeihen kann, was ich ihm angetan habe.

Wenn du das hier also liest, Eddie, verzeih mir bitte. Es tut mir so leid, was ich dir angetan habe. Du bist der beste Freund, den ich je hatte, und du ver-

dienst eine bessere Freundin als mich. Ich hoffe, so jemand begegnet dir eines Tages. Und ich hoffe, dass du deinen Vater findest, denn ich glaube, meinen habe ich gerade gefunden.

83

Eddie stieg vom Fahrrad. Alles war still. Es war erst sieben Uhr morgens, und es war immer noch dunkel und so kalt, dass sein Atem weiße Wölkchen bildete. Etwas knackte im Wald, und er drehte sich um. Der Nebel trieb wie Gespenster zwischen den Bäumen, und er schauderte. Das sind keine Gespenster, rief er sich in Erinnerung. Nur tanzende Feen. Jetzt nicht kneifen. Du musst es tun, bevor es zu spät ist. In nur einer Stunde würde Annie ihn mit nach Kramfors nehmen. Seine Mutter würde kommen, und dann wusste er nicht, wie es weitergehen würde. Vielleicht würden sie ihn in irgendein Heim stecken. Und niemand würde Bellas Mörder finden.

Seit er mitten in der Nacht aufgewacht war, hatte er wach gelegen und an sie gedacht. Sobald er die Augen schloss, sah er Bellas Leiche am Strand vor sich, daher zwang er sich, an sie zu denken, wie sie davor gewesen war. Wie sie vom Wald hinunter zum Fluss gegangen war, denselben Weg wie von ihrem geheimen Versteck. Annie hatte gesagt, dass die Mädchen Geheimnisse gehabt hatten. Wenn Bella immer noch Tagebuch schrieb, wo könnte sie es versteckt haben? Fieberhaft hatte er nachgedacht. Irgendwann musste er dann doch eingeschlafen sein, denn er hatte von Bella geträumt. Sie stand zwischen Bäumen und winkte ihm zu. Er war ihr gefolgt. In den Wald. Das Tagebuch. Bella hatte ihm den Weg gezeigt.

Eddie schaltete die Taschenlampenfunktion an seinem Handy ein und leuchtete um sich her. Da war er, der Limonadenbaum, ihr geheimer Ort, den nur er und Bella kannten. Das Loch im Stamm, in dem sie immer Schokolade und Limo versteckt hatten.

Sein Herz schlug schnell. Beim Gedanken an den Bären, der vielleicht zwischen den Bäumen lauerte, zögerte er.

Der Nebel verzog sich allmählich, und es war, als stünde Bella neben ihm, in einem hellen Kleid, die dunklen Locken wallten über den Rücken. Sie winkte ihm wieder. *Komm, beeil dich.*

Er holte tief Luft und rannte das letzte Stück zu dem alten Apfelbaum.

Vorsichtig steckte er die Hand in die Öffnung, spürte nur Blätter und Rinde. Er tastete tiefer, drehte den Arm. Da. Sein Daumen berührte etwas, das sich fast lebendig anfühlte. Er zuckte so heftig zurück, dass er auf den Hintern fiel. Er sah zu der Öffnung, erwartete, dass ein Tier herausschlüpfte, doch nichts passierte. Vielleicht war es gar kein Tier. Er musste es noch einmal versuchen.

Eddie streckte wieder die Hand in das Loch, bekam den Gegenstand zu fassen und zog ihn heraus.

Ein Buch mit Ledereinband, an dem Blattstücke und Spinnweben klebten und das mit einem Seidenband umwickelt war. So eins hatte Bella immer gehabt. Nur sie beide kannten den Baum. Sie hatte es hier für ihn deponiert. Das musste etwas zu bedeuten haben.

Er setzte sich ins Gras. Das Tagebuch war an den Kanten abgegriffen, es war feucht geworden und wellig. Er schlug die erste Seite auf, doch es war zu dunkel, und der Akku seines

Handys war fast leer. Und jetzt begann es auch noch zu regnen.

Rasch schob er das Tagebuch unter seinen Pullover und rannte zum Fahrrad.

Annie schaltete den Wecker aus und setzte sich auf. *Eddie.* Über den kalten Holzboden ging sie ins Gästezimmer. Das Bett war leer. Die Tür zur Toilette war angelehnt, doch da war er nicht.

Sie eilte die Treppe hinunter. Im Badezimmer war er auch nicht. Vielleicht lag er auf dem Sofa? Sie schaltete das Licht im Wohnzimmer ein. Auch dort war niemand.

Die Küche war unberührt, keine Überreste von einem Frühstück, kein herausgezogener Stuhl.

»Eddie?«, rief sie und ging noch einmal durchs Erdgeschoss. Der Junge war nirgends.

»Verdammt«, fluchte sie laut. Hoffentlich war er nach Hause zu seiner Mutter gefahren. Wenn sie bei den Bylunds vorbeischaute, konnte sie ihn vielleicht überreden, mit ihr zu kommen. Ansonsten würde es auf eine verordnete Inobhutnahme hinauslaufen. Gründe dafür gab es nach dem, was Eddie bei Minnas Familie angestellt hatte, genug. Solange Jimmy Lantto uns nicht zuvorkommt, dachte sie, und eilte nach oben, um sich anzuziehen. Sie schlüpfte hektisch in Jeans und Pullover, putzte sich die Zähne und bürstete sich gleichzeitig die Haare. Dann eilte sie wieder nach unten.

Das Auto sprang nicht an.

»Jetzt komm schon«, fluchte sie und drehte noch einmal den Zündschlüssel. Der Motor brummte, erstarb dann jedoch wieder.

»Verdammt!«, rief sie erneut und schlug mit den Händen aufs Lenkrad.

Nicht jetzt. Es ist deine Schuld, wenn Eddie jetzt etwas zustößt, dachte sie. Du hättest ihn nicht bei dir übernachten lassen sollen. Jetzt hast du den Salat.

Ein Schatten fiel auf das Auto, und sie zuckte zusammen. Erleichtert erkannte sie, wer neben dem Wagen stand.

Sie öffnete die Fahrertür.

»Eddie! Du hast mich erschreckt. Wo warst du?«

Der Junge war verschwitzt, stieg vom Fahrrad und hielt ihr etwas hin, das wie ein Notizbuch aussah.

»Hier«, sagte er. »Ich glaube, das ist ein Beweisstück. Das ist Bellas Tagebuch.«

»Wo hast du es gefunden?«

»Sie hat es an einem Ort versteckt, den nur ich kenne.«

Annie schlug die erste Seite auf, und sie erkannte schnell, was sie da vor sich hatte. Himmel, dachte sie.

»Du hast recht«, sagte sie. »Das müssen wir zur Polizei bringen.«

84

Hans Nording kam Sara mit einer Tasse frisch gekochtem Kaffee entgegen, und sie setzten sich in den Konferenzraum. Heute waren sie nur zu zweit, Jonas Hagmann hatte zwei Tage für die Elchjagd freibekommen, und Sara war darüber nicht böse.

Als Petra Josefsson auf dem Bildschirm erschien und alle versammelt waren, berichtete Sara von den Ereignissen des Wochenendes. Nachdem man Isabella Mohlins Fahrrad gefunden hatte, wusste man nun von allen drei Mädchen, wie sie zum See gekommen waren. Abschließend informierte sie die Kollegen über Patrik Mohlins vermutlichen Selbstmordversuch, und dass er sehr wahrscheinlich in der Psychiatrie war.

Willy Åkesson wedelte mit einem Blatt Papier.

»Die Untersuchungen von Isabella Mohlins Fahrrad und die von Jakob Ergheds Auto sind bereits abgeschlossen, aber das ist auch egal«, sagte er, »denn wir haben nichts gefunden. Und wie wir zuvor schon festgestellt haben, war das Handy des Pfarrers nach acht Uhr abends auch nicht am See.« Die Hausdurchsuchung hatte keine Spuren von Blut oder etwas anderem ergeben.

»Der Pfarrer scheint also nicht gelogen zu haben«, schloss Åkesson. Petra Josefsson stimmte ihm zu, und er fuhr fort.

»Jimmy Lanttos Wagen haben wir auch durchsucht. Weder haben wir das verschwundene Jagdmesser gefunden noch irgendein Sandkorn, das mit dem Badeplatz in Verbindung gebracht werden könnte. Allerdings haben wir die DNA von drei verschiedenen Personen gefunden. Jimmy Lanttos, Minnas und eine unbekannte. Wir nehmen an, dass sie entweder Susanne Lantto oder Tina Bylund gehört. Keine Spuren von Vendela Brink oder Isabella Mohlin.«

»Wir haben also immer noch ein Prepaidhandy mit unbekanntem Besitzer und eine verschwundene Mordwaffe. Zudem konnte Vendela Brink immer noch nicht vernommen werden. Wissen wir etwas Aktuelles über ihren Zustand?«

»Die Ärzte wollten anrufen, sobald wir mit ihr sprechen können, aber ich frage noch mal im Krankenhaus nach«, sagte Nording und verließ den Raum.

Die anderen machten eine Kaffeepause, doch Sara blieb sitzen und dachte nach. Sie ballte die Fäuste unter dem Tisch. Vendela Brink war das fehlende Glied, ohne ihre Aussage kamen sie dem dringend nötigen Durchbruch in den Ermittlungen nicht näher.

»Wir haben das Alibi des Donnerstagsmannes überprüft«, sagte Josefsson, als alle wieder versammelt waren. »Er befand sich tatsächlich auf einer Kreuzfahrt nach Riga. Wir haben Videoaufnahmen vom Schiff und dem Hotel. An dem betreffenden Wochenende war er auf der anderen Seite der Ostsee, die unbekannte Telefonnummer gehört also nicht ihm.«

Diese verfluchte Nummer, dachte Sara. Sie würde keine Ruhe finden, bis sie den Eigentümer gefunden hatten.

Nording kam zurück und erzählte, er hätte Vendela Brinks Arzt sprechen können.

»Sie ist noch im künstlichen Koma, man will sie jedoch jetzt zurückholen. Morgen erfahren wir mehr.«

»Das klingt doch ganz vielversprechend«, meinte Josefsson. Es klopfte, und die Kollegin vom Empfang steckte den Kopf ins Zimmer.

»Annie Ljung vom Jugendamt ist mit einem Jungen hier«, sagte sie. »Sie möchten Sara Emilsson sprechen, es scheint dringend zu sein.«

85

Annie sah aus dem Augenwinkel zu Eddie, der langsam neben ihr ging. Nachdem er der Polizei von dem Gewehr und Jimmy Lantto sowie Isabellas Tagebuch erzählt hatte, schien die Luft aus ihm gewichen zu sein. Auf dem Weg vom Revier zum Jugendamt hatte er kein einziges Wort gesprochen.

Sie brachte Eddie in eines der Besucherzimmer und bat ihn zu warten, während sie Claes auf den aktuellen Stand der Ereignisse brachte. Dass sie Eddie bei sich hatte übernachten lassen, verschwieg sie.

»Seine Mutter ist auf dem Weg hierher. Ich habe das Gefühl, wir sollten eine Inobhutnahme in Betracht ziehen, oder?«, schloss sie.

Claes nagte an einem Brillenbügel. Sie wusste, was er dachte. Eine Inobhutnahme kostete Ressourcen und Geld und setzte man nur in Gang, wenn keine anderen erfolgversprechenden Maßnahmen möglich waren. Das Kindeswohl war aber entscheidend, und Eddie brauchte Schutz. Sie mussten eingreifen, bevor Jimmy Lantto zur Polizei ging oder die Sache selbst in die Hand nahm.

»Wir warten noch, bis wir die Erziehungsberechtigte getroffen haben«, sagte Claes nach einer Weile.

Es klopfte, und Miriam verkündete, dass Tina Bylund eingetroffen war. Annie holte sie am Empfang ab, und Claes folgte ihnen ins Besucherzimmer.

»Was ist denn jetzt schon wieder?«, fragte Tina.

Eddie sah Annie an. »Sagen Sie es ihr«, murmelte er.

Annie sah, wie Tina bleich wurde, als sie erklärte, was Eddie letzte Nacht angestellt hatte. Claes fuhr fort, dass es sich jetzt um einen Notfall handelte und man eine Inobhutnahme erwog. Doch zuvor mussten sie noch über ein paar Sachen sprechen.

»Das ist nicht nötig, ich werde sowieso umziehen«, erwiderte Tina. »Wir können hier nicht bleiben.«

Annie sah, wie Eddie seine Mutter fassungslos anstarrte.

»Wo wollen Sie denn hin?«, fragte sie.

»Nach Sundsvall. Mein Bruder wohnt dort.«

Annie erklärte, dass die Ermittlungen auch im Fall eines Umzugs weitergeführt werden würden. Sie würde das Jugendamt in Sundsvall kontaktieren und die Maßnahmen mit den Kollegen koordinieren.

»Und ein Umzug braucht Zeit«, fügte Claes hinzu. »Wir müssen sofort eingreifen.«

Claes bat Annie, Eddie in einen Nebenraum zu bringen, damit er mit Tina unter vier Augen sprechen konnte.

Eddie knetete seine Kappe.

»Es tut mir leid, was alles passiert ist. Wegen Isabella«, sagte Annie und tätschelte seine Schulter.

Eddie presste die Lippen aufeinander, um nicht zu weinen.

»Danke, dass Sie mir geglaubt haben«, murmelte er.

Annie lächelte.

»Klar doch.«

Eddie blickte zur Tür.

»Sehen wir uns dann jetzt nicht mehr?«
»Das hängt davon ab, was die beiden gerade besprechen.« Annie nickte Richtung Tür.
»Ich werde also nie erfahren, wer mein Vater ist?«, fragte Eddie. »Sie haben versprochen, mir zu helfen.«
Das stimmte. Sie hatte es versprochen. Trotzdem konnte ihm immer noch nur seine Mutter die Frage beantworten.
»Ich werde sehen, was ich tun kann«, sagte sie.
Eddie saß schweigend da, bis Claes kam, um sie abzuholen.

»Wir haben uns darauf geeinigt, betreuende Maßnahmen in der Familie vorzuschlagen«, sagte Claes, nachdem sie sich im Besucherraum wieder gesetzt hatten. Eddie schaute Annie fragend an, die aufmunternd nickte.

»Claes wird gleich alles erklären«, sagte sie und wandte sich an Tina. »Aber zuerst haben Eddie und ich noch eine Frage an Sie. Es geht um seinen Vater.«

Annie sah, wie Tina sich versteifte, sprach aber weiter.

»Sie haben sowohl dem Jugendamt als auch Eddie gegenüber erklärt, nicht zu wissen, wer Eddies leiblicher Vater ist.«

Tina sah von ihrem Sohn zu Annie.

»Ja, und?«

»Eddie ist jetzt vierzehn, fast fünfzehn. Jedes Kind hat ein Recht darauf, seine Herkunft zu kennen. Ich glaube, Sie wissen, wer sein Vater ist. Jimmy Lantto redet nämlich im Dorf darüber. Wir müssen erfahren, ob Sie es tatsächlich wissen. Das ist sehr wichtig und kann Einfluss darauf haben, welche Entscheidung wir gleich treffen.«

Tinas Hals rötete sich.

»Weißt du, wer er ist?«, fragte Eddie.

Tina saß still da und biss sich nachdenklich in die Wange. Dann nickte sie.

»Ja, ich weiß es. Aber ich weiß nicht, ob es dich glücklich macht. Ich weiß nicht einmal, ob er noch am Leben ist.« Tina seufzte tief und sah ihren Sohn an.

»Du hast es also die ganze Zeit gewusst?« Eddies Wangen röteten sich ebenfalls, und er blinzelte wieder hektisch.

»Er heißt Tony Karlsson«, sagte Tina. »Seit du zwei warst, habe ich ihn nicht mehr gesehen.«

»Und du weißt nicht, wo er jetzt ist?«

Tina zuckte mit den Schultern. »Das Letzte, was ich gehört habe, war, dass er im Knast sitzt. Tut mir leid, aber ich habe das getan, was meiner Meinung nach das Beste für dich war.«

»Okay«, sagte Eddie nur, und Annie sah, wie er mit den Tränen kämpfte.

Der arme Junge, dachte sie. Vielleicht wollte man doch nicht in jedem Fall wissen, wer die eigenen Eltern waren?

86

Sara und Nording waren als Erste bei Björn Sundling. Der Psychologe hatte sie belogen. Isabellas Tagebuch hatte gezeigt, dass er ein völlig anderer Mensch war als der, der er zu sein vorgab, und nun sollte er verhaftet werden.

Vor dem Haus stand kein Auto, alles wirkte verlassen. Saras Herz klopfte wild, als sie läutete und sah, wie Nording seine Waffe zog.

Doch nichts geschah.

Sie läutete erneut.

Als niemand die Tür öffnete, gingen sie zum Auto zurück und fuhren zur Klinik Älvhagen. Björn Sundling wusste nicht, dass sie auf dem Weg zu ihm waren, wahrscheinlich war er bei der Arbeit.

Eine Frau lief gerade über den Vorplatz, nachdem sie ausgestiegen waren, und sie fragten sie nach dem Klinikleiter.

»Er und Adam sind gerade gefahren«, antwortete sie. »Sie wollten wohl ins Krankenhaus, anscheinend ging es Adam nicht gut.«

Nording und Sara sahen sich an und stiegen wieder ins Auto. Während Nording losfuhr, leitete Sara über den Polizeifunk eine Fahndung nach Björn und Adam Sundling ein. Die Nachricht ging an sämtliche regionalen Leitstellen im ganzen Land. Der Psychologe und sein Sohn konnten noch nicht weit gekommen sein, doch in welche Richtung waren sie gefahren? Kramfors war eine der flächenmäßig größten Gemeinden Schwedens, Krankenhäuser gab es im Westen, Süden und Norden. Im Osten lag das Meer.

Eine Streife war auf dem Weg von Örnsköldsvik in Richtung Süden. Andere Einsatzwagen waren unterwegs aus Härnösand, Sundsvall und Sollefteå. Nording bog nach rechts Richtung Kramfors ab. Das Kennzeichen des schwarzen Volvo XC, den Sundling fuhr und den Eddie Bylund ziemlich sicher am Bålsjön gesehen hatte, lag ihnen bereits vor.

Kurz darauf erhielten sie die Meldung, dass ein Hubschrauber den gesuchten Volvo gesichtet hatte.

Nording trat das Gaspedal so fest durch, dass Sara in den Beifahrersitz gedrückt wurde. In den engen Kurven bei Gålå hoffte sie im Stillen, dass ihnen niemand entgegenkam.

Kurz darauf meldete der Hubschrauber, der Volvo sei vor der kleinen Sandöbron nach links Richtung Nyadal abgebogen. Auf der Straße galt eine Höchstgeschwindigkeit von fünfzig km/h, und sie war kurvenreich. Falls Björn Sundling nicht gemerkt hatte, dass sie hinter ihm her waren, würde er wahrscheinlich nicht besonders schnell fahren, und sie hätten eine Chance, ihn einzuholen, dachte Sara.

Nording raste durch Klockestrand, bog nach links und dann so abrupt gleich wieder nach rechts ab, dass ein Radfahrer in den Graben fuhr. Der Nyadalsvägen war schmal und gewunden. Annie hielt sich am Griff über dem Beifahrerfenster fest, als Nording gerade durch die Kurven fuhr. Zum Glück begegneten ihnen keine weiteren Radfahrer, Autos oder Fußgänger.

»Da«, rief sie aus, als sie nach Rystrand hineinfuhren. Ein schwarzer Volvo tauchte auf der Anhöhe vor ihnen auf. Ein paar Sekunden später hatte Nording ihn eingeholt, und Sara überprüfte das Nummernschild. Ja, es stimmte überein. Es war Björn Sundlings Auto.

Der Volvo hielt jedoch nicht an, obwohl sie das Blaulicht eingeschaltet hatten. Stattdessen fuhr er mit unvermindert hoher Geschwindigkeit weiter. Er verhält sich schuldig, dachte Sara. Und offensichtlich weiß er, dass wir Bescheid wissen.

Sie näherten sich der Auffahrt zur E4. Er will also nach Süden abhauen, dachte Sara, bevor der Volvo plötzlich wieder nach rechts abbog und den Abhang hinunter auf die Straße fuhr, die unter der Brücke hindurchführte. Links war eine Felswand, rechts der tiefe Fluss.

Björn Sundling fuhr auf einen Bergrücken, wo sich die Straße wieder teilte. Links kam man zurück zur Auffahrt auf die E4 nach Norden. Nach rechts führte die Straße hinauf zu einem Hotel und einem Aussichtspunkt. Eine Sackgasse.

»Jetzt aber«, sagte Nording und gab Gas, während der Hubschrauber über ihnen hinaus aufs Wasser flog.

Er setzte an, den Volvo zu überholen, und Sara sah Björn Sundling von der Seite. Neben ihm schien jemand zu sitzen.

Dann war Nording an dem Wagen vorbei und zwang Björn, nach rechts abzubiegen, hinauf zum Hotelparkplatz.

»Da kommen sie nicht weiter«, sagte er. In dem Moment bog der Volvo plötzlich ab.

»Was zum Teufel …?«, rief Nording und bremste abrupt. Er wendete und folgte dem Volvo, der den Berg auf einem wohl erst kürzlich angelegten Schotterweg hinaufraste.

Sara fiel ein Zeitungsbericht ein, den sie vor einer Woche gelesen hatte. Auf dem Berg wurde ein neuer Aussichtspunkt gebaut. Ein Steg, der in die Luft ragte und von dem aus die Touristen perfekte Fotos machen konnten, wie in Norwegen in den Fjorden. Nachdem das Geländer allerdings noch nicht angebracht war, musste die Allgemeinheit sich noch gedulden. Momentan wurde der Aussichtsplatz nur von Warnschildern und einem Zaun gesichert. Es gab also nichts, was ein Auto aufhalten würde, das mit hoher Geschwindigkeit heranraste. Dahinter ging es im freien Fall hundert Meter ins Meer hinunter.

Sara sah, wie der Hubschrauber um die südlichen Pylone der Högakustenbron flog und dann auf den Berg zusteuerte. Er flog über die Bäume und direkt über Nordings und Saras Wagen.

Der Volvo näherte sich dem Ende der Straße, doch Nording gab noch mehr Gas und konnte ihn erneut überholen. Er bremste und hielt an, während Sara schon aus dem Wagen sprang. Vor ihnen fielen die Klippen steil ins Meer ab. Sie riss die Pistole aus dem Holster und entsicherte sie, zielte auf den Volvo und hoffte, dass der Anblick der Waffe ausreichen würde, um Sundling zu stoppen. Doch was sollte sie tun, wenn er nicht stehen blieb? Auf die Reifen zielen?

Nording rief etwas von hinten, aber das Dröhnen des Hubschraubers übertönte ihn.

Der Volvo fuhr weiter auf den Zaun zu. Sie werden über die Kante stürzen, dachte Sara, bevor sie wie in Zeitlupe sah, wie das Auto eine scharfe Kurve machte, gegen einen Betonblock prallte und in die Luft geschleudert wurde, wo es sich überschlug und dann auf dem Dach landete.

Zuerst war Sara wie erstarrt. Ein Arm hing aus dem Fenster. Überall lagen Glassplitter.

Aus dem Augenwinkel sah sie, wie Nording mit gezogener Waffe zur Fahrerseite rannte. Dann bemerkte sie, dass jemand vor dem Wagen lag, und setzte sich in Bewegung.

Adam Sundling lag auf dem Bauch. Eine Gesichtshälfte war von Schmutz und Schnittwunden übersät. Er ist tot, dachte sie. Doch dann hörte sie Nordings Stimme im Kopf.

Der Schein kann trügen. Die Dinge sind nicht immer so, wie sie aussehen. Man muss immer genau hinsehen, egal, wie schlimm es ist. Vergiss das nie.

Adams Augen waren geschlossen. Seine Haare waren grau vom Straßenstaub. Sie legte eine Hand auf seine Schulter, und da stöhnte er. Erleichterung durchströmte sie, während sich in der Ferne die Sirene des Krankenwagens näherte.

»Es ist vorbei«, flüsterte sie. »Alles wird gut.«

87

Sara brachte Björn Sundling in den Vernehmungsraum und schloss die Tür. Er ließ sich auf einen Stuhl fallen und starrte mit leerem Blick vor sich hin. Nording warf Sara einen vielsagenden Blick zu und setzte sich ebenfalls.

Björns Gesicht wies kleine Schnittwunden auf, seine Oberlippe war aufgeplatzt. Adam hatte außer ein paar kleineren Verletzungen eine leichte Gehirnerschütterung davongetragen und würde über Nacht zur Beobachtung im Krankenhaus von Örnsköldsvik bleiben. Das Auto hingegen war nur noch Schrott. Laut dem Arzt, der Björn und Adam untersucht hatte, hatten sie einen Schutzengel gehabt. Doch wenn Björn nicht in letzter Sekunde das Lenkrad herumgerissen hätte, wären sie hinunter in den Ångermanälven und in den sicheren Tod gestürzt. Und wenn Björn sich und seinen Sohn hatte umbringen wollen, würde man ihm versuchten Mord an Adam zur Last legen.

Sara schaltete das Aufnahmegerät ein und beobachtete den Psychologen, der immer noch den Blick gesenkt hielt. Sie erklärte ihm, was man ihm vorwarf, und fragte dann, ob er einen Rechtsbeistand dabeihaben wollte.

Björn schüttelte schwach den Kopf und sah Sara an. Sein Gesicht war blass und gräulich, seine Augen blutunterlaufen. Der charismatische Psychologe, den sie eine Woche zuvor in der Klinik Älvhagen getroffen hatten, war verschwunden.

»Was passiert jetzt mit Adam?«, fragte er leise.

»Bis morgen bleibt er im Krankenhaus, das Jugendamt weiß Bescheid. Die kümmern sich dann um eine Pflegefamilie für ihn.«

»Mein Bruder und seine Frau. Sie wohnen nicht weit weg, sie können ihn zu sich nehmen, sagen Sie das dem Jugendamt.«

»Das machen wir«, versprach Sara.

»Erzählen Sie uns, was da oben auf dem Berg passiert ist«, sagte Nording. »Wohin wollten Sie mit Adam?«

»Ich weiß es nicht. Wir wollten einfach nur verschwinden.«

»Wollten Sie über die Kante fahren?«

Björn schloss die Augen und schüttelte den Kopf.

»Wir haben ein Sommerhaus an der Küste, südlich von Örnsköldsvik. Wir haben eine schwere Zeit hinter uns und mussten mal zu Hause raus. Aber dann entdeckte ich das Polizeiauto und den Helikopter und dachte, dass Sie die Straße abgesperrt hätten. Ich bekam Panik und nahm die erstbeste Ausfahrt. Mir war nicht klar, wohin die Straße führte.«

»Sie wollten sich und Ihren Sohn also nicht umbringen?«

»Nein!«, erwiderte Björn heftig. »Oder ...« Er sank wieder in sich zusammen. »Es war egal, ob wir am Leben blieben oder starben. Es ist ja sowieso alles vorbei.«

»Was meinen Sie damit?«

»Kann ich etwas Wasser haben?«

Nording nickte Sara zu und ging nach draußen. Nach einer Minute war er mit einem Glas zurück.

Die Hand des Psychologen zitterte, als er trank. Dann stellte er das Glas auf den Tisch und holte tief Luft.

»Ich gestehe alles.«

»Was?«

»Die Morde vom Bålsjön«, antwortete Björn.

Nording und Sara sahen sich an.

»Sie gestehen die Morde an Isabella Mohlin und Minna Lantto?«, fragte Nording nach.

Der Psychologe nickte leicht und sah auf den Tisch.

»Ja. Aber ... es war ein Unfall. Sie haben mir gedroht, und ich ... habe einfach die Kontrolle verloren.«

Sara sah, wie seine Hände noch stärker zitterten und er die Fäuste im Schoß ballte.

Nording forderte Björn auf, von Anfang an zu erzählen, und der Psychologe schloss wieder die Augen. Was wird er gleich sagen?, dachte Sara.

»Ich habe sie für meine Zwecke missbraucht.«

Nein, bitte nicht das, dachte Sara und biss die Zähne zusammen. Sie wappnete sich gegen das, was Björn im Begriff war zu gestehen.

Als er fertig war, lehnte Nording sich zurück und schob die Brille auf die Stirn. Sara glaubte, in seinem Blick dieselbe Überraschung zu sehen, die sie empfand.

Der Klinikleiter hatte seine Patientinnen nicht sexuell missbraucht. Stattdessen hatte er sie als Versuchskaninchen für seine Forschungen verwendet, für eine Behandlungsmethode, für die er keinen einzigen wissenschaftlichen Beleg hatte. Ohne das Wissen seiner Angestellten und auf eigene Faust hatte er statt der allgemein anerkannten Behandlungsmethode bei selbstverletzendem Verhalten das genaue Gegenteil versucht. Er hatte den Mädchen gesagt, sie könnten sich unter seiner Aufsicht weiter selbst verletzen. Ein schweres ethisches Verbrechen, ein absolut wahnsinniges Experiment. Nur ein Vollblutnarzisst würde es wagen, auf diese Weise mit dem Leben anderer Menschen Gott zu spielen, dachte Sara. Und wofür?

»Sie haben an den Mädchen also etwas ausprobiert, das zu ihrem Tod hätte führen können?«, sagte Nording scharf. »Warum?«

Zum ersten Mal sah Sara Tränen in Björns Augen.

»Wie Sie wissen, hat meine Frau sich vor einem Jahr das Leben genommen«, antwortete er leise. »Niemand weiß allerdings, dass sie sich viele Jahre lang selbst verletzt hat. Ich tat alles in meiner Macht Stehende, um ihr zu helfen, doch keine der üblichen Methoden funktionierte. Ich wollte eine bessere finden, und was ich an den Mädchen ausprobiert habe, war ein Teil davon. Indem ich sie beobachtete, während sie sich schnitten, hoffte ich, mehr über den Mechanismus hinter dem Verhalten zu verstehen. Und dadurch würde ich vielleicht einen Weg finden, nicht nur ihnen zu helfen, sondern auch meiner Frau. Manchmal muss man für wissenschaftliche Fortschritte gewisse Grenzen überschreiten. Aber ich habe natürlich nicht zugelassen, dass sie verbluten. Es geschah alles in einem kontrollierten Rahmen.« Björn seufzte schwer. »Sie werden es verstehen, wenn Sie meine Studien lesen«, fuhr er fort. »Ich bin überzeugt, dass meiner Methode der große Durchbruch bevorsteht.«

»Wie hat Ihre Frau sich das Leben genommen?«, fragte Nording plötzlich, und Björn sah aus, als hätte man ihn geschlagen. Er wurde blass und lehnte sich zurück.

»Sie hat Schlaftabletten genommen«, antwortete er leise, »sich dann die Pulsadern aufgeschnitten und ist verblutet.«

Von allen Arten, wie man sich umbringen konnte, hatte seine Frau die gewählt, die am meisten Bezug zu ihm hatte, dachte Sara. Das musste die Hölle für ihn gewesen sein. Und dieser Mann war für die psychische Gesundheit junger Mädchen verantwortlich gewesen, schutzloser, junger Mädchen. Eine lebensgefährliche Kombination.

»Wissen Sie, warum sie sterben wollte?«, fragte Nording.

»Wie gesagt, ich glaube, mit der richtigen Behandlung hätte man ihren Tod verhindern können. Darauf hat meine Forschung abgezielt. Dann hätte sie sicher nicht so heftig darauf reagiert, dass ich ihr untreu gewesen war.«

»Mit Sofie Mohlin?«, fragte Sara.

»Ja. Sofie hat in Älvhagen in der Küche gearbeitet, als ich dort anfing. Wir mochten uns und landeten bei einer Personalfeier miteinander im Bett. Sofie wurde gleichzeitig mit meiner Frau Cecilia schwanger. Es war ein einziges Chaos. Sofie wusste, dass das Kind von mir sein musste, weil Patrik zu dem Zeitpunkt länger verreist gewesen war. Ich überredete sie aber, dass es das Beste wäre, niemandem etwas zu sagen. Nur so könnten wir unsere Ehen retten.«

»Doch dann fand Ihre Frau es trotzdem heraus? Und dass Sie eine Tochter hatten?«, fragte Nording.

»Ja, leider. Als man mich bat, Isabella in der Klinik aufzunehmen, lehnte ich ab. Es erschien mir ethisch nicht vertretbar, nachdem ich ja ihr leiblicher Vater war. Doch zum ersten Mal in all den Jahren nahm Sofie Kontakt mit mir auf und überredete mich. Sie behauptete, ich hätte sie gezwungen, mit dieser Lüge zu leben, Patrik würde etwas vermuten, und dass es Isabella wegen mir schlecht ginge. Wenn ich ihre Aufnahme verweigerte, würde sie alles meiner Frau erzählen.«

Er holte tief Luft.

»Leider hörte Cecilia zufällig das Gespräch mit und konfrontierte mich damit. Ich gestand alles, und Cecilia ... brach zusammen. Sie ertrug die Vorstellung nicht, dass ich ein Kind mit einer anderen Frau hatte.«

Björn sah auf den Tisch.

Sara musste sich zurückhalten, um nicht aufzustehen und dem Mann vor sich eine zu verpassen. Wegen seiner Untreue hatte seine Frau sich umgebracht, kapierte er das wirklich nicht?

»Haben Sie Ihre Behandlungsmethode deshalb nicht an Isabella ausprobiert? Weil sie Ihre Tochter war?«

Björn nickte.

»Weiß Adam den Grund für den Selbstmord seiner Mutter?«

»Nein. Ich habe ihm gesagt, dass Cecilia krank war, depressiv. Er weiß nur, dass sie gestorben ist, nicht warum. Von Isabella weiß er nichts.«

Sara versuchte zu verdauen, was sie gerade gehört hatte. Der Psychologe, der so gefasst und klug wirkte, erschien ihr jetzt völlig verrückt. Man würde seinen Geisteszustand auf jeden Fall untersuchen. Vielleicht würde man ihn in die Psychiatrie einweisen, aus der er nur nach entsprechenden Tests entlassen werden konnte. Und hoffentlich würde er dann nie wieder auf die Gesellschaft losgelassen werden. Wann hatte Björn Sundling den Bezug zur Realität verloren?

Nording setzte seine Brille wieder auf.

»Sie haben schon einmal die Unwahrheit gesagt. Bitte erzählen Sie uns jetzt, was am Bålsjön passiert ist. Worüber haben Sie mit den Mädchen gesprochen? Was passierte dann?«

Björn nickte leicht. Vendela hatte alles aufgedeckt, begann er. »Adam und ich waren bei meinem Bruder zum Abendessen. Als wir gerade nach Hause gekommen waren, riefen mich die Mädchen an. Weil ich mich weigerte, zum See zu fahren, schnitt Isabella sich und schickte mir ein Foto mit der Drohung, dass sie weitermachen würde, wenn ich nicht käme. Also fuhr ich zum See. Vendela hatte am Tag zuvor in der Zeitung eine Reportage zu meiner Forschung gelesen und dass ich einen Preis bekommen hatte. Dort wurde über eine vollkommen andere Methode berichtet als die, mit der ich die Mädchen in der Klinik behandelt hatte. Sie war aufgebracht, fast schon hysterisch, und drohte, mich bei der Polizei anzuzeigen.«

»Was ist dann passiert?«, fragte Nording angespannt.

Der Psychologe schwitzte mittlerweile stark.

»Ich habe zugegeben, dass ich sie ausgenutzt hatte, habe versprochen, zu meiner Verantwortung zu stehen und zur Polizei zu gehen.« Er hustete. »Aber sie haben mir nicht geglaubt.« Björn stöhnte. »Dann wollte Isabella wissen, ob ich ihr leiblicher Vater war. Sie hat mich direkt danach gefragt, hat verlangt, dass ich einen Vaterschaftstest mache, und hat gedroht, sie würde Adam alles erzählen, wenn ich es nicht tue. Ich weiß nicht, wie sie es herausgefunden hat oder wann.«

Aber ich weiß es, dachte Sara. Es steht alles im Tagebuch.

»Vendela ist richtig ausgeflippt, als ich es nicht zugegeben habe, holte ein großes Messer hervor und fuchtelte damit herum. Sie war sehr aggressiv, so hatte ich sie noch nie gesehen. Sie schrie, dass es meine Schuld sei, dass meine Frau sich umgebracht hatte.«

»Und danach?«, fragte Nording.

Björn schwieg. Er fasste sich an die Stirn. Erst nach einer Weile antwortete er.

»Ich weiß es nicht mehr«, sagte er. »Ich muss einen Blackout gehabt haben. Ich erinnere mich nur noch, dass ich ein blutiges Messer in der Hand hatte.«

Sehr praktisch, dieser Blackout, dachte Sara.

»Was haben Sie mit dem Messer gemacht?«, fragte sie.

Björn verzog das Gesicht und massierte mit dem Daumen seine Stirn.

»Ich weiß es nicht«, murmelte er. »Ich stand unter Schock.«

»Denken Sie nach.«

»Ich glaube, ich habe es in den See geworfen«, sagte Björn schließlich.

Es ist also doch im Wasser, dachte Sara. Wir müssen noch mal Taucher hinschicken. Den Grund ausheben.

88

Annie schloss das Dokumentationsprogramm, stützte die Ellenbogen auf die Tischplatte und massierte sich die Schläfen. Sie hatte das letzte Gespräch mit Eddie Bylund und seiner Mutter ins System eingegeben. Eine jugendpsychiatrische Untersuchung würde durchgeführt werden, und ein Psychologe sollte Tina Bylund und ihre Fähigkeit begutachten, für ihren Sohn zu sorgen. Falls sie sich nicht an den vereinbarten Plan hielt, würde man eventuell auf Zwangsmaßnahmen zurückgreifen müssen.

Annie stand auf und wollte sich gerade eine Tasse Kaffee holen, als das Handy klingelte. Sie erkannte die Nummer auf dem Display und setzte sich wieder.

»Hallo, Sara«, sagte sie.

»Ich wollte dir nur erzählen, dass wir ein Geständnis haben. Bald findet eine Pressekonferenz statt, aber ich wollte, dass du es zuerst erfährst. Bist du allein?«

»Moment«, sagte Annie und schob die Tür mit dem Fuß zu. Sie schloss die Augen und wappnete sich.

»Erzähl«, sagte sie.

Ihr Verdacht nach der Lektüre von Isabellas Tagebuch hatte sich bewahrheitet. Die Tragödie vom Bålsjön war geklärt. Eddie Bylund hatte das Puzzlestück gefunden, das die Polizei zum wahren Täter geführt hatte. Björn Sundling hatte die

Morde an den Mädchen gestanden, und sein Sohn Adam lag jetzt im Krankenhaus in Örnsköldsvik, nachdem sich ihr Auto bei einem Fluchtversuch vor der Polizei überschlagen hatte. Björns Bruder und seine Frau wollten den Jungen bei sich aufnehmen, doch das musste vom Jugendamt angeordnet werden, weshalb jemand ins Krankenhaus fahren musste.

»Okay«, sagte Annie. »Ich kümmere mich darum.«

»Gute Arbeit, Annie. Ohne dich hätten wir den Fall vielleicht nicht gelöst.«

»Mein Verdienst ist das nicht. Wenn hier jemandem gedankt werden muss, dann ist das Eddie.«

»Aber er ist zu dir gekommen«, sagte Sara. »Dir hat er vertraut.«

Das stimmte. Etwas scheine ich ja tatsächlich richtig gemacht zu haben, dachte Annie.

Sie schwiegen. Annie hielt den Atem an. Sollte sie noch etwas sagen? Zu dem Kuss?

Doch da bedankte sich Sara noch einmal für die gute Zusammenarbeit und beendete das Gespräch.

Annie lehnte sich zurück und sah zu ihrem Handy, das sie auf den Schreibtisch gelegt hatte. Sollte sie die Sache vielleicht einfach vergessen? So tun, als wäre nichts passiert?

Thomas hatte sich immer noch nicht gemeldet. Am Freitag kamen seine Töchter wieder zu ihm. Wenn sie mit ihm über alles reden, wenn sie alles in Ordnung bringen wollte, dann musste sie es jetzt tun und nicht noch länger zögern. Doch Thomas war in der Arbeit und vielleicht nicht darauf vorbereitet, dass sie ihn dort anrufen könnte. Eine SMS könnte er ganz in Ruhe lesen und dann selbst entscheiden, wann er ihr antworten wollte. Das war ein zumutbarer erster Schritt.

Vielleicht wollte er auch gar nichts mehr mit ihr zu tun haben. Mit ihr, die immer alles kaputtmachte. Schreib nicht zu kompliziert, dachte sie.

Es tut mir alles so leid. Können wir uns vor dem Wochenende treffen und reden?

Nach ein paar Sekunden kam die Antwort.

Nur wenn du mich zu dem Abendessen einlädst, das du mir am Samstag versprochen hattest.

Sie atmete aus und schrieb zurück.

Passt morgen?

An seiner Antwort konnte sie nicht ablesen, was er empfand.

Sag eine Zeit, und ich bin da. Und ich gehe davon aus, dass du dieses Mal zu Hause bist.

89

Sara war enttäuscht. Sie hatte zwar angerufen, um Annie von Björn Sundling zu erzählen, dabei aber gehofft, dass sie etwas zu dem Kuss sagen würde. Sie hatte auf das Unmögliche gehofft. Doch jetzt fuhr Annie sicher nach Hause zu Thomas, während sie selbst vergessen musste, dass etwas zwischen ihnen passiert war. Also weitermachen wie bisher. Nording würde in Rente gehen, und sie war weiter allein, verurteilt zu einem Leben, in dem sie am Sonntagabend zu ihren Eltern zum Essen fuhr.

Sie fragte sich, was Benke wohl sagen würde, wenn sie ihm erzählte, dass der Fall gelöst war. Zuerst hatte sie gedacht, dass er ja sicher sowieso die Pressekonferenz im Fernsehen sehen würde, doch dann war ihr klar geworden, dass sie seine Reaktion gern selbst erleben würde.

Auf der Fahrt zu ihren Eltern hörte sie Nordings Worte in ihrem Kopf. *Ich hätte nur zu gern so eine Tochter wie dich gehabt.*

Auf dem letzten geraden Abschnitt bis zur Ausfahrt Richtung Grössjö gab sie Gas, spürte, wie die Räder im Schotter leicht rutschten. Plötzlich rannte ein Fuchs über den Weg, und sie trat auf die Bremse. Als der Wagen zum Stehen gekommen war, sah sie den Fuchs auf der anderen Straßenseite im Graben sitzen. Er starrte sie an. War es derselbe Fuchs, den sie an jenem Morgen auf dem Weg zum Bålsjön gesehen hatte? Ganz unmöglich war es nicht, der See lag nur ein paar Kilometer entfernt.

Sie ließ das Fenster herunter.

»Tut mir leid«, sagte sie. »Ich wollte dich nicht erschrecken. Ab jetzt fahre ich langsamer, versprochen.«

Der Fuchs sah sie weiter an, bevor er sich umdrehte und im Wald verschwand.

»Tut mir leid«, sagte sie noch einmal und fuhr dann weiter.

Benke stand vor dem Haus und hackte Holz. Als Sara in die Einfahrt bog, blickte er auf, hielt jedoch nicht inne. Geübt schwang er die Axt hoch über den Kopf und hinunter in das Holzscheit, das in zwei Teilen zu Boden fiel.

Sara stieg aus und ging langsam zu ihm.

»Kannst du mal kurz damit aufhören, ich wollte dir etwas erzählen.«

Benke wandte sich ihr zu.

»Der Fall ist gelöst. Der Leiter der Klinik Älvhagen hat gestanden. In einer Stunde findet die Pressekonferenz statt.«

»Dann habe ich also falschgelegen«, sagte Benke.

»Ja, du dachtest, der Junge aus dem Erdkeller wäre der Täter. Das stand für dich ziemlich fest.«

Benke nickte und schlug die Axt in den Hackklotz. Dann umarmte er seine Tochter.

»Ich bin stolz auf dich«, sagte er leise.

Saras Kehle wurde eng.

Benke drückte sie fest an sich, bevor er sie wieder freigab.

»Geh rein und erzähl deiner Mutter alles, ich hacke noch schnell das Holz fertig«, sagte er.

Elisabeth war in der Küche und kochte Kaffee.

»Ist etwas passiert?«, fragte sie zur Begrüßung. »Ich sehe es dir an.«

»Ja, der Tag war anstrengend, aber lass uns nicht darüber reden. Das Wichtigste ist, dass der Mörder gefasst ist.«

»Oh, erzähl!«

»Ganz sicher? Sonst vermeidest du solche Themen doch immer.«

»Natürlich. Benkes Geschichten ertrage ich nicht, aber deine Fälle will ich hören.«

Sara sah sie an.

»Jetzt lügst du aber, Mama.« Wut stieg in ihr auf. Vielleicht lag es an der Müdigkeit, der Erleichterung über den gelösten Fall und der Erschöpfung nach dem Druck der letzten Wochen. Am liebsten hätte sie alles ausgespuckt, was sie seit Jahren mit sich herumschleppte. Sie sollte nichts mehr unter den Teppich kehren, hatte es so unglaublich satt.

»Mama, können wir das nicht einfach lassen? Du musst nicht so tun, als würde dich meine Arbeit interessieren. Ich weiß, dass das nicht stimmt. So lange ich mich erinnern kann, bist du allem ausgewichen, was unangenehm sein könnte. Einmal bin ich aufgewacht und habe dir weinend von meinen Albträumen erzählt, und du bist einfach aus meinem Zimmer gegangen. Keiner von euch beiden hat mich getröstet. Ich habe das Gefühl, als wärst du nie richtig für mich da gewesen.«

Elisabeth drehte sich zur Arbeitsfläche und schwieg.

»Hallo? Genau das meine ich. Es ist dir egal. Du tust immer so, als wäre nichts.«

Langsam drehte sich Elisabeth wieder um. Ihre Augen waren gerötet.

»Weinst du etwa, Mama?«, fragte Sara. »Warum?«

»Weil du recht hast. Ich war dir keine gute Mutter.«

»Nein, das stimmt nicht, so habe ich das nicht gemeint.« Sara umarmte ihre Mutter.

»Ich weiß, dass deine Arbeit belastend ist«, sagte Elisabeth leise. »Und ich will dir helfen, aber du weißt ja, dass ich sowas nicht gut kann. Du solltest mit einem Profi reden. Ich kann dir auch das Geld dafür geben. Ich will nur, dass es dir gut geht.«

Sara wollte erst protestieren, überlegte es sich dann jedoch anders.

»Ich denke darüber nach«, sagte sie.

Ihr Handy klingelte. Sie ging aus der Küche und warf einen Blick aufs Display. Eine unbekannte Nummer.

»Emilsson.«

Ein Mann stellte sich mit schleppender Stimme als Jerry vor, er sei Hobbyangler und riefe wegen der toten Mädchen an, ob er da bei ihr richtig sei? Er habe gesehen, dass die Polizei jemanden verhaftet hatte, dass man aber immer noch nach der Tatwaffe suchte, und jetzt habe er da was am Haken.

»Also, keinen Fisch, sondern einen Pullover. Ich kann mich täuschen, aber ich glaube, darauf sind Blutflecken. Und hier liegt auch ein Boot auf dem Grund des Sees, das habe ich erst danach entdeckt.«

Sara spürte, wie sich die Härchen in ihrem Nacken aufstellten.

»Sind Sie noch dort?«, fragte sie, während sie sich schon auf den Weg nach draußen machte.

»Ja, ich stehe am Ufer.«

»Bleiben Sie dort, fassen Sie nichts an. Ich bin unterwegs.«

90

Sara parkte am Straßenrand, fand eine Packung Gummihandschuhe im Kofferraum und ging zum See Flärken, der genau dort lag, wo sie wegen des Fuchses angehalten hatte. Der Angler kam ihr entgegen. Er schien etwa Mitte fünfzig zu sein, mit graumelierten Haaren und Anglerweste. Neben seinem Holzkahn konnte man im niedrigen Wasser in Ufernähe ein weißes Kunststoffboot erkennen. Ruder waren nicht zu sehen.

»Da liegt er«, sagte er und nickte in die Richtung. Ein grauer Kapuzenpullover lag zusammengerollt am Ufer. »Passen Sie auf den Angelhaken auf. Den habe ich nicht rausgemacht.«

Vorsichtig entrollte Sara den Pullover. Dunkle Streifen durchzogen den Stoff, und die sahen tatsächlich wie Blut aus. Ein kalter Schauder überlief ihren Rücken, als sie sah, was in dem Pullover eingewickelt war. Ein Jagdmesser. An der Spitze war ein Stück abgebrochen, genau wie Jimmy Lantto es von seinem verschwundenen Messer berichtet hatte.

Saras Pulsschlag beschleunigte sich. Vorsichtig nahm sie das Messer und ging zurück zum Wagen. Sie hatte ein paar Kompostbeutel dabei, die mussten reichen. Gleiches galt für den Pullover, und nachdem die Tüten verschlossen waren, zog sie die Handschuhe aus und rief Nording an. Das Boot solle erst gehoben werden, den Pullover könne sie per Kurier zum

Labor schicken, sagte Nording. Mord hatte immer höchste Priorität, der Pullover würde sofort untersucht werden.

Danach fuhr Sara nach Hause. Aber Björn Sundling hatte doch sein Auto dabeigehabt, dachte sie. Wie passte das Rettungsboot dazu? Und gehörte der Pullover wirklich ihm? Nein, irgendetwas stimmte nicht.

Im Kopf ging sie noch einmal die Vernehmung durch. Sie rekapitulierte, was laut Björn zur Katastrophe geführt hatte, wie er aber kaum Einzelheiten zur Tat an sich wiedergeben konnte. Der angebliche Blackout. Klar doch, dachte sie. Beim nächsten Gedanken wurde ihr eiskalt. Hatten sie überprüft, ob Björn Sundling Rechts- oder Linkshänder war?

Am liebsten hätte sie Nording gleich angerufen, doch es war schon spät.

Lass es gut sein, dachte sie. Mit ein bisschen Glück kämen die Laborergebnisse schon morgen, und sie würden sich eine Sondererlaubnis holen, um Vendela Brink befragen zu können. Außerdem würden sie Adam Sundling verhören, der direkt nach dem Autounfall zu benommen gewesen war. Dafür musste sie ausgeruht und konzentriert sein. Sie musste versuchen, bald zu schlafen, so unmöglich ihr das gerade auch erschien.

91

Der Dienstagmorgen war klar und kühl, doch Annie lief der Schweiß über den Rücken, als sie auf den Parkplatz vor dem Krankenhaus von Örnsköldsvik einbog. Sie hatte Adams Fall eigentlich nicht annehmen wollen, doch alle anderen waren beschäftigt gewesen, und es eilte. Nachdem Adams Onkel und Tante angeboten hatten, den Jungen zu sich zu nehmen, musste das Jugendamt nur noch entscheiden, ob die beiden geeignet waren, Adam so lange zu betreuen, bis klar war, was mit seinem Vater geschehen würde.

Sie parkte in der Nähe des Eingangs, betrat das Krankenhaus und fand die richtige Station. Eine Pflegerin brachte sie zu Adams Zimmer.

An dem Krankenbett am Fenster saßen ein Mann und eine Frau. Ein Junge mit blonden Locken lag im Bett, das Gesicht abgewandt, doch als Annie eintrat, drehte er ihr den Kopf zu.

Annie stellte sich vor und zog einen Stuhl neben das Kopfende des Betts.

»Ich soll beurteilen, ob du vorübergehend zu deinen Verwandten ziehen kannst«, begann sie und erklärte knapp, dass sie als Vertreterin des Jugendamtes ihre Einschätzung und Empfehlung abgeben würde, und nachdem sie Björns Zustimmung eingeholt hatten, konnte Adam mit seinen Verwandten nach Hause fahren.

»Wann darf ich meinen Vater sehen?«, fragte Adam. Er hatte braune Augen und ein hübsches Gesicht.

»Das weiß ich nicht«, erwiderte sie zögernd.

Adams Onkel schaltete sich ein.

»Das ist doch alles völlig absurd. Man sagt uns ja nichts, aber sie haben den Falschen, das weiß ich. Mein Bruder soll drei Teenagermädchen umgebracht haben?« Er schüttelte aufgebracht den Kopf.

»Zwei Mädchen«, beeilte sich Annie zu sagen. »Vendela hat überlebt.«

Sie sah zu Adam, der sich im Bett aufsetzte.

»Sind Sie sicher?«, fragte er.

Annie lächelte.

»Ja. Es geht ihr schon besser. Die Polizei hofft, bald mit ihr sprechen zu können.«

Sie bat den Onkel und die Tante, kurz das Zimmer zu verlassen, damit sie allein mit Adam reden konnte. Auch wenn er recht schweigsam war, konnte sie keinen Grund feststellen, warum er nicht bei seinen Verwandten untergebracht werden sollte. Sie bat ihn zu unterschreiben, dass er nichts dagegen hatte, und verließ dann das Zimmer, um alles in die Wege zu leiten.

92

Bereits um sieben Uhr morgens und somit vor allen anderen war Sara auf dem Revier gewesen. Sie hatte eine große Kanne Kaffee gekocht, die allerdings nicht gegen die Müdigkeit geholfen hatte. Ihre Nerven hatte sie auch nicht beruhigt. Die Torte, die noch von gestern im Kühlschrank stand, lockte sie auch nicht.

Als Nording um kurz nach halb acht durch die Tür kam, zog Sara ihn mit sich in ein leeres Büro und schloss die Tür. Nachdem sie ihm von ihren Überlegungen erzählt hatte, nickte er bestätigend.

»Du hast recht«, sagte er. »Irgendetwas stimmt überhaupt nicht an der ganzen Geschichte.«

Saras Handy klingelte, und sie sah Annies Nummer auf dem Display. Sie räusperte sich ein paarmal nervös und meldete sich, während Nording den Raum verließ.

»Ich habe gerade Adam Sundling und seine Verwandten in Örnsköldsvik im Krankenhaus getroffen«, sagte Annie und klang dabei sehr formell.

»Sehr gut. Wie geht es ihm? Wir warten nur auf das Okay, dass wir hinfahren und ihn und Vendela Brink befragen können«, erwiderte Sara.

Annie berichtete, der Junge sei noch müde und mitgenommen, aber seine Unterbringung bei Onkel und Tante bis auf Weiteres geklärt.

»Deshalb rufe ich an. Wir brauchen Björn Sundlings Einverständnis, und ich wollte fragen, wohin wir die Unterlagen faxen können. Adam kann heute noch entlassen werden, es eilt also ein wenig.«

»Da muss ich dich ans Gefängnis in Härnösand verweisen«, antwortete Sara. »Oder nein, fax mir alles, dann leite ich es weiter.« Sie nannte die Faxnummer des Reviers.

Annie bedankte sich für ihre Hilfe.

»Schön, dass es Vendela besser geht. Wenigstens etwas Positives bei dem ganzen Horror«, sagte sie. »Und vielleicht auch ein kleiner Trost für Adam.«

Sie legten auf, und Sara machte sich auf den Weg, als ihr Nording atemlos entgegenkam.

»Wir haben die Erlaubnis, Vendela zu befragen. Lass uns direkt hinfahren.«

»Sehr gut. Ich muss nur schnell noch etwas faxen.« Sara ging weiter zum Empfang.

Sie suchte die Nummer des Gefängnisses heraus und überflog Annies Fax, das mittlerweile eingetroffen war.

Unten auf der Seite standen Adam Sundlings Kontaktdaten sowie seine Unterschrift. Sara erstarrte. Sie fixierte die Achten in der Telefonnummer.

Das unbekannte Prepaidhandy.

Sie drehte sich um und prallte fast mit Nording zusammen.

»Åkesson hat gerade angerufen. Weder auf dem Pullover noch auf dem Messer sind DNA-Spuren von Björn Sundling zu finden«, sagte er. »Auf dem Pullover ist Blut der Mädchen, außerdem die DNA einer unbekannten männlichen Person.«

Sara hielt das Fax hoch.

»Von der hier.«

93

Nording fuhr so schnell er konnte, während Sara die Nummer des Krankenhauses von Örnsköldsvik heraussuchte und die Zentrale bat, mit der Intensivstation verbunden zu werden. Dort war besetzt.

Die Zeit drängte. Vendela hatte vermutlich denjenigen gesehen, der sie und die anderen beiden Mädchen angegriffen hatte. Adam wusste, dass sie im selben Krankenhaus lag, und wenn er inzwischen erfahren hatte, dass man sie befragen konnte, versuchte er vielleicht, sie zum Schweigen zu bringen.

Sara wusste, dass keine Wachen mehr vor Vendelas Zimmer saßen. Nach Björn Sundlings Geständnis hatte man sie abgezogen.

Sie wählte noch einmal Annies Nummer und schaltete die Lautsprecherfunktion ein, damit Nording mithören konnte.

»Bist du noch im Krankenhaus?«, fragte sie, sobald Annie sich meldete.

»Nein, ich bin gerade aus der Stadt rausgefahren.«

»Sind Adams Onkel und Tante noch bei ihm?«

»Nein, sie wollten noch etwas in der Stadt erledigen, glaube ich. Wieso?«

»Weißt du noch, mit welcher Hand Adam das Formular unterschrieben hat?«

Annie schwieg einen Moment und überlegte.
»Mit links, glaube ich. Warum?«
Sara sah zu Nording, der noch mehr beschleunigte. »Annie, hast du über Vendela gesprochen, als du bei ihm warst?«
»Ja, aber nur, dass es ihr besser geht und ihr sie hoffentlich bald befragen könnt.«
»Verdammt«, fluchte Sara und beendete das Gespräch.
Nording fuhr von der E4 nach links ab in eine kleinere Straße, während er Blaulicht und Sirene einschaltete.
Sara starrte auf die Straße und biss die Zähne zusammen. Hoffentlich kommen wir noch rechtzeitig, dachte sie. So darf es nicht enden.

Die Schwester am Eingang zur Intensivstation musterte skeptisch die Polizeimarke, die Sara ihr vor die Nase hielt.
»Bringen Sie uns sofort zu Vendela Brink.«
»Oh, gerade wollte schon jemand zu ihr.«
»Wer?«, verlangte Nording zu wissen.
»Ihr Freund«, antwortete die Frau, als wäre das doch selbstverständlich.
»Seit wann ist er da?«, fragte Nording.
»Er ist gerade eben gekommen.«
»Los, bringen Sie uns zu dem Zimmer.«
Sie folgten der Schwester, die auf eine Tür deutete. Sara und Nording zogen ihre Waffen, Sara bedeutete der Schwester, sich zurückzuziehen, und schob dann langsam die Tür auf. Adam Sundling stand mit einem Kissen in den Händen am Bett und beugte sich über die schlafende Vendela.
»Polizei!«, schrie Sara.

Adam wirbelte herum.

»Lass das Kissen fallen und Hände hoch«, befahl sie, doch Adam starrte sie nur an.

Lass das Kissen fallen, flehte sie stumm.

94

Bis auf das leise Summen der Kamera herrschte Stille im Vernehmungsraum. Binnen einer Stunde waren alle auf dem Revier in Kramfors versammelt gewesen. Der Staatsanwalt, ein Rechtsbeistand, ein Vertreter des Jugendamtes und die ermittelnden Polizisten. Alle Blicke waren nun auf den Jungen gerichtet, der zusammengesunken dasaß, die Hände im Schoß verschränkt, den Blick zu Boden gerichtet.

Sara stellte einen Becher mit Wasser auf den Tisch, und da hob Adam Sundling langsam den Blick. Wieder fiel ihr auf, wie schön er war. Es war kaum zu glauben, dass dieser Junge gerade versucht hatte, ein gleichaltriges Mädchen zu ersticken. Ganz zu schweigen von den anderen Dingen, die sie ihn verdächtigten, getan zu haben.

»Weiß mein Vater, dass ich hier bin?«, fragte er.

»Warum fragst du?«, entgegnete Sara.

Adam schwieg, und Nording übernahm. Er erklärte, was sie Adam zur Last legten und forderte ihn dann auf, mit eigenen Worten zu erzählen, was am Samstag, dem 27. August, passiert war.

Sara hielt den Atem an, um kein einziges Wort zu verpassen. Sie sah, wie Adam die Augen schloss, wie er die Hände voneinander löste und wieder verschränkte. Er nickte langsam, als führe er einen inneren Dialog mit sich selbst.

Dann begann er zu sprechen.

»Nachdem wir vom Abendessen bei meinem Onkel nach Hause gekommen waren, hörte ich, wie mein Vater mit jemandem telefonierte. Er klang verärgert, und das sah ihm nicht ähnlich. ›Das könnt ihr nicht machen, Isabella‹, sagte er. ›Mein ganzes Leben wäre ruiniert.‹ Worum es ging, wurde nicht klar, nur dass er sich mit ihr treffen würde.«

Adam griff nach dem Becher mit Wasser.

»Und was ist dann passiert?«, fragte Nording, nachdem Adam etwas getrunken hatte.

»Ich wurde wütend. Und bekam Angst. Mein Vater schien völlig verzweifelt, und ich fürchtete, dass ihm etwas zustoßen könnte. Deshalb habe ich mich unter einer Decke im Auto versteckt.«

Als sein Vater am Bålsjön ankam, schlich Adam ihm nach. Er hatte gehört, worüber Björn Sundling mit den Mädchen gesprochen hatte, und erzählte beinahe wortwörtlich, was sein Vater ihnen zuvor gesagt hatte.

»Sie wollten alles kaputtmachen, und mein Vater hat einfach aufgegeben. Ist davongegangen. Dabei war alles seine Schuld. Meine Mutter, Isabella, die Lügen, alles.«

Adam blinzelte und schloss wieder die Augen.

»Was war das für ein Gefühl, das alles zu hören«, fragte Nording.

Wieder ballte Adam die Hände zu Fäusten. Seine Kiefer mahlten.

Als er wieder zu sprechen begann, klang seine Stimme, als gehörte sie jemand anderem.

»Ich bin durchgedreht. Sie wollten uns vernichten, und mein Vater wollte das einfach zulassen. Ich musste etwas tun.«

Adam beugte sich über den Tisch und verschränkte die Hände vor sich.

»Und was hast du getan?«, fragte Nording.

Sara hielt erneut den Atem an. Sag es, flehte sie stumm. *Sag, was du getan hast.*

Adam sah Nording direkt in die Augen.

»Ich habe sie erstochen.«

Sara hörte ihren eigenen Herzschlag im Takt mit dem, was Adam erzählte. Wie er zu den Mädchen gegangen war, nachdem sein Vater sich wieder auf den Weg gemacht hatte. Wie er sie angeschrien hatte, dass sie lügen würden. Wie Vendela mit einem Messer auf ihn zugegangen war, wie er es ihr einfach weggenommen, sie in den Arm geschnitten und dann weggestoßen hatte, sodass sie sich den Kopf anschlug.

Adam sollte zeigen, wo er Vendela verletzt hatte, und er zeigte auf eine Stelle an seinem Unterarm, die mit Vendelas Wunde übereinzustimmen schien.

Dann war Minna auf ihn zugestürzt, und Adam hatte ihr ins Bein gestochen.

»Isabella habe ich das Messer in den Bauch gestoßen, hier.« Adam zeigte auf seine rechte Körperhälfte.

Alles stimmt, dachte Sara.

Sie sah zu den anderen im Raum, zu ihren blassen Gesichtern, den verzweifelten Blicken.

»Was ist dann passiert?«, fragte Nording nach einer Weile.

»Überall war Blut. Ich dachte, alle drei seien tot, da bin ich gegangen.«

»Wie bist du von dort weggekommen?«

»Ich habe das Boot genommen.«

Adam war den kleinen, die beiden Seen verbindenden Bach

entlanggerudert, durch den Wald bis auf den anderen See. Dort hatte er den blutigen Pullover ausgezogen, das Messer darin eingewickelt und alles in den See geworfen. Aber dann war das Boot gegen einen Felsen gestoßen und leck geschlagen. Er hatte es ans Ufer geschafft und war die letzten Kilometer nach Hause zu Fuß gegangen.

Nording bat ihn, den Pullover zu beschreiben, und Adam erklärte, es sei ein grauer Kapuzenpullover gewesen. Damit hatte Adam alle Details angegeben, die nur die Polizei kannte.

Er war es, dachte Sara.

Nording schob die Brille auf die Stirn.

»Weiß dein Vater davon, was du deiner Aussage nach getan hast?«

Adam nickte. Björn Sundling wusste also, dass sein Sohn die Mädchen getötet hatte. Er hatte ihn ins Auto gesetzt und war davongefahren. Vielleicht hatte er erst nach seiner Verhaftung beschlossen, die Schuld auf sich zu nehmen.

»Wann und wie hat er es herausgefunden?«, fragte Nording.

»Gestern.«

»Was ist passiert?«

Adam rieb sich die Stirn.

»Ich war nicht in der Schule, und mein Vater hat gefragt, was mit mir los ist. Er hat nicht nachgegeben, fand, ich würde mich seltsam verhalten, und schließlich hat er mein Zimmer durchsucht, weil er dachte, ich würde Drogen nehmen oder so. Da habe ich ihn angeschrien, dass alles seine Schuld sei. Dass Mama gestorben ist und ich zum Mörder geworden bin.«

Sara und Nording sahen sich an.

»Aber wenn du es warst, warum hat dein Vater dann gestanden?«, fragte Nording.

»Weil er wusste, dass ich recht hatte. Er sollte bestraft werden, das hat er selbst gesagt. Alles ist seine Schuld.«

Und Björn dachte, dass er damit durchkommen würde, weil er nicht damit rechnete, dass Vendela überleben würde, dachte Sara.

Sie sah den Vierzehnjährigen an, der zwei, fast drei Leben auf dem Gewissen hatte. Alles wegen etwas, das fünfzehn Jahre zurücklag.

Björn Sundling hatte sich selbst und seine Arbeit über seinen Sohn und seine Frau gestellt. Als er erkannte, dass sein Sohn wegen seines eigenen Verhaltens eine schreckliche Tat begangen hatte, hatte er letztendlich etwas Ehrenwertes getan. Aber hatte er es aus Liebe zu seinem Sohn getan, oder weil er ganz egoistisch nicht mit den Konsequenzen seines Handelns hatte leben wollen?

Das war wohl diese Kettenanalyse, von der Björn Sundling gesprochen hatte. Um die Tat selbst zu verstehen, musste man erkennen, was den Ball ins Rollen gebracht hatte. Den Trigger, das auslösende Ereignis.

Nording sammelte seine Sachen ein und sah die anderen an.

»Wenn niemand mehr etwas hinzuzufügen hat, beende ich hiermit die Vernehmung«, sagte er.

»Ich habe noch eine Frage.« Sara beugte sich vor. »Bist du Rechts- oder Linkshänder, Adam?«

Adam sah ihr in die Augen und hob langsam die linke Hand.

95

Annie musterte sich im Badezimmerspiegel, bürstete die Haare ein letztes Mal. Thomas würde bald hier sein, und obwohl ihr vor Nervosität ganz schlecht war, versuchte sie sich einzureden, dass alles gut werden würde. Thomas war zwar sicher noch verletzt, doch wenn sie über alles sprechen würden und sie in Ruhe erklären konnte, dass zwischen ihr und Sara nichts war und sie nur mit ihm zusammen sein wollte, würden sie bestimmt wieder zueinander finden.

»Wenn er hätte Schluss machen wollen, hätte er es inzwischen getan und würde jetzt nicht zum Essen kommen, das ist dir doch wohl klar«, sagte sie laut, warf einen letzten Blick auf ihr Spiegelbild und ging in die Küche.

Während sie das Essen vorbereitete, hörte sie Radio. In den Nachrichten wurde der Fall der toten Mädchen am Bålsjön mit keinem Wort erwähnt. Die Polizei hielt keine neue Pressekonferenz ab. Seit dem Telefonat mit Sara hatte Annie darüber nachgedacht, was die Polizistin wohl so alarmiert hatte. Irgendetwas mit Adam Sundling und Vendela Brink, aber was? Sie hatte kaum Zeit gehabt, ihre Gedanken zu dem Fall zu sortieren, aber sie war erleichtert, dass er endlich gelöst war, und sie freute sich für Sara.

Ein Auto fuhr vor, und Thomas stieg aus. Annies Mund wurde trocken. Atme, ermahnte sie sich.

Sie öffnete die Tür, und Thomas lächelte sie an. Er trug eine dunkelblaue Jeans und ein blau-rotes Hemd mit hochgekrempelten Ärmeln. Seine dunkelbraunen Haare lockten sich in die Stirn.

»Hallo«, sagte sie. »Gut siehst du aus.«

»Du auch.« Thomas zog einen Strauß Blumen hinter dem Rücken hervor. Rosa Rosen und ein paar andere Blumen, deren Namen Annie nicht kannte.

»Sind die schön, vielen Dank.« Sie bedeutete Thomas hereinzukommen. Sie umarmten sich, und Annie spürte ein Flattern im Bauch. Eine Erinnerung an den letzten Donnerstag blitzte auf, und schnell ließ sie ihn wieder los.

»Ich hoffe, du bist nicht allzu hungrig, das Essen braucht noch einen kleinen Moment.«

Sie ging in die Küche, um eine Vase für den Blumenstrauß zu holen, und Thomas folgte ihr.

»Kann ich dir irgendwie helfen?«, fragte er.

Sie reichte ihm eine Flasche Mineralwasser.

»Du kannst gerne die auf den Tisch stellen und dann Feuer im Kamin machen.«

Thomas lächelte und ging ins Esszimmer. Als er zurückkam, war die Lasagne im Ofen fertig, und Annie bat ihn, die Form zu nehmen. Sie trug den vorbereiteten Salat und ließ fast die Schüssel fallen, so verschwitzt waren ihre Hände.

Thomas war auch nervös. Er erzählte, dass er in den Nachrichten gesehen hatte, dass der Mordfall gelöst war.

Während er seinen Teller füllte, begann Annie, ihm alles genau zu erzählen. Von den toten Mädchen, von Eddie, was am Samstagabend passiert und weshalb sie nach Saltviken gefahren war.

»Deshalb war ich so komisch«, sagte sie abschließend. »Aber jetzt ist es vorbei.«

Thomas hörte auf zu essen und sah sie ernst an.

»Ich weiß nicht, was ich sagen soll«, sagte er.

Annie wollte gerade weitersprechen, als ihr Handy auf der Anrichte vibrierte. Sie stand auf, sah auf das Display, schaltete den Ton aus und legte es beiseite.

Thomas sah sie fragend an.

»Das war Sara«, sagte sie. »Es gab heute noch einmal eine neue Entwicklung in dem Fall, sie hat sicher deshalb angerufen.«

»Aber willst du nicht wissen, was sie wollte?«

Er ist derjenige, der es wissen will, dachte Annie.

»Das kann warten«, meinte sie lächelnd. »Es wird sicher in den Nachrichten kommen. Im Moment möchte ich nur an dich und mich denken. Ich muss dir etwas erklären.«

Sie trank einen Schluck Wasser. *Lass es raus, bevor du noch platzt.*

Annie legte das Besteck ab und zwang sich, Thomas in die Augen zu sehen.

»Also gut«, begann sie. »Das fällt mir nicht leicht ...«

»Sollte ich mir jetzt Sorgen machen?« Er lachte nervös.

Jetzt verunsicherst du ihn nur, dachte Annie.

Sie holte tief Luft.

»Zunächst einmal möchte ich mich dafür entschuldigen, dass ich beim Sex betrunken war«, sagte sie. »Ich wollte nicht, dass unser erstes Mal so wird, und ich verstehe, wenn du enttäuscht bist.«

So. Jetzt war es raus.

Thomas sah sie fragend an.

»Da sollte doch wohl eher ich mich entschuldigen? Ich habe gemerkt, dass du nicht mehr ganz nüchtern warst, und hätte nicht weitermachen sollen, aber ich hatte ja auch etwas getrunken und ... Ja, ich konnte mich nicht mehr zurückhalten. Du warst so engagiert, und ich habe mich mitreißen lassen. Ich schäme mich wirklich dafür. Bitte entschuldige. Ich weiß ja, was du durchgemacht hast und wie schwer es für dich ist, wieder jemandem zu vertrauen. Ich hätte uns bremsen sollen.« Er nahm ihre Hand und drückte sie.

»Ich hoffe, das hat zwischen uns nichts kaputt gemacht«, sagte er. »Oder willst jetzt du nicht mehr?«

Wie blöd ich doch war, dachte Annie. So egozentrisch. Sie hatte sich nur auf sich selbst konzentriert und dabei völlig übersehen, wie Thomas alles wahrgenommen hatte. Dass er glaubte, dass es seine Schuld war, und dass er das Gefühl hatte, die Situation ausgenutzt zu haben. Sie waren zu zweit in dieser Beziehung, und sie musste versuchen, die Dinge auch aus seiner Perspektive zu sehen. So schwer war er auch nicht zu verstehen, leichter als alle anderen, die sie kannte. Sie war die Komplizierte von ihnen beiden.

»Du hast nichts kaputtgemacht. Wenn, dann ja wohl ich, oder?« Sie sah ihn an. »Ich verstehe, wenn du keine Zeit mehr damit verschwenden willst, ich weiß, dass ich schwierig bin. Aber du musst mir glauben, zwischen mir und Sara ist nichts. Ich ...«

»Du musst dich nicht rechtfertigen, ich glaube dir«, unterbrach Thomas sie. »Ich habe übertrieben reagiert. Können wir das Thema vergessen? Ich will nur, dass alles gut zwischen uns ist.«

Annie sah hinunter auf Thomas' Hand, die ihre drückte. Ihre Kehle wurde eng.

»Ich auch«, sagte sie.

Sie schwiegen.

Sie sah, dass Thomas' braune Augen glänzten.

»Woran denkst du?«

Er lächelte. »Dass ich so furchtbar in dich verliebt bin.«

»Warum?«, murmelte sie.

»Weil ich noch nie jemanden wie dich getroffen habe.«

Nein, niemanden, der so beschädigt ist, dachte Annie. Thomas sagte das wahrscheinlich nur, weil er ihr wahres Ich noch nicht gesehen hatte. All ihre Ängste.

»Magst *du* mich denn, Annie?«, fragte er ernst.

»Ja, das weißt du doch.«

»Ich glaube, du hast Angst, die Kontrolle zu verlieren und Gefühle für jemanden zu haben. Du hast Angst, verletzt zu werden, davor, dass dir jemand etwas antut. Mir geht es aber genauso«, sagte er und strich zärtlich über ihre Narbe.

Nach dem Essen räumten sie den Tisch ab, und als Thomas auf die Toilette ging, zündete Annie die Kerzen im Wohnzimmer an und legte Musik auf. Ein langsamer Tanz würde vielleicht ihren Herzschlag ein wenig beruhigen.

Die Badezimmertür öffnete sich, und sie kicherte, als Thomas auf die knarzende Diele trat. Er sah sie verwundert an.

»Worüber lachst du?«

Sie ging zu ihm und legte ihm eine Hand auf die Wange.

»Es ist schade, dass du meinen Vater nicht kennengelernt

hast. Er hätte dich gemocht. Und ich hoffe, du magst Mark Knopfler«, sagte sie und zog ihn an sich. Sie legte ihre Arme um seinen Hals und spürte, wie Thomas seine Hände über ihr Steißbein legte.

Sie bewegten sich langsam. Annie spürte sein Herz an ihrem Brustkorb. Sie lehnte die Stirn an seine Schulter und schloss die Augen, atmete seinen Duft ein und streichelte seinen Nacken mit dem Daumen. Zärtlich strich er ihr mit der Hand über den Rücken, dann küsste er sie auf die Wange. Sie musste an Saras Lippen denken, verdrängte die Erinnerung aber sofort wieder.

Nach einer Weile bemerkte sie, wie Thomas schneller atmete. Wie er sie fester an sich drückte, seine Hände zu ihrem Hintern wanderten. Sie schauderte, spürte, wie ihr Körper auf die Berührung reagierte.

Reiß dich zusammen, dachte sie. Du schaffst das. Es ist Thomas. Du magst ihn, er mag dich. Es besteht keine Gefahr. Du hast es früher schon getan, doch so wie jetzt ist es richtig.

Sie dachte an Ylvas Worte. Annie musste das Gefühl haben, nicht die Kontrolle zu verlieren. Alles musste nach ihren Bedingungen ablaufen, und so war es jetzt. Der Moment war gekommen. Sie war nüchtern, sie hatten über alles geredet. Jetzt oder nie, dachte sie.

Sie küsste ihn, erst auf die Stirn und dann auf den Mund, bevor sie ihm langsam das Hemd auszog.

Thomas bewegte sich nicht, sah sie nur ernst an. Er strich ihr über die Haare und die Stirn. Spürte er, dass gleich etwas passieren würde?

Sie küsste ihn wieder, ließ ihre Hände über seine nackten Schultern, über seinen Rücken gleiten, küsste seinen Hals.

Sie spürte, wie sein Körper vor Anspannung bebte. Mach einfach weiter, dachte sie. Alles ist, wie es sein soll.

»Komm«, sagte sie, nahm seine Hand und ging mit ihm die Treppe hinauf.

96

Annie schlug die Augen auf und sah Thomas' schlafendes Gesicht vor sich. Ich habe es geschafft, dachte sie. Nüchtern und so, wie es gut für mich ist. Und es war genauso schön gewesen, wie sie es sich erhofft hatte.

Sie strich ihm über die Wange, und er wachte auf.

»Guten Morgen«, flüsterte sie lächelnd. »Es war schön gestern.«

Thomas erwiderte das Lächeln.

»Das war es.«

Er zog sie an sich, vergrub das Gesicht in ihren Haaren.

»Können wir nicht heute einfach hierbleiben?«, murmelte er. »Wir melden uns krank.«

Annie lachte, löste sich aus seinen Armen und sah auf ihr Handy. Fünf nach sieben. Sie hatte drei verpasste Anrufe vom Pflegeheim Fridebo.

»Was zum Henker ...?« Sie setzte sich auf und rief zurück.

Eine Pflegeassistentin meldete sich nach dem ersten Läuten. »Wir haben schon die ganze Zeit versucht, Sie zu erreichen. Ihre Mutter ist leider vor einer Stunde von uns gegangen. Die Kollegin von der Morgenschicht war bei ihr. Sie war die ganze Nacht schon sehr unruhig. Es tut mir sehr leid.«

»Ich komme sofort«, murmelte Annie, legte auf und sah Thomas an.
»Meine Mutter ... ich muss nach Fridebo.«
Sie stand auf und zog sich an. Ihre Gedanken rasten. Jetzt war er also da. Der Augenblick. Die Erkenntnis raubte ihr den Atem.
Thomas folgte ihr ins Erdgeschoss.
»Du solltest besser nicht allein fahren«, sagte er.
Sie schlüpfte in ihre Jacke. Vielleicht sollte sie ihn jetzt in ihr Leben einbeziehen, doch dazu fühlte sie sich noch nicht bereit.
»Das muss ich allein erledigen«, sagte sie leise und umarmte ihn rasch. »Fahr zur Arbeit, ich melde mich später.«

Als Annie auf den Parkplatz des Pflegeheims fuhr, verkrampfte sich ihr Magen. Atme, ermahnte sie sich.
Eine Pflegeassistentin erwartete sie bereits an der Tür. Annie stieg aus und eilte zum Haus. Die Augen der Frau waren tränenfeucht, ihr Gesicht gerötet.
»Ich bringe Sie zu ihr.« Die Pflegerin ging mit Annie durch den dunklen, fensterlosen Korridor am Gemeinschaftsraum vorbei, bog in einen anderen Gang ab und blieb vor einer braunen Tür stehen.
»Möchten Sie gern allein mit ihr sein? Oder soll jemand von uns dabei sein?«
Annie schluckte.
»Allein«, brachte sie mühsam heraus.
»Gut. Nehmen Sie sich Zeit. Ich komme später wieder.«
Annie nickte, blieb aber reglos stehen, weshalb die Pflegerin schließlich die Tür öffnete.

Das Zimmer war dunkel und karg möbliert. Sie sah einen Tisch mit einer weißen Tischdecke und brennende Kerzen. Ein paar Stühle am Fenster. Lange, weiße Gardinen, zugezogen. Ein Stuhl stand an dem Bett, auf dem ihre Mutter lag. Man hatte ihr eine schwarze Hose und die hellblaue Bluse mit dem bestickten Kragen angezogen. Die Haare waren gebürstet, die Wangen leicht rosig geschminkt, die Augenbrauen nachgezogen. Die Hände waren über der Brust gefaltet, eine rote Rose hineingeschoben. Sie sieht aus, als würde sie schlafen, dachte Annie. Doch ihr Herz schlug nicht mehr. Alles stand still. Keine Atemzüge, kein Puls. Ein Leben, das gerade noch da gewesen war und jetzt nicht mehr. Ihre Mutter lag vor ihr, und doch war sie es nicht.

Annie setzte sich, strich über den Blusenstoff und griff dann vorsichtig nach der kalten Hand ihrer Mutter. Sie fühlte sich leicht und zerbrechlich an. Die Haut war bläulich und dünn. Die kurz geschnittenen, gepflegten Nägel, der farblose Nagellack, die braunen Altersflecken, die Ringe an der linken Hand, die Birgitta auch nach dem Tod ihres Mannes nie abgenommen hatte.

»Mama.« Annies Stimme brach. Jetzt, da sie alles hätte sagen, ihre Wahrheit ungehindert aussprechen können, fehlten ihr die Worte. Sie spürte nur Kälte und einen brennenden Schmerz, wie Eis.

Sie wusste nicht, wie lange sie so dagesessen hatte, als jemand ihr eine Hand auf die Schulter legte. Birgittas Ärztin stand hinter ihr.

»Wissen Sie, ob sie etwas über mich gesagt hat ... davor?«, fragte Annie.

Die Ärztin neigte den Kopf.

»Sie ist im Schlaf gestorben, sie hat nichts mehr gesagt.«
Annie drehte sich wieder zu ihrer Mutter. Tränen liefen ihr über die Wangen.

Du warst zu langsam, dachte sie, und jetzt ist sie nicht mehr da. Es ist zu spät. Für immer zu spät.

Epilog

Vor dem Fenster zogen Wolken am Himmel vorbei, eine nach der anderen. Wie weiße Segelboote auf dem offenen Meer.

»Annie?«

Sie riss den Blick von den Wolken los.

»Tut mir leid, was haben Sie gesagt?«

Ylva Persgård lächelte.

»Ich habe gefragt, was passiert ist, weil Sie die letzte Sitzung abgesagt haben.«

»Ich bin krankgeschrieben.«

»Aha. Ich habe gesehen, dass die Polizei den Mord an den Mädchen am Bålsjön gelöst hat. An dem Fall waren Sie ja beteiligt. Hat die Krankschreibung etwas damit zu tun?«

Annie schüttelte den Kopf. Darüber gab es nicht so viel zu sagen, es war einfach alles eine furchtbare Tragödie. Junge Menschen, die völlig unnötig ihr Leben verloren hatten. Sie war erleichtert, dass es vorbei war und Sara den Fall gelöst hatte. Sie hatten gerade keinen Kontakt, und sie wusste immer noch nicht, was Sara gewollt hatte, als sie an dem Abend angerufen hatte. Ihr Inneres schien schwerelos zu sein, nicht zu greifen.

»Ich habe Ihren Rat befolgt. Mit Thomas«, sagte sie leise. »Und alles ging gut.«

»Das sind schöne Neuigkeiten. Aber warum sind Sie krankgeschrieben?«

»Deshalb.« Annie holte ihr Handy hervor und zeigte Ylva ein Foto. »Meine Mutter ist gestorben, und das ist ihre Urne, für die ich einen schönen Platz finden möchte«, sagte sie und biss sich fest auf die Unterlippe.

»Oh Annie, das tut mir leid. Wie ist sie gestorben?«

»Im Schlaf, sagt die Ärztin. Sie ist einfach eingeschlafen. Wohl ein Schlaganfall. Jedenfalls hatte es nichts mit dem Absetzen der Medikamente zu tun.«

Ylva nickte leicht.

»Es kam also unerwartet?«

»Ja, bei meinem letzten Besuch war sie recht munter und hat ganz normal gesprochen.«

»Ich glaube, das nennt man terminale Luzidität«, sagte Ylva. »Das kommt oft am Lebensende vor. Der betreffende Mensch scheint aufzuleben, doch das ist nur ein letztes Aufbäumen. Die Angehörigen glauben, es ginge aufwärts, doch das ist ein Trugschluss.«

»Ich war noch nicht bereit. Wir hatten keine Zeit mehr, uns auszusprechen, und jetzt ist es zu spät.«

Ylva wusste, was ungesagt geblieben war, welche Fragen Annie noch gehabt hätte, auf die sie jetzt keine Antwort mehr bekommen würde.

In ihr hallten immer noch Birgittas letzte Worte: *Du hast mein Leben zerstört.*

»Wie Sie selbst gesagt haben, haben Sie Ihre Mutter in gewisser Weise bereits verloren, als sie krank wurde. Sie ist tot, und Sie müssen weiterleben.«

Annie sah erst die Psychologin an, dann das Foto mit

der Urne. Würde sie dieses Kapitel jetzt nie abschließen können?

»Wann ist die Beisetzung?«, fragte Ylva nach einer Weile.

»Das steht noch nicht fest. Ich kann mir in Ruhe überlegen, wo sie beigesetzt werden soll.«

Sie sah wieder auf das Foto.

»Ich glaube, sie hat sich für mich geschämt«, sagte sie.

Ylva sah sie forschend an.

»Glauben Sie, sie hat sich die Schuld an dem gegeben, was Ihnen zugestoßen ist?«, fragte sie nach einer Weile. »Vielleicht hat sie Sie auch weggeschickt, um Sie zu schützen? Vielleicht hat sie es bereut. Manchmal müssen wir lernen, mit der Entschuldigung zu leben, die wir nie bekommen haben. Wenn wir unser Leben in die Hände der Menschen legen, die uns Unrecht getan haben, haben diese immer noch Macht über uns. Verstehen Sie?«

Annie nickte.

Ylva wartete, ob Annie noch etwas sagen würde, und fuhr dann fort.

»Können Sie ihr vergeben?«

Annie dachte nach.

»Ich weiß es nicht. Muss man das?«

»Nein. Man muss nur sich selbst vergeben.«

Annie schluckte. Tränen stiegen ihr in die Augen. Verdammt.

»Wie geht es Ihnen zurzeit?«

»Mir ist schlecht. Die ganze Zeit. Jetzt auch.« Annie wischte sich die Tränen ab.

Ylva sah sie besorgt an.

»Möchten Sie etwas Wasser?«

Annie schüttelte den Kopf.

»Wann hatten Sie Ihre letzte Periode?«

Annie sah instinktiv zu dem Gemälde, das aussah wie ein weiblicher Unterleib.

»Ich weiß es nicht mehr genau.«

Annie hatte das Gefühl, als würde alle Luft aus ihr herausgepresst werden. Als hätte ihr jemand hart gegen die Brust geschlagen.

»Tut mir leid, aber ich brauche frische Luft«, sagte sie und stand abrupt auf.

Ylva sagte etwas, doch Annie riss nur die Tür auf und eilte hinaus. Sie stolperte die Treppe hinunter und wollte gerade die Eingangstür aufstoßen, als diese von außen geöffnet wurde. Annie stürzte nach vorn, ihre Handtasche fiel zu Boden, direkt vor die Füße der Frau, die die Tür aufgezogen hatte.

Sara Emilsson half Annie auf und reichte ihr die Handtasche.

»Meine Mutter ist gestorben«, sagte Annie unvermittelt.

»Oh, mein herzliches Beileid.«

Annies Arme und Wangen kribbelten, ihr Mund war wie ausgedörrt. Sie sollte sich hinsetzen.

»Was machst du hier?«, brachte sie mühsam heraus.

Sara lächelte.

»Ich wollte mal ausprobieren, wie es ist, mit jemandem zu reden«, antwortete sie. »Du und ich sollten auch mal miteinander reden. Wenn du möchtest?«

Annie hörte einen hohen Ton, vor ihren Augen flimmerte es.

»Hey, alles in Ordnung?« Saras Stimme kam wie aus weiter Ferne.

Ihr Sichtfeld wurde zu einem schmalen Tunnel. Als Letztes sah Annie den blauen Himmel, hörte Sara, die ihren Namen rief. Dann kam die Dunkelheit, doch sie spürte keine Angst. Nur Erleichterung.

Danksagung

Zu diesem Buch habe ich mich von Kriminalfällen aus Ådalen und Geschichten über die Mylinge inspirieren lassen, dem alten Volksglauben an vergessene, vernachlässigte Kinder – wie sie mir in meiner Arbeit als Sozialpädagogin so oft begegnet sind. Die Wirklichkeit hat die Fantasie leider oft übertroffen, doch da dieses Buch unterhalten soll, bin ich bewusst von der Originalgeschichte abgewichen. Alle eventuellen Ähnlichkeiten mit real existierenden Personen sind zufällig und nicht beabsichtigt.

Wertvolle Hilfe zur Arbeit der Polizei und des Jugendamtes bei Schwerverbrechen habe ich von sachkundigen Menschen bekommen, die das Buch aufmerksam gelesen und mir Anmerkungen und Anfeuerungsrufe haben zukommen lassen. Inniger Dank geht an Josefine Perming Tengqvist von der Polizei Sundsvall, an Börje Öhman, Polizist im Ruhestand, sowie an den Kriminaltechniker im Ruhestand Jan Albertsson. Großer Dank geht an Anders Rietz von der Gerichtsmedizin Umeå, dass er mich so fachkundig durch das komplexe Feld der Rechtsmedizin und Pathologie gelotst hat. An Isabell Myhrberg und Lena Hellström vom Jugendamt Gävle, weil sie ihr Wissen mit mir geteilt haben und dafür sorgen, dass meine Annie Ljung so handelt, wie sie selbst es will. Ich danke allen für ihr Wissen, ihren Einsatz und ihre Geduld bei meinen tausend Fragen. Alle eventuellen Fehler sind allein meine Schuld.

Ich danke meiner Verlegerin Karin Linge Nordh, meiner Lektorin Annie Murphy und dem gesamten Bazar Förlag, die alle auf ihre Weise zum Entstehen dieses Buches beigetragen haben. Dank geht an meine Agentin Kaisa Palo und ihre Kolleginnen und Kollegen von der wunderbaren Ahlander Agency, die meine Geschichten aufmerksam lesen und in die Welt hinaustragen. Außerdem danke ich Miroslav Sokcic für ein weiteres magisches Cover, das meine Geschichten und mein Ådalen fantastisch transportiert.

Schriftstellerin zu sein, ist in vielerlei Hinsicht ein einsamer Beruf, und man braucht Unmengen Verständnis, Liebe und Unterstützung. Vor allem in diesem Jahr, da ich während des Schreibprozesses meinen Vater verloren habe.

Ein großer Dank geht an meine Freunde und Kollegen, die die ganze Zeit für mich da waren. Ich danke euch, Lina Areklew, Peter Nyström, Jacob Lindfors und Linda Ståhl, dass ihr mich ermuntert, an mein eigenes Werk zu glauben, und mich mit allerlei Unsinn zum Lachen bringt. Ich bin so dankbar, dass sich unsere Wege gekreuzt haben.

Außerdem danke ich dir, meiner geliebten kleinen Schwester Åsa, für deine Schwesternschaft, liebevolle Ehrlichkeit, das herzliche Lachen und die Momente voll tiefem Ernst.

Ich danke Emma und Noel, meinen geliebten Kindern, die immer bei mir sind, egal, in welche Fantasiewelt ich reise. Ich liebe euch über alles.

Und ich danke meinem geliebten Ådalen, wo ich aufgewachsen bin, für seine Charaktere, Spuk- und Zaubergeschichten, die überwältigende Natur und Tierwelt, die mir immer wieder den Atem rauben und mich inspirieren.

Ulrika Rolfsdotter, August 2022